© 2013, 엄경희

초판 1쇄 인쇄 2013년 09월 08일
초판 1쇄 발행 2013년 09월 17일

지은이 엄경희
펴낸이 신종호

디자인 인챈트리 _ 02)599-1105
인쇄 세연인쇄 _ 031)948-2850

펴낸곳 까만양
출판등록 2012년 4월 17일 제 315-2012-000039호
이메일 kkamanyang33@hanmail.net

일원화공급처 북파크
주소 경기도 고양시 일산서구 가좌동 540-22
대표전화 031)912-2018
팩스 031)912-2019

ISBN 978-89-97740-10-9 93800

잘못 만들어진 책은 바꿔드립니다.

이 도서의 국립중앙도서관 출판시도서목록(CIP)은 서지정보유통지원시스템 홈페이지(http://seoji.nl.go.kr)와
국가자료공동목록시스템(http://www.nl.go.kr/kolisnet)에서 이용하실 수 있습니다.(CIP제어번호: CIP2013017588)

해석의 권리

엄경희 평론집

목차

해석, 낯선 존재와의 친화

　　모든 해석은 '무엇'에 대한 해석이다. 즉 해석의 지평에는 대상이 존재한다. 해석의 대상은 타자이며 객관이다. 그것이 해석자 자신일지라도 그러하다. 해석적 행위는 대상에 대해 의미를 부여하는 사유 활동이라 할 수 있다. 그렇다면 의미를 부여한다는 것은 무엇을 뜻하는가? 간단하게 말해 '의미부여'는 대상을 해석자의 언어로 치환하는 것을 뜻한다. 이때 '해석자의 언어'는 복합적 의미를 함의한다. 해석자의 언어는 완성된 언어가 아니다. 그것은 끊임없이 펼쳐지는 낯설고도 친숙한 세계를 감각하고 인식하는 과정 속에 놓여있는 불확정적인 언어이다. 해석자의 언어는 수정되고 덧붙여지는 과정을 거듭하는 '사유활동' 그 자체이다. 이러한 과정 속에서 때로 해석자의 언어의 일부는 망각의 피안 속에 양도되기도 한다. 해석자의 언어가 형성되는 이 같은 사유의 운동태 가운데 대상이 포착되는 것이다. 해석자는 대상을 향해 자신을 개방함과 동시에 포착한 혹은 발견한 대상을 자신의 언어의 운동태 안으로 끌어들인다. 대상에게 해석자의 언어가 닿는 순간 그 대상은 이미 타자도 객관도 아닌 제3의 것으로 치환된다. 대상은 해석자의 사유 활동의 일부가 되어버리기 때문이다. 그런 의미에서 해석은 대상에게 가해진 폭력일 수도 있다. 대상은 훼손되고 이질적인 언어 조직 속으로 용해됨으로써 이전과는 다른 의미체로 생성되는 것이다.

이 과정에서 가장 중요한 사실은 해석자의 언어가 대상이 아니라 해석자 자신을 지시한다는 것이다. 해석자는 대상에 헌신하면서 역으로 자기 자신을 지시한다. 모든 해석적 언술에는 해석자의 삶의 태도와 취향과 철학이 이면화된다. 해석은 곧 대상을 자기화하는 과정이라 할 수 있다. 그런 의미에서 객관적 해석이란 존재하지 않는다. 완전한 객관은 언어화되기 이전의 대상 그 자체로서만 가능하다. 해석의 객관성이란 대상의 객관성이 아니라 해석자의 주관성이 갖는 설득의 힘을 의미한다. 최상의 해석은 주관성의 밀도가 최고치로 높아질 때 탄생한다. 말하자면 해석의 창조성이 강화될수록 해석의 질은 높아진다. 우리가 종종 니체의 독설에 매료되는 까닭도 이와 무관하지 않다. 해석자의 훌륭한 안목과 철학은 대상을 풀어내는 언어 속에서 빛을 발한다. 이론과 담론의 생성은 이러한 순간에 이루어진다. 그것은 해석자 자신의 건설

이면서 동시에 해석자가 놓여있는 세계의 좌표이동을 의미한다.

　　그렇다면 객관으로서의 대상은 어떤 가치를 갖는가? 극단적으로 말해 모든 객관 대상은 주관성 속에 용해될 때 의미화되고 가치화되는 것이다. 세계를 옹호하고 긍정하는, 반대로 비난하고 부정하는, 혹은 냉소하고 조롱하는 언어까지 모든 해석적 언술은 대상에 대한 주관적 가치부여와 긴밀한 관련을 갖는다. 따라서 대상 자체의 가치를 묻기보다는 오히려 해석의 가치를 물을 필요가 있을 것이다. 해석하는 자는 이 세계를 포기하지 않는 자이다. 그는 대상을 사유하고 자신을 사유하는 자이다. 의미의 결핍을 느끼는 자이며 의미의 확장을 목말라 하는 자이다. 그는 읽기를 원하며 발견하기를 원한다. 그리고 자신의 언어로 대상의 윤곽을 다시 그려보길 원하는 자이다. 따라서 모든 가치는 상대적이다. 상대적 가치론이 사랑을 만들고 불화를 만든다. 화합을 만들고 전쟁을 만든다. 차이를 만들고 차등을 만든다. 그럼에도 해석 행위는 조정될 수는 있어도 멈추어지지는 않는다. 멈출 수 없는 해석 행위는 인간 모두에게 주어진 숙명이며 권리이다.

인간은 해석함으로써 존재한다. 또한 해석됨으로써 존재한다. 해석 행위 속에서 인간은 생존하고 놀이한다. 무의미를 벗어나고 소외를 벗어난다. 방향을 결정하고 행위를 만들어낸다. 이것은 상호주관적이다. 언어는 교환되고 출렁인다. 왜곡과 곡해가 불가피한 이 행위가 없다면 사랑도 성찰도 없을 것이다. '나'를 향해가는 사유의 여정이 타자를 향해가는 여정과 교환되지 않을 때 우리는 모두는 지독한 소외 속으로 존재를 몰고 갈 수밖에 없다. 낯선 존재와 친화하는 방법, 익숙한 자신을 낯선 것으로 성찰하는 방법 그것이 곧 해석이다. 해서 해석은 고통스러운 일이며 즐거운 일이다. 또한 피할 수 없는 존재형식이다.

2013년 9월
엄경희

1

우주의 가락을 관(觀)하는 초끈 상상력

- 정진규의 '율려(律呂)'

이럴 때마다 나는 직전(直前)을 예감한다
무엇이 다가서고 있는가 사물들의 큰 언니, 작은 언니들아,
꽃피는 실체(實體)들아
「律呂集 6-사물들의 큰 언니」 부분

근대 세계의 도래 이후 분열은 현대인이 겪게 된 대표적 정신현상 가운데 하나이다. 통일된 자아감은 쉽게 손상되고 정체성이라는 말은 이제 거짓 환상으로 여겨지곤 한다. 한 존재를 통일된 유기체로 파악한다는 것은 인간의 존재성을 '질서 잡혀 있음'으로 파악하는 일이라 할 수 있다. 그러나 이러한 주체 해석의 틀에 제동이 걸리곤 하는데 예를 들어 들뢰즈(Gilles Deleuze)는 '기관 없는 신체'라는 개념을 통해 유기체로서의 신체에 대해 물음표를 제기한다. 그에 따르면 유기체로서 인간을 바라보는 관점은 생명의 질서를 파악하는 것이 아니라 생명을 가두는 것에 불과하며 그 같은 질서화 이전의 단계, 즉 기관 없는 신체가 근본적 현상이라고 설명한다. 이러한 주체 담론은 부분과 전체가 필연적 관계에 의해 조직된 것이 곧 생명, 혹은 주체라는 전제를 부정한다. 거칠게 말해, 이 같은 회의 이면에는 존재분열에 대한 인식이 깔려

있다. 들뢰즈의 주체 철학에 대한 가부(可否)를 차치하고라도, 전원공동체의 붕괴와 도시적 일상의 파편화된 구조를 포함해서 모든 대상을 미립자로 쪼개는 '분석'의 과정을 진리탐구 방법으로 선택한 근대적 학문의 세계에 이르기까지, 다양한 층위 속에서 자기분열을 피할 수 없는 것이 현대인의 삶이라할 수 있다.

우리 시에서 유기체로서의 생명 존재에 대한 회의 혹은 부정성이 적극적으로 대두되기 시작한 것은 아이러니컬하게도 생태문학이 상당한 정도로 이슈화되기 시작한 1990년대 이후부터이다. 특히 1990년대 이후 우리 시에서 쟁점화된 몸 담론은 대부분 폭력성에 의해 잔혹하게 해체된 신체, 환상성에 의해 형상화된 기괴하고도 기형적인 신체, 분해와 조합이 가능한 기계적 혹은 사이보그적 신체 등과 연관된다. 이들은 자의든 타의든 유기체로서의 인간존재에 대한 위기감과 회의감을 드러낸다는 점에서 공통적이다. 정진규 시인의 시적 지향은 이와 같은 시류와 반대편에 놓여 있다. 그는 1990년대에 출간한 『몸시』(세계사, 1994)와 『알시』(세계사, 1997) 뿐만 아니라 그 이후의 시집에서도 일관되게 유기체로서의 몸과 우주관을 강조한다. 이에 대해 필자는 다음과 같이 언급한 바 있다.

나무든 인간이든 그것의 몸은 '나'의 소유물이 아니라 '나' 밖의 것에게 에너지를 공급하는 신성한 모체임을 보여준다. "한 마리 새를/평안히 앉힐 수" 있는 몸, 그리고 아낌없이 '먹히'는 몸이야말로 존재의 가장 지극한 형상이라 할 수 있다. 몸이 이기적 욕망의 분출구이며 동시에 욕망을 실현하는 본체라는 통념을 이들 시는 벗어난다. '나'의

것으로 '나 아닌 것들'을 기른다는 사실은 생명의 유기적 관계를 성립
시키는 기본 구도이다. 여기에는 '나'의 희생이 있는 것이 아니라 '나'
와 '너'를 관계 맺게 하는 상생(相生)의 질서가 내포되어 있다. '나'는
먹힘으로써, 그리고 '너'로부터 자양을 받아옴으로써 생명 번성의 오
묘한 프로그램에 참가하는 것이다. 이것을 시인은 '사랑'이라 말한다.
　서로의 생명을 보육해주는 상생의 정점은 정진규의 시에서 '낳다'
라는 행위로 드러난다. '낳다'는 상생의 질서가 만들어내는 가장 고귀
한 결과이다. '낳다'는 응축된 생명의 에너지가 한꺼번에 존재의 밖을
향해 쏟아져 나옴으로써 또 하나의 생명을 창조해내는 순간적 사건이
다. 시인은 '낳다'의 신성함을 다만 인간 주체의 것으로 소유하려 하
지 않는다. 그의 시 「우리나라엔 풀밭이 많다」에서 "오늘 아침 산책길
에서 풀밭에서 그 초록힘들의 무리를, 낳는 힘들을 보았다 뾰족뾰족
땅을 들추고 있었다 나도 이 봄에 손자 하나를 더 보았다 손자가 둘
이다. 그렇다면 나도 이제 십만 톤은 넘는다 할 수 있다"고 그는 말한
다. 여기에는 창조의 주체가 인간이라는 오만한 관념을 벗어난 평등의
식이 내재해 있다. 땅을 밀고 나오는 풀의 힘을 '낳다'라는 말로 복귀
시키는 자연에 대한 이러한 대접은 인간과 자연의 동일성을 상정하고
있는 생태적 사유를 나타낸다.(『질주와 산책』, 새움, 2003, pp. 83~84.)

　이와 같은 생태적 사유를 기반으로 하는 상생철학은 정진규의
시의식을 관통하는 가장 중요한 기저이다.

　여자들은 무엇에나 한 그릇 밥을 고봉으로 슬어 놓는다 하얀 알을
슬어 놓는다 지어 놓는다 낳는 일과 짓는 일은 다르지 않다 고추 농
사지을 때마저 그렇게 한다 가득 밴 노오란 고추씨들 가을 햇살 아래
쏟아진다 배를 따고 있다 그래야 直星이 풀린다 다행이다
「律呂集 35-胎」 전문

　　이 시는 정진규의 '낳다'로 요약되는 생명 번성의 프로그램을 강조한 작품이라 할 수 있다. 여자들은 알을 슬어 놓고 밥을 짓고 씨앗 주머니를 딴다. 이 모두는 생성과 보육에 참여하는 유기체적 몸이 전제될 때 가능한 일이다. "그래야 직성(直星)이 풀린다 다행이다"라는 마지막 구절에는 생명을 유전하려는 단호한 소명의식과 안도의식이 함께 내포되어 있다. 주목할 것은 제목에서 알 수 있듯이, 시인은 존재의 생명 프로그램을 '율려'라고 말한다. 율려는 좁게는 '음성이나 음악의 가락'을 뜻하지만 이 용어에는 동양의 심오한 자연관과 우주관이 담겨있다. 율려는 12음 즉 육률(六律)과 육려(六呂)를 지칭하는데 이는 각각 일 년 중 양(陽)에 해당하는 따뜻한 여섯 달과 음(陰)에 해당하는 차가운 여섯 달에 대응하는 것이다. 다시 말해 율려는 음양의 조화가 만들어내는 가락이라 할 수 있다. 동양적 세계에서 우주생명은 음과 양의 결합과 분리가 만들어내는 천변만화의 조화로 이루어진다. 그 우주의 가락이 율려이다. 인간에게 미치는 음양의 조화를 음악의 근본으로 삼는다는 점에서 율려는 동양의 생명우주과학라 할 수 있는 주역의 시초이다. 시인은 『문학들』(2010, 가을호)에서 율려에 대해 다음과 같이 설명한 바 있다.

　　율려란 우주의 생체 리듬이다. 내가 추구해 온 '산문시'의 리듬이다. 陰과 陽을 모든 대상으로부터 감지, 無縫交合하는 존재의 총체적 실현이다. 몸이다. 不二의 궁극이다. '律'의 어느 부분에 '呂'를 얹고 '呂'의 어느 깊이에 '律'을 놓느냐, 어느 무게를 골라 얹느냐, 그리하여 서로의 어느 길섶에서 몸 섞이게 하느냐, 그 순간을 듣고 보느냐, 실체를 생산하느냐, 하는 것이 시의 관건이다. 순서대로 싹 틔우고 꽃대궁 세우고 노랑꽃 한 송이 피우다가 허공에 날리는 민들레의 飛白, 모두가 '律'과 '呂'의 如合符節이다. 그 여합부절의 변형 실체다. '몸'이라는 생체가 그런 구조로 틈이 없이 흐른다. 六律 六呂를 감지하면서부터 내 시도 음양을 제대로 드나들고 있다고 할 수 있다. 쓰고 나면 온몸이 개운하고 시장기가 돈다.

'불이(不二)'로서 음양의 조화가 존재와 자연과 우주의 근본 리듬이라는 시인의 율려관은 그간 정진규가 상생철학을 바탕으로 보여주었던 인간관과 자연관을 응집한 관념의 요체라 할 수 있다. 율려는 분열과 분리를 가로지는 '몸 섞기론'이며 이를 통해 존재와 우주는 하나의 총체적 실현으로 나아가게 된다. 이때 중요한 것은 시인이 생체 리듬이라고 말한 것에서 짐작할 수 있듯이 존재 혹은 사물의 '운동성'이다. 낳고 보육하고 상생하는 만물의 조화로운 운동성에 의해 우주와 생명은 하나의 유기적 고리로 질서를 이루게 된다. 이러한 율려의 질서에 참여하기 위해 몸을 열어야 한다.

같이 살자 해놓고서도 우후죽순이 아니라 우후 잡초로 솟아오르는 쇠뜨기 질경이 괭이눈들을 서둘러 뽑고 있는 나는 아직도 빗장이 많고, 좀 지나 땅이 말라 물기 가시면 풀들이 뽑히지 않는다는 걸 잘 알고 있기 때문이다 나의 방어는 이토록 훈련되어 있다 해마다 새 나무들을 심어서 먼저 심은 나무들의 자리와 허공을 갑갑하게 하는 것 또한 자유의 황홀을 탐한다 하면서 욕망의 황홀에 아직껏 자유롭지 못하기 때문이다 언제야 비인 자리를 그냥 두고 볼 수 있을까 냅둘 수 있을까 지난 봄 새로 심은 배롱나무 두 그루가 어제 오늘 심상치 않다 놀라와라, 滿開로 나를 황홀케 한다 빗장을 열어젖힌 것인가 갑갑

정진규의 율려 시편에서 자주 발견되는 열림, 트임, 확장, 무봉(無
縫), 비인 자리 등은 동일한 지향을 함의하는 시어들이다. 「律呂集 15-방
죽에 대하여」의 "초록 金剛 연 뿌리 햇빛 쟁이고 쟁여 초록으로 개였다
닫힌 너도 열 수 있겠다", 「律呂集 16-쨍한」의 "얼음 金剛 쨍한 트임", 「律
呂集 17-수평선」의 "경계를 긋고 있는 無縫의 律呂여 거기까지 나를 확
장한다"와 같은 구절에서 그 예를 발견할 수 있다. 개체로서의 몸이 율려
의 운동성에 동참하기 위해서는 열려야 하고 트여야 하고 확장되어야 한
다. 그 경계는 무봉(無縫)이어야 여합부절(如合符節)이 일어날 수 있다.
아울러 비인 자리가 있어야 생명의 기운을 쏟아내는 일이 가능하다. 이
시는 아직 '빗장'이 많은 화자와 '滿開'로 허공을 터뜨린 배롱나무 두 그
루의 대비를 통해서 성찰과 깨달음이라는 시적 맥락을 만들어낸다. "해
마다 새 나무들을 심어서 먼저 심은 나무들의 자리와 허공을 갑갑하게
하는 것"은 빈자리의 풍요를 욕망으로 빗장 지르는 행위라 할 수 있다.
화자에게 만개한 배롱나무는 비인 자리가 있어야 열리고 트이고 확장된
다는 사실을 몸으로 알려준다. 다른 시 「律呂集 30-가지를 치다」에서도
시인은 "나무란 가지를 잘 솎아 주어야 허공을 제 몸속에 잘 다스릴 수
있다는 것"이라고 말한다. 빗장이 열리는 순간 화자의 몸은 뜨거움으로

달아오른다. 율려를 관(觀)하는 정신의 혈류가 몸의 생명적 온기를 확장
시키는 것이다. 화자의 몸이 꽃이 만개한 허공의 트임 속으로 여합부절
(如合符節)하는 것이다. 이와 같은 몸 섞기의 과정에는 '지속'으로서의
시간의식이 관류한다. 그런데 정진규의 지속은 과거와 현재의 순차적 지
속이 아니다.

> 마악 지고 난 붉은 배롱나무 꽃자리를 통과하고 있는 쓸쓸한 저녁
> 노을 묻히고 서 있는 여자의 바알간 목덜미, 그렇게 나를 기다리고 서
> 있는 그에게로 오늘도 내가 숨어든다 돌아오고 있다 오늘도 낡은 가
> 방을 들고 30년대처럼 내가 아주 작은 키로 버스에서 내리고 있다 중
> 절모를 쓰고 있다 논두렁 길로 한참 더 걸어 들어가야 한다
> 「律呂集 40-保體里」 전문

경기도 안성에 있는 보체리는 시인의 고향 마을이다. 이 시는 고
향 회귀의 마음을 그린 작품 이상의 의미를 함의한다. 시간의 운동성
이 매우 독특하게 형상화되어 있기 때문이다. 구체적으로 살펴보면, "그
에게로 오늘도 내가 숨어든다 돌아오고 있다"라는 구절에서 보이는 '숨
어든다'와 '돌아오고 있다'는 표면상으로는 상호모순적 표현이다. '들다
(가다)'와 '오다'가 동시에 진행되고 있기 때문이다. 그런데 이 표현은 모
순이 아니라 화자의 현존과 과거 시간의 쌍방적 움직임의 표식이라 할
수 있다. 아주 작은 키로 버스에서 내리는 '과거의 나'와 중절모를 쓴
'현재의 나'가 동시적으로 출현하는 것도 이와 같은 상상력에 의한 것이
다. 시인은 순차성에 따른 시간의 배열을 동시성으로 바꿈으로써 시간

의 격절을 무화시키고 봉합이 없는 시간의 연속체를 형상화한다. 매듭이 없는 시간의 지속감, 이것이 율려적 시간의식이다. 율려적 시간의 끈을 따라 모든 만물은 연이어진다. 그것은 정진규의 시에서 '멕이다'라는 상징적 행위로 드러난다.

「律呂集 21-꽃을 가꾸며」 전문

정진규 시에서 '가꾸다'와 '멕이다'는 동일한 의미를 갖는다. 가꾸는 일이 곧 먹이는 일이기 때문이다. 그런데 그에게 꽃을 가꾸는 일은 자기 자신을 가꾸는 일과 같다. 이런 맥락에서 본다면 날 버리고 간 '그대'에게 밥을 먹이는 일은 나에게 밥을 먹이는 일과 같은 행위이다. 여기에는 나와 그대가 서로를 가꾸는 일이 곧 생명 고리의 연속성을 만드는 일이라는 사실이 내포되어 있다. 해서 시인은 '꽃들에겐 이음새가 있다네 수선화 제가 다 못 먹이면 앵초에게 앵초는 달맞이꽃에게 이내 손잡아 건네는 어머니의 손, 멕이는 손, 연이어 핀다네"라고 말한다. 한 행으로 이루어진 시 「律呂集 25-야단법석」에 보이는 "마른 논에 물 대고 나니 개구리들 밤새 잠 못 이루신다"와 같은 구절은 이 같은 연속적 세계관을 한 획의 붓놀림으로 드러낸 예이다. 「律呂集 2-밥을 멕이다」, 「律呂集 27-일기」 등 또한 동일한 상상을 기반으로 한 작품이라 할 수 있다. 서로를 먹이는 손들의 이어짐, 이것이 율려의 운동성이다. 율려의 운동성은 삶과 죽음을 연속시키는 초시·공간적 인식으로 확장·심화되곤 한다.

시인의 율려로서의 존재관과 자연관을 살피는 가운데 그의 이 같은 시적 사유가 물리학에서 말하는 초끈이론과 유사하다는 생각을 해보게 된다. 물리학자 미치오 카쿠는 그의 저서 『평행우주』에서 만물의 이론(Theory of Everything)이라 할 수 있는 초끈이론(Superstring Theory)에 대해 다음과 같이 설명한다.

초끈이론과 M-이론의 기본 개념은 아주 간단하다. 우주를 이루고 있는 모든 입자들이 바이올린의 끈string이나 북의 막membrne과 같은 구조를 갖고 있다는 것이 이 이론의 핵심이다. 다시 말해서, 자연에 존재하는 다양한 입자들은 그 출신성분이 무엇이건 간에 모두 끈이나 막의 구조를 갖고 있으며, 이들이 진동하는 패턴에 따라 우리의 눈에 각기 다른 입자로 보인다는 것이다. 단, 여기서 말하는 끈이나 막은 일상적인 3차원 공간이 아니라 11차원 초공간 속에 존재한다. (……) 이 작은 끈들은 각기 다른 진동수와 다른 패턴으로 끊임없이 진동하고 있다. 만일 이들 중 하나를 골라서 기타 줄을 퉁기듯이 잡아 뜯는다면, 끈의 진동패턴이 바뀌면서 다른 입자로(예를 들면 쿼크 같은 입자) 변환될 것이다. 그리고 끈을 또 한 차례 쥐어뜯으면 쿼크의 특성이 사라지면서 (예컨대) 뉴트리노로 바뀔 것이다. 이와 같이, 초끈이론은 자연에 존재하는 모든 입자들을 '각기 다른 형태로 진동하는 끈'으로 간주하고 있다. 이렇게 생각하면 우리는 그 많은 입자들을 일일이 상대할 필요가 없다. 즉, 초끈이론은 다양한 패턴으로 진동하는 하나의 끈으로부터 모든 입자들을 유추해내기 때문에, 통일된 이론체계를 세우는 데 매우 유리한 조건을 갖추고 있다.

이 논리에 의하면, 지난 수천 년 동안 수많은 실험을 통해 밝혀진 물리학의 모든 법칙들은 끈과 막의 조화법칙으로 요약될 수 있다. 화학은 이 끈으로 연주할 수 있는 멜로디에 비유할 수 있고, 우주는 끈으로 연주되는 교향곡에 해당된다. 또한, 아인슈타인이 말했던 '신의 마음'은 초공간에서 일어나는 우주적 공명이라 할 수 있다.(pp. 42~44)

나는 시적 상상력과 과학적 상상력의 출발이 서로 멀지 않다는 생각을 하곤 한다. 수백 년 동안 과학자를 괴롭혔던 '올베르스의 역설' 즉 밤하늘이 왜 검은지에 대해 해답을 제시한 사람은 놀랍게도 우리에게 너무도 잘 알려진 미국의 소설가 에드거 앨런 포(Edgar Allan Poe)가 아니었던가. 만물이 상호연속성 속에서 운동하며 하나의 끈으로 대우주의 리듬을 만든다는 율려의 요체와 자연에 존재하는 모든 입자들을 '각기 다른 형태로 진동하는 끈'으로 간주는 우주만물이론으로서 초끈이론이 상통한다는 사실이 흥미롭지 않은가. 진동하는 끈과 우주의 음악을 시인은 "비안개 피어오른다 젖어서 이어진다 이어지는 소리

가 나와 콩잎들을 들깻잎들을 빗줄기들을 건너다닌다"(「律呂集 34-비
오는 날」)라고 묘사하기도 한다. 그런 의미에서 정진규의 '율려'는 시적
상상의 초끈이라 할 수 있다. 율려 시편에서 울려나오는 공명은 분열과
파편화로 얼룩진 존재와 자연성에 대한 인식을 재확인하도록 유도한다.

존재와 자연, 우주에 대한 인식은 경험과 지식과 관념이 결합되
면서 형성된다. 여기에는 인생에 대한 지향과 사물에 대한 태도가 담겨
있다. 정진규가 '율려'를 통해서 지속하고 있는 자연 인식의 틀 또한 그
러하다. 그의 열림, 트임, 확장의 상상력은 나 아닌 다른 것을 기르고 먹
이는 손의 확장이다. 이 생명의 연속적 고리는 무봉의 세계로 무한히 번
짐으로써 생명의 번성을 이룩한다. 이 같은 관념의 지평은 자칫하면 낙
관적 논리의 딱딱함으로 도식화될 수도 있다. 그러나 정진규의 '율려'
인식은 그런 도식에서 벗어난다. 그의 관념에는 늘 살아있는 한 존재의
슬픔이 개입되어 있기 때문이다.

> 11월의 이 쓸쓸함을 총체적으로 규명하고 싶었다 확인한 바로는 첫
> 째, 11월이 그 위대한 이유이고 우주가 제일 깊게 기우는 시간이고 내
> 음양이 그렇게 기울고 있었기 때문이었다 12월은 일어서기 시작하는
> 直前의 시간이고 11월은 마지막으로 기우는 시간이기 때문이고 그 무
> 게를 내가 감당하기 쉽지 않았기 때문이었다 두 번째 이유는 내가 시
> 를 읽고 있었기 때문이고 읽을수록 나의 시간이 공복이 되어가고 있
> 었기 때문이었다
>
> 「律呂集 46-11월의 저녁」 부분

음양이 제일 깊게 기우는 시간, 공복으로 치닫는 시간, 이는 시의 시간이고 존재의 시간이다. 시인은 그 무게를 감당하기 어렵다고 말한다. 이 같은 실존의 시간은 쓸쓸하지만 위대하다. 무한히 번지는 생명의 연속 속에서 개체의 사멸을 예감하는 순간이기 때문이다. 이러한 존재론적 슬픔을 껴안고 시인은 "자다 깨면 늘 타던 목도 이젠 갈하지 않고 막힌 눈물샘마저 트였는지 슬픔의 촉기란 것도 알게 되었다"(「律呂集 15 -방죽에 대하여」)고 고백한다. 또 다른 시에서 보이는 "울음 살결, 소리 살결 슬픔의 소리테가 소리 없이 둥글게 돈다"(「律呂集 38-늦가을」), "나이 든 여자의 굽은 허리여, 슬픈 맨살이 햇살에 드러나 보였다"(「律呂集 37-산비알」)와 같은 구절에서 알 수 있듯이, 시인은 만물의 조화를 생성하는 율려의 운동성으로부터 인간적 슬픔을 소거하지 않는다. 정진규에게 슬픔은 마음이 너에게로 번져가는 또 하나의 율려의 고리이다. 생명번성의 프로그램에서 어찌 슬픔의 끈끈한 가락을 지울 수 있겠는가! '낳다'의 산고와 진통 그리고 개체의 사멸에 이르기까지, 어찌 밀려오는 눈물을 막을 수 있겠는가! 율려의 리듬이 음양의 조화라면 기쁨과 슬픔의 여합부절(如合符節) 또한 그 리듬의 진동 가운데 하나이다.

호젓함을 모시다

- 장석남 시에 내포된 서정의 실체

1. 생각의 자궁

"오늘 나는 가난해야겠다/그러나 가난이 어디 있기나 한가". 시 「가난을 모시고」의 시작 부분이다. 이 글의 제목은 바로 이 작품으로부터 취한 것이다. 장석남 시인의 시세계를 관통하는 미묘하고도 깊은 서정의 실체를 보다 응집적(단정적이 아니라)으로 표현해본다면 그것은 '호젓함'이라 할 수 있다. 해서 "오늘 나는 가난해야겠다/그러나 가난이 어디 있기나 한가"를 "오늘 나는 호젓해야겠다/그러나 호젓함이 어디 있기나 한가"로 겹쳐 생각하며 그의 새로 태어난 일곱 번째 시집 『고요는 도망가지 말아라』를 읽었다. 그의 시의 여정이 흩어지는 마음을 호젓함으로 모으고, 때로 그것이 자신을 데려갈 때까지 참을성 있게 기다려보기도 하는 과정을 거듭 밟고 있다는 생각에서이다. 중요한 것은 이 호젓함의 서정이 장석남 시가 지닌 품격과 절제미, 지혜 그리고 삶의 지향과 긴밀한 관계가 있다는 점이다. 난삽해지려는 마음을, 파탄을, 조급과 격정으로 치달으려 하는 통곡의 시간을 천천히 지연시켜 기울어진 주 춧돌을 다시 놓아보는 그런 과정으로 그의 호젓함은 세워진다. 예를 들 면 "궁리끝에주춧돌을조금들추어버텨놓고는그사이에물을부어서돌아 래로흙을흘려넣고땀을쏟아넣는새공법을고안"(「정자의 주춧돌을 세우 며-이상에게」)하는 것과도 같다. 여기에는 느리고 느린 노역의 시간과 놀이정신이 함께 내재해 있다.

이와 같은 호젓함의 서정을 이야기하며 무엇보다 강조하고 싶은 것은 그의 시가 이를 통해 지속적으로 유지하고 있는 '품격'에 대해서 이다. 우리의 일상처럼 예술 세계가, 아니 시조차도 얼마나 급격하게 세 속화되고 있는가? 나는 우리 시대의 예술이 이러저러한 거친 도발과 과 장을 마구잡이로 용인한다는 생각을 저버릴 수 없다. 생각이 찾아오면, "水路에 외발로 서서 고개 움츠리고 비 맞는 왜가리/어떤 기다림도 잊 고 다만 기다림의 자세만으로 생을 채우려 용맹정진하는 왜가리"(「수로 (水路)에서」)처럼 오랫동안 좀 서있어야 하지 않을까? 그간 많이 이야 기되었던 장석남 시의 부드러움의 이면에는 세속의 속도와 과잉된 욕망, 그리고 삶의 일천함을 물리치려하는, 그것을 호젓함으로 다듬어내려 하는 저 왜가리의 고요한 용맹정진이 숨어있다. 그렇다면 장석남의 '호 젓함'은 어떻게 구체화되는가?

큰 눈이 오면,
발이 묶이면,

「큰 눈」 전문

　　"눈이 모든 소란"을 다 먹어버리 듯 소란과 분망함을 가라앉히는 것이야말로 호젓함의 제일조건일 것이다. 그래야 아늑하다. 모든 시가 그런 것은 아니지만, 공간을 아늑하게, 혹은 아득하게 만드는 일, 다시 말해 번잡함과 소음을 제거하는 일, 이는 장석남의 시적 공간의 조형술에 그대로 적용된다. 이 시집에 등장하는 아무 올 이 없는 산골 오두막 방(「노래가 되기는 멀었어라」), 라일락 향기가 가득한 골목(「붙임」), 구름 속에 누워 있는 산방(「臥雲山房」), "맵디매운 뙤약볕 속으로 지워져 가는" 오솔길(「오솔길을 염려함」), 낡은 목가구에 새겨진 버들 무늬 빈 접시(「옛집에 들어」), 탱자 향기의 오솔길(「탱자 향기」) 그리고 시든 국화꽃 향기 속에 지어진 절간과 굴(「고창 선운사」)이 다 이와 무관하지 않다. 이들은 공통적으로 속된 욕망과 거리를 둔 작고 외진 공간이며 무심과 외로움과 염려와 취(醉)함이 갈마드는 호젓함의 자궁이라 할 수 있다.

「고창 선운사」 부분

국화가 시들어 가는 늦가을의 향기 속에 지어진 절과 깊숙이 안을 파고 들어간 굴은 호젓함이 절정을 이루는 외로움의 공간이다. 거기서 소멸의 슬픔은 시든 국화의 진한 '향기처럼' 에로틱해진다. 향기로 뒤덮인 소멸의 기원은 가을을 지나, 겨울 복판을 지나 동백을 데리고 온다. 이제 절과 굴은 붉은 동백의 향으로 호젓할 것이다. 시인은 시 「다시, 오래된 정원」에서 "꽃은 꽃밭에만 있는 것이 몸 섧었던가/그 빛깔과 향기와 웃음을/내 귀에까지 또 더 먼/먼 나라까지도 보내었군요"라고 쓰고 있다. 꽃밭은 호젓함의 숨결이 번져나가는 극점인 것이다.

그런데 이 아늑한 공간은 행복감만으로 채워져 있지 않다. 꽃의 시듦과 향기가 함께 있듯이 거기에는 "편안함이/일편 근심이/뒤주냄새처럼 안겨온다", 그리고 "제 아버지가 온 듯/즐겁고, 희고/무겁다". 장석남의 호젓함이 환기하는 매력과 진실성은 바로 이 구절들이 보여주는 역설에 있다. 편안함과 근심이, 즐거움과 무거움이 한꺼번에 안겨드는 고요의 아늑함. 근심과 무거움을 껴입고도 편안한 기분이 드는 바로 그 지점에서 호젓함은 생성된다. 아울러 그의 호젓함은 '뒤주냄새처럼' 오래 묵은 시간의 깊이로 화자를 감싸 안으며 온다. 이전 시집에서도 이 같은 호젓함의 역설을 자주 발견할 수 있는데, 예를 들어 "상 위에 미끄러져 깨져버린 묵에서도 그만/지난 어느 사랑의 눈빛을 본다오/묵집의 표정은 그리하여 모두 호젓하기만 하구려"(「묵집에서」, 『뺨』[1])라고 시인은 말한다. 미끄러져 깨져버린 묵처럼 잃어버린 사랑의 상함과 아련함을 떠올리며 비탄에 잠기는 것이 아니라 호젓함에 젖어드는 것이다. 상실의 아픔을 아늑한 서정으로 달래 껴안는 것, 이것이 장석남의 호젓함이다.

그런 의미에서 시듦과 향기는, 편안함과 근심은, 즐겁고 무거운 것은 함께 '있음'이지 결코 둘의 화해가 아니다. 화해는 갈등과 대립과 분쟁을 전제로 한다. 시인에게 편안함과 근심은 두 겹이 아니라 한 겹으로 이루어진 삶의 정황이다. 장석남 시에서 '갈등-화해'의 도식이 잘 발견되지 않는 것은 이 때문이다. 그의 시를 읽을 때 간혹 행간의 어려움에 봉착하게 되는 것은 이러한 도식에 그의 시를 맞추려하기 때문일지도 모른다. 그는 갈등-화해의 도식에서 비껴날 수 있는 삶의 다른 방식과 지혜를 '생각이 찾아올 때까지' 참을성 있게 기다린다.

---

1) 일곱 번째 시집 『고요는 도망가지 말아라』 이전에 출간된 시집들은 시집의 첫 단어로 표기함.

2. 빈(貧)의 철학

　　모든 '철학하기'는 사유 대상의 대상화로부터 시작한다. 대상화는 거리두기이며, 대상화의 실천은 대상의 재편성이라는 사유 활동에 의해 이룩된다. 이때 이미 낡은 대상은 새로운 의미부여에 의해 쇄신된다. 그런 의미에서 '철학하기'는 일종의 '쇄신하기'라 할 수 있다. "오늘 나는 가난해야겠다/그러나 가난이 어디 있기나 한가"(「가난을 모시고」)라는 발언에는 가난을 대상화하고 그것을 쇄신하려는 시인의 의도가 강하게 내포되어 있다. 삶 속에서, 문학 속에서 '가난'은 극복되어야 할 무엇으로 거듭 이야기되어 왔다. 가난은 결핍의 확고한 징표이며 고통을 야기하는 삶의 끈질긴 내력 가운데 하나이다. 그러나 오늘날, 우리는 여전히 가난하지만, 지나치게 과잉되어 있는 것 또한 사실이다. 과잉은 진정한 풍요와 다르다.

　　시 「가난을 모시고」의 마지막 연은 이렇게 되어 있다. "오늘도 드물고 드문 가난을 모신,/때 까만 메밀껍질 베개의/서걱임/수(壽)와 복(福)의/서걱임". 시인은 베개의 까맣게 오른 때와 거기에 수놓아진 글씨 '수'와 '복'의 서걱임을 동시에 본다. 때가 까맣게 오른 수와 복을 베고 누군가는 가난의 무거움을 달랬을 것이다. 여기에는 가난을 베고 누워 수와 복도 함께 누려보는 일말의 여유가 내포되어 있다. 시인은 이러한 가난을 같은 시에서 "맑고 호젓한 가계(家系)"로 요약한다. 이때 결핍으로서의 가난은 맑음으로 쇄신된다.

　　장석남에게 가난은 극복되어야 할 대상이 아니라 '맑음'을 얻기 위한 관념의 매개라 할 수 있다. 그에게 가난을 모시는 일은 과잉된 욕망으로 치닫는 세속에 대해 가장 비세속적으로 대응하는 방법일 것이다. 다시 말해 '가난 모시기'는 결핍을 초래하는 일이 아니라 과잉된 기름기를 걷어내고 넘쳐나는 것을 동여맴으로써 '청빈(淸貧)'에 이르는 정신수양의 과정이라 할 수 있다. 그의 호젓함은 이 같은 빈(貧)의 철학에 의해 얻어지는 서정이다. 시 「하문(下問)·1」에 보이는 "그리하면 나는/살이 없으리//그리하면 너도/살이 없으리//기름진 것 먹지 말고/말을 트자"와 같은 구절은 이와 같은 의식지향의 직접적 표현으로 읽을 수 있다. 이전 시집에서 볼 수 있는 "단 두 개의 서까래를 올린/집"(「달과 수숫대」, 『왼쪽』)의 단출함이나, 반대로 "산 속에서 가만히 가부좌를 하고/별을 헤듯 돈을"(「은둔자」, 『뺨』) 세는 기괴한 은둔자의 기름진 욕망에 대한 풍자 또한 빈(貧)의 철학이 이루어낸 맥락이라 할 수 있다. 이러한 가난에 대한 사유는 욕망의 과도함을 덜어내는 것과 다를 바 없다는 점에서 정신의 절제와 상통한다.

먼 골짜기의 어둠마저도 탐하던
나의 밤
뜨겁고 덥던
나의 불빛
나는 불을 끌 수 없고
내다버릴 수 없어 다만
칭칭 동여매야 한다
숨죽여 빛나는 상처는
나의 얼굴을 비추고
뺨의 얼얼을 비추고

「나의 불빛」 부분

「파도 소리」 부분

　　내면에 타오르는 뜨겁고 더운 욕망, 언젠가는 상처로 되돌아오고야 마는 이 욕망의 불빛을 쏟아내지 않기 위해 화자는 붕대를 감듯 마음을 칭칭 동여맨다. 이때 마음의 불빛은 "숨죽여 빛나는" 은은함으로 바뀐다. 너무 뜨겁지도 낭자하지도 않은 불빛은 '태우다'라는 소진의 에너지에서 '비추다'라는 빛의 에너지로 전환되는 것이다. 이 빛의 에너지는 '나'의 얼굴에서부터 북국을 향해 가는 기러기의 울음까지 비추는 초공간성을 담보한다는 점에서 사물과 존재를 꿰뚫는 '지혜의 눈'으로 의미화할 수 있다. 그러나 이 같은 빛의 눈은 결코 쉽게 얻어지지 않는다. 그의 다른 시에 보이는 "아직도 저 화살은 나를 기다리고 있는 거야, 금성인가?/내 숨은 아직 좁기만 하고/나만을 겨우 먹이니/노래가 되기는 멀었어라"(「노래가 되기는 멀었어라」)와 같은 구절이 이를 말해준다. '나'를 비추는 금성은 내가 도달할 수 없는 먼 거리를 단숨에 초월해버리는 존재이다. '나'도 저 먼 세계를 비출 수 있는 눈을 가질 수 있는가

시인은 생각하는 것이다. 그러니 거리를 뛰어넘어 사물을 관통하는 깊은 눈을 얻기 위해서 마음을 칭칭 동여매는, 불을 빛으로 바꾸는 절제의 노고가 얼마나 필요한 것인가. 시 「파도 소리」에 등장하는 신발 속, 단춧구멍 속 파도 소리 또한 이러한 '불빛'과 동일한 의미로 볼 수 있다. 무수히 출렁거리며 휘몰아치는 장석남의 무의식 속에 내재된 파도 소리는 '속'에 있다. 그 소리의 넘침을 다스릴 때 "모든 풍문도 음악도 다 이긴" 가장 강인한 소리의 자존감이 만들어지는 것이다. 이러한 맥락에서 보면 시인의 가난에 대한 관념 혹은 절제의식은 내적 빈곤이 아니라 풍요를 만들어내는 역설을 내포한다. 시 「와운산방(臥雲山房)」은 이러한 풍요의 극치를 보여주는 대표적 예라 할 수 있다.

> 그 집은 아침이 지천이요
> 서산 아래 어둠이 지천
> 솔바람이 지천이다
> 먼지와 검불이, 돌멩이와 그림자가 지천이다
> 길이며 마당가론 이른 봄이 수레째 밀렸고
> 하늘론 빛나며 오가는 것들이 문패를 빛낸다
>
> 나는 큰 부자가 되길 원했으므로
> 그 부잣집에 홀로 산다
> 쓰고도 쓰고도
> 남고 남아 밀려내리는 고요엔
> 어깨마저 시리다

「와운산방(臥雲山房)」 전문

모든 것이 지천이라 "쓰고도 쓰고도/남고 남아 밀려내리는" 와운산방은 사실 아무 것도 없는 고요의 공간이다. 그저 솔바람과 검불과 돌멩이와 그림자 따위가 지천일 뿐이다. 그런 의미에서 와운산방은 비물질적 공간이라 할 수 있다. "하늘론 빛나며 오가는 것들이 문패를 빛낸다"는 표현에 암시되어 있듯이 하늘과 교신하는 이 공간은 속(俗)으로부터 절연된 곳이다. 이 공간에 사는 화자는 "나는 큰 부자가 되길 원했으므로/그 부잣집에 홀로 산다"고 말한다. 그는 비물질적 고요를 혼자 만끽하는 자이다. 이 극단의 빈(貧)과 고독을 부자처럼 누릴 수 있는 자는 자신의 마음을 외물(外物)에 빼앗기지 않은 채 자유자재로 움직일 수 있는 사람일 것이다.

장석남은 이러한 마음의 경지를 닮고자 하는 것일까? 세속의 색깔과 장식을 다 떼어낸 얼굴, 이러한 자화상을 시인은 자주 '돌'의 상징에 투영한다. 시 「담장」에서 "나는 나를 솎아내고 헤쳐서 그 돌멩이를 바라본다//나는 나를 반나마 허물어서 그 돌멩이를 바라본다"고 시인은 고백한다. 자신을 솎아내고 허무는 과정을 거쳐 돌멩이는 완성된다. 밋밋하고 단단한 돌의 표정으로 자신을 다듬어내는 과정 또한 빈(貧)의 철학에 닿아있다. 즉 '돌'은 "청빈한 배부름"(「안부」)이라는 그의 관념을 내포한 존재 상징이라 할 수 있다. 이러한 '돌'을 맛으로 표현한다면 세상의 모든 잡스러운 맛을 다 빼버린 투명한 물맛과 다르지 않을 것이다. "손뼉 치며 감탄할 것 없이 그저/속에서 훤칠하게 뚜벅뚜벅 걸어나오는,/그 걸음걸이"(「물맛」, 『빰』)로 표현된 물맛의 표정! "굳고 정한 표정"(「다시, 오래된 정원」)의 돌! 그 둘의 표정은 같다.

내 유산으로는
징검다리 같은 것으로 하고 싶어
장마 큰물이 덮었다가 이내 지쳐서는 다시 내보여주는,
은근히 무릎 상부같이 반갑게 드러나는
검은 징검돌 같은 걸로 하고 싶어

지금은,
불어난 물길을 먹먹히 바라보듯
섭섭함의 시간이지만
내 유산으로는 징검다리 같은 것으로 하고 싶어
꽃처럼 옮겨가는 목숨의
또한 발밑의 묵묵한 목숨,
과도한 성냄이나 기쁨이 마셨더라도
이내 일고여덟 형제들 새까만 정수리처럼 솟아나와
모두들 건네주고 건네주는
징검돌의 은은한 부동(不動)
나의 유산은

「나의 유산은」 전문

　　징검다리는 이곳과 저곳으로 '목숨'을 옮겨주는 교량이다. 목숨을 잘 건네주기 위해서 무엇보다 중요한 것은 부동성이다. 장마 큰물에 덮여있을 때도 징검돌은 그 자리에서 물이 빠지기를 기다리며 견뎌야 제 역할을 하는 것이다. "과도한 성냄이나 기쁨"에도 동요하지 않는 "발밑의 묵묵한 목숨"은 얼마나 겸손하고 든든하고 믿음직스러운 초상(肖像)인가. 시인은 이런 징검돌의 은은한 부동을 '나의 유산'으로 남기고 싶어 한다. 또 다른 시 「정자의 주춧돌을 세우며-이상에게」에서 "나는

문득어느오랜시간아래의주춧돌이된양웅크리고앉아하늘을바라보며어
둠이밀려오는속으로잠기어간다돌은진솔한자서전처럼멀찍이서삐닥하
니의젓하다”고 시인은 쓰고 있다. 이 구절에는 한 채의 정자를 받쳐 올
릴 주춧돌에 대한 대견스러운 감정이 녹아 있다. '진솔한자서전'이라는
비유에서 알 수 있듯이 이러한 감정은 또한 이상적 자아에 대한 자기애
(自己愛)를 내포한다. 또 다른 시 「생일」에는 "흰 돌멩이 하나 들어다가
갓 풀린 개울물에 넣어둔다/귀도 하나는 그 곁에 벗어둔다"고 씌어 있
다. 귀도 하나 벗어두었으니 흰 돌멩이에 물 닿는 소리 창창 맑을 것이
다. 흰 돌멩이가 소리를 낳고 있음이리라. 청빈한 배부름이 아닐 수 없
다. 이러한 즐거운 상상은 저 부동하는 돌의 "눈과 귀"(「시월(十月)」)의 단
추를 몇 개 풀어주는 일이 될 것이다.

3. 마음속 '호랑이'를 달래는 지혜

세속의 과잉된 욕망을 청빈의 호젓함으로 걸러내고 내면의 불빛
과 상처를 칭칭 동여맴으로써 넘치려는 감정을 내명(內明)하는 빛으로
바꿔가는 절제의 과정은 '호젓함-빈(貧)-절제'라는 한 덩어리의 정신적
경로로 이어져 있다. 이러한 정신지향의 경로는 일종의 추구이지 완성된
것은 아니다. 삶이 완성에 이를 수 없는 것과 같이 호젓함과 빈(貧)과 절
제로 향한 마음은 때로 흔들리고 부서지기도 할 것이다. 무언가를 열심
히 추구한다는 것은 그것의 동요와 와해를 막아내는 일이기도하다. 이
러한 '애씀'이 지극한 경지에 이르면 '놀이'가 될 것이다. "수월 스님은/호
랑이와도 잘 놀았다고 하는데/그 호랑이가 찾아오면/무슨 말을 해서/잘

달래서 놀았을까"(「수월(水月) 스님」)와 같은 구절에는 '애씀'을 '놀이'로 바꾸고 싶은 시인의 욕망이 담겨있다. 놀이는 인간이 행하는 최고선의 실천일지도 모른다. 놀이하는 인간에게는 아무런 현실적 목적이 없기 때문이다. 그는 절제(관념 혹은 이념)조차 벗어난 천진난만한 인간이다. 그렇기 때문에 어른의 마음을 지닌 자가 무한한 자유로서 놀이하는 인간의 몰아적(沒我的) 상태에 이르는 것은 결코 쉬운 일이 아닐 것이다.

막대기로 연못 물을 때렸습니다
축대 돌을 때렸습니다
웃자란 엉겅퀴를 때렸습니다
말벌 집을 때렸습니다
사랑을 때리듯이 때렸습니다
헌 신발도 신은 채로 때렸습니다
밥솥도 밥그릇도 때렸습니다
어둠이 오면 어둠도 때릴 것이고
새벽도 소쩍새도 때릴 겁니다
하루를 다 때렸습니다

긴 하루 지나고 노을 물들면 오늘도
아무 지나는 이 없는 이 외진 산길을
늦봄인양 걸어내려가며
길에, 하늘에, 민들레 노란 꽃을 총총히 피워두면
이쁘다 이쁘다 하면서 올라오는 이 있겠지
그 말이 누군가를 막 때리는 말인 줄은 까맣게 모를 테지
여전히 나는 민들레 노란 꽃을 남기면서 내려가고 있을 거야
민들레 노란 꽃을 여럿 때렸습니다
　　　　　　　「어찌하여 민들레 노란 꽃은 이리 많은가?」 전문

인용한 시는 이 시집에 실린 시편들 가운데 가장 격렬한 동사를 동반한 매력적인 작품이다. 화자는 민들레 노란 꽃을 "이쁘다 이쁘다 하면서 올라오는 이"의 말에 대해 "그 말이 누군가를 막 때리는 말인 줄은 까맣게 모를 테지"라고 말한다. 이러한 맥락으로 미루어볼 때 '이뻐하다'와 '때리다'가 동일한 의미로 상호침투하고 있음을 알 수 있다. 시인은 왜 '이뻐하다'를 '때리다'로 전이시킨 것일까? '때리다'라는 동사에는 이뻐함의 극렬함만이 아니라 고통과 상처 또한 담겨있다. 막대기로 연못물과 어둠과 그리고 헌 신발을, 그것도 신은 채로 때리는 화자의 모습은 뜨겁고도 처연하다. 그런데 그는 "하루를 다 때렸습니다"라고 고백함과 동시에 외진 산길을 하산하며 "여전히 나는 민들레 노란 꽃을 남기면서 내려가고 있을 거야"라고 말하지 않는가. 꽃을 남긴다는 것은 아직 더 때려야 할 일이, 역으로 더 맞아야 할 일이 남아있다는 의미가 된다. 만약 이 시에 등장하는 수많은 민들레 노란 꽃이 시인의 내면에 찾아든 '호랑이'이라면? 뜨거움을 간직하면서 동시에 상처를 내지 않고 놀 수 있는 방법은 무엇일까? 우리의 마음속에 출몰하는 '호랑이'가 어디 한두 마리겠는가! 때려도 달아나지 않는 슬프고, 외롭고, 무섭고, 아름다운, 마음속 '호랑이'를 달래는 방법은?

불을 때고 등을 지지고
배를 지지고 걸게 혼잣말하며
어둠을 지졌다

장마 때 쌓은 국방색 모래자루들

우두커니 삭고
모래는 두리번대며 흘러나온다
모래여
모래여
게으른 평화여

「가을 저녁의 말」 부분

논둑길이나 걷다보면 낫는다
속이 울음인 사람
다랑이 논둑길을 걸으면 낫는다

울음 밑이 시퍼런 우물인
웃음 밑이 떨리는 절벽인
사람

다랑이 논둑길
약(藥)으로 걸으면
가을 가 겨울,

눈길 걸어
길 잃으면
낫는다

「논둑길」 전문

　　때려잡을 수 없는 호랑이를 때려잡으려 하는 것은 미련한 짓이
다. 이것이 인생에서 함께 데리고 가야 할 숙제라면 내치는 것만이 능사
는 아니다. 장석남의 '호랑이 달래기'의 방법은 움직임을 최대한 지연시

킴으로써 저 지혜롭지 못한 방식을 우회하는 데 있다. 시 「가을 저녁의 말」의 화자는 가을 저녁에 군불을 때고 홀로 외로움을 지지는 사람이다. 이 시에서 '지지다'는 몸을 따끈하게 찜질 하는 것을 의미함과 동시에 외로움을 달궈 태운다는 의미를 갖는다. "어둠을 지졌다"는 표현이 이를 뒷받침한다. 이때 누워서 외로움과 어둠을 지지는 화자는 '우두커니 삭고' 있는 모래자루와 동일화된다. 그는 누워서 외롭고도 슬픈 '게으른 평화'를 누리는 것이다. 이것은 서두르지 않고 시간을 견디는 일이기도하다.

시 「논둑길」에서 화자는 "울음 밑이 시퍼런 우물인/웃음 밑이 떨리는 절벽인/사람"의 마음을 달래기 위해 "다랑이 논둑길/약(藥)" 삼아 걸으라고 권유한다. 다랑이 논둑길은 산비탈에 구불구불 펼쳐져 있다. 직선로가 시간의 단축을 목적으로 한다면 이 우회로는 시간의 지연과 관련한다. 지연은 호흡을 느리게 함으로써 심신에 휴식을 주는 방법이다. "가을 가 겨울" 오기까지 마냥 걷다보면 시퍼런 우물도, 떨리는 절벽도 구불구불한 길에 묻혀 그 수렁의 깊이를 잃을 듯도 하다. 곧장 가면 우물에 빠지거나 절벽으로 떨어지지 않겠는가. 해서 "길 잃으면/ 낫는다". 그런 의미에서 '눕다' 혹은 '걷다'와 같은 느린 움직임은 광기적 속도의 삶에 대응하는 하나의 지혜로 의미화된다.

이와 같은 발상은 장석남의 다른 시에서도 빈번하게 발견되곤 한다. "오도카니 앉아 있습니다/이른 봄빛의 븐주를 바라보고 있습니다"(「안부」), "다만/앉아 있는 것/서성이는 것/그것만이 대답인"(「하문(下問)·2」), "다홍의 웃음 같고/다홍의 울음 같은/끝내 터지지도 않는/

중부 이북/시월의 석류"(「시월의 석류」)와 같은 구절이 모두 그러하다. 아울러 "해마다 곡마단같이 장미는 와서/허기와 과식을 치장해주고/기침 너머의 쓰고 지린 사랑의 풍경을 가려주던"(「술래 3」)과 같은 구절에서 보이는, 고통을 가리는(숨기는, 혹은 감추는) 행위도 이와 무관하지 않다. 적나라한 고통과 상처를 가리거나 다른 것으로 대체하는 상상력은 장석남의 시에서 생래적이라 할 만큼 본질적인 것이다. 예를 들어 그의 첫 시집에 실린 「추억에서의 헤매임」에서 "어머니는 해마다 밭둑에 옥수수를 심어/우리집 울음을 대신 울게 했지 아침이면"(『새떼들』)과 같은 구절의 옥수수밭 또한 그러하다. 이러한 삶의 고통은 '술래잡기' 놀이처럼 감춤과 드러남이라는 운동양태로 반복된다. 고통을 줄이는 방법은 감추고 드러나는 삶의 운동성을 가급적 지연시키는 것이다. 이것이 호랑이와 함께 호젓해지는 일이기도하다.

4. 매운 그늘의 시간

수많은 우여곡절에 부침하면서, 기쁨과 슬픔을 넘다보면 시간은 자기 몸의 양을 줄여 일생일대의 '호랑이'를 몰고 온다. 그것은 다름 아닌 바로 죽음이다. 슬픔과 외로움은 해소할 수 있어도 태어난 모든 생명은 죽음의 드라마를 벗어날 수 없다. 인간의 이 절대적 숙명이야말로 숙제 가운데 가장 큰 숙제라 할 수 있다. 문제는 시간이 빠져나간 자리에 서서히 죽음의 자리가 만들어진다는 사실을 알고 있다는 데 있다. 소멸에 대해 안다는 것은 쓸쓸한 일이며 고통스러운 일이다. 하지만 소멸에 대한 인식은 모든 인간적 행위와 사유의 근본 동력일지도 모른다. 장석남은 이러한 실존성의 시간을 '된 그늘'로 표현한다.

「중년」 전문

이 시에서 여린 살처럼 펼쳐진 봉숭아 꽃잎의 '분홍 한 필'과 중년에 이른 우리들의 '된 그늘 두어 필'은 젊음과 나이 듦, 얇음과 두터움, 환함과 어둠이라는 대립적 의미망을 형성한다. 여기서 우리가 펼쳐놓은 '된 그늘'은 짙고 힘겨운 우리의 그림자, 즉 나이의 무게를 드리운 존재의 상이라 할 수 있다. "먹던 물 대접 뿌려서 마당귀 돌멩이들 웃겨 놓고서/민둥산을 이루었네"라는 구절은 중년의 나이에 이른 '우리'들의 여유와 허함을 동시에 드러낸다. 돌에 물을 뿌리견 감추어진 돌의 빛깔과 무늬가 절묘하게 두드러지는데 이를 돌멩이를 웃겨 놓았다고 표현하고 있지만 이는 한편으로 그걸 보며 '우리'가 웃는 풍경이기도 하다. 이러한 여유로운 풍경은 된 그늘을 드리운 '민둥산'과 어우러지면서 허전함으로 흘러간다. 시 「물과 빛과 집을 짓는다」에서 '된 그늘'은 '매운 그늘'로 심화된다.

조감도를
그린다 눈을 감고
빛이 오는 쪽을 바라보고 그림자를
앉힌다
나무를 심고 나무가 자라고 나무가 석양 속에 서서 굽어보는 장소
에 방을 앉힌다
나무의 빛이
초승달이 되고
북두칠성이 된다
하나 둘 셋 넷 다서 여서 일굽 일굽 일굽
기울어진다
부엉이도 옛날처럼 찾아오리

비가
온다 빗금으로 오고 김장 청무우가 젖는다
빗물받이 홈통에 한 줌씩 내려앉는
하늘의 기별
귀가 부스럭거리며 무너져내리고
개울을 따라 흘러가버린다
집은 하늘의 귀를 가져서
빗물의 고백을 빠짐없이 듣는다
이슬의 노래를 듣는다
눈보라의 독백은
오래 앉을자리가 없다는 것!
별과 별자리 움찔움찔 지나간다

그리고
집이 빈다 숨결은
상강(霜降) 후의 칸나처럼 상부의 붉은 꽃대를 놓는다

장석남의 다섯 번째 시집 『미소는, 어디로 가시려는가』에 실린 수작 「방을 깨다」를 기억하는 독자라면 짐작할 수 있듯이, 이 시인에게 '집'은 존재의 외관을 의미하는 비유적 표상물이라 할 수 있다. 그의 '집 짓기'는 허물고 세우고 수리하는 과정을 반복하곤 하는데 이러한 집짓기의 노역은 모두 자아의 재구축, 혹은 자아성찰과 관련한다. 인용한 시 「물과 빛과 집을 짓는다」 또한 존재의 실존성에 대한 인식을 '집짓기'로 비유한 작품이다. 이 시에서 집짓기는 눈을 감고 상상에 의해 이루어진다. 그 상상은 오랜 세월을 거쳐 '그늘 매운 집'으로 완성된다. 그렇다면 집은 어떻게 지어지는가? 1연에서 화자는 "나무가 석양 속에 서서 굽어보는" 서쪽에 방을 앉힌다. 그곳에서 별들은 기울어진다. "부엉이도 옛날처럼 찾아오리"라는 표현으로 짐작해보면 호젓한 방으로 느껴진다. 2

연에서는 빗소리(눈보라)로 가득한 집을 그리고 있다. 아울러 "눈보라의 독백은/오래 앉을자리가 없다는 것!"이라는 구절에서 바삐 지나가는 눈보라의 형상을 감지할 수 있듯이 이제 "하나 둘 셋 넷 다서 여서 일굽 일굽 일굽" 기울던 별들이 "움찔움찔 지나간다". 이는 시간이 빠르게 지나감을 함의하는 것이다. 3연에서는 급기야 빈 집의 황량한 꽃밭이 부각된다. 1~3연의 맥락을 형성하는 서술어들을 대강 짚어보면 '앉힌다-기울어진다-젖는다-내려앉다-무너져내린다-흘러가버린다-듣는다-지나간다-(집이)비다-(담이)넘어가다-야위다-(향기를)뿌리다'로 이행한다. 이러한 서술어의 이행은 방을 앉히고 그곳에서 '김장 청무우'로 함축되는 생활을 이루고 다시 빈 집이 되어 무너지는 시간의 추이를 드러낸다. 앉히고 흘러가고 야위는 과정이 한 존재의 일생과도 같다. 여기서 앞서 살펴보았던 시 「고창 선운사」의 시든 국화와 동백을 상기할 필요가 있을 듯하다. 「물과 빛과 집을 짓는다」의 3연에서 시인은 "담이 넘어가고 바람이 야윈" 빈 집의 마당에 국화의 향기를 뿌리고 백일홍의 붉음을 세운다. "향기처럼 소멸"을 빌고 있는 것일까? 석양으로 지었던 집은 '그늘 매운 집'으로 나이를 먹고 소멸한다. 그 소멸의 지점에서 붉고 짙게 타오르는 백일홍의 불꽃은 '재'로 이행해가는 존재의 다비식과도 같은 것이리라. 화자는 '매운 재'로 누워 이를 상상한다. '매운 재'는 소멸 뒤에 남는 존재의 흔적이라는 점에서 이 시의 집짓기는 죽음에 대한 상상과 맞물린다. 이전 시집에 실린 「나의 하관」(『빰』), 그리고 여기에 실린 「초당에 가서」, 「입적(入寂)」 또한 이러한 존재의 소멸을 되묻는 작품이라 할 수 있다.

죽음을 성찰하는 존재의 시간은 '그늘 매운' 시간이며 '된 그늘'의 시간이다. 이 시간은 쉽게 넘어서기 어려운 존재의 어둠을 내포한다. 그 무엇으로도 대체 불가능한 것이 존재라면 죽음 또한 대체 불가능한 삶의 본질적 사태이다. 그것은 누구나 혼자 맞이해야 하는 "시큼하고 외로운 水路"(「수로(水路)에서」)일지도 모른다. 이 실존의 고통을 어떻게 달랠 것인가? 장석남이 시를 통해 보여준 소멸에 대한 실감나는 상상들은 과연 어디로 풀려갈 것인가? 일생일대의 호랑이를, 짙고 매운 그늘의 시간을 어떻게 호젓함으로 껴안을 것인가?

무엇이 문제적인가?

- 송진권과 조인호의 경우

1. '새로운 것'에서 '문제적인 것'으로 초점을 이동하여 사유하기

한 편의 시를 어떻게 읽을 것인가, 즉 읽는 자의 관점과 태도를 어디에 둘 것인가를 고민하는 일은 곧 작품의 가치를 발견하는 문제와 연동된다는 점에서 읽기행위의 매우 중요한 출발점이라 할 수 있다. 이는 좋은 작품을 이루는 여러 가지 자질 가운데 하나를 선택하고 초점화하는 작업과 다르지 않다. 그간 우리 시에서 거듭 요청되었던 자질 가운데 하나가 '새로움'의 유무와 관련한다. 새로움이 여전히 현대시의 중요한 자질인 것을 부인하기는 어렵다. 그러나 나는 제목에서 표방하고 있듯이 우리 시에서 '무엇이 새로운 것인가'라는 물음을 유보하고 이 물음을 '무엇이 문제적인가'로 바꾸어 생각하고자 한다.

현대의 모든 예술을 이야기하는 과정에서 가장 쟁점이 되었던 것 가운데 하나가 '새로움'이라 할 수 있다. 이는 현대미학이 개성미로 귀결된다는 사실에서 기인한 것만은 아니다. 아울러 새로움을 발견(창조)하고 향유하고자하는 충동 이면에는 인식의 확장이라는 사유의 운동태만이 존재하는 것은 아니다. 새로움에 대한 추구에는 권태로운 심리의 일상적 누적과 그에 대한 일시적 돌파구를 마련하고자 하는 의식이 잠재적으로 작용한다. 이 글에서 '새로움'을 '문제적인 것'으로 바꾸어 생각해보고자 하는 까닭은 '새로움'에 대한 강박증(?)과 무분별하게 새로움을 추종하는 경박한 풍토로부터 거리를 확보하기 위함이다. 이는 또한 간혹 '새로움'의 추구에 역으로 권태로운 심리의 발현이나 애써, 부질없이, 독자에게 충격을 가하고자 하는 통속 심리가 작동하는 것이 아닌가 하는 우려와도 맞물린다. 이천 년대에 스펙터클한 시각적 이미지의 난립과 그에 동반된 그로테스크한 도발의 서사가 반복·재생산되었던 까닭이—영화관에서 공포물을 즐기는 것과 마찬가지로—무의식적으로는 앞서 말한 우려와 무관하지 않다는 판단이 든다.

　　한 예술작품이 문제적인 것으로 판단될 경우 거기에는 분명 이미 존재하는 내용과 형식의 반복을 넘어서는 새로운 국면이 있어야 할 것이다. 그러나 모든 새로움이 진리 혹은 진실을 대표한다는 도식을 경계할 필요가 있다. 어떤 새로움은 그 참신함의 여파가 일회성에 머물 수도 있으며 더 나아가서는 우리의 시선을 현혹시키는 기만적 매개로 기능할 수도 있다. 따라서 새로운 소재와 형식의 등장이 곧 작품의 예술적 수준을 확신할 수 있는 근거는 아니다. 내가 이 글에서 '문제적'이라고 말하는 것은 그 작품 세계의 존재성이 물음과 사유와 고뇌를 매개하는 경우를 의미한다. 송진권의 시집 『자라는 돌』과 조인호의 시집

『방독면』이 그러한 예로 판단되는데, 둘 다 첫 시집이라는 점에서 공통 적이지만 그 내용과 형식은 매우 대조적으로 읽히는 경우이다.

2. 송진권의 해묵은 서정으로의 회귀는 아직 유효한가?

송진권의 『자라는 돌』은 경험의 깊은 단절을 무릅쓰며, 아니 의 도화하며 묶여진 시집이라 할 수 있다. 굳이 '의도화'라는 말로 표현한 이유는 이야기시를 통해 드러낸 그의 해묵은 서정이 현대의 감수성으 로 재해석된 것과는 거리가 먼, 어찌 보면 고스란히, 작정한 듯 재현되기 때문이다. 시에 등장하는 사물, 인물들, 사건, 습속, 사투리, 향토적 지명 모두가 특히 1990년 이후 출생한 독자들 대부분이 경험하지 못했던 과 거의 생활세계, 혹은 정서를 드러낸다는 점에서 그러하다. 아마도 시인 (1970년 출생)과 동시대를 살았던 사람들에게조차 송진권의 시세계는 매우 낯선 과거로 읽혀질 가능성이 큰 것으로 보인다. 그것은 그의 화자 가 "뿔이 돋기 전/이도 나기 전/그저 하나의 숨이었을 때/보드라운 살 덩이 하나로/살붙이들 가슴에 안겨서 들었을"(「맹꽁이 울음소리-못골 7」)그런 이야기들이다. 예를 들어 상여막, 뜸베질, 모새방, 뜰팡, 똥타배 기, 건건이, 쇠죽, 갱엿실, 감발, 달구새끼, 조막손이, 두억시니, 방짜, 주먹 강생이, 영각, 해토, 왜장, 따뱅이, 씨갑시, 시우쇠 같은 어휘들과 더불어 귀신이나 이무기가 성새미, 조맹선, 박딸금, 김옥심, 곰보네, 청상인 정자 년 그리고 할머니와 고모 같은 사람들과 뒤섞이며 공존하는 생활세계 의 조각들이라 할 수 있다. 오래 전 돌아가신 할머니의 낡은 유품에 수 놓아진 그런 무늬, 이용악이나 백석의 시에서나 보았던 습속, 시인과 동

향인 정지용 고향의 잔상들 혹은 미당의 질마재 신화나 박용래의 향토
성과 끈이 닿아있는 그런 해묵은 고향 이야기, 탈근대라 지칭되는 현재
민속박물관에서나 체감할 수 있는 그런 이야기의 재현처럼 느껴지는데,
이러한 세계에 드물게 산업화 시대의 흔적이 스며있기도 하다. 이 같은
송진권의 시세계에 역으로 컴퓨터를 비롯한 현대의 첨단 기술의 사물
들을 비춰보면 그것들이 오히려 아주 이질적이고 생소하게 느껴질 정도
이다.

　　시집 해설을 쓴 조강석은 송진권의 시세계를 '상처와 심연'을 나
란히 세운 심리적 마을로 의미화한다. 조강석의 이러한 해석에 동감함
에도 불구하고 나는 이 시인이 펼쳐낸 실감나는 언어적 사실성을 다만
'심리적'인 것으로 환원하는 것에 대해 판단을 중지한다. 특히 시집 3부
의 못골 연작에 등장하는 화자의 목소리가 이제는 명멸하는 오래된 농
경문화의 감성적 경험과 분리되지 않기 때문이며, 그 목소리가 현대성
에 의한 재련(再鍊)을 거부하고 있기 때문이다. 예를 들면 "어둠속에 묻
힌 길이 이무기처럼 희게 희게 배를 뒤집고 떠오르면 꺼칠한 할머니 손
힘주어 잡은 내 손에도 어느새 땀이 배어나곤 했는데요 아귀아귀 달빛
에 파먹힌 어둠을 따라 할머니 머리에 인 고구마넌출 내 목덜미에 늘어
져 저 축축한 어디 먼 데 사는 귀신의 혓바닥일지도 콜라 오스스 무서
리가 목덜미를 따라 내릴 때면"(「달 속의 할머니-못골1」)에서 체감되는
목소리는 아득한 기억의 생생한 호출이라 할 수 있다. 여기에 이 아득한
기억을 바라보는 또 하나의 시선이 겹쳐있다.

순두부 빛 살구꽃 덩을덩을 엉긴 마당
돼지기름 미끈한 고깃집에 앉아
구쿰한 비지장을 먹는다
도야지 비계와 신김치가 들어간 비지장을
한 숟갈 퍼넣고 썩썩 비비면
간수 먹은 하늘에 뿌옇게 엉기는 별
장판이 타들어가게 불을 지핀 아랫목
비지장 띄우는 내
곱은 손을 호호 불어주던 사람도 가고
송아지에게 덕석을 입혀주던 이들도 갔지만
아직 무르던 발굽은 잊지 못한다
그 퀴퀴하다고만 할 수 없는
구쿰한 비지장 띄우는 냄새를

손님이야 있건 말건 꾸벅꾸벅 조는 사내를
뚱뚱한 여자는 쉰 목소리로 타박하다
개숫물을 행길에 함부로 뿌린다
비로소
고향이다

「비지장 먹는 저녁-못골18」 전문

이 시의 화자는 "곱은 손을 호호 불어주던 사람도 가고/송아지
에게 덕석을 입혀주던 이들도 갔지만/아직 무르던 발굽은 잊지 못한다"
고 고백한다. 이제는 사라진 세계, 그러나 여전히 기억 속에 살아있는
경험의 세계, 그것이 송진권의 '못골'이다. 시적 화자는 잊을 수 없는 고
향의 생활 역사를 다이앤 에커먼이 『감각의 박물학』에서 '침묵의 감각'

이라고 했던 후각의 원초적 촉발을 통해 확인한다. "그 퀴퀴하다고만
할 수 없는/구쿰한 비지장 띄우는 냄새"는 과거의 시간 속으로 그를 밀
고 간다. 살구꽃이 덩을덩을 엉기고, 간수 먹은 하늘에 뿌옇게 별이 엉
기고, 구쿰한 비지장 띄우는 냄새가 엉기는 거기가 "비로소/고향이다".
"어서어서 가자구요/귓가에 쟁쟁한데 생각이 안 나는/그 노래 속으로/
꽃을 따며 놀던 데로"(「꽃을 따서 놀던 것이」), 사라진 어머니와 할머니
에게로 그는 회귀한다.

　　　그곳은 "손님이야 있건 말건 꾸벅꾸벅 조는 사내"와 "개숫물을
행길에 함부로" 쏟아버리는 느슨하게 이완된 공간이다. 도시의 숨 막히
는 속도를 거스르고, 합리적 질서와 규율의 치밀함도 별로 소용되지 않
는, 졸거나 함부로 해도 되는 그런 무질서의 질서로 이루어진 공간이라
할 수 있다. 즉 진보와 생산의 패러다임이 차단되어 있는 반근대적 풍경
의 조각인 것이다. 한편 서러운 삶의 사연으로 얼룩졌을지라도 그곳은
"엉덩이를 툭툭 치는 할머니가/소복이 차려내신 밥상"(「배부른 봄밤-못
골8」)처럼 배부르고 그득한 곳이며, 반대로 이제는 사라졌다는 점에서
돌이킬 수 없는 결핍이 내재하는 곳이다. 시인의 시선은 이 포만과 결핍
사이에 놓여있다. 그리고 '비로소 고향'인 그곳으로 엉겨든다. 송진권의
필사적(必死的)인 재현의 언어는 바로 이 같은 포만과 결핍의 자리에서
생성된다.

　　　　우리 소야 워낙에 초산이라 부쩌지 못하고
　　　　들락날락 일났다 앉았다 용을 쓰는디
　　　　초저녁부터 시작된 산통이 새벽까지 가는디

「걸음마-못골4」 부분

인용한 부분에는 소가 새끼를 낳는 장면이 묘사되어 있다. 이 장면은 기술복제시대의 스펙터클한 볼거리에 비하면 상대적으로 소박한 사건에 불과할지 모른다. 그러나 송진권의 언어는 이 소박한 볼거리의 실감을 위해 총력을 기울이는 듯하다. "양수 터진 누런 달빛", "불알이 똑 인절미 매달아논 거 거튼 눔"과 같은 은유의 생생함이 이를 뒷받침한다. 송아지의 불알이 '인절미'로 치환되었을 때—너무나 적절하고 참신한 은유가 아닌가!—어린 생명에게서 전해지는 말랑말랑한 느낌과 그것이 주는 풍요롭고도 애틋한 정서를 우리는 한꺼번에 경험하게 된다. 인절미 같이 작고 말랑한 불알을 달고 생의 첫 걸음을 '부들부들 떨며' 시작하는 송아지의 모습은 얼마나 경이로운가.

여기서 다시 한 번 눈여겨볼 것은 송진권의 은유들이다. 그의 은유의 스펙트럼은 이상(李箱)과 같은 시인에게서 발견되는, 경험의 다채로운 층위를 넘나드는 복합적 인식의 현란함과는 거리가 멀다. 그의 은유가 대부분 농경문화라는 하나의 세계를 향해 응집되어 있기 때문이

다. 예를 들어, '한 가마니 쏟아진 별들', '갱엿 실같이 끈적하게 늘어진
사투리', '어깨를 마른나무거치 구부린/강물', '하지감자가치 폭신하게
익은 달', '날비지 거튼 함박눈', '시래기 거튼 푸석한 손', '숟가락 같은
상현달', '믜어 가시 같은 억세디억센 세상', '중천에다 앙큼하게 그어진
달을 기워놓고', '귀퉁이가 깨진 달' 등에서 표현된 보조관념들은 농경
사회의 음식이나 질박한 생활과 깊이 연관된 것들이다. "중천에다 앙큼
하게 그어진 달을 기워놓고", "귀퉁이가 깨진 달"에서 보이는 '깁다(꿰매
다)', '귀퉁이가 깨지다'와 같은 서술어에 의해 달과 생활을 결합하는 방
식은 일찍이 장석남의 「달과 수숫대-"貧"」이라는 작품에서 보았던 은유
적 결합이기도한데, 어쨌든 송진권의 모든 보조관념들은 도시적인 인공
사물들에 비추어보면 상대적으로 자연물에 가깝다할 수 있다.

　　시인은 이와 같은 은유와 더불어 사라진 농경생활의 실감나는 전
달을 위해 독특한 질감의 의성어와 의태어를 수없이 불러낸다. 의성·의태
어는 일상생활에서도 자주 사용되는 어법이기도한데, 『자라는 돌』에 등
장하는 나붓나붓, 아귀아귀, 씀벅씀벅, 톰방톰방, 싸목싸목, 덩을덩을, 두
릿두릿과 같은 의성·의태어는 참신한 문맥을 형성함과 동시에 산문으로
설명하기 어려운 감각을 살려내는 데 성공한 것으로 보인다.

귀뚜라미 여치 우는 소리가 씀벅씀벅 마당에 꽉 절었는데요
「달 손의 할머니-못골1」 부분

똑 꿈속거치 둥둥 뜬 거거치 싸목싸목 가는디
「절골-못골5」 부분

마당 하나 가득 절은 가을벌레 소리는 '쏨벅쏨벅'으로, 둥둥 떠
서 가는 걸음은 '싸목싸목'으로, 탐스러운 벗꽃은 '덩을덩을'로 표현되
고 있는데 이는 사물의 형상과 움직임을 우리의 감각기관으로 직접 전
달함으로써 설명 불가능한 느낌을 체험케 한다. 즉 송진권의 의성·의태
어는 대상의 생기를 포착하는 '몸의 언술'로서 기능하는 것이다. 이 모
두가 뿜어내는 시각적·음악적 생기는 궁극적으로 그의 해묵은 서정이
뒤집어쓰고 있는 낡음의 먼지와 늙음의 시들함을 쇄신하는 역할을 한
다. 이러한 의성·의태어의 작용력과 함께 생각해볼 또 하나의 측면은 그
의 시에서 자주 발견되는 민요조의 병렬구조이다.

　　병렬을 이루는 민요조의 상투적 문구의 대응을 통해 시인은 어떤 시적 효과를 의도하는가? 특히 민요에서 차용된 병렬적 문장은 자칫 시를 진부하게 만들 수 있다는 점에서 위험성을 갖는다. 그러나 송진권의 시에서 병렬적 문장의 적절한 사용이 만들어내는 리듬은 가난하고 설움 많은 농경생활의 무게를 노랫가락으로 덜어내고, 민요조의 친근한 정감의 세계로 이끄는 데 기여하는 것으로 보인다. 그런 의미에서 민요조의 병렬 구조의 차용은 은유나 의성·의태어와 마찬가지로 농경생활의 실감을 위해 구사된 시적 형식이라 할 수 있다.

　　송진권의 첫 시집 『자라는 돌』은 왜 문제적인가? 시인이 호출한 해묵은 이야기들은 일종의 농경 미시사의 조각들이라 할 수 있다. 그의 시세계는 이미 사라졌다고 여겨지는 농촌 공동체의 이야기들을 탈근대로 이행하는 시간의 선상에 올려놓았다는 점에서, 문제적이다. 과연 이러한 이야기시는 아직 유효한가? 속도와 질서와 정서와 인간관계가 지금과는 전혀 다른 세계, 그러나 분명 우리의 생활역사의 한 부분을 차지했던 풍경과 정감의 실감나는 재현을 우리는 어떻게 받아들여야 하는가? 이는 다만 한 개인으로서 송진권의 유년과 고향으로 회귀를 위한 여정인가, 아니면 근대성에 대한 강력한 항의와 저항 나아가서는 혐오를 이면화한 기획인가? 여기서 한 가지 말해볼 수 있는 것은 송진권의 해묵은 남도 서정의 세계는 생활을 객관적으로 기록한 역사물보다 생생함을 지닌다는 점이다. 역사 기록이 할 수 없는 그 무엇을 시의 언어가 성취해내고 있다는 점을 강조하고 싶다.

3. 조인호의 극단적 파국의 상상력은 과장인가 진실인가?

우리의 일상에는 쇼핑몰과 공원과 놀이동산, 학교, 정비된 도로, 병원이 있으며, 컬러텔레비전과 안락의자, 음식이 가득한 냉장고, 그리고 사랑스런 가족과 애완견이 있다. 조인호의 첫 시집 『방독면』은 이 자연스러운 일상적 공간과 사물이 제거된 종말론적 세계를 우리 앞에 폭탄처럼 투하한다. 거기에는 45구경 매그넘과 광석, 망치와 곡괭이와 오함마, 크레인, 철콘크리트로 이루어진 지하방과 유리 돔, 철의 언덕, 열차포, 안개, 재, 석탄, 방독면과 철가면, 소년과 소녀, 그리고 인류최후병기로서 시인이 등장한다. 시인은 시 「최종병기시인훈련소(最終兵器詩人訓鍊所)」에서 "지상의 모든 강철무기들과 생화학무기 그리고 절대적 핵무기를 초월하기 위하여, 우리 훈련병들은 하루하루 강도 높은 훈련을 견뎌내고 있다." 그리고 "최종병기시인의 초월대상 목표는 바로 핵이다. 핵폭발로 피어나는 거대한 버섯구름을 최종병기시인은 '웃음버섯'으로 바꿀 수 있어야 한다."고 말한다.

짐작할 수 있듯이, 조인호의 시를 내용 면에서 분류하면 일종의 '전쟁시'라 할 수 있다. 모두가 부르주아의 안전한 울타리를 쟁취하기 위해 온몸을 집중시키는 이 시대에 '전쟁시'라니! 오래 전부터 우리에게 재난은 일종의 '볼거리'로 기억되지 않았던가. 더욱이 격렬하고도 숭고한 정신을 우상화했던 낭만적 이데올로기가 종식되어가는 마당에 최후의 혁명군(최종병기시인)으로서 시인의 부활을 선언하는 것은 시대착오적인 생각이 아닌가? 격렬한 감정이나 열정, 신념, 희생 따위를 덜 세련된, 혹은 부담스러운 태도로 여기는 후기산업사회의 냉정한 예의범절(?)의 여파가 우리 시에도 적지 않게 영향(예를 들면 다뜻한 혹은 뜨거운 서정에서 차가운 서정으로의 유래 없는 점진적 이동 현상)을 끼치고 있는 요즘이 아니던가. 시대착오적인 것이 아니라면, "나는 최종병기시인훈련소의 일원으로써 선봉군임을 자랑한다"(「최종병기시인훈련소(最終兵器詩人訓鍊所)」)라는 그의 유머러스한 선언은 현실에 대한 가장 냉철한 판단에 따른 도덕적 선택인가? 이러한 물음이 그의 시적 발상을 문제적인 것으로 사유하도록 이끈다.

식탁엔 한 사람이 앉아 있다.

그는 생각하는 사람이며 그는 한 세기를 넘게 살아왔다.

백 년 전 거리의 안개 속에서 그는 우산과 함께 있었고 그때 모든 것이 희미해지기 시작했다. 안개 속에서 우산을 쓴 사람과 마차가 충돌하는 일은 벌어지지 않았다. 백 년 전 가스등 아래로 검은 석탄 비가 추적추적 내리던 날들은 지나갔다.

백 년 후 식탁엔 한 사람이 앉아 있다.

그는 백 년을 생각하는 사람이며 그는 한 세기를 넘게 생각했다.

백 년 동안 가스등 아래의 안개는 빵과 함께 숙성돼왔다. 그때 모든 빵은 희미해지기 시작했다. 어쩌면 그는 백 년 동안 빵 하나만을 생각해왔는지 모른다. 그 빵은 백 년 동안 생각 속에서 구워지고 있었다.

「백 년 후-생각하는 빵」 전문

이 시에 등장하는 '백 년을 생각하는 사람'은 누구일까? 그는 가
스등과 석탄과 곡괭이가 생활과 노동을 이끌었던 시절, 즉 근대문명이
출발했던 지점을 지켜보며 백 년 동안 숭고한 삶의 기획을 꿈꾸었던 호
모사피엔스라 할 수 있다. 그러나 그가 백 년 동안 생각으로 구워왔던
'빵'은 단 한 번도 식탁 위에 오른 적이 없다. '안개'는 꿈꾸었던 '빵'을
자꾸 희미하게 만들었으며, 근대의 광활한 개척지를 개간할 '곡괭이'를
녹슬게 하였다. 빵의 형상으로 풍부하게 뭉쳐졌던 근대의 꿈은 어디로
갔는가? 비어있는 식탁과 녹슨 곡괭이만 남은 이 참담한 몰골의 근대기
획, 그 실패를 시인은 이렇게 형상화한 것이다. 그렇다면 우리의 철의 문
명, 근대는 어디로 흘러갔는가?

살며시 고개를 돌렸을 때 창밖엔 붉은 비가 니렸었다.
무한(無限)한 붉은 철판으로 용접된 하늘은 이미 늙어 있었고 어
떠한 예보도 없이 그저 붉은 녹물이 흘러내렸었다.
그날 나는 딱 한번 울었다.
그리고 유아세례를 받듯이 방독면을 뒤집어썼고,
그 순간부터 어떤 누구도 내가 우는 모습을 볼 수 없었다.
「불가사리ㅌ - 제국에서 보낸 한 철(鐵)」 부분[1]

붉은 비가 내리는 음울한 하늘과 이미 늙어버린 철의 세계는 조
인호의 시 전반에 깔려있는 공간적 분위기다. '철'의 상징으로 꿈꾸었던
근대문명은 이제 늙은 창녀처럼 녹물을 하혈하는 중이다. 조인호의 시
에서 그것은 "방독면을 뒤집어쓴 채 밤거리를 헤개는 몽유의 세계"(「괴
뢰희(傀儡戲)」), 총천연색의 세상에서 탈색된 "불타는 재의 나날"(「흑백
의 왈츠-염색공장의 가축들」), "푸른 녹이 낀 오래된 청동 족쇄"(「야훼
הוה」)로 야훼를 감금한 냉동고, 지독한 가뭄으로 말라버린 아버지의
몸(「위험한 물」)으로 묘사된다. 이 같은 세계의 마지막 순간에 시인은
최후의 한 소년을 채굴한다.

광석의 날, 그리하여 나는 최후의 한 소년을 채굴했다.

가령,
내가 메카의 검은 돌을 향해 절하는 무슬림처럼 세상 가장 낮은
자세로 울고 있을 때

---

1) 인용한 시 「불가사리ㅌ - 제국에서 보낸 한 철(鐵)」은 원래 세로쓰기로 표기되어 있으며 왼쪽에서 오른쪽으
로 읽도록 되어있다.

혹은
내가 세상 가장 낮은 곳에 파묻힌 어느 광석처럼 뜨겁게 웅크린 채
벌벌 떨고 있을 때

우라늄, 그것은 내게로 온다.

그 숭고한 돌은 최후의 한 소년을 세계 밖으로 노출시킨다.
내가 그 소년을 위하여, 최후의 곡괭이를 들어올릴 때

광석의 날이 밝아왔다.

최후의 곡괭이 날 끝
고드름처럼 매달린 채
번쩍이던 빛이여
눈부시다,
그리하여 빛이 소리보다 빠르다는 사실이, 이 시의 핵(核)이다.

*

태양이 달을 살해하던 날

최후의 소년은 검은 재(災)로 변한 아버지를 등에 업고 북으로 떠
난다. 멀리서 보면 그 소년은 태양의 흑점처럼 이동한다.

고독한 흑점 하나가
극(極)에 도달할수록

우라늄, 그 숭고한 돌이 눈을 뜨기 시작한다. 최후의 소년이 백야
(白夜)의 땅 한가운데에서 발견한 것은 작은 돌멩이 하나였으므로

이제, 돌을 심판할 때이리라!

들어라, 그 눈먼 돌은 죄가 없다. 그 돌은 가난한 자의 주먹처럼 천

연하다. 그 돌을 20세기의 호주머니 속에서 채굴한 힘은 누구인가.

　　　　*

알 수 없다.

그리하여, 나는 아침의 식탁 앞에 앉아 있었다.

뜨거운 아침의 수프와
그 옆에 놓인 은색 스푼 위,
반짝이던 빛을
퍼먹을 때

우우우…… 벌어지던 나의 아침의 입이여,

언제나 빛은 소리보다 먼저 내게 온 것이었다.

그날 아침 최후의 모음(母音)처럼.

　　　　　　　　　　「우라늄의 시(詩)」 전문

　　백 년 동안 생각 속에서 녹슬고 있던 곡괭이가 이 시에서는 최후
의 한 소년을 채굴하기 위해 번쩍 들어올려진다. 울며 벌벌 떨고 있는
내게로 '우라늄'이 오고 있기 때문이다. 우라늄으로 상징되는 종말의 지
점에서 최후의 곡괭이로 최후의 한 소년을 세계 밖으로 노출시키지 않
으면 안 되는 것이다. 이 소년은 누구일까? '검은 재(災)로 변한 아버지',
이 잿더미의 기원을 걸머져야 할 비극의 주인공, 아직은 소년인 그가 극
점에 도달했을 때 우라늄은 눈뜨기 시작한다. 소년은 떠나고 '나'는 아
침 식탁에서 최후를 맞이한다. 시인은 인류의 마지막 순간을 다음과 같

이 극적으로 처리한다. "뜨거운 아침의 수프와/그 옆에 놓은 은색 스푼 위,/반짝이던 빛을/퍼먹을 때". 이는 아침 식사를 하는 평범한 일상이 한 순간 먼지로 증발해버리는 차가운 공포의 한 장면이다. 이 시에서 '나'가 시 「백 년 후-생각하는 빵」에 등장한 백 년 동안 곡괭이를 든 채 생각을 파왔던 바로 '그'라면 이는 얼마나 허무한 최후인가.

시집 『방독면』의 '2부 제국에서 보낸 한 철(鐵)'은 1945년 실제 있었던 원폭 사건을 서사적으로 재구성한 부분이다. 앞서 살펴본 「백 년 후-생각하는 빵」과 「우라늄의 시(詩)」는 근대기획의 실패와 원폭 사건을 함축한다는 점에서 2부와 가장 긴밀하게 연결된 작품으로 판단된다. 2부의 초반부(「불가사리二-1945년 팔월에 빨간 버튼」)를 보면, "방독면이 없는 사람들이 모두 죽은 후 우리만의 세계를 건축하자", "그 모든 무서운 얼굴들이 열쇠 구멍 속으로 빨려들어가도록 우리 함께 빨간 버튼을 누르자"라는 장난스런 결의로 핵전쟁을 선포하는 장면을 볼 수 있다. 드디어 핵은 터지고 시의 말미에서 화자는 "무한의 어둠 속에서/알몸으로 웅크린 채/나는 「배아줄기세포」처럼 어느 한 인간을 예감하고 있었다.//비로소//나는 방독면을 천천히 벗기 시작했다."고 비장하게 말한다. 여기서 화자가 예감한 '한 인간'은 누구일까? '검은 재(災)로 변한 아버지를 등에 업고 북으로 떠난' 최후의 소년인가? 최종병기 시인인가? 사실 조인호의 시에 등장하는 '소년'은 단순하게 규정할 수 없는 복합적 상징물이다. 그들은 때로 썩지 않는 햄버거를 먹으며 잔인한 생존 투쟁을 마다하지 않는 존재이기도 하다. 그럼에도 '소년'과 '시인'은 검은 재로 변한 근대사를 등에 업고 핵으로부터 초월을 감행하고자 한다는 점에서 동질적이다. 이들은 핵폭발의 거대한 '버섯구름'을 '웃음버섯'으로 초월하고자 한다.

조인호의 '파국의 상상력'은 허구로 구성된 게임 시나리오가 아니라는 점에서, 억지스러운 환상의 축적이 아니라는 점에서, 실제 역사에 근거해 있다는 점에서 긴장감을 갖게 한다. 으리 시에서 근대 100년의 과오를 이 만큼 총체적 시각으로 상징화한 시편도 드물다는 생각이 든다. 그런데 시인은 '웃음버섯'을 무기로 가진 낭만적 혁명군을 내세우고 있지만 아이러니컬하게도 이 시집 자체는 유머보다 비장한 장면과 진지한 결의로 가득하다는 생각을 지울 수 없다. 아울러 깊이를 결하지 않은 채 가독성을 높일 수 있는 방법적 구사에 대한 노력이 필요할 듯 여겨진다. 긴 시에 대한 유행풍조가 시의 미적(美的) 근간을 심하게 흔들고 있는 요즘 그의 시가 이러한 유행풍조와 무관한 기획이길 희망한다.

4. 끝나지 않은 '근대성'과의 싸움

송진권의 『자라는 돌』과 조인호의 『방독면』은 내용과 형식 둘 다의 측면에서 극단적 대조를 이룬다. 송진권의 시가 사라져간 농경생활의 습속과 정감을 초점화한다면 조인호의 시는 '철'로 대변되는 반자연적 공간, 그것이 야기하는 황폐한 정서와 공포를 노정한다. 송진권의 시가 전통 서정적 이야기시 혹은 민요적 가락을 형상화의 방식으로 내세우고 있다면 조인호는 그로테스크한 환상적 이야기시에 맥이 닿아있다. 아울러 그 환상은 다만 환상이 아닌 현실을 극화하는 실제 역사적 사건과 맞물려 있다. 이러한 대조에도 불구하고 이 두 시인이 겨냥하는 궁극의 지향은 동일한 것이 아닐까? 나는 이 두 시인에게서 동일하게 '근대성'에 대한 강한 회의감을 무리 없이 발견한다. 그런 의미에서 송진권의 시는 전통계승의 문제를 넘어서는 함의를 지닌 것으로, 조인호의 시는 파국의 상상을 넘어서 새로운 세계 건설에 대한 열망을 내포한 것으로 읽힌다.

송진권의 시에 등장하는 인물들은 근대 100년의 역사 속에서, 그러나 그 질서 밖에서 삶을 살아냈던 농경민이다. 한편 조인호의 시에 등장하는 사건은 근대 100년의 진보기획이 어떻게 파산했는가를 보여주는 상징적 이야기다. 근대의 기획은 합목적적 방식과 희망을 내세우며 사람들을 오직 하나의 흐름 속으로 몰아갔던 거친 문명의 역사를 품고 있다. 조인호는 시 「존재의 세 가지 거짓군(群)」에서 "이제는 원숭이 두개골을 닮은 소년에게/야만을 물어야 할 때임을 나는 깨닫는다"고 말한다. 근대 100년 동안 우리가 이룩한 것은 무엇인가? 직사각형의 마천루와 직사각형으로 뻗어있는 도로, 꺼질 줄 모르는 불빛 속에서 유혹하는 백화점과 은행들, 합목적성을 위한 제도와 법과 개인의 자유, 수많은 계약관계, 다양한 복지 해택, 그러나 그 화려하고도 얇은 표면을 뜯어내면 대량학살과 분쟁과 정신분열, 감옥과 병동과 군대, 소외와 냉정해진 이웃들, 해체된 가족과 공동체, 삶의 방향을 잃은 개인들의 고독, 맹목의 질주로, 투쟁과 경쟁과 불의와 부당함이 가득한 전쟁터를 확인하게 된다. 이것이 우리 100년의 딱딱한 역사라면 이제는 모든 것이 생산과 소비 시스템의 이동을 따라 유동적으로 흘러다니는 디아스포라적 혼란의 시대(글로벌 시대를 나는 이렇게 표현하고자 한다.)에 이르렀다.

근대 100년에 대한 철저한 성찰도 하기 전에 표류가 시작된 것이다. 도대체 우리는 무엇을, 어떻게, 어디로…….

　　'새로운 것'이기 이전에 '문제적인 것'으로 근대를 사유했던 송진권과 조인호의 시세계는 이와 같은 근대성에 대한 고민과 저항성을 내포한 시적 산물로 여겨진다. 이 두 시인의 시세계는 '지금 여기'에 현존하는 일상성과 물질성에서 벗어나 근대 역사의 흐름 속에 렌즈를 맞추고 있다. 그들이 편집해낸 이야기의 단편들은 어쩌면 '지금 여기'의 밑바닥을 형성한 뿌리일지도 모른다. 우리가 잊었던 세계, 혹은 우리가 아니라고 부정했던 세계를 그들은 들추어내어 우리의 질주하는 의식을 울력한다. 독자들은 하나의 지향에서 만들어진 이 두 개의 극단을 어떻게 읽어낼 것인가? 송진권의 시는 정서적 공감의 어려움을, 조인호의 시는 가독의 괴로움을 안고 있는 것이 사실이다. 이러한 어려움과 괴로움이 사유의 지평으로 전진하게 하는 요인이 되기도 하지만 한편으로는 텍스트 내부로의 진입을 제어하기도 한다. 나는 다시 묻는다. 송진권의 서정은 아직 유효한가? 조인호의 낭만적 파국의 상상력은 과장인가 아니면 진실인가?

다산하는 처녀의 영혼

- 문정희의 시세계

1. '여류'라는 이름을 거부하는 최초의 징후들

여성 예술가에 대한 범칭으로서 '여류'는 표면적으로는 남성과 구분하기 위한 호칭으로, 때로는 비범한 엘리트 여성들을 다른 여성과 구분하기 위한 존칭의 의미로 사용된 것처럼 보이지만 그것은 남성과의 차이를 드러내는 호칭으로서가 아니라 차등을 조장하는 호칭으로 사용되어 왔음을 부정하기 어렵다. '여류'는 김일엽, 나혜석, 김명순 등 신문학 초기에 등장한 극소수의 문인을 남성 문인과 구분하기 위해 사용한 명칭으로 이후 여성 문인들에게 지속적으로 붙여진 타자화된 호칭이라 할 수 있다. 여류적 풍모, 여류적 감성, 여류적 한계 등등 긍정, 부정의 다양한 수식어로 사용되기도 했던 여류라는 명칭에는 여성시에 대한 선입견이 깊이 배어있다. 여성시에 대한 선입견은 남성주의가 만들어 낸 젠더(Gender)로서의 여성성과 관련되며 이로부터 파생한 여성적 자질의 세목에 여성 시인 스스로 수동적으로 반응하거나 부응하고자 했던 일체의 노력으로부터 생겨난다. 한(恨), 슬픔, 고독, 외로움과 같은 내면탐구와 더불어 사랑, 그리움, 기다림 등의 주제의식, 체념, 감상성, 부드러움, 화해, 따뜻함, 섬세함, 연약함 등과 같은 성향이 여성시의 특성으로 고착됨으로써 이 같은 특성은 엉뚱하게도 여성시의 수준을 판단하는 잣대로 작용하기도 했던 것이 사실이다. 문제는 이러한 자질 안에 여성 시인 스스로 자족하며 자신의 시적 지향을 거기에 맞추고자 노력했다는 점이다. 그 결과 여성시의 한정된 특성이 여성 특유의 감수성을 대변하는 본보기로 칭송되기도 했지만 한편으로는 수많은 평자들에 의해 탐구정신의 결여, 정서적 긴장력의 결핍, 수동적 체념의 자세와 감정 위주의 피상성, 다양성의 결여와 같은 비판을 받기도 했다.

오랜 기간 누적되어 왔던 여성시에 대한 일면적 특성과 편견이 하나로 뭉쳐진 '여류'라는 특수한 명칭에 대해 고정희는 1986년 「한국 여성문학의 흐름」에서 "지적 허영심에 들뜬 부정적 의미의 여성예술가들을 지칭하는 용어"라고 강력하게 비판한다.[1] 이러한 비판이 지면을 통해 공론화되기 이전에 여류성을 거부하고 고착된 여류성의 한정된 둘레를 벗어나려 하는 최초의 징후들이 이미 마련되고 있었는데 그 대표적인 경우가 1960년대 말에 등장한 문정희와 강은교이며, 이들 시에 잠복된 징후들은 이후 김승희, 고정희, 김혜순, 최승자 등의 창작 태도와 시의 문법에 확연한 변화를 생성시키는 밑거름이 된다.

1969년 『월간문학』으로 등단한 문정희 시인의 첫 시집 『문정희

---

1) 고정희, 「한국 여성문학의 흐름」, 『또 하나의 문화』 제2호, p.120.

시집[2]』(월간문학사, 1973)은 그의 사십 여년의 시작 노정의 출발이라는 점에서만이 아니라 이전의 한국 여성시와 변별되는 다양한 징후를 내포한다는 점에서 새롭게 조명될 필요가 있는 작품집이다. 모든 징후는 확연한 성숙의 결과 이전의 과도기적 특성을 지닌다는 점에서 기성적인 것과 새로움이 혼재된 현상을 드러낸다. 문정희의 시 경우도 마찬가지이다. 그의 첫 시집에서 기존의 여성 시인들이 드러냈던 감상적 태도나 그리움과 같은 주제의식의 편중성을 배제할 수는 없다. 그러나 이전의 여성시에서 만나기 어려웠던 새로운 국면이 내용과 형식 모두에서 발견된다는 점이 주목된다.

매우 소탈한 어조와 용이한 언어 운용법으로 이루어졌다는 것이 문정희 시에 대한 일반적 인식일 것이다. 그러나 그의 첫 시집은 이와 같은 일반적 인식과 달리 다소 난해한 문맥과 낯선 이미지들의 돌출이 적지 않다. 예를 들면 "그만 날려 버리려고/무수한 담배를 피워대도, 연은/하얀 웃음으로 서 있다."(「연」), "은비늘 쏟아지는 거울을 들고/어디선가/한 무리의 추운 신발들이 가고 있는데"(「갈대의 노래」), "햇살 뽑아 올리는 산그늘에 앉아/여자들은 날개 달린/개 한 마리씩을 키운다."(「개」)와 같은 구절에서 발견되는 초현실주의적 감각은 매우 그로테스크하게 느껴진다. 이와 같은 이미지의 편린은 이전의 여성시에서 발견하기 어려웠던 의식의 단초를 반영한다. 그것은 다른 여성 시인과 자신을

---

2) 문정희의 첫 시집은 엄밀하게 말해 1965년 진명여고 시절 고등학생 신분으로 발간한 『꽃숨』이다. 그럼에도 이 글에서는 등단이라는 문학제도를 염두에 두고 『문정희 시집』을 첫 시집으로 명명하고자 한다. 아울러 이 글은 『문정희 시집』(월간문학사, 1973), 『세떼』(민학사, 1975), 『혼자 무너지는 종소리』(문학예술사, 1984), 『아우내의 새』(일월서각, 1986), 『찔레』(전예원, 1987), 『하늘보다 먼 곳에 매인 그네』(나남, 1988), 『별이 뜨면 슬픔도 향기롭다』(미학사, 1992), 『남자를 위하여』(민음사, 1996), 『오라, 거짓 사랑아』(민음사, 2001), 『양귀비꽃 머리에 꽂고』(민음사, 2004), 『나는 문이다』(민음사, 2007)를 자료로 삼았다.

변별할 수 있는 새로운 감수성에 대해 그가 모색하고 있음을 말해준다. 문정희 특유의 경쾌함과 편안함, 비교적 내용 파악이 용이한 시의 문법은 사실 이러한 낯섦을 실험하는 가운데 얻어진 그의 시적 신념일지도 모른다.

　낯섦에 대한 충동과 더불어 문정희 시를 기성 시와 변별해주는 가장 큰 특성은 여류적 세계가 안고 있는 정적이고 수동적인 자아를 거부하는 태도가 자주 눈에 띈다는 점에서 찾을 수 있다. 첫 시집의 거의 모든 작품에서 발견되는 상징 가운데 하나가 '바람'이다. 문정희가 첫 시집에서 주력했던 것은 '슬픔'이라 할 수 있는데, 그의 내적 고통과 슬픔은 언제나 바람에 대한 갈망과 짝을 이루거나 바람의 동적 운동성과 맞물린 형상으로 표현된다. "내가 만든 바람/그 넓고 싱싱한 울음이/나를 흔드네."(「갈대의 노래」), "전화는 사방으로 끊기고/바람은 검은 뼈만 남아/큰 나뭇가지에 우뚝 서 있었네."(「비오는 날」), "늘 떠나가는 바람의/치아가 보이네요.//옷도 못 벗고 쓰러진 뜨락/아픈 수궁의/꽃이 우네요."(「달은 소리치고」)에서 볼 수 있듯이 문정희의 첫 시집은 온통 바람의 충동으로 가득 채워져 있다. 바람의 충동이 한계에 부딪쳤을 때 그 슬픔은 '검은 뼈'로 견고해짐을 알 수 있다. 그에게 바람은 정적인 상태를 벗어나게 하는 내적 동력이며 삶에 대한 열정을 함의하는 상징물이다. 바람의 움직임은 무수히 많은 시편에서 거듭 반복되는 시인의 심리적 운동태인 것이다. 벗다, 찢다, 흔들리다와 같은 동사가 자주 발견되는 것 또한 이 바람의 충동과 무관하지 않다.

　이러한 바람의 상징성과 상관된 또 하나의 변용 상징물이 '연'이다. 손끝에 잡혀 먼 하늘로 날아가려 하는 연은 공간을 무한히 확장하고 싶은 자유욕구의 산물이다. 첫 시집에 몇 차례 등장하는 연 이미지를 유념해서 보면 매우 특이한 점과 마주치게 되는데 그것은 연과 어머니가 하나로 결합되어 등장한다는 것이다. 시 「소리」의 "피로도 씻을 수 없는 슬픔의/우리 어머니는/연 하나 하늘에 올렸는데", 시 「어머니」의 "저만치선/때묻은 연 하나를 띄워놓고/수런거리고만 있었다."와 같은 구절에서 어머니는 연을 띄우는 여인으로 그려진다. 우리 시에서 어머니는 늘 고생스러운 삶을 이겨내는 눈물겨운 모성으로 의미화되곤 한다. 문정희의 시에서도 이러한 모성성이 어머니로부터 탈각된 것은 아니다. 그러나 연과 결합된 독특한 어머니상은 다만 유년의 기억을 환기하는 것 이상의 의미를 갖는다. 연과 더불어 등장하는 어머니가 천둥, 노을, 바람과 같은 대기적 확산 이미지와 빈번히 결합되기 때문이다. 이러한 어머니의 상에는 구속에서 벗어난 여성적 삶의 추구가 암시되어 있다. 문정희는 이 같은 어머니상(像)을 반추함으로써 자신의 무의식적 근원이 바람과 깊게 연류되어 있음을 스스로 확인하는 것이다. 바람의 동력을 빌어 자신을 구속하는 상황으로부터 벗어나려 하는 적극적 태도는 때로 사태를 단호하게 마무리하는 목소리로 솟아나기도 하는데, 이 점은 문정희의 첫 시집 이후에도 지속적으로 유지되는 그의 시의 매력 가운데 하나이다.

신랑이여
너와 나눠 가질 수 없는

단 한방울의 죽음을
빛으로 뿌리기 위해

나는 지금
천둥이 되려고 한다.

「만가(輓歌)」 부분

아이가 쥐었다 놓아버린 풍선처럼
그냥 뜨다가 터집시다.

「여행」 부분

비맞은 내 뼈에서
슬픔냄새가 난다.

새신이나 하나 맞춰 신고
꿈틀거리고 싶다.

「내리는 비」 부분

오늘 네가 들어 오지 않아도
그래? 괜찮다!
노란 목소리로
기분좋게 추운 옷깃을 여며 내린다.

「등불」 부분

인용한 부분들은 모두 각 시의 말미에 허당하는 내용이다. 이들은 문정희 시의 출발점에서 확인되는 감상적 태도에 다 동의할 수 없게 하는 요인을 제공한다. 절망과 슬픔과 갈등에 빠져 있던 시적 화자는 시의 말미에 이르면 이처럼 대범하고 과감한 결말로 시를 마무리한다. 천둥이 되고, 터지고, 꿈틀거리고, 고통도 기분 좋게 다시 가다듬으며 사태의 상투적 결말로부터 일탈해버린다. 이러한 대응 자세는 감내와 체념, 참음 등을 부각시켰던 이전의 여성시가 할 수 없었던 카타르시스 효과를 거둔다. 후련하고도 속 시원한 기습적 반전이 우리를 즐겁게 하는 것이다.

문정희의 대범하고도 과감한 성향과 기질은 고착된 여성성에 균열을 가하는 힘의 원천이 된다. 첫 시집에서 발견되는 여류라는 이름을 거부하는 최초의 중요한 징후 가운데 간과할 수 없는 것이 이러한 성향과 연동된다고 판단되기 때문이다. 그것은 여성시에서 금기시 되었던 성 담론을 거침없이 다루는 가운데 드러난다. 「폭풍우」, 「떠오르는 방」, 「二月」 세 편의 시에서 시인은 사내, 남자, 젊은 사내라는 시어를 사용한다. 구체적으로 이러한 시어는 "내 허리를 휘감아 줄/사내는 없는가"(「폭풍우」), "젊은 사내의 등어리같이/윤기나는 보리이랑의/바람따라 무엇인가/흐르는 소리."(「二月」)와 같은 표현으로 드러난다. 물론 같은 시집에 당신이나 그대와 같이 님에 대한 고전적 태도를 함축한 시어가 함께 수록된 것 또한 사실이다. 그럼에도 사내, 남자, 젊은 사내와 같은 시어는 불과 세 편의 작품에서 발견되는 어휘일지라도 우리의 여성시사에서 분명 위반에 해당하는 중요한 징후임에 틀림없다. 이들 시어가 님, 그대, 당신과 같은 시어가 거느리는 존경과 숭배, 연모의 아우라를 거두어버리고 보다 직접적인 성적 욕구를 연상하도록 유도하기 때문이다. 그간 우

아미로 일관했던 여성시에서 이 같은 표현은 암묵적으로 금기시되었던
것이다.

허허벌판에 누워서
깨끗한 남자를 기다린다.

불꽃이 울면서 짐승같이
젖무덤 밑으로 기어든다.

나무들은 간지러워
푸른 소리를 지르고

드디어 그 남자가
길을 무찔러 오는 소리.

부끄러운 머리채를 이끌며
내가 어둠과 함께
도망친다.
바람 지나가면
날개가 크게 걸리는
거미줄을 타고
얼굴 모르는 신과 만난다.

뱀과 미친 깃털이
낄낄거리며 흩어진다.

모든 것을 용납하는

비현실적인 이미지로 가득한 이 시의 공간은 원시적이며 신화적이다. 아울러 이러한 공간 속에 놓인 깨끗한 남자와 여자, 나무와 바람과 뱀과 미친 깃털은 매우 격정적인 상황을 연상하도록 묘사되어 있다. 나무들은 소리지르고 뱀과 깃털은 낄낄거린다. 남자는 길을 무찌르며 달려오고 화자인 여성은 도망치다가 야수의 무덤 속으로 숨는다. 이 원시적 공간에서 벌어지는 성애적 환상은 자연스럽게 최초의 여성과 남성인 이브와 아담을 떠올리게 한다. 여기에는 문정희의 시세계가 지속적으로 추구해 온 관념의 시초가 담겨있다. 그것은 시원적(始原的) 인간에 대한 꿈이라 할 수 있다. 그의 시에서 반복적으로 발견되는 '처녀' 상징과 그것의 변용체인 검은 이브, 유령, 무녀, 마녀, 황진희, 흡혈귀, 직녀는 모두 이와 관련한다. 이는 모두 시인의 자아탐구와 관련한 존재들이다. 이에 대해서는 후술하도록 하겠다. 이 대목에서 다시 한 번 강조할 것은 남자, 사내 등의 시어를 통해 그간의 정신주의적 추상성 속에 감금되어 있던 '님'의 초상을 보다 육체적인 성적 대상으로 현실화했다는 점이다. 기억할 것은, 이러한 징후들이 나타난 지점이 여성시에서 몸담론이 활발하게 공론화되기 시작한 1990년대와 거의 이십 년의 격차를 보인다는 점이다.

2. 집시의 시간

　　바람의 상징성에서 보았듯이 문정희의 지향은 정적인 상태보다는 동적인 상태를 추구하는 모험가적 기질과 맞닿아 있다. 그의 삶에서 동시대의 다른 여성시인과 달리 수많은 여행이 가능했던 것 또한 이와 무관하지 않을 것으로 생각한다. 특히 그는 1932~1984년까지 뉴욕에 머물며 종교학을 수학하기도 했는데 이 기간에 경험했던 정황들이 그의 시에 대단히 중요한 영향을 끼친 것으로 보인다. 시집 『혼자 무너지는 종소리』(문예출판사, 1984), 『아우내의 새』(일월서각, 1986), 『찔레』(전예원, 1987) 등은 뉴욕체험이 직·간접적으로 반영된 시집들이다. 물론 『아우내의 새』는 뉴욕행 이전부터 구상되기 시작한 장시집이며 그 내용 또한 뉴욕과는 전혀 상관없는 유관순의 순결한 민족애를 다룬 시집이다. 그럼에도 억압과 탄압과 검열이 감행되었던 80년대를 벗어나있던 시인에게 역사의 부채감을 몰고 온 것은 바로 자신이 뉴욕에 체류하고 있다는 사실이었다. 그런 의미에서 『아우내의 새』의 출관을 추동했던 심리적 계기가 뉴욕과 긴밀한 관계가 있는 것으로 여겨진다. 그는 뉴욕에서 무엇을 보고 무엇을 체험했던 것일까?

> 내가 떠난 것은
> 새삼 무엇을 얻기 위해서가 아니었다
> 사각형 속에 갇힌 추억, 잘 길들여진 날렵한 몸뚱이, 뿌우연 반공
> 교육 따위……
> 그런 것들을 말갛게 헹구기 위해서였다

툇마루에 걸어 놓은 사진틀 위에 닥지닥지 늘어붙은 파리똥처럼,

내 혀 위에 늘어붙은 날강도들을 없애기 위해

가슴 벅찬 처음의 그 순수한 이름자만 남기기 위해

투명한 하늘을 보기 위해

삐걱거리는 뼈를 이끌고

주저하며, 그러나 이를 깨물며

드라이크리닝이 세계에서 가장 발달했다는 그곳 지상의 밀키웨이

로 떠나갔다

가서 나는 그만 멈춰 서버렸다

내겐 헹굴 것이 없었다

추억도 파리똥도 땟국물도 없었다

나는 아무것도 아니었으므로

먼지조차 아닌, 아아 그곳에서

나는 기타였으므로

「기타」 전문

  화자는 "드라이크리닝이 세계에서 가장 발달했다는 그곳"을 찾아갔다고 고백한다. 이는 그의 미국행이 자기 쇄신을 위한 결단이었음을 뜻한다. 1연에서 보이는 "사각형 속에 갇힌 추억, 잘 길들여진 날렵한 몸뚱이, 뿌우연 반공교육 따위……"에서 짐작할 수 있듯이 문정희가 뉴욕으로 간 80년대 초반의 한국에서는 공권력이 폭력으로 자행되었으며 6~70년대와 마찬가지로 국민 통합의 메커니즘으로 반공교육이 여전히 실행되고 있었다. 그 시대는 자유가 감금된 '사각형'의 시간이었다. 시인은 이처럼 자유가 질식한 사회로부터 그리고 "내 혀 위에 늘어붙은" 허

위적 언어들로부터 결별을 단행한다. 이는 순수한 자아를 찾기 위한 결단이었던 것이다. 그러나 뉴욕은 그가 이 세상의 먼지조차 아닌 '기타'에 불과하다는 사실을 알려준다. 행굴 것조차 없는, 이 세상의 완벽한 주변인이 바로 자신임을 알려주었던 공간이 뉴욕인 것이다. 거기서 시인은 "우울의 끝의 끝, 참패와 고독으로/나뒹굴었다. 뼈부스러기를 주워먹었다"(「바닥」)고 회고한다. 이때부터 그는 거대한 세상 속에서, 아니 세상 밖에서 표류하기 시작한다.

사람들은 모두
푸른 옷자락 휘날리며 저만치 가고

나 홀로
노란 햇속에 떠 있다

너 언제부터 날 기다렸느냐
참 낯익은 노을

내 아버지의 허망이 나를 만들어
내 어머니의 수치가 나를 만들어
내 피는 캄캄하구나

살점을 저며 내는 살얼음 위에
숨만 크게 쉬어도
하늘이 부서져 내리는 소리

이 시는 당시 홀로 표류하는 자의 고독과 위기의식을 잘 드러낸 작품이다. 사람들과 자신 사이에 '저만치'가 지시하는 심리적 거리를 느끼며 화자는 자기 존재의 내력을 들추어낸다. 허망과 수치로 이루어진 캄캄한 피의 존재를 느끼며 그는 숨 한 번 크게 쉬지 못하는 '그곳'에 거주한다. 다른 시 「근황」에서 시인은 "허리에 진사 하나 두르지 못한/흰 항아리처럼//나는 오늘/벙어리예요."라고 고백한다. 진사의 붉은 빛조차 없는 창백한 자아, 그것은 캄캄함에 갇힌 존재와 동일한 존재의 초상이다.

문정희의 화자는 캄캄한 내부를 들여다보는 어둠의 시간 속에서 자신을 단련했던 것일까? 벙어리와도 같은 내부의 고통을 안고 뒹굴며 이 시기에 시인은 슬픔과 고독을 단단하게 응결시킨다. 문정희의 첫 시집에서 간혹 발견되었던 '뼈'의 이미지는 이제 광채 나는 견고한 '보석'으로 그리고 불을 품고 있는 차가운 보석인 '얼음번개'로 재탄생한다. "비늘 같은 욕망을/잊는 일뿐이었네.//잊는다는 일 하나만/보석으로 닦고 있다"(「바다 앞에서」), "오랫동안 숨죽여 울며/황금시간을 으깨 만든/이건 오직 나의 것이예요."(「보석의 노래」), "울 수도 없는 물결처럼/그 깊이를 살며/혼자 걷는 이 황야를.//비가 안 와도/늘 비를 맞아 뼈가 얼어붙는/얼음번개."(「고독」)와 같은 구절이 그 예이다. 단단함에 대한 몽상은 위기 상황에서 자신의 내부를 보존하려는 무의식적 욕망과 닿아 있다. 그것은 자유롭게 흘러갈 수 없는 마음을 견고한 것으로 바꾸어 보존하고자 하는 욕망이다. 그러나 시적 몽상 속에서 견고한 물질성의 세계가 거듭 반복된다는 것은 의식이 완고해지거나 의지적으로 고착되고 있음을 뜻한다. 단단함이란 늘 심리적 방출을 차단하고 절제만을 용인하기 때문이다. 방출이 지속적으로 불가능해질 때 존재는 자칫하면 운동성을 잃고 비생명화될 위험에 처하게 된다. 그런 의미에서 단단함은 해체되어야 하며 다시 뭉쳐져야 한다. 그것이 살아있는 내부를 입증해주는 존재의 운동성이다. 시 「돌」은 시인의 이와 같은 의식 작용을 함축한 작품으로 여겨진다.

돌은
산에서 태어나서
구르고 굴러서

끝없이 작아진 몸으로
제살과 제뼈와
헤어지고 헤어져서
다 헤어질 수 없을 때까지 헤어져서

비로소 어머니인
산이 되었다.

그리하여
새로이 모나고 둥근 것으로
태어나기 시작했다.

「돌」 전문

구르고 굴러서 살과 뼈를 해체하고 다시 뭉쳐져 산이 되었다가 또 다시 부서져 모나고 둥근 것으로 태어나는 돌의 순환적 과정에는 헤어짐과 뭉쳐짐이라는 생명의 고통스러운 몸짓이 내포되어 있다. 그럼에도 이 고통스러운 몸짓이야말로 죽음을 막아서는 생명의 힘인 것이다. 이와 같은 변전(變轉)으로서의 상상과정은 의식의 표류가 감행되었던 시간 속에서 생성된다. 고독과 슬픔을 단단하게 응결시키고 그 견고함을 다시 해체하는 과정 가운데 시인은 「먼지」, 「신록」, 「귀향」과 같은 작품을 통해 고향에 대한 절절한 그리움을 노래하기도 한다. 시인의 뉴욕행은 고독과 그리움과 생활의 불안을 안겨주었지만 한편으론 자유가 무엇인지를 알게 한 계기였기도 하다. "너는 내 애인이 아니라고 할 수 있는 자유/나는 그의 애인이라고 할 수 있는 자유/박수를 칠 수 있는 자유/박수를 안 칠 수 있는 자유"(「소포」), 시인의 말을 빌면 흔한 자유를 체험할 수 있었던 것이다. 그것은 자신이 '기타'에 불과하다는 주체의 객체화 과정 속에서, 표류하는 이방인으로서의 고달픔과 고독 속에서 얻어진 선물이다. 이를 통해 볼 때 기실 자유는 자신이 중심이라는 생각의 하중에서 벗어날 때 주어지는 것인지도 모른다.

3. 이브 신화 다시 쓰기

자신을 쇄신하는 긴 시간 동안 문정희의 의식을 지배했던 것은 고독과 자유이다. 고독과 자유는 존재의 의식 속에서 둘로 나누어질 수 없는 정신의 교직물이다. 자유정신을 추구하는 자에게 고독은 필수조건인 것이다. 집시처럼 표류했던 시간의 결이 이와 같은 의식의 상태를 충분히 고무했음을 그의 시는 말해준다. 뉴욕 체류 이후 그의 시에서 자주 발견되는 것이 역으로 견딜 수 없는 일상적 억압에 대한 토로이기 때문이다. 시 「식기를 닦으며」에서 "천 번을 닦아도 식기인 식기/일상이나 씻어내는 식기인 식기를 닦으며/내 젊은 피 닳히고 있으니"라고 시인은 고백한다. 시 「작은 부엌노래」에서는 "뜨거운 촛농을 제 발등에 붓는 소리./부엌에서는 한 여자의 피가 삭은/빙초산 냄새가 나요.", 「어느 자화상」에서는 "짐승처럼 웅크리고 앉아/눈칫밥을 먹고 있는/이 서투른 배역을 보세요.", 「파 뿌리」에서는 "결혼은 왜 새를 닮으면 안 되는가/질기게 붙잡고 늘어져야 하는가"라고 말한다. 「파 뿌리」에 암시된 것처럼 일상의 반복 속에 감금된 여성적 삶에 대한 강렬한 인식을 문정희는 종종 갇힌 새의 상징으로 드러내기도 한다. "내 은가락지 속에 갇힌/박쥐 한 마리//조선 시대부터/두 날개를 펼치고/밤마다 허방을 파득이고 있다"(「박쥐」), "새장 문을 열었다/어느 궁전의 철문보다 무겁고/사랑의 약속보다 어려운 문을."(「새장-이혼한 친구를 기념하여」)과 같은 구절이 그것이다. 언약과 결혼의 상징인 '은가락지'에 갇힌 어둠의 새 박쥐는 오랜 역사 속에 억압되었던 여성적 삶을 의미한다. 한편 대부분의 여성을 생활의 내부에 종속시키고자 했던 우리 사회의 완강한 가족 이데올로기 속에서 이혼은 여성에게 감춰야 할 수치였으며 잘못된 인생의 징표였다. 시 「새장-이혼한 친구를 기념하여」의 부제가 의도하는 것은 이 같은 사회적 사슬에 대한 저항이다. 이때 감금된 여성성에 대한 인식은 시인 자신에 대한 정체성의 확인과 그것을 넘어서고자 하는 절박한 욕구에 다름 아니다. 그것의 시초는 문정희의 시에서 자유에 대한 구가로 드

러나는 것이 아니라 자기분열의 형태로 아주 일찍부터 예고된다. 첫 시
집에 실린 「유령」이라는 작품이 예사롭지 않게 여겨지는 것은 이 때문
이다.

「유령」 부분

　　분열은 자아의 통일성이 온전히 유지될 수 없는 상황에서 발생
한다는 점에서 세계와의 갈등과 불화, 현실에 대한 부적응의 소산이라
할 수 있다. 이 시의 화자는 일상적 자아로부터 분열한 밤의 '유령'이다.
유령이 된 시적 자아는 누워서 '천리'에 이른다. 그리고 꿈꾼다. "사람
들은 왜 밤에 더욱 확실해지는가"라는 구절에 암시되어 있듯이 유령으
로 분열한 상태에서 시인은 더욱 확실한 자신의 지향을 확인한다. 이 시
에 열거된 금관을 비롯한 사물과 존재는 바로 그 꿈의 상징들이다. 주
목할 것은 꿈꾸는 세계에 도달하기 위해 이 시의 화자가 유령이 되어야
한다는 사실이다. 유령은 비현실적 존재이며 일상에서 기피하는 존재이
다. 유령은 현실에 나타나서는 안 되는 금지된 존재인 것이다. 따라서 유

령으로의 분열은 일종의 위반이라 할 수 있다. 문정희는 실제 삶 속에서 배제되곤 하는 자신의 꿈이 지닌 소외감과 슬픔, 갈등의식을 몸 없는 유령을 빌려 말하고 있는 것이다. 이 같은 분열은 시 「방」에서 "또 하나 의 나의 방"으로 표현되기도 한다.

　　　자기분열을 통해 문정희가 이르고자 하는 삶은 무엇인가? 시 「유 령」에 등장하는 뱀의 이미지가 이를 어렴풋이 암시한다. 여기서 뱀과 친 화적 관계에 있는 한 여성 즉 '이브'의 존재를 떠올린다면 무리일까? 문 정희의 첫 시집에는 '이브'라는 명칭이 직접적으로 등장하지 않는다. 그 러나 그의 시편들을 자세히 보면 뱀과 사과, 여성이 결합된 모티프를 종 종 발견할 수 있다. 시 「옷」에서 "나는 최초의 사과껍질을/벗기고 있다." 라고 화자는 말한다. 또 시 「사과를 먹으며」에서는 "누구도 다스릴 수 없는/아름다운 죄 짓는 거 즐거워라."라고 고백한다. 첫 시집 이후 「무인 도의 노래」, 「작은 부엌노래」, 「제목 없는 하루」 등에서 뱀과 여성은 유 비관계에 의해 동일화되기도 한다. 사과, 뱀, 여성이라는 세 요소의 문맥 적 결합은 최초의 여성 이브로 돌아가고 싶은 시인의 지향을 함의한다. 왜 이브인가? 세계에 대한 호기심을 가지고 최초의 위반을 행한 것이 이브이기 때문이다. 인류의 역사는 신화에 등장하는 시원으로서의 여 성을 금기를 위반한 죄인으로 낙인찍었으며 이후 이브 신화는 세계문화 사의 다양한 국면에서 잔혹한 악녀, 살로메, 팜므파탈, 요괴, 마녀, 구미 호 등등으로 재생산되곤 한다. "어느 나라 어느 산맥의/자비하신 신의 손길도/씻을 수 없는 죄의 여자"(「새 주소」), "태어날 때부터 나의 피 속 에는/죄도 없이 죄의 피 흐르고 있었다."(「수숫대」)와 같은 구절에서 발

견되는 죄의식은 인류역사에서 부당하게 조장된 여성으로서의 원죄의
식을 역설한다. 그런데 문정희는 이 시원의 여성에 대한 기존의 해석을
거부하고 이브 신화로부터 죄의 여자가 아니라 부당한 금기의 껍질을
벗겨낸 아름다운 처녀를 구출해내고자 한다.

　　　그의 시에서 '이브'는 다양한 얼굴의 변용을 통해 그 존재성이 내
포한 자유의 복합적 의미를 확충하게 된다. 예를 들어 높은 벽과 문을
열고자 하는 황진이(「황진이의 노래 1」), 맨몸으로 세상을 받아내는 뉴
욕의 흑인 창녀(「검은 이브」), 폭풍을 일으키는 무녀(「새 주소」), 밤마다
전기를 일으키는 흡혈귀(「흡혈귀」), 밤마다 화장하는 마녀(「자살법」), 모
든 기교와 그림자를 벗은 귀신(「지도를 보며」), 동물원에 갇힌 여우(「여
우」), 그리움으로 푸른 하늘을 닦고 있는 어린 직녀(「어린 직녀처럼」), 이
들은 문정희의 여성적 자아가 기르는 위반자이며 유령이며 이브이다. 기
녀이며 창녀이며 무녀이며 흡혈귀이며 마녀이며 귀신이며 여우이며 직
녀인 이들은 공통적으로 일상에 안착할 수 없는 추방된 존재이지만 한
편으론 일상적 굴레를 넘어서고자 소외를 의도한 자들이다. 문정희에게
이들은 능동적 주체로서 삶을 이끌어 가는 바람의 딸들이라 할 수 있
다. '처녀'는 이 모든 존재를 아우르는 가장 순수한 여성의 대표 상징이
다. 「오월을 위한 처녀의 노래」, 「젊은 시인에게」, 「갈대숲을 지나며」, 「첫
눈 온 날」, 「혼자 가질 수 없는 것들」, 「누구신가요」 등의 시편에서 최초,
처음, 처녀림과 같은 시어와 더불어 '처녀'는 끊임없이 호출된다.

나는 새인가 봐요

천년 묵은 짐승들이 우글거리는
무서운 바다에 가고 싶어요

바다에 가서
그 중 예쁜 짐승 하나 만나고 싶어요

지뢰가 묻혀 있는 들판에서
포로롱거리며 살고 싶어요
독이 있는 빨간 열매도
따고 싶어요

「오월을 위한 처녀의 노래」 부분

이상도 하지
나는 한 번도 결혼한 여자가 아니었네
유부녀는 더구나 아니었네

방목해서 키운 튼튼한 아이들
넉넉한 평수에 편리한 부엌의 안주인
그럼에도 불구하고
나는 언제나 처녀였다네

「갈대숲을 지나며」 부분

문정희 시에서 보이는 처녀 상징은 우리의 통념 속에 자리한 여리고 나약한 존재가 아니다. 그에게 처녀는 무서운 바다를 꿈꾸고 독이

든 열매를 따는 금단의 위반자이며 모험가이다. 아울러 결혼을 하고 아이를 낳았음에도 생물학적 차원이나 결혼 제도와도 무관한 존재이다. 즉 사회의 일반적 규정이나 제도 따위와 상관없이 여성 내부에 간직된 자유정신을 상징하는 관념의 등가물로 '처녀'를 의미화하는 것이다. 문정희 시의 여정은 이 같은 처녀로 태어기를 거듭하는 과정이라 해도 과언이 아닐 듯싶다. 그렇다면 이 시인에게 처녀가 아닌 존재 상태는 어떤 것인가? 그 스펙트럼은 앞서 언급한 「식기를 닦으며」, 「작은 부엌노래」, 「어느 자화상」, 「파 뿌리」 등에 나타난 일상의 층위에서부터 사회 문화적 층위에 이르기까지 다양한 형태로 드러난다. 일상에 억압된 여성적 자아, 제도에 묶여 있는 여성적 자아, 자본주의의 상품노예가 된 여성적 자아 등은 모두 처녀가 아닌 존재 상태를 의미한다. 위에 인용한 시에서 "나는 한 번도 결혼한 여자가 아니었네"라는 발언은 바로 제도적 구속을 물리치는 저항의 심리를 드러내는 언표이다. 예를 들어 "식사 때마다 밥알을 세고 양상추의 무게를 달고/그리고 규격 줄자 앞에 한 줄로 줄을 서는/도시 여자들"(「몸이 큰 여자」)이나 "입술을 자주색으로 칠하고 나니/거울 속에 속국의 공주가 앉아 있다/내 작은 얼굴은 국제 자본의 각축장"(「화장을 하며」)에 보이는 속국의 공주는 처녀가 아니다. 이들은 모두 천박한 "허세의 상표들"(「단식」)에 주체를 팔아넘긴 종속적 존재이다. 문정희는 이러한 자기 기만적 존재 상태와 끊임없이 긴장관계를 유지하며 자아를 성찰한다. 이들이 타인의 시선에 사로잡힌 여성적 자아이기 때문이다. 신화가 만들어 놓은 죄의 여자로부터, 일상과 제도가 묶어놓은 여자로부터, 자본과 문화가 덧칠해 놓은 여자로부터, 본래적 주체를 탈환하고자 하는 욕망의 상관물이 처녀인 것이다. 그 처녀는 불모의 도시에서 초록 밀림을 꿈꾸는 다산의 여인(「머리 감는 여자」)이며 왕성한 산욕(産慾)을 느끼며 산돼지를 방목하는 여인(「몸이 큰 여자」)이다. 해서 문정희는 젊은 시인에게 이렇게 말한다. "더운 코피를 닦으며/씽씽 새벽의 링으로 올라가거라.//처녀의 생간을 거기 바쳐라."(「젊은 시인에게」).

4. 자발적 존재론으로서 에코페미니즘

현실에서 유령으로 분열하며 집시의 시간을 표류했던 시인은 자신의 주체를 부당하게 규정했던 기존의 이브 신화에 거세게 항의한다. 원죄를 뒤집어 쓴 이 시원의 여성으로부터 그는 보헤미안으로서의 처녀를 구원해낸다. 그런데 일상과 제도와 자본의 논리를 벗어던진 이 새로운 이브는 도시 속에 존재하면서 저 밀림을 꿈꾸는 아이러니로서의 존재이다. 이처럼 존재상황과 존재이상이 서로 갈등하는 아이러니 속에서 문정희의 에코페미니즘은 탄생한다. 일상과 제도와 자본과 문화가 인위적 질서로 자아를 구속하는 힘이라면 그가 거듭 호출했던 처녀는 비옥한 자연의 몸을 간직한 다산의 생명 상징이라 할 수 있다. 여기서 한 가지 밝혀야 할 것은 여성의 몸을 대지의 자연성과 유비관계로 설정하는 일반적 자연시와 에코페미니즘의 차이에 관해서이다. 우리의 자연시 전통에서 생명을 낳고 보육하는 여성적 능력과 자연을 동일한 것으로 간주하는 것은 매우 보편적인 자연인식의 틀 가운데 하나이다. 이와 달리 에코페미니즘은 단순히 자연과 여성을 일대일 대응관계로 설정하는 것

이상의 의미를 내포한다. 거기에는 자연이면서 동시에 여성적인 존재를
타자화하고 위계화하는 착취자, 지배자의 존재가 공존해 있다. 문정희
의 시에서 그것은 일상이며 제도이며 자본이며 문명이다. 시인의 '처녀'
가 동의할 수 없었던 일체의 오류로서의 여성 신화와 위계는 이것에 의
해 만들어진다.

> 물레 돌리는 어머니 손끝에서
> 바람은 일어
> 이곳으로만 이곳으로만 불어오고
>
> (……)
>
> 맨발로 오는 소리.
> 젊은 사내의 등어리같이
> 윤기나는 보리이랑의
> 바람따라 무엇인가
> 흐르는 소리.
>
> 「二月」 부분

> 몸은 원래 그 자체의 음악을 가지고 있지
> 식사 때마다 밥알을 세고 양상추의 무게를 달고
> 그리고 규격 줄자 앞에 한 줄로 줄을 서는
> 도시 여자들의 몸에는 없는
> 비옥한 밭이랑의
> 왕성한 산욕(産慾)과 사랑의 노래가
>
> 「몸이 큰 여자」 부분

저 유치한 것들이
조금 후면
글쎄, 모두 씨방이 있는
여인이 되고
그리고 조용히
대지에 누워요

「가을이 왔다 2」 부분

여자는 날마다 뚱뚱해졌다.
두엄만큼 되었다.
집더미만큼 되었다.
드디어 여자는 감자를 낳았다.
천년 동안 줄줄이 낳았다.
우리 지구에는 감자들로 가득해졌다.

「감자」 부분

위에 인용한 시 가운데 「二月」은 첫 시집에 실린 작품이다. 여기서 우리는 다시 한 번 연을 띄우던 어머니의 상징적 의미에 대해 상기할 필요가 있다. 앞서 살펴본바 어머니는 연을 비롯하여 구속과 반대되는 의미로서 천둥, 노을, 바람과 같은 대기적 이미지와 종종 결합되는데, 이 시에서도 어머니의 물레는 보리이랑을 고무하는 성명적 바람으로 의미화된다. 중요한 것은 어머니의 상징성이 구체적인 대타관계를 설정하고 있지 않지만 이 여성 상징에는 분명 내적 자유의지가 함의되어 있다는 점이다. 이 같은 어머니의 상징성은 문정희의 에크페미니즘의 출발점이라 할 수 있다. 어머니 상징이 함의하는 자유의지는 이후 일상, 제도, 자본(상품) 따위와 자연의 몸으로서 여성이라는 두 축의 긴장 혹은 갈등관계로 현실화된다. 위에 인용한 「몸이 큰 여자」에 보이는 자본주의 술책에 노예가 된 도시의 여자들과 비옥한 대지로서의 여자의 대립이 그러한 예이다. 「머리 감는 여자」, 「유방」, 「집 이야기」, 「탯줄」 등에 등장하는 여성 화자들 또한 모두 문명이나 자본과의 대타의식이 전제된 자연으로서의 여성성을 강조한다. 이런 맥락에서 인용한 시 「가을이 왔다 2」에 등장하는 씨방이 있는 여인이나 귄터 그라스(Gunter Wilhelm Grass) 원작의 영화 「양철북」이 모티프가 된 시 「감자」에 등장하는 천 년 동안 감자를 낳은 풍요의 여인은 일반적 자연시에서 자주 거론되는 대지모(大地母)와는 차이를 지닌 에코페미니즘적 사유의 산물로 보는 것이 타당하다.

문정희의 에코페미니즘은 첫 시집에서 그 조짐을 발견할 수 있듯이 한국사회에서 생태주의나 페미니즘 담론이 형성되기 이전에 이미 그 징후를 보인다는 점에서 일종의 자발적 존재론으로 파악된다. 특이한 것은 그의 에코페미니즘이 남성과 우호적 관계를 드러낸다는 점이다. 이에 대해 필자는 다음과 같이 언급한 바 있다.

그는 에코페미니즘이 지향하는 화해와 조화의 패러다임을 두 가지 방향에서 실현하고 있다. 하나는 여성과 자연을 동질적인 것으로 사유하고 그들이 지닌 생물학적 본성을 신성한 것으로 인식한다는 점이며, 다른 하나는 남성과 적대적 관계를 드러내는 페미니즘 시의 일반적 경향과는 달리 여성과 남성의 상호의존성이나 나눔의 의식을 상상력의 기저에 내포하고 있다는 점이다. 그리고 그는 남성 또한 자

문정희의 시에 등장하는 남자, 사내와 같은 시어는 첫 시집에서
부터 부정적 의미와는 거리가 먼 것으로 설정된다. 그러나 그에게 남자
나 사내는 일상적 상대가 아니라 "저 야생의 히스크리프처럼 털이 세
고"(「폭풍우」) "깨끗한 남자"(「떠오르는 방」)로서 시인이 추구한 '처녀'관
념과 짝을 이루는 존재이다. 예를 들어 "왜 나는/저 쭉쭉 뻗은/수목들
을/서방 삼을 생각을 못했을까"(「수목 사이로」)와 같은 표현에 보이는
수목과 서방의 비유적 관계에는 원시성과 그 원시성 안에 깃들어 있는
남성성 그리고 이러한 세계에 대한 추구가 동시에 내포되어 있는 것이
다. 이러한 남성성에 대한 이상론(理想論)은 시 「다시 남자를 위하여」에
"불꽃을 찾아온 사막을 헤매이며/검은 눈썹을 태우는/진짜 멋지고 당
당한 잡놈"으로 표현되기도 한다. 이브의 상대로서 야생성(자연성)을 잃
지 않는 사내야말로 문정희가 추구하는 남성성이라 할 수 있다. 이는 우
리 여성시에서 거의 찾아보기 어려운 대(對)남성적 태도라 할 수 있다.

한편 이러한 남성성에 대한 추구가 현실과 괴리된 피상적 관념
의 노정이 아니라는 사실을 강조할 필요가 있을 듯하다. 문정희가 추구
하는 남성성은 시집 『별이 뜨면 슬픔도 향기롭다』(미학사, 1992)에 실린
「오빠」라는 작품을 기점으로 탈신화적인, 다시 말해 보다 현실적인 맥
락 속에서 의미화되기 시작한다. 「오빠」에서 시인은 "오빠!/이 자지러질

---

3) 엄경희, 「상처받은 '가이아'의 복귀」, 『질주와 산책』, 새움, 2003, 108쪽.

듯 상큼하고 든든한 이름을/이제 모든 남자를 향해/다정히 불러 주기
로 했다."고 말함으로써 현실에 함께 공존하는 남자들과의 적극적인 화
해를 표방한다. 「남자를 위하여」, 「다시 남자를 위하여」, 「평화로운 풍
경」, 「한 사내를 만들었다」 등은 이 같은 지향을 내포한 작품이다. 그런
데 이상적 관념이 실제와 화해하는 과정에는 고뇌가 동반되기 마련이
다. 관념의 손상이 불가피하기 때문이다. 그러나 진정한 의미에서의 이
상과 실제의 화해는 역설적이게도 이러한 손상을 어느 정도 용납하는
가운데 가능해진다.

내가 드디어 간통을 하고 말았구나.
그런데 하필 이런 늙은 남자하고?
희끗하게 새벽이 와 닿는 침대 맡에서
반쯤 몸을 일으키다 말고
절망감에 다시 어깨를 눕힌다.
밤새 소리도 없이 내려앉은
눈펄 같은 흰 머리칼,
군살 낀 목덜미를 하고
입 떡 벌린 채 자고 있는
저 중년 남자는 누구인가.
어쩌다가 여기까지 이르렀을까.

묶어 놓은 줄을 풀어 놓아도
이제는 어디에도 가지 못하는
길 잘든 오소리 같은 낯설고
낯익은 중년 사내 곁에서

「간통」 전문

이 시의 화자는 낯익은 상대를 낯선 시선으로 객관화함으로써 존재론적 비애를 드러낸다. 그것은 "눈펄 같은 흰 머리칼,/군살 긴 목덜미를 하고/입 떡 벌린 채 자고 있는/저 중년 남자"와 간통했다는 사실에서 비롯된 것이 아니라 남자와 화자인 내가 모두 쓸쓸한 중년에 이르렀다는 사실에서 비롯된다. "묶어 놓은 줄을 풀어 놓아도/이제는 어디에도 가지 못하는" 길들임 가운데 인생의 봄과 여름이 지나간 것이다. 여기에는 야생의 여자도 남자도 아닌 물리적 늙음이 있다. 이 늙음을 바라보는 화자의 심연에는 절망과 연민이 뒤섞여있다. 이것이 어쩔 수 없는 존재의 실재이며 자연성이다. 이러한 자연성의 일면을 받아들이는 것이야말로 진정한 화해일지도 모른다. 이 시는 처연한 존재의 상태를 드러내지만 남·녀 모두에게 공통적인 궁극적 자연성을 매우 솔직하게 그려냈다는 점에서 인간간의 친밀감을 이면에 담고 있는 것으로 해석할 수 있다. 이와 같은 존재의 실존적 국면을 관용하는 에코페미니즘적 사유의 과정은 상대에 대한 객관화와 이해만으로 이루어진 것이 아니다. 문정희는 누구보다 예민하게 물리적 나이 변화에 대한 자기인식을 거듭한다. 「마흔살의 시」, 「마흔살 오후의 시」, 「촛불 한 개」, 「테라스의 여자」,

「중년 여자의 노래」, 「중년」, 「늙은 여자」, 「이름 부르기」 등의 시에서 나
이듦에 대한 쓸쓸함, 허무, 위기감, 때로 성숙에 이른 자기 긍정이 교차
함을 볼 수 있다. 이러한 맥락을 연장해본다면 시 「간통」은 상대의 존재
상태에 대한 인식이면서 동시에 자기인식을 드러낸 것이라 할 수 있다.

5. 이브의 선언

　　사십 여년의 시력(詩歷)을 거쳐 온 문정희의 시세계는 그리움으
로 가득한 고향 시편, 애절한 사랑 시편, 시대와 역사의 모순을 예리하
게 분석한 사회참여 시편 등 다양한 맥락으로 이루어져 있다. 그런 의미
에서 이 글은 그의 시의 다양성을 다 아우르지 못한 편협성을 지닐지도
모른다. 이 글은 다른 무엇이 아니라 문정희의 자아 정체성에 대한 의
식현상에 그 초점이 맞추어져 있기 때문이다. 그럼에도 나는 이것이 문
정희 시세계를 가장 깊이 이해할 수 있는 단초라 판단했으며 이러한 판
단을 가능하게 했던 것은 그의 시에서 자주 마주쳤던 자의식과 관련한
다. 예를 들어 '나'를 낳은 건 "끝없이 뻗쳐 오르던 한 여름의/지독한 뙤
약볕"(「수숫대」), "끝내 옷을 입지 못하고/비수를 번쩍이는 이 살들"(「얼
음」), "나는 아무래도 나쁜 시인인가봐.(「나는 나쁜 시인」), "당신이 나
를 문(Moon)이라 불러주므로/달은 나의 문패,/나는 문(文)이요, 문
(moon)이 되어/그리움으로 둥실 떠오른다"(「문」), "정주(定住)의 족속
이 아니다/날마다 길을 떠나는 집시"(「집시가 되어」), "나는 사막에 사
는 전갈"(「사하라에서의 하루」), "모든 것은 홀로 빛납니다/저 낱낱이 하
나인 잎들/저 자유로이 홀로인 새들"(「사람의 가을」), "날개로 허공을 밀

며/천 리를 달려온 저 새/움직이지 않고/홀로 또 천 리를 가고 있다"(「물새」) 등은 모두 시인이 자신을 정의한 문장 혹은 자신이 지향하는 자아상과 관련한 문장이다. 이 문장들에는 삶에 대한 열정과 자유를 갈망하는 조류의 피가 스며있다.

문정희의 시에서 열정과 자유는 처음부터 지금에 이르기까지 제기되었던 생의 화두라 할 수 있다. 그는 여류라는 온건한 울타리를 거부하고 끊임없이 솟아나는 자유의 충동 속에서 위반의 여성 신화를 만들어낸다. '처녀'는 바로 그의 시에서 재탄생한 이브의 다른 이름이다. 집시의 시간이 몰고 온 고독과 소외감 속에서, 일상의 부조리함 속에서, 제도와 자본의 모순 속에서 그의 이브 신화 다시 쓰기는 거듭된다. 이때 동반되었던 자연성이 훼손되지 않은 여성성에 대한 동경, 그러한 여성성과 상생할 남성성에 대한 탐구는 문정희 시의 주요 특징 가운데 하나인 에코페미니즘적 의미망을 형성한다. 이는 사회운동으로서 생태주의나 페미니즘에서 비롯되기보다 자생적 존재론에서 비롯된 것으로 파악된다. 그의 자생적 존재론은 이제 인간존재의 실존의 무거움과 정면으로 마주쳐 있는 듯하다. 그 무거움을 안고 시인은 이렇게 선언한다.

> 나는 원하는 방식대로
> 나의 성(性)을 사용할 것이며
> 국가에서 관리하거나
> 조상이 간섭하지 못하게 할 것이다
> 사상이 함부로 손을 넣지 못하게 할 것이며
> 누구를 계몽하거나 선전하거나

「꽃의 선언」 전문

문정희의 시의 나라에는 국가도 조상도 사상도 돈도 무력하게 하는 한 존재로서의 여성이 있다. 그는 "정녕 아름답거나 착한 척도 하지 않을 것이며/도통하지 않을 것이며/그냥 내 육체를 내가 소유할 것이다"라고 선언한다. 아름답거나 착한 척도 하지 않을 것이며 도통하지도 않겠다는 이 다짐이야말로 가장 문정희적인 선언이 아닐까? 아름다운 척, 착한 척, 도통한 척 하며 삶의 솔직한 진실을 우아하게 포장하는 위선적 문장을 끊임없이 경계하며 그는 부당하게 정초된 여류성을 벗어난 것이다. 아니었다면 또 다른 시 「뿔」에서의 "돈을 쓰러 가야겠다/저 미친 자동차의 물결에 합류해야/가려움증이 시원하게 나을 것 같다/돈으로 물어뜯고/생생한 뿔로 들이받고 싶다"와 같이 우리의 본성을 후련하게 간파한 문장은 생성되지 않았을 것이다. 시 「흔들림을 위하여」에서 시인은 "모두가 좌측으로/또 모두가 우측으로 가는 동안/나는 나의 측으로 갈 뿐이다"라고 고백한다. 타인의 시선을 과감하게 벗어던진 자의 고독과 자유의 냄새가 '지금-여기'에 진동한다.

책임의 무거움과 치유(治癒)의 따듯함
- 현대시에 등장하는 아버지와 어머니

한국 현대시에서 '아버지'와 '어머니'는 거의 모든 시인의 시편에서 발견되는 가장 보편적인 제재라 할 수 있다. 일찍이 개체의식이 강화되었던 서구 시인들의 시편에서도 과연 이러한 현상이 발견될까? 나의 능력으로는 이러한 질문에 답할 수 없지만, 한 가지 분명한 것은 우리와 서양의 가족 혹은 혈육에 대한 인식이 매우 다르다는 사실이다. 서양은 가족을 경제적 하부구조의 단위로 인식하는 반면 우리는 가족을 조상 숭배의 전통 속에 구축된 구체적 생활단위로, 나아가서는 사회조직과 국가를 유지시켜 주는 충, 효, 우애, 단결과 같은 기본 이념의 실천적 단위로 인식한다. 이 같은 인식의 여파는 핵가족, 분거가족, 독신가구 등으로 가족형태가 변화하는 현재에 이르러 그 영향력이 약화된 것이 사실이나 여전히 지속되고 있는 것 또한 사실이다. 현대시에서 아버지와 어머니에 대한 사랑의 표현이 큰 비중을 차지하는 이유도 이러한 전통적 가족 이데올로기와 깊은 연관을 갖는다.

현대시에서 아버지와 어머니는 눈물겨운 그리움의 존재, 회한을 불러일으키는 존재로 그려지는 것이 일반적이다. 그런데 아버지에 대한 기억과 사랑은 어머니에 대한 것과 다소 차이를 갖는다. 아버지에 대한 인식의 지평이 어머니에 대한 것과 다르기 때문이다. 가부장적 봉건질서에 대한 비판이 상당히 진행된 요즘에도 아버지는 가정의 중심이며 기둥이라는 인식을 해소하기 어렵다. 한 가정의 중심이 된다는 것은 위계의 정점을 차지하는 일이지만 한편으로는 모든 결정에 대해 책임을 져야함을 뜻한다. 이런 측면에서 본다면 유홍준의 고백처럼 "아버지는 무겁고, 아버지는 버겁고, 아버지는 아팠다."라는 것이 맞다. 일찍이 이상(李箱)이 "나는왜드디어나와나의아버지와나의아버지의아버지와나의아버지의아버지의아버지노릇을한꺼번에하면서살아야하는것이냐"(「烏瞰圖-詩第二號」)라고 했던 것도 아버지라는 존재가 짊어져야 할 고통, 혹은 그것을 대물림해서 이어가야할 장자권의 무게를 나타내는 것이라 할 수 있다. 박목월 또한 아버지라는 존재의 무거움을 다음과 같이 쓰고 있다.

아랫목에 모인
아홉 마리의 강아지야
강아지 같은 것들아.
屈辱과 굶주림과 추운 길을 걸어
내가 왔다.
아버지가 왔다.

「가정」 부분

　　이 시에서 아버지는 "屈辱과 굶주림과 추운 길을 걸어" 온 '十九文半의 신발'로 비유되어 있다. 강아지 같은 자식들을 위해 세상의 아버지들은 굴욕과 슬픔을 감내한다. 이때 '十九文半의 신발'은 가부장적 권위나 위엄과는 거리가 먼 아버지의 초상을 함축한다. 이 무겁고 슬픈 초상이 우리가 일상에서 바라보는 아버지의 감추어진 모습일 것이다. 우리 시에서 위엄과 권위를 갖춘 멋진 아버지에 대한 기억보다는 연민스러운 아버지의 모습이 더 많이 부각되는 것은 바로 가족들에게 드러내지 못한 그의 무거운 얼굴 때문이라 할 수 있다. 손택수는 시 「아버지의 등을 밀며」에서 "아무렇게나 함부로 비난했던 아버지/등짝에 살이 시커멓게 죽은 지게자국을 본 건/당신이 쓰러지고 난 뒤의 일이다/의식을 잃고 쓰러져 병원까지 실려온 뒤의 일이다"라고 고백한다. 이영주는 시 「아버지의 작업」에서 자라 양식에 실패한 아버지의 절망적 모습을 "방 안으로 들어와 등을 구부리고 앉은 아버지는/연못처럼 깊어져 갔다./앉은 자리에서/오랫동안 썩어 있던/검은 못물이 고이기 시작했다."고 쓴다. 박성우는 누에 농사에 실패한 아버지를 "그날 밤, 만취한 아버지는 누운 채로/명주실을 밤새 토해냈다/둥글고 거대한 고치 하나가/다음날 오후까지 이불에 덮여 있었다"(「누에」)라고 묘사한다. 이들 시는 아버지에 대한 안쓰러움과 연민의 감정을 드러낸다는 점에서 공통적이다. 아마도 아버지에 대한 가장 보편적인 기억은 이처럼 생계를 떠안고 무거운 인생길을 묵묵히 걸어가는 슬픈 모습일 것이다. 그런데 이와 같은 아버지의 원형성은 어머니와 달리 긍정적으로 유지되지 못한다. 아버지는 때로 부권을 상실한 무능한 존재를 넘어서 그 무능함으로 가족을 위기에 몰아넣는 존재로 등장하기도 한다.

아버지가 회사를 그만두기 며칠 전부터 벌레가 나왕 책장을 갉아 먹고
있었다 처음엔 두 군데, 다음엔 다섯 군데 쬐그만 흠을 파고
고운 톱밥 같은 것을 쏟아냈다 저도 먹어야 살지, 청소할 때마다
마른 걸레로 훔쳐냈다 아버지는 회사를 그만두고 집에만 계셨다
텔레비 앞에서 프로가 끝날 때까지 담배만 피우셨다 벌레들은
더 많은 구멍을 파고 고운 나무 가루를 쏟아냈다 보자 누가 이기나,
구멍마다 접착제로 틀어 막았다 아버지는 낮잠을 주무시다 지겨우면
하릴없이, 자전거를 타고 水色에 다녀오시고 어머니가 한숨 쉬었다
그만하세요 어머니, 이젠 연세도 많으시고…… 어머니는 먼 산을
바라보며
또 한 주일이 지나고 나는 보았다 전에 구멍 뚫린 나무 뒷편으로
새 구멍이 여러 개 뚫리고 노오란 나무 가루가 무더기, 무더기
쌓여 있었다 닦아내도, 닦아내도 노오랗게 묻어났다 숟가락을 지우며
어머니가 말했다 창틀에 문턱에 식탁에까지 구멍이…… 약이 없다
는데,
아버지는 밥을, 소처럼, 오래오래 씹고 계셨다
이성복, 「꽃 피는 아버지」 부분

이튼날이 되어도 아버지는 돌아오지 않았다. 아버지는 간유리 같은 밤을 지났다.

그날 우리들의 언덕에는 몇백 개 칼자국을 그으며 미친 바람이 불었다. 구부러진 핀처럼 웃으며 누이는 긴 팽이모자를 쓰고 언덕을 넘어갔다. 어디에서 바람은 불어오는 걸까? 어머니 왜 나는 왼손잡이여요. 부엌은 거대한 한 개 스푼이다. 하루종일 나는 문지방 위에 앉아서 지붕 위에서 가파른 예각으로 울고 있는 유지 소리를 구깃구깃 삼켜넣었다. 어머니가 말했다. 너는 아버지가 끊어뜨린 한 가닥 실정맥이야. 조용히 골동품 속으로 낙하하는 폭풍의 하오. 나는 빨랫줄에서 힘없이 떨어지는 아버지의 러닝 셔츠가 흙투성이가 되어 어디만큼 날아가는가를 두 눈 부릅뜨고 헤아려보았다. 공중에서 휙휙 솟구치는 수천 개 주삿바늘. 그리고 나서 저녁 무렵 땅거디 한 겹의 무게를 데리고 누이는 뽀뿔린 치마 가득 삘기의 푸른 즙액을 물들인 채 절룩거리며 돌아오는 것이다.

기형도, 「폭풍의 언덕」 부분

이성복의 시에 보이는 아버지는 가족의 생계를 위험에 빠뜨린 부정적 인물로 그려져 있다. 그는 텔레비전을 보거나 낮잠을 자지 않으면 하릴없이 자전거를 타고 외출이나 하는 룸펜으로 등장한다. 그의 무능한 삶의 태도는 이 시에서 책장과 창틀, 문턱, 식탁을 갉아먹는 벌레와 동일한 것으로 비유된다. 접착제로 구멍을 막아도 계속해서 집안 곳곳에 구멍을 뚫는 벌레처럼 아버지의 무능함은 집안의 생계에 구멍을 내고 가족을 위기에 몰아넣는다. 이 무능한 아버지는 벌레가 가구들을 갉듯이 "밥을, 소처럼, 오래오래 씹"으며 가산을 축내고 있는 것이다.

기형도의 시에 드러난 아버지의 부재는 부재로 끝나는 것이 아니라, "몇백 개 칼자국"을 그으며 부는 "미친 바람", "가파른 예각으로 울고 있는 유지 소리" 등의 원인으로 의미화된다. 그의 시에서 '바람'은 가족의 위기를 나타내는 상징적 이미지라 할 수 있는데, 예를 들면 아버지의 풍병, 바람든 무, 구멍난 잠바(「위험한 家計·1969」), 바람의 집(「바람의 집-겨울 版畵1」) 등으로 구체화된다. 즉 아버지가 일으키는 바람은 일종의 평지풍파라 할 수 있다. "나는 빨랫줄에서 힘없이 떨어지는 아버지의 러닝 셔츠가 흙투성이가 되어 어디만큼 날아가는 가를 두 눈 부릅뜨고 헤아려보았다"는 표현의 이면에는 가족을 위기로 몰아가는 아버지를 증오하는 화자의 태도가 내재해있다. 누이를 절룩이게 하고, 어머니를 "가늘은 유리막대처럼"(「폭풍의 언덕」) 위태롭게 하는 아버지를 그는 용납할 수 없는 것이다.

이와 같은 아버지에 대한 부정적 의식은 어디에서 연원한 것일까? 이유는 부권에 대한 이상적 이념과 경험적 실상으로서의 아버지가 서로 마찰을 일으키며 괴리되어 있기 때문이다. 그렇다면 이념과 현실의 괴리는 왜 생겨나는 것일까? 근대 산업사회로 접어들면서 우리들의 아버지는 대부분 임금 노동자로서 생계를 책임지게 되었으며 이에 따라 부권의 권위는 경제적 가치에 의해 유동적으로 조정되는 현상을 낳게 되었다. 가문을 이어가고 가족의 정신적 지주로서의 아버지 역할은 부차적인 것이 된 것이다. 아버지의 권위가 경제력에 의해 좌우되는 것이 현실이다. 어머니와 다르게 아버지의 원형성이 와해되는 근본 원인이 여기에 있다. 생각해보면, 이 또한 너무도 슬픈 일이라 할 수 있다.

현대시에서 아버지와 달리 어머니의 원형성은 시대의 변화와 상관없이 굳건하게 보존되는 것으로 나타난다. 물론 페미니즘 의식을 드러낸 시편들에서 모성 신화에 대한 회의와 거부감을 발견할 수도 있다. 그럼에도 '나'의 육친으로서의 어머니가 묘사될 경우 거의 예외가 없을 만큼 어머니는 숭배의 대상이 되곤 한다. 어머니가 자식에게 베푼 맹목적 희생과 헌신, 사랑을 어느 누구도 부정할 수 없기 때문이다. 이 같은 어머니의 위대함에 대해 김종해는 시 「사모곡」에서 "지상에서 만난 사람 가운데/가장 아름다운 여인은/어머니라는 이름을 갖고 있다"라고 간명하게 일축한다. 우리에게 어머니는 모진 가난과 시련을 이겨내면서 때로는 억척스럽게, 때로는 자애롭게 생활을 깁고 닦아낸 존재이며 일평생 '보살핌'을 게을리 하지 않는 존재로 각인되어 있다.

예를 들어 이상의 경우 조상과 부권만이 아니라 여성인 신부나 아내에 대해서도 강한 부담과 부정의식을 드러내는 반면 어머니에 대해서만큼은 그 태도가 다르다. 이상에게 어머니는 치유와 따뜻함을 지닌 가장 긍정적인 육친이다. 시 「肉親의 章」에서 그는 "나는24勢나도어머니가나를낳으시드키무엇인가를낳아야겠다고생각하는것이었다"라고 쓰고 있다. 무능한 아버지의 초상을 부각시키고 있는 이성복과 기형도의 경우도 어머니에 대해서만큼은 그 태도가 다르다. 이성복의 시에서 어머니는 가족을 위해 헌신하는 희생자로 그려진다. 그는 「어머니·1」에서 "어머니,/촛불과 안개꽃 사이로 올라오는 온갖 하소연을 한쪽 귀로 흘리시면서, 오늘도 화장지 행상에 지친 아들의 손발에, 가슴에 깊이 박힌 못을 뽑으시는 어머니……"라고 어머니에 대한 애련한 마음을 드러낸다. 기형도의 시에서 어머니는 늘 무능한 아버지를 두둔하고 가족들의 화해를 독려하는 치유자로 등장한다. 시인은 "자정 지나 앞마당에 은빛 금속처럼 서리가 깔릴 때까지 어머니는 마른 손으로 종잇장 같은 내 배를 자꾸만 쓸어내렸다."(「바람의 집-겨울 版畵1」)라고 어린 시절을 회상한다. 우리 시에서 발견되는 어머니의 모습은 매우 다양하지만 그 가운데 희생적 치유자로서의 어머니상이 가장 대표적이라 할 수 있다.

　　　우리의 가슴속에 새겨진 이 같은 어머니의 희생과 보살핌의 실행방식은 주로 '촉각'에 의해서 이루어진다. 이 점은 아버지와 다른 관계방식(소통방식)을 이루는 요건이라 할 수 있다. 어머니의 일상은 아이에게 젖을 먹이고 보듬고, 음식 재료를 다듬고, 생활공간을 쓸고 닦는 촉각의 세계로 이루어진다. 촉각은 다른 감각이 특정 감각기관을 가지고 있는 것과 달리 피부 전체에 퍼져있으며 대상과의 접촉이 직접적이라는 데 그 특징이 있다. 따라서 어머니에 대한 기억은 '어머니의 손길' 즉 따뜻한 촉각의 생생함과 연관된다. 어머니로부터 생겨나는 이와 같은 육체적 감각의 교감은 무의식적으로 태, 배꼽, 자궁 등 생명이 형성되는 시적 상상과정으로 이어지기도 한다. 김승희의 「배꼽을 위한 연가(1)」에 보이는 "어머니-아, 어머니-라고 불러보면 바닷가를 울면서 걸어가는 한 여인이 떠오릅니다, 그녀의 슬픔 그녀의 사랑 그녀의 절망을 따라 나의 배꼽은 또 하염없이 시원의 태 속으로 적셔들어가고,"나 함민복의 「성선설」에 보이는 "손가락이 열개인 것은/어머니 뱃속에서 몇 달 은혜입나 기억하려는/태아의 노력 때문인지도 모릅니다"와 같은 시적 상상의 촉발이 다만 여성 신체에 대한 생물학적 앎 때문만은 아니다. 촉각에 의한 직접적 교감이 이러한 상상에 관여하는 것이다.

　살펴본 바, 현대시에서 아버지는 책임과 맞물린 무거운 존재로, 어머니는 희생과 치유의 존재로 각각 그려진다. 아버지와 어머니는 '나'라는 존재의 있음(Being)을 가능하게 한 근원이라는 점에서 생의 충족감의 원천이며 동시에 궁극적 결핍감의 원천이라 할 수 있다. 우리 모두의 생명과 정신과 정서는 아버지, 어머니라는 원초적 보호막 속에서 보육되고 성장한다. 사랑과 행복, 불화와 연민, 후회, 회한 등 다양한 관계 체험이 처음 시작되는 지점에 아버지와 어머니가 존재하는 것이다. 우리는 그 관계 속에서 진심으로 울고 웃는다. 그리고 그러한 관계는 우리들의 부모가 그랬듯이 '나'로부터 또 만들어지고 이어질 것이다.

사디즘(Sadism)의 세계에서 펼쳐진 게릴라전
- 장정일의 시세계

1. 폭력과 물신의 세계

장정일은 첫 시집 『햄버거에 대한 명상』(민음사, 1987) 이후 연속적으로 다섯 권의 단독 시집을 출간한 바 있다. 오 년 사이에 모두 여섯 권의 시집을 출간한 이후 그는 시보다는 소설에 주력함으로써 더 이상 새로운 시를 발표하지 않고 있다. 현재 시인으로서 활동을 중단한 상태이지만 그의 시가 일으킨 문학적 파장은 결코 작은 것이라 할 수 없다. 그의 시세계는 1980년대 이후 가장 문제적인, 다시 말해 가장 급진적이고 도발적인 감수성과 사유를 담고 있다는 점에서 연구의 필요성이 제기되는 시인이라 할 수 있다.

---

1) 『상복을 입은 시집』(그루, 1987), 『길안에서의 택시잡기』(민음사, 1988), 『서울에서 보낸 3주일』(청하, 1988), 『통일주의』(열음사, 1989), 『천국에 못가는 이유』(문학세계사, 1991). 두 번째 시집 『상복을 입은 시집』은 그의 첫 시집이 출판되기 이전에 쓴 시편들이라는 점에서 시기상 첫 시집보다 앞선다고 할 수 있다. 아울러 다섯 번째 시집 『통일주의』는 1부와 2부로 구성되어 있는데 1부의 내용은 두 번째 시집 『상복을 입은 시집』에 실린 시편들로 이루어져 있다.

　　1980년대의 많은 시인들이 주로 독재정치의 폭력이나 자본주의의 파행성에 대해 직설적 저항의식을 드러내고 있는 반면에 장정일은 그보다 훨씬 복잡하고 다각적인 시각에서 우리의 현실구조를 작품에 반영하고 있다. 광복 이후 뿌리내리기 시작한 반공이데올로기와 자본주의 이념은 1970년대와 1980년대를 지배한 강력한 권위주의(군사)정권들에 정당성을 부여함과 동시에 괄목할만한 양적인 경제발전을 이룩하는 동인으로도 작용했다. 그러나 두 이념은 1987년 이른바 6.29선언이 나오기 전까지 정치적으로는 민중의 자유와 인권을 억압하고 통제하는 권위주의체제를 강화시키고 경제적으로는 계층간 불평등을 심화시킨 결정적인 요인으로 작용했다. 특히 1980년대를 거치면서 이 두 이념은 내적으로 더욱 긴밀히 결합되면서 외부적으로는 기이한 분열양상을 띠게 된다. 즉 정의사회구현이라는 기치 하에 정치적·사회적 통제와 억압이 자행되었으며 한편으로는 일련의 자유화조치(학원자유화조치나 학생들의 교복 및 두발자유화조치, 정치적 해금 등)가 이루어지게 되었다. 다시 말해서 반공이데올로기는 채찍이요, 자본주의는 당근이 됨으로써 정통성 없는 정권의 지배력을 강화시킨 두 개의 엔진 역할을 담당했던 것이다. 그 결과 한편으로는 폭력과 감시체제로 유지되는 권위주의정치와 문화가, 다른 한편으로는 물신주의적인 소비풍조가 서로 긴밀히 결부됨으로써 한국사회를 이끌었던 것이다.[2]

---

2) Alphonso Lingis, Foreign Bodies, New York:Routledge, 1994, pp. 57~59. "근대 이데올로기는 새로운 권력구조들을 은폐하는 데 봉사한 산업 및 군사기술뿐 아니라 사회공학적 발명이 연이어진 발명의 시대를 주도했다. 근대인들의 독특한 주체화를 가능케 한 병영, 공장, 학교, 병원, 정신 요양원과 같은 제도기관들이 발명됨으로써 근대 사회공간은 완벽하게 재편될 수 있었다. 이 권력구조들은 그삐 풀린 대중의 힘을 쉽사리 분산시키고 무력화하여 통제한 것은 물론 그것을 사회적 생산력으로까지 가공해내는 결정적인 수단으로 작용한다. 이 기관들에서 수행되는 감시는 위반이 시작되는 순간부터 위반행위를 기록하기 시작하고, 모든 위반의 가능성과 유혹을 치밀하게 관찰하여 사전에 그것들을 제압해버린다."

　　장정일의 현실인식은 이처럼 '감시체제의 폭력'과 '소비문화(쾌락과 욕망)'라는 이중의 지배원리로부터 생성된다. 그는 제국주의문화와 독재체제, 분단상황, 독점자본주의 등과 결탁되어 있는 종교와 학교, 법정, 감방, 상품문화, 지식인 등의 관료체제나 제도적 장치가 야기하는 감시와 처벌 그리고 거짓 쾌락의 세계를 전방위적으로 신랄하게 풍자함으로써 악덕으로 이루어진 현실의 총체성을 시로서 형상화한다. 여기서 주목할 것은 그가 막연하고 추상적인 폭력이 아니라 합법화되어 있는 제도, 법, 규칙 등에 대해 누구보다도 강한 반감과 저항감을 드러내고 있다는 점이다. 이는 그가 현실을 사디즘(Sadism)의 세계로 인식하고 있다는 근거이다. 사디즘 세계의 절대적 존재근거와 작동원리가 바로 '법'이기 때문이다.

　　따라서 이 논의는 주로 장정일 시의 형상화 원리에 초점이 맞추어졌던 기존의 논의에서 벗어나 사디즘의 작동원리를 바탕으로 장정일의 현실인식을 구체적으로 밝히는 데 그 목적을 둔다. 장정일의 시세계에 관한 기존 논의의 내용은 '해체시' 담론이나[3] '탈근대성(포스트모더니즘)'의[4] 시각을 바탕으로 그의 시적 형상화 방법, 시에 드러나는 파편

---

3)　장석주, 「한 해체주의자의 시읽기: 장정일론」, 《현대시세계》 14호, 청하, 1992, pp. 93~110.
　　권명아, 「장정일 특집: 〈햄버거〉에서 〈거짓말〉까지 작품론1: 진지한 놀이와 지워지는 이야기」, 《작가세계》 27권, 세계사, 1997, pp. 55~73.
　　이형권, 「80년대 해체시와 아버지 살해 욕망: 황지우, 박남철, 장정일의 시를 중심으로」, 『국문연구』 제43권, 국문연구회, 2003, pp. 581~608 참조.
4)　김주연, 「몸 속에서 열리는 세상: 장정일론」, 《동서문학》 221호, 동서문학사, 1996, pp. 262~277.
　　김준오, 「장정일 특집: 〈햄버거〉에서 〈거짓말〉까지 작품론2: 타락한 글쓰기, 시인의 모순 — 장정일의 시세계」, 《작가세계》 27권, 세계사, 1997, pp. 74~90.
　　문흥술, 「장정일 특집: 〈햄버거〉에서 〈거짓말〉까지 주제비평1: 순수한 성, 탈출구, 그리고 분열증세」, 《작가세계》 27권, 세계사, 1997, pp. 103~117.
　　박기수, 「장정일 시의 서술 특성 연구」, 『한국언어문화』 제18집, 한국언어문화학회, 2000, pp. 197~217.
　　정혜선, 「현대문학의 영상이미지 연구: 장정일과 유하를 중심으로」, 충남대학교 대학원 국어국문학과 석사학위 논문, 2005 참조.

적인 현실, 시인 개인의 심리현상에 주안점이 주어졌다. 그러나 이들 논의들은 장정일의 시가 표면적으로 드러내는 시문법의 해체성이나 포스모던적인 사회 및 개인의 파편적 심리현상을 확인하고 부연하는 데 머물 뿐 그의 시가 그런 현상을 띨 수밖에 없는 근본동인을 간과하는 한계를 보인다. 즉 그의 시와 시적 현상들을 발생시키고 가동시키는 원인을 심층적이고 유기적으로 해명하지는 못하고 있는 것이다. 물론 장정일 시세계의 해체시적[5] 경향은 매우 중요한 시적 특질이라 할 수 있다. 그러나 그의 여섯 권의 시집을 살펴보면 지금까지 그의 시의 특질로 부각되었던 해체시의 국면만 있는 것은 아니다. 『상복을 입은 시집』, 『통일주의』, 『천국에 못가는 이유』 등의 시집에서는 의외로 현실에 저항하는 단조로운 구호형식의 문구를 빈번하게 발견할 수 있을 뿐 아니라 그 내용 또한 매우 소박하게 구성되어 있는 경우도 자주 눈에 띤다. 그럼에도 이와 같은 시편들은 그의 현실인식이나 지향성을 종합적으로 밝히는 데 중요한 단서를 제공한다는 점에서 간과할 수 없는 부분이라 할 수 있다. 이런 점을 감안하여 이 글은 장정일의 여섯 권의 시집에 실린 작품들을 통해서 폭로되고 있는 ①악덕의 작동방식, ②사디즘이 행해지는 공간의 특성, ③희생자의 존재형식 등을 분석함으로써 그의 현실인식과 시적 의의를 종합하고자 한다.

---

5) 해체시는 우리의 경우 1980년대 초 황지우, 박남철 등의 시에서 시작된 것으로 진단된다. '해체시'에 관한 논의에서 관건이 되는 것은 무엇을 해체하는가에 있다. 그것은 크게는 삶의 중심을 이루었던 전통적·권위적 기반의 해체로 요약될 수 있다. 이것은 시에서 세계관과 형식미의 변화로 드러나지만, 대부분의 논의는 세계관보다는 형식미의 전복에 초점을 맞추고 있다. 김준오는 해체시가 전통시 뿐 아니라 60년대 실험시와도 구분된다고 설명한다. 그에 따르면 해체원리들 가운데 가장 중요한 것은 문학뿐만 아니라 다른 예술 장르들과의 통합 및 현실의 조합과 편집에 있다. 이에 따라 예술과 인생이 더 이상 구분되지 않는 반미학이 형성된다고 밝히고 있다. 김준오, 『도시시와 해체시』, 문학과비평사, 1992, pp. 140~154 참조.

2. 사디즘의 정의와 원리

사디즘(Sadism)[6]이라는 용어는 독일의 심리학자 크라프트에빙
(Freiherr von KrafftEbing)이 18세기 프랑스의 귀족이었던 사드 후작
(Marquis de Sade)의 이름을 따서 만든 것이다. 가학증 혹은 가학성
음란증으로 번역되는 사디즘은 심리학적으로 '타인에게 성적인 고통
을 가함으로써 성욕을 만족시키려는 이상성심리'로 풀이될 수 있다. 이
처럼 주로 인간의 여러 가지 이상성욕들 가운데 하나를 가리키는 말
로 사용되어온 사디즘은 흔히 반대되는 성심리로 알려진 마조히즘
(Masochism, 피학증)이라는 용어와 함께 사용되어왔다.

그러나 이후 사디즘은 단순히 심리학적인 용어에 머물지 않고 다
양한 의미를 포함하게 된다. 그리하여 ①인간에게 죽음본능(Thanatos)
이 존재한다는 것을 보여주는 하나의 이상심리로, ②실존적 자유의 가[7]
능성을 가로막는 하나의 심리적 병인으로[8], ③사회적인 지배-피지배관계
를 규정하는 심리적 메커니즘으로[9], ④권력욕의 한 속성으로[10], 그리고 ⑤
심지어는 문학적 자유를 추구하는 역설의 방법이나[11], ⑥폭군이 무기로
삼는 법을 전복시키려는 시도의 일환으로까지[12] 해석되기도 한다. 이러한

---

6) 국내에서는 영어식 발음인 '새디즘'으로도 사용되고 있지만, 본 논의는 이 용어가 사드에서 유래했다는 점을
   감안하여 사디즘으로 통일하여 사용하기로 한다. 그런 의미에서 '매저키즘'으로도 사용되고 있는 마조히즘도
   마찬가지이다.
7) 프로이트(Sigmud Freud), 「쾌락원칙을 넘어서」, 『쾌락원칙을 넘어서』, 박찬부 역, 열린책들, 1987, pp.
   75~77 참조.
8) 사르트르(Jean Paul Sartre), 『존재와 무(하)』, 양원달 역, 을유문화사, 1983, pp. 525~570; 이종영, 『가학증,
   타자성, 자유』, 백의, 1996, pp. 38~85 참조.
9) 에리히 프롬(Erich Fromm), 『자유에서의 도피』, 이상두 역, 범우사, 1985, pp. 135~166; 린 챈서(Lynn S.
   Chancer), 『일상의 권력과 새도매저키즘: 지배의 논리와 속죄양 만들기』, 심영희 역, 나남출판, 1994, pp.
   17~31 참조.
10) 김우태, 「정치권력의 본질」, 『사회과학-경북대학교 사회과학대학』 1집, 경북대학교 사회과학대학, 1982, pp.
    55~70 참조.
11) 조르주 바타이유(George Bataille), 『문학과 악』, 최윤정 역, 민음사, 1995, pp. 113~144 참조.
12) 질 들뢰즈(Gilles Deleuze), 「냉정함과 잔인성」, 『매저키즘』, 이강훈 역, 인간사랑, 1996, pp. 94~99 참조.

논의들을 종합하면 사디즘이란 결국 '타인의 신체와 정신을 지배하고자 하는 이상심리 및 이상행태'로 정의될 수 있을 것이다. 본 논의에서는 주로 ③과 ④의 개념으로 사디즘이라는 용어를 사용하고 있음을 밝힌다.[13]

이와 같은 사디즘을 이해하는 데 가장 중요한 것은 '초자아(Superego)'라는 개념이다. 사디즘과 불가분의 관계에 있는 이 개념은 "자기애적인 리비도의 영향에 의해 자아에서 강제로 분리되어 결국 대상과의 관계 속에서 드러나는 죽음본능"[14]이라고 생각한 프로이트의 통찰을 단초로 이해될 수 있다. 프로이트는 이러한 자아의 강제적 분열이 "오이디푸스콤플렉스의 억압이라는 혁명적 사건 때문"에 발생하고, 그 결과 죽음본능이 자아이상 즉 초자아로 발달한다고 본다. 그리하여 "초자아는 아버지의 성격을 띤다. 오이디푸스콤플렉스가 강렬할수록, 그리고 그것이 (권위나 종교적 가르침, 학교교육이나 독서행위 등의 영향을 받아) 억압에 빨리 굴복할수록, 그 후에 나타나는 초자아의 자아에 대한 지배력은-양심이나 무의식적 죄의식의 형태로-더욱 엄격하게

---

13) 여기서 주목할 점은 사디즘에 대한 이러한 논의들 가운데 바타이유와 들뢰즈의 경우를 제외한 나머지 논의들은 사디즘과 마조히즘을 정반대의 심리로 간주함으로써 양자가 (부정적인 방식으로) 호환될 수 있는 상호의존관계에 있음을 대체로 인정하는 태도를 보인다는 사실이다. 그에 따라 마조히즘도 '신체적·정신적으로 타인의 지배를 받고자하는 이상심리 및 이상행태'로 정의될 것이다. 그러나 이러한 사도-마조히즘(Sado-Masochism)의 논리는 능동적인 사디즘과 수동적인 마조히즘의 주체를 동일한 자아(Ego)로 파악하는 기존의 인식에서 비롯된 단순한 논리이다. 이 논리는 예컨대 "강자에게는 약하면서도 약자에게는 강한" 태도를 보이는 사람들의 심리를 설명하는 데 타당한 근거로 종종 동원되곤 한다. 그러나 그것은 사디스트들이 그들에게 순종할 것으로 기대되는 마조히스트들보다는 오히려 그들에게 저항하고 반발하는 자들을 학대할 때 더 큰 쾌감을 느끼는 이유를 제대로 설명하지 못한다. 더구나 사디즘이 피학대자에게 쾌감이 아닌 고통을 줌으로써 쾌감을 느끼려는 이상심리라는 초보적인 정의에 비추어보아도 사디즘은 "쾌감을 느끼기 위한 조건으로서 고통을 기대하"는 마조히즘의 심리와는 본질적으로 양립할 수 없다. 그럼에도 기존의 논리는 단지 고통을 주는 쾌감과 받는 쾌감이 상호의존적일 수 있다는 점에만 주목함으로써 문제의 현실을 피상적인 현상으로 묘사하는 수준에 머문 채 문제의 본질은 간과하고 마는 것이다. 따라서 사디즘(뿐만 아니라 마조히즘)을 제대로 이해하기 위해서는 마조히즘과의 상관성이 아니라 사디즘 자체의 메커니즘에 초점을 맞추어야 한다. 질 들뢰즈, 앞의 책, p. 81 참조.
14) 프로이트, 앞의 책, p. 75.

될 것이다.[15] 초자아가 압도적인 지배력을 추구하고 지상명령의 형태로 나타나는 강박적 공격성을 띠게 되는 이유도 여기에 있다. 이러한 초자아가 사용하는 현실적인 공격무기는 아버지의 법이다. "법이란 억압된 욕망과 같은 것"이고 따라서 "법의 대상과 욕망의 대상은 동일한 것"[16]이기 때문이다. 그런데 초자아가 이처럼 자아를 공격대상으로 삼는 이유는 자아가 무엇보다도 자기보존을 본령으로 삼는 "육체적인 자아"[17]인 동시에 자기보존을 위해 포기한 대상에 대한 리비도 집중의 침전물이기[18] 때문이다. 이러한 자아는 초자아의 폭력성에 맞서서 예방책이나 타협책을 찾거나 대항하기도 한다. 그러나 자아로부터 강제 추방된 초자아의 억압된 죽음본능은 "사디즘의 전부를 쥐고 있"다고 해도 과언이 아니어서 그것이 극단적으로 발휘되면 "자아를 죽음으로까지 내몰기"에 이를 정도로 강력하다.

> "사디스트에게는 강력하고 압도적인 초자아만이 있을 뿐이다. 사디스트의 초자아는 너무나 강력해서 사디스트 자신을 초자아와 동일시하게 된다. 그 결과 초자아가 되어버린 사디스트는 자신의 자아를 외부세계에서 찾을 수밖에 없다. 일반적으로 초자아에 도덕적 특성을 부여해주는 것은 내적인 보완적 자아와, 자아와 초자아 사이에 밀접한 상호관계를 형성시키는 어머니의 요소이다. 그러나 초자아가 광폭하게 날뛰며 어머니의 이미지와 함께 자아를 몰아내고 나면 그것은

---

15) 프로이트, 「자아와 이드」, 앞의 책, pp. 123~124.
16) 질 들뢰즈, 앞의 책, p.95. 헤겔(G. W. F. Hegel)도 일찍이 법이 인간의 욕망을 상대하는 것임을 간파하고 '욕망의 체계'를 분석한 바 있다. 헤겔, 『법철학』, 임석진 역, 지식산업사, 1994, pp. 314~318 참조.
17) 프로이트, 앞의 책, p. 112.
18) 앞의 책, pp. 116~117.

이로써 우리는 사디즘의 심리적 주체는 자아가 아니라 초자아라는 사실, 사디즘이 타인을 지배하고자 하는 것도 바로 이러한 사디즘의 근본적인 아이러니에 비롯된다는 사실을 알 수 있다. 이 아이러니는 사디즘의 궁극목표가 자신을 추방한 자아에 대한 복수에 있지만, 그 자아가 죽으면 자신도 죽을 수밖에 없다는 숙명에서 비롯될 것이다. 그리하여 사디스트는 즉 사디스트의 초자아는 본래 자기 자신이었던 내부의 자아가 아닌 외부의 자아를 희생물로 삼아 복수함으로써 억압된 욕망을 만족시키고자 하는 것이다. 그것이 가능한 것은 자아의 본질은 육체이기 때문이기도 하지만, 무엇보다도 초자아는 강제로 추방된 자아가 자신을 추방한 압도적인 절대자(자아이상 즉 아버지)와 자신을 동일시(Identification)한 결과물이기 때문이다. 사디스트의 자아는 바로 이 절대적인 초자아의 명령 즉 언어로 표상되는 법에 굴복함으로써 초자아와 스스로를 동일시한 결과물이라 할 수 있다. 그래서 "법만이 폭정을 행할 수 있"으며 "폭군은 법에 의해 생겨나며 법에 의해 번성"[20]할 수 있는 것이다. 이렇게 처음부터 폭력적으로 생겨난 초자아의 언어도 법이라는 폭력적인 언어가 될 수밖에 없다. 사디스트는 이러한 초자아의 언어를 "무자비하고 폭력적으로 행사하면서 외부의 자아에 대해서 난동

---

19) 질 들뢰즈, 앞의 책, p. 140.
20) 질 들뢰즈, 앞의 책, p. 97.

을 부린다."[21] 물론 사디즘의 궁극목표는 외부의 모든 자아를 육체적인 죽음으로 내모는 것이지만, 거기에는 현실적으로 많은 제약이 뒤따를 뿐 아니라, 특히 사디즘의 초자아 역시 자기보존을 본령으로 삼은 자아의 후예라는 점에서, 외부의 자아를 자신의 언어표상 즉 강제적인 명령이나 법에 절대적으로 굴복시키고 동화시킴으로써 절대적으로 지배할 수 있는 차선책을 택하는 것이다.

3. 합법적 악덕의 작동방식

사디즘의 대변자인 초자아가 외부의 자아를 지배함으로써 억압된 욕망을 충족하기 위해 타자에게 폭력적으로 강요하는 이상과 법이란 곧 억압된 욕망의 언어적 표상이다. 그리고 특히 이상과 법을 매개하는 것은 바로 이데올로기라는 언어표상체계이다. 억압된 욕망과 다름없는 법의 정당성은 바로 이러한 이상이 제시하는 이데올로기가 뒷받침한다. 따라서 법의 정당성을 구성하는 이데올로기도 결국 억압된 욕망의 표현일 수밖에 없다. 이처럼 사디즘의 주체인 초자아가 이상—이데올로기—법이라는 언어표상체계로 구성된다는 것은 사디즘이 사회화될 수 있는 또 하나의 조건이라 할 수 있다. 특정한 이상—이데올로기—법이 특정한 공간과 시대를 지배한다는 것은 특정한 초자아가 지배력을 발휘하고 있다는 것이고, 그것이 특히 폭력적이고 강압적인 형태로 발휘된다면 그 공간과 시대에는 사디즘이 작동하고 있음을 의미한다.

장정일 시에서 발견되는 ①왕, 근위병, 정규군, 형장, 전하, 법률,

---

21) 프로이트, 「자아와 이드」, 앞의 책, pp. 148~149.

파출소, 대통령, 아빠, 대장님, 법정, 살해, 영광, 중앙, 장관, 양키, 안보
②교탁, 학교, 교양, 학문에 도통한 자, 교본, 자랑스런 책, 교육, 교습 ③
종교, 교황청, 성당과 같은 일군의 독특한 시어는 그의 현실 인식이 무
엇인지를 암시하는 단서들이다. ①은 정치권력을 ②는 지식권력을 ③은
종교권력을 함의한다. 장정일에게 이들은 감시와 훈육, 처벌이라는 폭
력을 통해 자신의 왕국을 건설하는 거짓된 왕들, 즉 근대의 초자아들
을 뜻한다. 시인은 이 근대의 초자아들을 시 「게릴라」에서 "당신은 정규
군/교육받고 훈련받은/정규군,/교양에 들러붙고/학문에 들러붙는 똥파
리들!"이라고 비판한다. '교양'과 '학문'이라는 시어가 말해주듯 이들은
자신들의 폭력을 아무런 조건 없이 행하는 미가한 자들이 아니다. 제도
와 규칙을 철저히 고수하는 지적이고도 야만적인 집행자들이라는 점에
서 그들의 폭력은 일종의 사회계약과 같은 합법성을 지닌다. 따라서 시
인은 언제나 규칙과 제도, 질서, 법 등에 주목한다. 이 점이 다른 시인들
과 장정일을 변별해주는 중요한 특성이라 할 수 있다. 장정일이 주목하
는 규칙과 법, 제도라는 합법적 체제 하에는 집행자와 그에 따른 희생
자 혹은 복종자가 있게 마련이다.

이 왕국엔 보안이 없다. 오고 싶은 자는 오르지
당신 어깨 두드리며 아마 그는 그렇게 속삭일걸
우리 친구가 되지,
어때?
난 네 것이라구!
그의 어깨 두들겨 주기엔 당신 키가 모자라겠지만

번뜩이는 네온의 월계관을 쓴
왕관 없는 현대의 왕
그는 결코 지배하지 않는다.
(중략)
그것은 백인과 황인종 간의, 공공연한 성기 핥아 주기 계약에 의해
그것은 흑인과 백인 간의, 한밤의 매질하기의 놀이에 의해
그것은 황인종과 흑인 간의, 서로의 어머니 바꾸기 운동에 의해 일
어나는
다국적 사람 망치기 왕국이고
그것은 엠파이어 스테이트 빌딩에서 튀어나와
치사스레 전세계를 먹어치우는 쓸쓸한 눈뭉치.

5
백화점을 다스리는 자가 필시
국방을 다스리게 되리라.

「백화점 왕국」 부분

이 시에 등장하는 네온의 월계관을 쓴 왕은 '결코 지배하지 않
는' 역설적 지배자이다. 그는 '보안'이라는 거추장스러운 통제장치를 제
거함으로써 만민의 친구가 되길 원하는 자이다. 보안을 없애고 지배하
지 않는 것, 이처럼 규범이 없는 것이 백화점 왕국의 규범이다. 누구에게
나 열려있는 이 무규범의 세계는 '난 네 것'이라고 우리를 유혹한다. 백
화점은 세계의 모든 상품을 전시·판매한다는 점에서 자본주의의 박람
회장이라 할 수 있다. 상품을 소비할 능력을 갖춘 자는 누구나 이 왕국
의 주민이 될 수 있는 것이다. 그런 의미에서 이 '왕관 없는 현대의 왕'은

인종 간의 차등을 넘어선 다국적 평등주의자처럼 보인다. 그러나 역설적이게도 그가 원하는 평등의 세계는 '성기 핥아 주기 계약', '매질하기 놀이', '어머니 바꾸기 운동' 등으로 표현되고 있는 반도덕적, 폭력적 권력의 작동원리에 의해 이룩된다. 그것으로써 왕은 하나로 이루어진 세계의 국방 통수권자가 되는 것이다. 이와 같은 현대 권력의 특성을 장정일은 시 「20밀리」에서 반복해서 폭로한다.

> 유리로 만들어진 거대한 문
> 이 문에는 주인이 없다 그 대신
> 유리로 만든 명확한
> 사용규칙이 있다
> 누구나 사용할 수 있다는 것
> 그것이 유리로 만든 그 문의
> 헌법이었다
>
> (중략)
>
> 그러면 대머리 벗겨진 은행장이
> 두께 20밀리 유리문 속에서
> 자신의 주식회사 사원에게 명령한다
> 불온한 사상을 가진 저 시체를 치우라고
> 누구나 사용할 수 있는 문을 사용하지 않은
> 헌법의 존엄성을 모독한 저 노인의
> 건방진 시체를 불태우라고
> 넥타이를 맨 특전병사에게 명령한다

「20밀리」 부분

　　은행을 상징하는 20밀리의 '유리문'은 '누구나 사용할 수 있다
는' 사용규칙을 헌법으로 준수하고 있는 세계이다. 누구에게나 개방되
어 있는 문턱 없는 자유의 공간이 은행인 것이다. 그것은 세상과의 경계
를 지우려는 듯 투명한 유리로 꾸며진 세계이다. 유리의 개방성은 밖의
세계를 안으로 흡수하려 하는 은행장의 기만적 발상을 함축한다. 이때
누구나 사용할 수 있다는 사용규칙을 어기는 것은 범법행위이다. 즉 누
구나 사용할 수 있기 때문에 사용하지 않는 자는 불온한 자이며 헌법
의 존엄성을 모독한 자이다. 헌법을 어긴 건방진 자에게는 즉각적으로
처벌이 명령된다. '넥타이를 맨 특전병사'는 그것을 실행하는 권력의 하
수인이라 할 수 있다.

　　이처럼 개방과 자유로 가장되어 있는 합법적 권력의 작동방식에
대해 시인은 강한 혐오의 감정을 드러낸다. 즉 제도와 규칙의 이면에 은
폐되어 있는 불합리한 지배욕구를 들추어냄으로써 시인은 현실을 가동
시키는 사회적 계약이나 합법적 제도가 기실은 법을 빙자한 폭력집행의
수단임을 말하는 것이다. 장정일은 시 「열 사람」에서 "내일 올 것이 두
렵다 내일이 쳐들어올 그 순간이 두렵다/새로운 질서란 여러 개 순결을
의미하고/한 번 처녀는 여러 번 처녀가 되고 한 번 실수는/실수없는 우
연을 다음에 있을 범죄를 위해 비축해 둔다/새로운 의식이란 먼지 묻은
보수 가운데 취사선택하는 것"이라고 말한다. 새로운 질서의 순결성이
란 새로운 권력을 보좌하는 새로운 제도의 시행을 뜻하며, 이는 곧 먼지
묻은 보수의 위선적 가면에 불과하다고 비판하고 있는 것이다.

4. 악덕의 양성 공간-'감옥'

사디즘은 단순하게 말해 타인에게 고통을 가하려는 욕구의 발로이다. 이것은 사디즘이 고통을 가할 타자 즉 대상을 필요로 한다는 말이다. 그런데 고통 받는 사람은 도저히 저항조차 못할 상황에 봉착하면 도망치려고 하기 마련이다. 피학대자가 도망친다는 것은 사디스트가 사디즘을 충족시킬 대상을 상실한다는 것을 의미한다. 대상 없는 사디즘은 현실적으로 성립 불가능하다.[22] 따라서 사디즘은 일차적으로 대상에게 지속적인 고통을 가할 수 있는 조건을 강구한다.

여기서 감금과 사디즘의 관계가 드러난다. 감금은 공격대상을 지속적인 폭력의 일종인 감시, 훈육, 처벌에 예속시킴으로써 효과적으로 고통을 가할 수 있는 최적의 조건이다.[23] 이러한 감금 자체뿐 아니라 감금상태에서 행해지는 다양한 폭력들은 감금당한 사람의 신체와 영혼 즉 자아를 굴복시키고 예속시킨다. 이러한 감금을 위한 장치 혹은 기관은 근대에 들어 다양한 형태로 발전했다. 근대적인 감옥, 공장, 병영, 병원, 학교 등이 바로 그러한 기관이다. 이 기관들이 구사하는 다양한 기술들은 규율로 대표되는 조직적이고 체계적인 폭력과 다름없다.[24]

---

22) 감옥에 갇힌 사드가 문학을 통해서 — 즉 가공의 대상을 창조해서라도 — 자신의 사디즘을 만족시킨 이유도 바로 여기에 있을 것이다.

23) 사디즘의 극단이 연출되고 있는 사드의 『소돔 120일』의 무대도 바로 희생자들이 도망칠 수 없는 감금과 규율의 공간이다. 사방이 막힌 출구 없는 공간에 갇힌 희생자의 자아는 죽음 아니면 그 공간을 지배하는 개인이나 집단의 이상—이데올로기—법에 복종하는 수밖에 달리 도리가 없다. 그에 따라 사디즘의 공간에서는 사디즘이 이식되고 증식된다. 흔히 피지배자의 마조히즘으로 오해되는 순간적인 쾌락도 실은 이 공간의 지배자들이 더 크고 지속적인 쾌락을 향유하기 위해 희생자들에게 제공하는 짧은 휴식의 순간에 불과하다. 사드, 『소돔 120일』, 역자 미상, 고도, 2000.

24) 이러한 근대적 규율기관들의 메커니즘은 일찍이 미셀 푸코(Michel Foucault)에 의해 심도 있게 분석된 바 있다. 미셀 푸코, 『감시와 처벌』, 오생근 역, 나남출판, 1994, pp. 423-441 참조.

「하얀 몸」 부분

장정일은 소년원에 감금되었던 경험을 일곱 편의 연작시 「김해사」를 비롯해서 위에 인용한 「하얀 몸」을 통해 폭로하고 있다. 그는 소년원에서 폭력과 복종, 굶주림, 치욕이 무엇인지 적나라하게 경험했던 것으로 보인다. 인용한 시는 한 소년이 강제로 에널 섹스를 당하는 장면을 묘사하고 있다. 이 시에서 '모세혈관같이 섬세히 찢어진 유리 틈'은 '찢어진 소년의 항문'과 유비관계를 이루면서 대장의 잔혹성과 희생자의 신체적 고통을 구체화한다. 이때 이 시의 화자는 대장의 파수꾼 역할, 즉 강제된 공모자 역할을 함으로써 제2의 희생자의 위치를 점하게 된다. 시인은 이를 통해 물리적 폭력 못지않게 정신적 폭력이 얼마나 견디기 어려운 것인가를 말하고 있다. 이러한 폭력은 밀폐된 감금의 공간에서 이루어진다. 인권이 짓밟힌 이 감금의 공간은 준엄한 대장님의 규율(「김해사·3」)에 의해서 가동되는 사디즘의 공간이라 할 수 있다.

앞 장에서 살펴본 백화점이나 은행만이 아니라 장정일 시에 등장하는 학교(「내 아들을 학교에 보내지 않음」), 성당(「벽돌이 올라간다」), 도색적인 벽보(「안 움직인다」) 등도 인간의 자유의지를 규율로 결박시킨다는 점에서 이와 같은 사디즘적 성격을 지닌 감옥의 변형들이라 할 수 있다. 이 감옥들은 거짓 쾌락으로 사람들을 유혹하거나 위선적 자선으로 사람들을 현혹시킨다. 아울러 전쟁과 독점자본과 세금을 빼앗는 일을 가르친다. 즉 이 감옥은 악덕의 양성소인 것이다. 이와 같이 감옥에서 행해지는 지배와 종속의 관계를 시인은 '중앙'과 '주변'의 비대칭성을 통해 보다 잘 드러난다.

그는 〈중앙〉과 가까운 사람
항상 그는
그것을 〈중앙〉에 보고하겠오
그것을 〈중앙〉이 주시하고 있소
그것은 〈중앙〉이 금지했오
그것은 〈중앙〉이 좋아하지 않소
그것은 〈중앙〉과 노선이 다르오
라고 말한다

「〈중앙〉과 나」 부분

〈중앙〉에서 편지가 왔다
그 동안 예의주시 했노라고
그 동안의 노고를 치하하노라고
당신의 유형이 해제 되었노라고
거기서 저지른 실수는 대수로운 게 아니었노라고
〈중앙〉으로 너를 불러 올리겠다고

「〈중앙〉과 나」 부분

위에 인용한 「〈중앙〉과 나」는 제목이 동일하지만 각기 다른 작품이다. 이 두 편의 시는 권력 현실과 '나'라는 개인이 어떻게 관계 맺고 있는가를 암시한다. 권력을 함의하는 것이 〈중앙〉이라면 '나'는 '주변' 혹은 '변두리'가 될 것이다. 이처럼 공간 배치에 의한 관계구조는 지배와 피지배, 억압과 종속을 의미한다. 특히 〈중앙〉이라는 시어를 둘러싸고 있는 괄호는 비타협적이고 권위적인, 다시 말해 '나'와 소통이 잘 이루어지지 않는 중앙의 단절성을 환기한다. 그런데 두 편의 시에서 볼 수 있듯이 〈중앙〉은 두 개의 속성을 지닌 존재라 할 수 있다. 하나는 보고와 주시, 금지 등 감시자의 성향을 지닌다는 것이며, 다른 하나는 치하와 해제 등 포용력과 관대함을 지닌다는 것이다. 이 두 가지 성향은 권력이 작동되는 이중의 메커니즘이라 할 수 있다. 권력은 억압과 폭력만으로 자기를 보존하는 것이 아니라 때로 회유와 훈육, 포용력 등의 위선으로 자기의 힘을 증폭시키기도 하는 것이다. 즉 회유와 훈육, 포용력 등은 희생자들이 이 세계로부터 벗어나지 못하게 하는 또 하나의 감금장치인 것이다. 이와 같은 감시와 관용이라는 이중의 통제장치는 '나'에게 두려움과 유혹이라는 심리적 반응을 유도해낸다. '나'는 〈중앙〉을 경계함과 동시에 〈중앙〉으로 편입하고자 하는 욕망에 사로잡히게 되는 것이다. 이 순간 '나'는 예속된다.

5. 희생자의 존재형식

권력 중심적 관계구조에 의한 희생자의 존재형식은 쾌락, 복종(희생), 거부(저항) 등의 양태로 드러난다. 장정일 시에서 중요한 것은 1980

년대 대부분의 리얼리즘 시가 흔히 보이는 현실에 대한 저항과 비판의 태도 외에도 쾌락, 복종 따위의 태도가 드러나고 있다는 점이다. 그런데 희생자가 사로잡혀 있는 쾌락적 도취는 진정한 의미의 쾌락일 수 없다. 장정일 시에 드러난 쾌락은 사디스트의 교활한 '길들이기'의 한 방편이라 할 수 있다. 이때 희생자의 쾌락을 마조히즘적 쾌락으로 혼동해서는 안 된다.

절대적 폭군 앞에서 마조히즘이 설자리가 없는 것은 당연하다. 사디스트의 초자아가 자아이상과 법을 외부의 자아에게 강요하고 지배하려는 이유도 마조히스트의 자아에게 쾌락을 제공하기보다는, 자신의 이상과 법을 타인들에게 폭력적으로 강제하고 주입시킴으로써 지배욕을 충족시키는 데 있기 때문이다. 따라서 사디스트의 희생자가 마조히스트일 수도 없고 사디스트가 마조히스트가 될 수도 없으며 그 반대도 거의 불가능하다. 사디스트는 자신과 같은 쾌감을 즐길 수 있는 동지를 요구하거나 아니면, 고통의 쾌감이 아닌, 고통 자체와 공포만을 느끼는 희생자를 요구할 뿐이다. 그는 자신이 가하는 고통이 피학대자의 쾌락이 되기를 원치 않는다. 그러나 그만큼 피학대자가 저항하고 반발할 위험은 커질 수밖에 없다. 그에 따라 사디스트는 자신의 욕망을 충족하기 위해서 다양한 폭력적 수단을 강구한다.

그런 수단들 가운데 하나가 피학대자에게 일시적인 쾌락을 주는 것이다. 그러나 그것은 피학대자의 진정한 쾌락이 아닌 고통을 지속시키고 강화함으로써 사디스트 자신의 욕망을 만족시키기 위한 방편에 불과하다. 사디즘은 궁극적으로 타자의 자아를 절대적으로 지배하는 데 있기 때문이다. 이러한 사디즘 앞에 굴복한다는 것은 자아의 상실을 의미함과 동시에 사디즘이 강요하는 이상—이데올로기—법을 이식 받고 내면화한다는 것을 뜻한다. 즉 사디스트가 감금과 폭력에 가미하는 거짓 쾌락은 감금당한 자의 자아를 위축시키고 좌절시킴과 동시에 초자아를 과잉발육시키기 위한 수단인 것이다. 본질적으로 폭력적인 사디즘이 사회적인 양상을 띨 수 있는 것도 바로 이런 사디즘의 교활한 자기증식성 때문이다.

장정일의 시세계에 나타나는 사디즘도 직접적인 폭력으로만 나타나는 것은 아니다. 그의 시에서 사디즘은 직접폭력보다는 대중적인 훈육과 교화 등을 통해서 거짓 쾌락을 주입하는 규율적 유혹전술로 드러난다. 이러한 사디즘의 규율세계는 부덕한 욕망의 용광로라 할 수 있다.[25] 시 「텅 빈 껍질」에서 시인은 "가랑이 벌린 여인이 거꾸로 매어달린/이것은 새로운 십자가, 자꾸자꾸/나는 거기에 입맞춘다"고 고백한다. 거짓 구원에 입 맞추는 우리의 현실을 이 시 구절이 함축하고 있는 것이다. 이와 더불어 「샴푸의 요정」, 「공기 가운데 들려 올려진 남자」, 「8 미리 스타」, 「비누왕자」, 「연명」 등에 등장하는 인물들은 모두 현실의 규율적인 유혹전술에 길들여진 인물들이다. 이처럼 부덕한 쾌락의 메커니즘을 장정일은 '햄버거' 상징을 통해 반복적으로 강조한다.

---

25) 이러한 세계는 알폰소 링기스가 '규율군도(disciplinary archipelago)'라고 부른 것과 동일한 세계이다. 링기스는 현대 미국의 현실을 규율군도와 다름없는 것으로 파악하면서 이 군도를 구성하는 감옥-공장-학교가 부덕하고 타락한 욕망에 휩싸인 비행인들의 양성소로 전락하고 있다고 지적한다. Alphonso Lingis, Foreign Bodies, pp. 59~62.

거짓 웃음이 거품치네
노린내 투성이인 너, 아메리칸
맥도날드가 잔뜩 팽창해지고 거대해진
다리를 들고 목구멍 깊숙이 쳐들어올 때
웃으며 당신의 전신으로 내 식도와 내장과 항문까지
꽉 채울 때. 왼손으로 내 귓볼을 간지르며 자신에게
아빠, 라고 불러 주렴 속삭일 때. 그래
불러 주고 말고. 아빠, 아빠 사랑하는 내…에라잇
아빠 아빠 아무에게나 펠라치오를 시키는 버릇없고 건방진 후레자식!
I'm sick of your insane demands!

「아빠」 부분

미국 문화를 대변하는 '맥도날드'는 '내 식도와 내장과 항문까지' 꽉 채우며 '나'의 식욕과 욕망을 점령한다. 그리고 그것은 자신이 '아빠'임을 끊임없이 주지시킨다. 햄버거가 단순한 음식이 아니라 날 지배하고 길들이는 거대한 힘이라는 사실을 '아빠'라는 시어를 통해 드러내고 있는 것이다. 장정일의 다른 시에서 발견되는 "오늘 저녁에도 어머니는 잊지 않고 햄버거를 사 오실까/그는 어머니가 계시는 아케이드로 전화를 한다"(「햄버거 먹는 남자」), "편도선에 걸려 며칠을 누워 있는 동안 어머니는/냉장고 가득 햄버거와 과실들을 채워주셨지"(「냉장고」)와 같은 구절은 '햄버거'를 갈망하고 '햄버거'로부터 위안을 받고자 하는 우리의 의식성을 암시한다. 이들 시에 등장하는 그(나)는 어머니와 햄버거를 동질적인 것으로 인식하고 있다는 점에서 공통적인데, 즉 햄버거는 나를 지배하고 보살펴주는 아버지와 어머니의 대리자라 할 수 있다.

햄버거가 법이고 질서인 것이다. 이 대리자들이 현실을 지배하고 그(나)는 대리자들에게 의존한다. 이것이 사디즘의 이식과 내면화의 결과이다.

그런 의미에서 우리는 '아무에게나 펠라치오를 시키는 버릇없고 건방진 후레자식'에게 자신의 식도와 내장과 항문을 내준 매춘부이면서 동시에 아버지와 어머니를 엘비스와 록큰롤 스타들, 몬로, 불루진, 신식 키친과 맞바꾼 거짓 쾌락의 희생자들인 것이다. 시 「공기 가운데 들려 올려진 남자」에 보이는 "아메리카는 공기 속에서조차 그를 들어올린다./그러나 그는 그것을 모른다. 록큰롤 스타는/그의 대통령, 그의 조국이다"와 같은 구절 또한 이와 같은 현실을 풍자하고 있는 예라 할 수 있다. 장정일의 대표작 「햄버거에 대한 명상」이 보여주는 장황함은 바로 이런 맥락에서 의미심장한 것이 된다. 그는 "이 얼마나 유익한 명상인가?/까다롭고 주의사항이 많은 명상 끝에/맛이 좋고 영양 많은 미국식 간식이 만들어졌다"라고 이 시를 끝마치고 있는데, 그의 경쾌한 유머로부터 이 시대를 조롱하고 야유하는 시인의 의식을 읽을 수 있다. 그런데 이와 같은 '의붓아빠'의 훈육에 길들여지지 않는 자는 '반역자'(「쥐가 된 인간」)로 낙인찍혀 희생을 감내해야만 한다.

그런 의미에서 그의 또 다른 시 「도망중」이나 「도망중인 사나이」와 같은 작품은 매우 의미심장한 면을 지닌다. 시 「도망중」에는 도망중인 사내와 도망중인 아내, 도망중인 신접살림, 도망중인 개, 도망중인 신생아가 등장한다. 그들은 도망중에 밥을 먹고 출근을 하고 하루의 계획을 세우는 일상인 즉 "시민"(「도망중인 사나이」)이라고 시인은 말한다. 장정일 시에 등장하는 시민 혹은 국민은 도망중이거나 지하도로 숨

는다.(「지하도로 숨다」) 그리고 때론 실종되기도 한다. 그 실종의 "배후
엔 정치군인과/몇 명의 장관과/대통령"만이 아니라 미국과 다국적기업
이 관련되어 있다(「실종」)고 시인은 말한다. 도망과 실종은 이 세계가 감
옥임을 입증해주는 희생자의 행동양식 가운데 하나이다. 그 희생의 극
단이 곧 종(種)의 개조이다.

「쥐가 된 인간」 부분

위에 인용한 시의 내용은 왕(쥐)에게 반역한 인간을 처형하는 것
으로 이루어져 있다. 흥미로운 것은 불경죄를 저지른 인간에게 주어진
형벌이 매질 따위의 물리적 가학이 아니라는 것이다. 왕은 인간이라는
종을 '쥐를 찍어내는 주형 속'에 가둔다. 거기서 이루어지는 학대는 사
색과 지혜를 잘라낸다는 점에서 정신적 차원의 학대라 할 수 있다. 이
정신적 학대는 화자를 새로운 종으로 전환시킨다. 사디즘의 공간에서
하나의 종이 전혀 다른 종으로 변한다는 것은 자기보존을 본령으로 삼
는 자아의 몰락과 초자아에 대한 몰아적 동일시 즉 존재의 극단적 희생
을 뜻한다. 이 과정은 종 자체의 개조 과정과 다름없으며, 그것이 바로

사디즘의 이식 혹은 내면화 과정의 목표이자 결과라 할 수 있다. 장정일은 이와 같은 종의 개조를 시 「백화점 왕국」에서 "서로의 어머니 바꾸기 운동"으로 표현하고, 「p. 13~35」에서는 "백인 남자와 흑인 여자, 그리고 검은 머리의 황인종 여자가 어우러져 있는 사진이 인쇄되어 있었다─세계는 하나다."라고 말한다. 사디즘의 현실은 이처럼 다양한 인종들을 하나의 주형에다 몰아넣고 아예 종 자체마저 개조하려드는 것이다.

종을 개조하는 폭력적 현실 앞에서 장정일은 자신을 "비정규군"(「게릴라」)이라고 고백한다. '비정규군'이라는 시어는 그가 제도나 권력을 거부하고 그것에 저항함을 뜻한다. 이 또한 희생자의 존재형식 가운데 하나이다. 여기에 폭력적 현실을 전복시키고자 하는 그의 시정신이 담겨있다.

땀에 무거워진 망치를 불끈 쥐고
굶주림과 싸우는 나는
쓸쓸한 빛깔의 국민복을 입은 사내.
말단관리의 낮은 책상 앞에서
법의 높고 단단한 책상 앞에서
아, 고급사교장 입구에서 거절당하는
때묻은 국민복을 나는 입었네.

「백의」 부분

쓸쓸한 빛깔의 국민복, 때 묻은 국민복은 말단관리와 법과 고급사교장에 맞서는 시인의 상징적 외관이다. 그는 이 국민복을 입고 주저 없이 지배자의 악덕을 폭로한다. "매 분마다/3명씩 살해되는 것/그것이 미국영화다"(「촌충·3」), "이제 여중을 졸업한/열여섯 살 소녀에게/더러운/갈보짓을/시키는 것/그것이/서울이다"(「촌충·7」), "소수의 설탕독점자와/살인자들에게/훈장을 수여하는 것/그것이/인간의 역사다"(「촌충·9」)라고 그는 말한다. 이와 같은 저항과 비판은 그의 다른 시 「아빠」, 「입장권을 만지작거리며」, 「저 대형사진」, 「〈그것〉으로부터의 분리」, 「극비」, 「하얀 몸」 등 수많은 시에서 발견된다.

6. 복합적 현실인식

장정일 시는 제국주의문화와 독재체제, 분단상황, 독점자본주의 등이 야기하는 감시와 처벌 그리고 거짓 쾌락의 세계를 전방위적으로 신랄하게 풍자함으로써 악덕으로 이루어진 현실의 총체성을 시로서 형상화한다. 여기서 주목할 것은 그가 막연하고 추상적인 폭력이 아니라 합법화되어 있는 제도, 법, 규칙 등에 대해 강한 반감과 저항감을 드러내고 있다는 점이다. 이는 그가 현실을 사디즘의 세계로 인식하고 있다는 근거이다. 사디즘적 세계의 절대적 존재근거와 작동원리가 바로 '법'이기 때문이다.

사디즘의 궁극목표는 외부의 모든 자아를 육체적인 죽음으로 내모는 것이지만, 거기에는 현실적으로 많은 제약이 뒤따르기 때문에 사디스트는 외부의 자아를 자신의 언어표상 즉 강제적인 명령이나 법에 절대적으로 굴복시키고 동화시키는 차선책을 택한다. 이처럼 사디즘의 주체인 초자아가 이상-이데올로기-법이라는 언어표상체계로 구성된다는 것은 사디즘이 사회화될 수 있는 또 하나의 조건이다. 장정일의 현실 인식은 이와 같은 사디즘의 세계를 직시하는 데서 비롯된다.

그에게 현실은 합법적 악덕의 감시와 훈육, 처벌로 이루어진 초자아들의 왕국이다. 왕국을 지배하는 사디스트들은 무조건적인 폭력을 행사하는 것이 아니라 제도와 규칙을 철저히 고수하는 지적이고도 야만적인 집행자들의 성격을 지닌다. 이와 같은 제도와 규칙은 사디즘의 왕국을 유지하는 수단이며, 그곳에 사람들을 감금하는 통제장치이다. 장정일 시에 보이는 학교, 감옥, 백화점, 은행, 성당 등은 이러한 통제장치가 작동되는 상징적 공간이라 할 수 있다. 이 감옥들은 거짓 쾌락으로 사람들을 유혹하거나 위선적 자선으로 사람들을 현혹시킨다. 아울러 전쟁과 독점자본과 세금을 빼앗는 일을 가르친다. 즉 이 감옥은 악덕의 양성소인 것이다.

이때 희생자들의 존재형식은 쾌락, 복종(희생), 거부(저항) 등의 양태로 드러난다. 그런데 희생자가 사로잡혀 있는 쾌락적 도취는 진정한 의미에서의 쾌락이라 할 수 없다. 장정일 시에 드러난 쾌락은 사디스트의 교활한 '길들이기'의 한 방편이라 할 수 있다. 이러한 사디즘의 거짓 쾌락에 굴복한다는 것은 자아의 상실을 의미함과 동시에 사디즘이 강요하는 이상-이데올로기-법을 내면화시키는 것, 즉 사디즘을 이식시키는 것을 의미한다. 장정일의 시에 반복적으로 나타나는 '햄버거 중독증'이 이를 말해준다. 한편 사디즘 왕국에 길들여지지 않는 자가 '반역자'로 낙인찍혀 감내해야하는 극단의 희생양식 가운데 하나가 종의 개조이다. 하나의 종이 전혀 다른 종으로 변화하는 것은 존재의 극단적 희생을 뜻한다. 피지배자의 종을 개조시킴으로써 왕은 완전한 지배에 이르는 것이다.

　　장정일은 합법적으로 작동되는 악덕의 세계를 폭로함과 동시에 그것에 저항한다. 가학과 훈육, 감시, 처벌, 거짓 쾌락으로 이루어진 사디즘의 세계는 우리의 현실에 대한 적나라한 반영으로 볼 수 있다. 그의 현실인식은 단지 1980년대의 특정 이데올로기나 정치상황에 대한 비판과 저항 이상이라는 점에서 매우 복합적이고 다각적이라 할 수 있다. 그에게 현실은 억압과 저항이라는 힘의 대립구조로만 정리되지 않는다. 이때 장정일의 현실인식이 '감시체제의 폭력'과 '소비문화(쾌락과 욕망)'라는 이중의 지배원리로부터 생성되었다는 사실을 상기할 필요가 있다. 따라서 그에게 현실은 폭력일색이 아니라 폭력과 유혹의 전술들이 갈마드는 규율군도와 같은 삶의 현장이라 할 수 있다. 길들이기와 저항, 거부와 희생이 뒤얽혀 있는 것이 현실의 실상인 것이다. 시인은 이처럼 부조리한 심리를 특히 자본주의의 제도와 법, 규칙, 교육, 문화 등이 얼마나 불합리한가를 폭로함으로써 드러낸다. 이는 기존의 참여시 혹은 민중시의 단조로운 세계인식을 넘어선다는 점에서 그 의의를 찾을 수 있다.

설산(雪山) 정거장에 서 있는 낙타 한 마리

1. 떠도는 자의 고단한 허밍

떠돎과 정주(定住)는 인간의 내면에 양립해 있는 삶의 형식이라 할 수 있다. 이 둘은 서로를 밀어냄으로써 어느 한쪽으로의 편향성을 만들어낸다. 떠돎의 욕망은 낯선 길과 바람을 향해 나아갈 때 비로소 숨결을 되찾는다. 반면 정주의 욕망은 집을 짓고 울타리를 만듦으로써 심장의 박동을 안정시킨다. 이 두 가지 욕망은 서로 다른 삶의 사건과 이야기를 만든다. 즉 떠돎이나 정주에 대한 편향성은 한 개인의 일평생이 녹아드는 시간의 주름과도 같은 것이다. 우대식 시인의 시세계는 일관되게 '떠돎'이라는 삶의 형식을 보여준다. 그가 고향과 귀환을 말할 때조차 떠돎의 욕망은 가라앉지 않는다. 그는 "한번은/차마고도를 걷는 마방으로 살겠다/수염에 고드름을 단 채/허공의 길을 걷겠다/야크 목에 달린 종소리처럼/하나의 파문이 되어/눈 속을 헤치겠다"(「마방(馬幇)」)고 고백한다. 아름답지만 험준한 무역로 차마고도에서 마방으로 살아보고 싶다는 욕망은 그의 '떠돎'의 빛깔을 가장 압축적으로 드러낸다. 이는 다만 아름다운 미지의 세계에 대한 낭만적 동경과는 다른 것으로 전달된다. 수염에 고드름을 매달고 눈 속을 헤치며 가는 마방의 모습은 숨차고 힘겹다. 뜨거운 입김을 몰아쉬는 고된 노역이 이 여정에 담겨 있기 때문이다. 다른 시에 보이는 "들로 나간 고양이들에게 존경의 염원을 담아 보낸다"(「목사리 개가 이 세상에 고함」)와 같은 구절 또한 고된 노역의 삶을 마다하지 않는 인생 태도를 함축한다. "모래바람 같은 여행자의 허밍을 듣겠다/골반에서 솟아나는,/그러나 사라지는 사람의 흐느낌"(「카페 바그다드에서 쓰는 엽서」)과 같은 구절에 보이는 '모래바람'과 '흐느낌' 등의 시어 또한 이를 내포한다. 그런 의미에서 우대식의 '떠돎'은 일시적 사건이 아니라 삶의 노역을 더 깊게 살아보고자 하는 욕망이라 할 수 있다.

　　모든 인간은 여행을 꿈꾸지만 한편으로는 정주의 욕망을 포기하지 않는다. 여행은 정착이 가져오는 일상의 반복과 지루한 안식을 벗어나는 하나의 방법이다. 그러나 때로 누군가에게는 정주보다 떠돎의 욕망이 압도하는 경우가 있다. 자연환경이 유목을 불가피한 것으로 만들 때, '지금-여기'가 부조리하다고 생각될 때, 지옥 같은 이곳이 아닌 저곳에 행복이 있을 거라 기대할 때, 애초부터 '나'에게 뿌리내릴 '이곳'이 없었음을 깨달았을 때 정주의 욕망은 장애가 되거나 무가치한 것으로 내면화된다. 우대식의 경우는 마지막에 해당된다. 이 시집의 첫 장을 장식한 「시(詩)」는 이를 암시적으로 보여주는 대표적인 예이다.

시는 나를 일찍 떠난 어머니였으며
왜소했던 아버지의 그림자였으며
쓸쓸한 내 성기를 쓰다듬어주던 늙은 창녀였으며
머리에 흐르던 고름을 짜주던 시골 보건소 선생이었다
시는
마당가에 날리는 재(灰)였으며
길을 잃고 강물 따라 흐르는 밀짚모자였다
폭풍 전야, 풀을 뜯는 개였으며
탱자나무 가시 아래 모인 새이기도 하였다
늘 피가 모자라 어지러워하던
한 소년이 주먹을 힘껏 모았다 펴면
가늘게 떨리는 정맥
그곳에 시가 파랗게 질려 있었다

「시(詩)」 전문

정주의 욕망을 생성시키고 보육하는 근본 동력은 어디에서 연원하는가? 그것은 다름 아닌 '어머니'이다. 스스로를 보호할 수 없는 어린 생명은 어머니의 품속에 의지하여 자신을 보존한다. 그런 의미에서 어머니는 생명이 발육하는 터전이다. 어머니가 없는 집은 빈집과도 같다. 이 시에서 주목할 것은 "나를 일찍 떠난 어머니"이다. 어머니의 상실은 근원적 품속의 상실을 의미한다. 그 대리자들이 아버지의 그림자와 늙은 창녀와 시골 보건소 선생으로 표현되고 있는 것이다. 그러나 어머니를 완벽하게 대체할 수 있는 존재란 세상에 없다. 따라서 어머니의 상실은 안정의 터전인 '이곳'의 본래적 의미를 바꿔놓는다. 어머니가 없는 '이곳'은 내가 살아가고 지켜가야 할 가치를 이미 상실한 곳이다. 다른 시 「귀거래사(歸去來辭)」에 보이는 "돌아갈 것처럼 보이지만 돌아갈 곳이 없다. 이것이 나의 귀거래사다. 시간의 미래만이 나의 고향이다."라는 고백 또한 이와 무관하지 않은 것으로 여겨진다. 이곳과 저곳의 차이가 없어졌기 때문에 굳이 이곳이 아니라도 그만이라 할 수 있다. 아니 이곳은 어머니의 상실과 슬픔이 배태된 곳이라는 점에서 저곳보다 훨씬 커다란 결핍이 자리해 있을 가능성을 갖는다. 날리는 재(灰), 길을 잃은 밀짚모자 등 부유하는 이미지는 정착을 떠돎으로 바꿀 수밖에 없는 유년시절을 상징한다. 시인은 또 다른 시 「이력」에서 "원래의 나로 돌아가기 위해/밤거리를 헤매었지만/아무도 집을 가르쳐주지는 않았다"라고 쓰고 있다. 아울러 「시(詩)」에 보이는 풀을 뜯는 개나 탱자나무 가시 아래 모인 새의 이미지는 모두 불모의 터전을 배회하는 모습을 드러낸다는 점에서 공통적이다. "늘 피가 모자라 어지러워하던/한 소년"은 이 같은 결핍의 이미지를 종합하는 존재의 초상이라 할 수 있다. 시인은 빈혈을 앓은 아이의 손바닥에 파랗게 질려 있는 손금을 자신의 시라고 말한다. 그런 의미에서 우대식의 시는 '이곳'을 상실한 자의 슬픈 허밍이며 '이곳'을 상실했기 때문에 떠돌 수밖에 없는 자의 고단한 허밍이라 할 수 있다.

이곳의 상실을 저곳의 떠돎으로 바꿔가는 과정에는 '저곳'을 가치 있는 것으로 만들지 않으면 안 되는 숙명적 서사가 가로놓여 있다. 저곳으로 나아가는 떠돎이 이곳의 상실을 넘어서 성의 의미를 생성시키지 못한다면 떠돎은 실패이거나 세월의 낭비가 될 것이다. 그런 의미에서 우대식의 떠돎은 차마고도를 넘어가는 마방의 노역을 필요로 한다. 이러한 노역은 혼자 이루어내야 한다는 점에서 각오와 고독을 동반한다. "내가 어렸을 적/내가 어렸을 적/지금과 똑같이 검은 영혼이었네"(「검은 빗속에서」)라는 구절에서 발견되는 '검은 영혼'은 이 같은 고독의 무게를 가장 잘 드러내주는 이미지라 할 수 있다. 한편 저곳에서의 자신을 책임지기 위해서는 삶 속에서 빚어진 무거운 마음의 짐 또한 기꺼이 등에 짊어져야 한다.

> 잠들지 못하는 밤을 위해 의심이 내 등을 다독인다. 내가 너를 지키마. 편히 쉬어라. 어떤 평안이 광배처럼 나를 둘러싸고 있었다.
>
> 「의심」 부분

> 무우사(無憂寺)라는 절이 있다. 근심이 없다는 말, 좋같다. 늘 좋이 근심인 내게 그 절 이름은 근심을 더해준 셈이다. 근심은 세리(稅吏)와 같다.
>
> 「향연(饗宴)」 부분

> 괴로움이 나의 학교였으며 배움이었다. 내 일체가 여기에서 나왔으므로 마땅히 저에게 감사해야 할 일이나 그 또한 마땅히 그러한 일이므로 크게 머리 숙일 필요도 없다. 괴로움이여, 한여름 땡볕 아래 앉아 황홀한 지옥을 생각한다.
>
> 「학교」 부분

의심에 둘러싸여 불면을 다스리는 역설적 행위에는 강한 자기보존력이 숨어 있다. 그러나 이처럼 긴장된 자기보존력은 얼마나 고단한 것인가. 아울러 삶의 대가로 얻게 되는 근심과 배우고 익혀서 단련해야 하는 괴로움은 얼마나 무거운 것인가. 분명한 것은 그의 떠돎에는 의심과 근심과 괴로움의 무게가 함께 실려 있다는 점이다. 무거운 마음의 짐을 지고 이곳에서 저곳으로 거뜬하게 움직여 가기 위해 시인은 스스로에게 강해질 것을 요구한다. 꿈속에서 만나곤 하는 복서 우광식(시인의 이름과 비슷하다), 얼굴에 피가 나도 백기를 들지 않는 우광식에 대한 시인의 남다른 애정(「우광식 열전」), 꿈속에서 명명된 자신의 이름 "살아야 한다"(「꿈」), 차가운 눈 속에서 빛나는 산수유처럼 남은 세월과 싸워야 한다는 각오(「달력」) 등은 모두 저 무거운 등짐을 이겨내며 저곳으로 움직여 가고자 하는 스스로의 동력이라 할 수 있다. 자신을 강하게 단련하는 가운데 시인은 이렇게 다짐한다. "꽃이 아닌 나의 운명을/받아들이기로 한다"(「오래된 책」), "불편함으로 이어가는 삶도 있다"(「유서(遺書)」)라고. 간명하고 단호한 이 구절에는 모든 불평불만을 꺾어버리고 자신의 고통을 안으로 체화시킨 자의 단단함이 내포되어 있다.

2. 오래전 고아였음을

　　떠도는 자의 고단함과 슬픔은 우대식 시서계를 관통하는 서정의 지류라 할 수 있다. 그것의 발원지에는 어머니의 부재라는 근원적 외로움이 고여 있다. 외로움의 동력으로 시인은 이곳을 저곳과 바꿔가며 끊임없이 자기의 운명을 쇄신한다. 그러는 과정에서 그는 자신이 "누구나 와서 몇 겹의 꽃잎을 들추고 입 맞출 수 있도록/모든 그대들의 마음을 편안하게 그러나 속되지는 않게/어머니가 되고 싶어 한다/아주 아름다운 어머니가 되고 싶어 한다"(「고아 2」)고 말한다. 오래전 여읜 어머니를 대리하고 싶어 하는 이 독특한 상상에는 외롭고 쓸쓸한 자신을 연민하

는 마음이 담겨 있다. 스스로 어머니가 되어 어미를 잃은 자신을 품어
보는 이 눈물겨운 남성을 그는 '고아(孤兒)'라고 명명한다. 그런데 이 고
아와 함께 "오랜 유목의 삶을 살아온"(「동행」) 또 한 명의 남성이 있다.
그는 다름 아닌 아버지이다. 이 시집에는 「아버지의 쌀」, 「동행」, 「치매」,
「가을나루에서」, 「아버지의 발자국」, 「귀향」 등 아버지를 추억하는 몇 편
의 시편이 실려 있다. 시집 전체를 가장 빛나게 하는 수작(秀作)들이다.
그 가운데 두 편을 소개한다.

아버지가 쌀을 씻는다
쌀 속에 검은 쌀벌레 바구미가 떴다
어미 잃은 것들은 저렇듯 죽음에 가깝다
맑은 물에 몇 번이고 씻다 보면
쌀뜨물도 맑아진다
석유 곤로 위에서 냄비가 부르르 부르르 떨고 나면
흰 쌀밥이 된다
아버지는 밥을 푼다
꾹꾹 눌러 도시락을 싼다
빛나는 밥 알갱이를 보며 나는 몇 번이나 눈물을 흘렸다
죽어도 잊지는 않으리
털이 숭숭 난 손으로 씻던
그,
하,얀,
쌀

「아버지의 쌀」 전문

꾹꾹 눈 쌓인 산소를 밟으며
무슨 대답을 해야 합니까
무엇을 물어도 답할 수 없습니다
어린 날 만종 驛 어느메 즈음에서
당신과 함께 걷던 먼 들판을 기억합니다
그 들판에 눈도 내리고 저녁놀도 지곤 하였습니다
오늘 당신과 나의 거래(去來)는 무엇입니까
무엇이 가고 무엇이 왔습니까
아마도 번뇌 같은 것이겠지요
그물과 같이 던져진 그것
눈이 시린 하늘을
새가 날아오를 때
당신과 나의 거래는 원만히 성사된 것이지요
이제 다시 만종 驛 즈음에서 서성입니다
기사 식당에 들어가 혼자 밥을 먹고
다시 길을 걷습니다
풀리지 않는 답
이것이 저의 대답입니다
아버지의 발자국이 흐려졌습니다

「아버지의 발자국」 전문

　우리 시에는 아버지와 어머니를 제재로 한 수많은 시편이 있다. 보편적으로 유년에 대한 향수와 육친에 대한 그리움이 그 내용의 주류를 이룬다. 우대식의 아버지 시편도 그 가운데 하나라 할 수 있지만 그의 아버지 시편은 남들과는 다소 다른 서사를 지닌다. 그의 시에서 '아버지'는 "이젠 없는 먼 어머니"(「먼 날」)를 대리하는 가장 중요한 인물이라 할 수 있다. 시 「아버지의 쌀」은 어머니를 대신해 밥을 짓고 아이들의 도시락을 싸는 일상 풍경을 묘사한 작품이다. 시인은 쌀뜨물 위로 올라온 바구미를 보고 "어미 잃은 것들은 저렇듯 죽음에 가깝다"고 말한다. 아버지는 이런 바구미를 깨끗이 씻어내어 빛나는 '흰 쌀밥'으로 만든다. 죽음을 닦아내는 것이다. 이때 따뜻한 밥을 짓는 손은 "털이 숭숭 난" 남자의 것이다. 시인은 그 손을 죽어도 잊지 못할 눈물로 의식에 각인한다. 이 부분에서 이 시가 전달하는 슬픔은 극대화된다. 어머니가 되어주었던 아버지, 그 아버지처럼 '나'는 "아주 아름다운 어머니가 되고 싶어 한다"(「고아 2」)고 하지 않았던가. 그런 의미에서 시인에게 어머니되기는 곧 아버지되기이기도 하다. 아버지와의 동질성의 끈이 어머니 혹은 아내의 상실이라는 공분모를 통해 형성되는 것이다. 이러한 동질성에는 혈육이라는 생물학적 차원만이 아니라 어머니(아내)로부터 비롯되었던 상실의 아픔을 함께 겪으며 공동의 생활을 이끌어야 했던 힘겨움과 슬픔이 배어 있다. 그런 의미에서 아버지는 '나'의 외로움을 가장 잘 이해하는, 그러면서 그 자신 '나'만큼이나 외로웠던 동일자라 할 수 있다. 우대식의 아버지 시편이 각별한 의미를 갖는 까닭은 바로 이와 같은 서사의 곡진함 때문이다.

　　시 「아버지의 발자국」은 이 같은 아버지를 상실한 서러움의 노래이다. 시인은 눈 쌓인 아버지의 무덤을 보며 만종 역 부근 '먼 들판'을 떠올린다. 거기 눈이 내리고 저녁놀이 진다. 아버지와 과거의 내가 함께 있는 이 공간은 '들판'이다. 넓게 비어 있는 눈 내리는 들판은 어머니로부터 상상될 수 있는 아늑한 실내 공간(토방)의 상실을 연상케 함으로써 쓸쓸한 부자의 모습을 더없이 허허롭게 만든다. 번뇌처럼, 운명의 그물처럼 왔다가 사라진 아버지의 발자국을 생각하며 "기사 식당에 들어가 혼자 밥을 먹"는 화자는 이제 아버지와의 거래를 종료한다. 그는 이제 완벽한 고아가 된 것이다. 다른 시 「바람이 보내는 경배」에서 시인은 "나무에는 푸르고 붉은 힘줄이 엉켜 있다/대지 깊은 곳으로 혈육을 찾아가는 그의 여행은/아주 오래도록 지속될 것이며/한순간에 끝날 일이다"라고 쓰고 있다. 아버지와 함께 겪어왔던 공동의 외로움과 눈물의 거래도 이 지점에선 더 이상 계속되지 않는다. 만종 역 즈음의 들판도, 거기로부터 뻗어 있는 길도 이제는 혼자 서성이고 혼자 가야 할 세계이다. "아버지 안 계신 가을"(「귀향」)을 그는 몇 번이고 지나야 할 것이다.

　　그런데 어머니의 상실과 어머니 같았던 아버지의 상실을 경험했을 때 그의 시의식을 이끌었던 떠돎의 욕망은 회귀 혹은 귀환의 욕망으로 바뀌기 시작한다. 애초부터 떠돎이 상실감과 연관된 것이었다면 아버지의 상실은 더 많은 떠돎으로 이어져야 할 것이다. 그러나 이러한 논리와 달리, 이 시집에는 아버지의 상실과 동시에 고향으로의 회귀의식이 강하게 노출되고 있다. 여기에는 어떤 심리가 작용하는 것일까? 근원을 완전히 상실한 고아가 돌아갈 곳은 바로 '사라짐'을 확인할 수 있는 자리라 할 수 있다. 모든 것이 사라진 '흔적'이 담겨 있는 곳, 그 곳이 바로 자신의 자리인 것이다. '사라짐'이 자신의 '있음'을 증명해주는 자리, 아버지는 그곳을 지켜주었던 유일한 존재라 할 수 있다. 자신을 대신했던 아버지를 상실했을 때 그 자리는 이제 전폭적으로 자기의 몫으로 남는다. 이것을 인정했을 때 그 자리는 '향기의 진원'으로 바뀐다.

"세상의 모든 기다림이 끝났을 때" 저 거친 사막과 눈 내리는 들판을 가로지르던 '낙타'는 옛집을 향해간다. 무엇을 기다렸던 것일까? 사랑, 여자, 아니면 "겨울 저녁/간장에 감자를 졸이던"(「마흔네 번째 반성」) 어머니일까? 그것은 아마 외롭고 쓸쓸한 "검은 영혼"(「검은 빗속에서」) 혹은 "검은 몸"(「철창」)을 씻어줄 그 무엇일 것이다. 이 시에 등장하는 풍부한 물과 싱그러운 풀 냄새는 세상 밖이 아니라 옛집에서 퍼져 나온다. 수분이 가득한 옛집과 대비해서 유추해보면, 기다림으로 견디었던 세상 밖은 모래와 같은 메마름의 공간으로 볼 수 있다. '낙타'는 메마름의 공간에서 물의 공간으로 귀환하는 것이다. 거기 풍요로운 물 속에 담긴 '당신의 손'이 있다. 이 대목에서 앞서 살폈던 털이 숭숭 난 아버지의 밥 짓던 손을 떠올릴 필요가 있을 듯하다. 아버지의 손이 모성을 대리한 것으로 볼 때 굶주림과 목마름을 진정시켜줄 당신의 '손'과 '물'은 모천(母川)의 의미를 충족시킨다. 또 다른 시 「왼손의 그늘」에 등장하는 음식을 입에 넣어주는 손, 「서신에서 보내는 편지」에 등장하는 배를 쓰다듬어주는 손 또한 이러한 의미 맥락과 연관된다. 손과 물과 풀이 만나 이루어내는 '향기의 진원', 그것은 사라질 수 없는 기억의 '흔적'이며 현존이라 할 수 있다. 그 안에 어린 시절 '트방 한구석'이 놓여 있다.

화롯불에 호박 된장국이 뉘엿뉘엿
졸아가던 겨울밤
육백을 치다가
짧게 썬 파와 깨소금을 얹은 간장에
청포묵을 찍어 먹던 어른들 옆에서
찢어낸 일력(日歷) 뒷장에
한글을 열심히 썼던 먼 날
토방 쪽 창호문을 툭툭 치던
눈이 내리면
이젠 없는 먼 어머니는
고무신에 내린 눈을 털어
마루에 얹어놓고
어둠과 흰 눈 아래를 돌돌 흐르던
얼지 않은 물소리 몇,
이제 돌아오지 않는 먼 밤
돌아갈 귀(歸) 한 글자를 생각하면
내 돌아갈 곳이
겨울밤 창호문 열린 토방 한구석임을
선뜻
알 것도 같다

「먼 날」 부분

이 시는 어린 시절 눈 내리는 겨울밤의 한 장면을 묘사하고 있다. 눈 내리는 겨울밤이지만 이 시의 공간은 결빙하지 않는다. "어둠과 흰 눈 아래를 돌돌 흐르던/얼지 않은 물소리 몇,"이라고 시인은 기억한다. 화롯불과 육백을 치며 나누는 소박한 음식, 그 곁에서 열심히 한글 쓰기 연습을 하는 화자, 그리고 "이젠 없는 먼 어머니"가 계셨던 이 기억의 공간은 영원히 '불'을 간직한 채 현존하는 먼 과거이다. 이때 "토방 쪽 창호문을 툭툭 치던/눈"은 토방 안의 사람들을 감싸는 따뜻함으로 화한다. 우대식 시에 '눈' 이미지가 빈번하게 등장하는 것도 이와 같은 유년의 기억에 대한 무의식적 반향이라 여겨진다. 겨울밤의 추위를 녹이는 화롯불과 어머니의 공간은 "이제 돌아오지 않는 먼 밤"이지만 시인의 마음은 그곳으로 귀의한다. 앞서 말했듯이 이 사라진 공간이 자신의 '있음'을 확인할 수 있는 자리이기 때문이다. 이 같은 모성적 공간으로의 회귀는 앞서 잠시 소개한 시 「고아 2」에서 보았듯이 '어머니되기'를 통해 더욱 심화된다.

> 19년 동안 「옵바와 화로」라는 임화의 시를 읽었지만 나는 늘 추웠다. 두 손을 식어버린 난로에 디밀고 무언가 올 적에 모든 것을 다 받아들이리라 결심을 했다. 이미 있는 것들 때문에 앞으로 올 것을 버리지는 않으리라. 얼마나 추웠느냐? 얼마나,
>
> 「시론」 부분

'어머니되기'는 우대식의 외로운 내면을 치유하는 그만의 독특한 상상력이라 할 수 있다. 남성인 그는 어머니에 대한 그리움을 '어머

니되기'로 전환시킴으로써 잃어버린 '화로'를 되찾고자 한다. 잘 알려진 바, 시인 임화의 「옵바와 화로」에 나오는 '거북문(紋) 화로'는 오빠와 동생인 화자 그리고 영남의 삶에 온기를 불어넣는 상징물이라 할 수 있다. 이 시의 화자 누이는 강인한 모성적 목소리를 통해 '깨진 화로'가 암시하는 불행한 현실을 거뜬히 이겨낼 수 있음을 오빠에게 간언한다. 우대식은 이러한 임화의 「옵바와 화로」를 읽으며 "나는 늘 추웠다."고 고백한다. 「옵바와 화로」로부터 울려나오는 누이의 뜨거운 목소리가 역으로 이미 사라진 화롯불과 어머니를 떠올리게 했을지도 모른다. 그는 이러한 마음의 추위를 "모든 것을 다 받아들이리라"는 결심을 통해 밀어내고자 한다. 이 시 마지막 부분 "얼마나 추웠느냐? 얼마나,"라는 구절에는 추웠던 자식의 귀환을 반기는 어머니의 애절한 위로의 목소리가 담겨 있다. 두 손을 따뜻하게 덥혀 모든 돌아오는 것들에게 내어주는 무조건의 사랑으로 추운 마음을 녹여주고 싶은 욕망, 이것이 바로 우대식의 '어머니되기'라 할 수 있다. 그는 '어머니되기'를 거듭함으로써 만종역 부근 들판을 지나 유년의 토방을, 어머니를, 향기의 진원을 찾아가고 있는 것이다.

3. 그리운 환(幻) 혹은 사랑

우대식 시에 보이는 떠돎의 근원에 "이젠 없는 먼 어머니"(「먼 날」)가 있다면 그와 반대로 귀환의 근원에는 "오랜 유목의 삶을 살아온 아버지"(「동행」)의 상실이 있다. 떠돎과 귀환 사이에 놓여 있는 두 겹의 상실 속에서 그가 기다리고 그리워했던 것은 무엇일까? 이 시집에는 이

전 시집에 비해 많은 편수의 사랑시가 실려 있다. 시인이 보여주는 모든 사랑시의 태동을 어머니와 아버지의 상실로 환원시킬 필요는 없을 것이다. 그럼에도 근본 결핍으로부터 생성된 '고아의식'이 사랑에 대한 갈망을 더욱 촉진했을 가능성을 생각해보게 된다. 사랑은 본래적으로 외로움의 소산이 아니던가. 시인은 시 「추방」에서 떠도는 자의 외로움과 사랑을 "눈길을 걷다 보면 연기가 오르는 집이 한 채 보일거야/감자를 쪄서 나누자/너에게 보랏빛 모자를 씌워주겠다/눈물의 무늬로 짠 숄을 어깨에 걸쳐주겠다/고향으로 돌아갈 수 없는 사람들"이라고 쓰고 있다. 고향으로 돌아갈 수 없는 사람들이란 자신의 뿌리로부터 추방된 고아를 뜻한다. 이 허전하고 가난한 마음에 스며드는 사랑의 형상은 어떤 것일까?

어둡던 하루가 지나간다
공장 굴뚝에서 하루 종일 흰 연기가 쏟아져 나오고
회색 구름은 내 가슴 아래까지 내려와 있다
당신도 그 구름 어딘가에 숨어 있다
비타민을 조금 잘라 당신에게 내민다
구름 속으로 쑥 들어간 내 손을 무언가 핥는다
당신이라 믿는다
믿는다
손이 젖어간다
눈을 뜬다
온통 당신이다
온통 붉다는 말이다

「위태로운 사랑」 전문

　　이 시는 구름과 젖은 손 그리고 혀의 이미지를 통해 '붉은 모든 당신'과의 조우를 매우 에로틱하게 그려낸다. 이때 흰 연기는 회색 구름으로 그리고 다시 검은 구름으로 변화되어간다. 좀더 자세히 살펴보면 공장 굴뚝의 연기가 검은 구름으로 변화되고 있다. 아울러 구름은 화자의 가슴에서 배꼽으로 점점 내려온다. 우대식 시에서 '구름'은 여행자의 양식이라 할 수 있다. 카페 바그다드가 있는 사막에서 그의 화자는 "달고 약간은 질긴 구름을 씹는 일"(「카페 바그다드에서 쓰는 엽서」)을 몽상한다. 7번 국도에서는 당신을 생각하듯 손을 흔들고 가는 구름을 본다(「7번 국도에서 쓰는 편지」). 몽골의 초원에서는 어린 마부가 떼어주는 구름을 받아먹는다(「어린 마부와 양」). 구름은 삶의 고통과 외로움을 달래주는, 배는 부르지 않지만 기분이 좋아지는(「어린 마부와 양」)

설산(雪山) 정거장에 서 있는 낙타 한 마리　147

꿈의 암브로시아라 할 수 있다. 사막과 7번 국도와 몽골 초원을 떠돌 때 구름은 피어난다. 다시 말해 공장 굴뚝의 연기가 가득한 도시 공간에는 이 같은 암브로시아가 없다. 그러나 사랑에 대한 열망은 공장 굴뚝의 연기를 구름으로 바꾸어놓는다. 그 구름은 사랑의 절정에서 검은색으로 변한다. 왜 검은색인가? 이 대목에서 "내가 어렸을 적/내가 어렸을 적/지금과 똑같이 검은 영혼이었네"(「검은 빗속에서」)라는 시 구절을 다시 떠올려본다. 당신과의 몽환적 만남을 이루는 순간 꿈의 암브로시아가 어렸을 적 영혼의 빛깔이 되어 손과 혀와 배꼽을 적셔주는 것이 아닐까? 그렇다면 검은 구름은 모든 허식을 벗은 시인의 알몸의 빛깔이라 할 수 있다. 이 검은 빛의 구름은 당신과 '나'를 지상의 삶으로부터 유리시켜 피안으로 흘러가게 만든다.

그러나 화자는 "내 젖은 손도 당신의 혀도/붉은 모든 당신도/지상에는 존재하지 않기를/슬프도록 기도했다"고 말한다. 사랑을 열망하면서 동시에 그것의 현존을 원치 않는 이러한 역설은 매우 의미심장하게 읽힌다. '구름'은 원래 천상의 것, 그것은 지상에 닿을 수 없기 때문에 순수한 것으로 몽상될 수 있다. 마찬가지로 속된 지상에 발을 딛는 순간 사랑은 상처와 회한으로 얼룩지고 말 것이다. 해서 화자는 당신과의 사랑이 구름 속에서나 가능한 사랑이기를, 자신의 본래의 영혼으로 되돌아갈 수 있는 사랑이기를, 세속과 몸 섞을 수 없는 사랑이기를 슬프게 기도하는 것이다. 이것이 우대식이 추구하는 사랑의 이데아다. 그렇기 때문에 그가 추구하는 사랑은 때로 그 자신조차 도달할 수 없는 금기가 되기도 한다.

「주홍글씨」 부분

제목 '주홍글씨'에 암시되어 있듯이 당신에게 가는 일은 죄짓는 것과 연관되어 있다. 그것은 지상에서 받아들일 수 없는 금기를 위반하는 일이 되기 때문이다. 화자의 두려움과 불안정한 마음이 이를 말해준다. 이를 다시 해석해보면 그가 추구하는 사랑이 현실화되는 것을 스스로 두려워하는 것이라 할 수 있다. 이 같은 사랑은 아름답고 순수하지만 현실에서의 소유를 거부한다는 점에서 쓸쓸하고 덧없는 것이기도 하다. 그런 의미에서 구름처럼 피어났다 사라지는 사랑은 이곳에 있지 않고 늘 저곳 어딘가에 있을 가능태일 뿐이다. 따라서 '붉은 모든 당신'은 현존이 아니라 차라리 '기다림'이라 할 수 있다.

흔적이 없다
떡을 떼어 객잔의 창으로 흐르는 눈발에 섞어 먹었다
반야의 밤에 달이 떠오르면
야크의 젖통은 부풀어
신의 나라에서 온 것 같은 울음소리를 냈다
아무것도 나를 지우거나 세울 수 없다고 생각한 적이 있다
붉은 숯불이 잦아든다
국경 아래 뜬 달이 조금씩 기울면서
그 아래를 걷는 당신의 모습이 보인 듯도 했다
환상 속의 당신
그대 어깨가 붉어진다
아뇩다라삼먁삼보리
무명도 무명의 다함도 없다는 설산 국경에서
영원히 만날 수 없는 당신을
기다리던 한 생(生)이 있다

「신폭(神瀑)에 들다」 전문

'환상 속의 당신'을 기다리는 윈난성 객잔의 공간을 자세히 살펴보면 앞서 보았던 시 「먼 날」과 닮아 있다. 「먼 날」에는 화롯불과 토방 쪽 창호문을 툭툭 치던 눈발 그리고 어머니가 등장한다. 마찬가지로 이 시에는 숯불과 객잔의 창으로 흐르는 눈발 그리고 젖통이 부푼 야크가 등장한다. 젖통이 부푼 야크는 두말할 것 없이 새끼를 낳은 어미를 상징한다. 이 같은 동일한 설정이 두 시를 겹쳐 읽게 만든다. 중요한 것은 동일한 설정에도 불구하고 두 시의 차이에 있다. 윈난성 객잔에서 화자는 "떡을 떼어 객잔의 창으로 흐르는 눈발에 섞어 먹었다"고 말한다. 이 공

간에서 그는 "창포묵을 찍어 먹던 어른들"(「먼 날」) 없이 혼자 식사를 한다. 숯불이 있어도 떡은 눈발에 섞여 차갑기만 하다. 그리고 어머니를 닮은 야크는 "신의 나라에서 온 것 같은" 소리로 운다. 그 울음은 어린 시절 토방이 아니라 저 멀리 천상에서 울려오는 소리라 할 수 있다. 이러한 차이를 통해 시인은 원난성 객잔의 공간이 단순한 여행지가 아니라 고독이 생성되는 공간임을 드러내는 것이다. 이 시의 화자에게 원난성 객잔의 공간은 낯선 이국이면서 동시에 어린 시절의 상념들이 '무의식적'으로 겹쳐지는 결코 낯설지 않은 고독의 공간이라 할 수 있다. 이를 시인은 "신폭(神瀑)에 들다"라고 표현한다. 신폭(神瀑)이라는 한자의 의미가 암시하듯이 차마고도가 시작되는 이곳은 '성스러운' 구도(求道)의 공간이기도 한 것이다. 이곳에서 그는 당신을 기다린다. "무명도 무명의 다함도 없다는 설산 국경"에서 번뇌와도 같은 자기의 고독을 붙들고 "환상 속의 당신"을, "영원히 만날 수 없는 당신을" 기다리고 있는 것이다. 그런 의미에서 우대식의 사랑은 고독이 만들어낸 환(幻)일지도 모른다.

우대식의 떠돎과 귀환 사이, 원난성 객잔과 토방 사이, 기다림과 옛집 사이에는 생각의 정거장과 노을 대합실과 만종 역 즈음 눈 내리는 들판과 가을 나루터가 있다. 그 사이 의심과 괴로움과 근심과 불편함으로 이어가는 삶이 있다. 그는 떠돌며 귀환을 생각하고 귀환하며 떠돈다. 먼 어머니를 그리워하고 털이 숭숭 난 손으로 쌀을 씻던 아버지를 떠올린다. 어머니가 되어보고 따뜻한 손이 되어본다. 반대로 "단 하나뿐인 혈육을 잊어버리는 방법/살아서 영원히 헤어지는 방법"(「맘고생」)을 궁리해보기도 한다. "늘 피가 모자라 어지러웠던"(「시(詩)」) 한 소년의 검은 영혼에 깊이 뿌리내린 고독은 '구름'을 만들고 구름 속 사랑을 만들고 환(幻)을 만들고 여행자의 고단한 허밍을 만든다. 그의 허밍은 눈발을 헤집고 차마고도를 넘어, 설산 국경을 넘어, 마음의 전란(戰亂)을 넘어, 향기의 진원에 닿으려 한다. 이 모든 상상의 활기 속에서 포유류의 동선이 움직인다. 굳이 말하자면 우대식의 상상력은 조류의 것도 식물의 것도 아닌, 포유류의 체질에 가깝다. 움직여 가고 멈추어 생각하고 다시 움직인다. 그의 시의 허밍을 이끄는 힘은 바로 여기로부터 생동한다. 고되지만 왜소해지거나 신파가 되지 않는 포유류의 활기, 그것이 우대식이 지향하는 서정의 힘이라 할 수 있다.

아무 것도 아닌, '나'를 위한 비가(悲歌)

하여 사십 줄을 머리 없이 살았다.
다시 피돌기 시작한 이 머리는 새로 돋은 거다.
「고백하자면」 중에서

1. 오십 세, 그리고 여자

물리적 나이는 숫자에 불과한 것일지 모르지만 때로 그것은 자기 자신의 존재성을 의식하게 하는 중요한 계기점이 되기도 한다. 자신을 망각했던 '나'는 문득 존재 상태를 가늠하게 하는 '나이'를 떠올리며 자신 앞으로 되돌아온다. 희미했던 자신의 존재성이 또렷이 각인되는 순간은 얼마나 두렵고 불행한가. 그러나 다른 무엇이 아닌 '나' 자신이 문제적인 것이 되었을 때 인간은 얼마나 진실한가. 황희순의 네 번째 시집 『미끼』는 오십에 이른 한 여성 화자의 고백으로 이루어져 있다. 오십 세, 그리고 여자라니! 매력도 긴장도 젊음도 다 탕진한, 그럼에도 달관과 무심(無心)은 아직 이른 이 주름진 나이의 여성을 누가 읽을 것인가. 아무도 흥미를 갖지 않는, 아니 흥미를 끌 수도 없는 오십 세의 여자를 시인은 무대 위에 올려놓는다. 이 여자의 목소리는 거칠고 사납고 자애롭고 처연하다. 모든 것을 상실했으며, 상실한 그 모든 것을 몸속에 우겨넣고 있는 여자, 아직도 피를 보아야 반짝이는 여자, 반백 년 묵은 몸으로 저승을 기웃대는 여자, 모서리가 다 닳아버린 여자, 텅텅 빈 여자, 찢어발긴 봄밤의 여자, 징그러운 여자, 웃음과 울음을 분간하지 못하는 여자, 몽유하는 여자, 그런 자기를 위해 백팔 배를 올리는 여자. 그녀는 자신을 이렇게 말한다.

> 철없이 아이를 기르던, 아이를 기르다 몸을 잠근, 몸 잠근 열쇠를 잃어버린, 열쇠 찾아 하수구만 뒤지던, 매일 밤 겨드랑이에 날개를 그렸다 지우던, 폭식과 거식을 반복하던, 막차 놓치는 꿈만 꾸던, 울음과 웃음을 분간 못하던, 슬픔만 파먹던, 죽을힘 다해 찾은 열쇠로 몸을 열었던, 활짝 연 몸 착착 접어 장롱에 감추던, 장롱에 들어서야 비로소 숨을 고르던 서른 살 황희순이 20년을 한달음에 건너와 어깨를 툭 친다. 쉰 살의 적막을 흔들흔들 오가는 황희순이 비밀번호도 없이 열린다. 머리꼭지까지 고인 엄동의 바람이 피식 빠져나간다. 쭉정이 늙은 봄이 곧 또 올 것이다.
>
> 「갇힌 기억들」 전문

나이 듦이란 시간의 퇴적층을 만들면서 동시에 퇴적된 시간의 양만큼 소모된 생명에 도달하는 것을 의미한다. 따라서 존재는 시간의 변이에 따라 그 질을 달리한다. 여기에 관여하는 것은 비단 육체적 변화나 상황적 변화만이 아니다. 한 존재는 언제나 기억의 퇴적층을 몸속에 간직한 채 시간의 변이를 체감하는 것이다. 기억은 한 존재가 겪었던 상이한 개별 사건을 하나의 통일체로 묶어놓는다는 점에서 자신이 경험했던 모든 순간을 '나'로 종합·회귀하게 하는 존재의 근원적 맨틀이라 할 수 있다. '나'를 '나'로서 지탱하게 하는 기억은 그러나 때로 무거운 고통의 다발이 되어 현존하는 존재의 정신과 육체를 지배하기도 한다. 이 시에서 서른 살의 황희순을 기억하는 쉰 살의 황희순은, 아니 쉰 살에 이른 황희순의 어깨를 툭 치는 과거 서른 살의 황희순은, 더 정확히 말해 이 둘은 모두 한 존재의 내면에서 분리될 수 없는 '나'의 현존성을 나타낸다.

이 시에 드러난 화자의 현존성은 '열다'와 '잠그다'라는 반복성에 의해 형성된다. '열다'의 계열축에는 아이를 낳다, 날개를 그리다, 열쇠를 찾다 등이, '잠그다'의 계열축에는 열쇠를 잃다, 막차를 놓치다, 슬픔을 퍼먹다 등이 시의 맥락으로 교직된다. 그런데 이 시는 이러한 대립적 의미망의 단순한 교직에서 끝나지 않는다. 주목할 할 것은 "활짝 연 몸 착착 접어 장롱에 감추던, 장롱에 들어서야 비로소 숨을 고르던 서른 살 황희순"이라는 대목이다. 활짝 연 몸을 다시 장롱에 감춘다는 점에서 열고 감추는 것이 동시에 이루어지고 있음을 볼 수 있다. 이 숨김의 이면에는 무엇이 있는가? 이는 완전한 고통의 해소가 아니라 일종의 '정돈' 혹은 '은폐'의 심리를 함의하는 것으로 볼 수 있다. 장롱 속에 정리된 채 은폐되어 있는 고통의 뿌리를 그는 혼자서 열어보고 있었던 것이 아닐까? 다른 시 「고백하자면」에서 시인은 "서른 갓 넘긴 그때부터 나는 낡아가기 시작했다."라고 고백한다. 서른 이후부터 지속되었던 '열다'와 '잠그다'의 사투 속에서 그는 존재의 낡음을 인식했던 것이다.

다시 시 「갇힌 기억들」의 맥락을 좀더 자세히 들여다보면, 장롱 속에서의 숨고르기는 폭식과 거식, 웃음과 울음을 분간하기 시작한 것과 맞물린다. 이러한 분간은 다시 고통의 외향성을 장롱 안의 내향성으로 더욱 다져넣어야 한다는 자기 다짐으로의 진화와 맞물린다. 화자 황희순은 자신의 과거 이십 년을 이렇게 요약하고 있는 것이다. 이러한 과거 이십 년의 기억은 쉰 살의 황희순을 흔들흔들 열어놓는다. 그 순간 화자는 "머리꼭지까지 고인 엄동의 바람이 피식 빠져나간다."라고 말한다. 장롱 속에 고인 냉기의 슬픔이 쉰 살의 황희순을 울리고 있는 것이다. 그리고 이제 "쭉정이 늙은 봄"의 시간이 가까이 오고 있는 것이다. 이와 같은 존재의 무거움을 짊어지고 그는 "쉰내 나는 오십대를 코를 틀어막고 건너는 중"(「건망증」)이라고 말한다. 그리고 "나는 죽었나 살았나, 왜 아프지 않은가"(「통점」), "내가 나를 잊은 건 아닐까"(「늦었거나 늙었거나」), "나는 꽃일까요, 똥일까요."(「꽃=똥」)라고 자문한다. 이와 같은 물음 이면에는 깊고 깊은 상실감이 놓여있다.

> 처음 만난 사람이 새끼손가락을 떼어갔다 다음 사람이 귀를 떼어 갔다 다음은 입을 떼어갔다 눈을 떼어갔다 코를 떼어갔다 다음은 팔을 다리를 떼어갔다 잔머리 굴린다며 머리를 떼어갔다 그 다음 사람이 달걀귀신처럼 둥그러진 여자를 버렸다 버려진 여자는 아무데나 굴러다니며 한자리에 머물지 못했다 굴러다니다 만난 또 한 사람이 아직도 몸이 따뜻하다며 가슴을 열고 심장을 떼어갔다 어디에 부려놓아도 깨질 일 없는 여자는 이제 누구도 손댈 수 없는 사람이 되었다
>
> 「미끼」 전문

이 시집의 표제이기도 한 「미끼」는 황희순이 말하는 오십 세 여

자의 내면 풍경을 가장 적나라하게 드러낸 작품 가운데 하나이다. '떼어갔다'라는 서술어가 반복되는 가운데 이 시에 등장하는 여자의 신체는 새끼손가락과 귀, 입, 눈, 코, 팔다리, 머리를 잃어버린 형상으로 그려진다. 신체 형상의 변화가 작은 것에서 큰 것으로의 상실로 진행되고 있음을 볼 때 상실의 진행이 곧 상실의 증폭으로 이어짐을 알 수 있으며 이때 독자는 '떼어갔다'라는 반복행위에 가학성이 묻어 있음을 느끼게 된다. 이목구비와 사지를 잃은 여자의 형상은 마침내 "달걀귀신처럼 둥그러진 여자"로 표현된다. 존재의 비참은 그 다음부터 시작된다. 추하게 훼손된, 기괴한 여자의 몸은 세상으로부터 버림받는다. 그리고 그녀는 아무데나 굴러다닌다. 이 둥근 알(공) 모양의 이미지는 외부로 향한 몸의 돌기들이 모두 제거된 폐쇄된 몸을 상징한다. 이제 고통과 고독은 오로지 안으로만 굴절될 수밖에 없는 것이다. "아무데나 굴러다니며 한 자리에 머물지 못했다"는 구절에는 쓸모없음이라는 존재 비하와 든든한 정착지에 안착할 수 없는 존재 상황이 함께 내포되어 있다. 여기에는 아무렇게나 되어도 상관없다는 절망과 스스로 자신을 버리고 싶은 욕망 또한 내포되어 있다.

그러나 이 시에 드러나는 참혹함은 여기서 끝나지 않는다. 화자는 "굴러다니다 만난 또 한 사람이 아직도 몸이 따뜻하다며 가슴을 열고 심장을 떼어갔다"라고 진술한다. 상실은 세상 밖으로 뻗어 있는 몸의 돌기를 넘어서 몸의 내부로까지 이어지는 것이다. 이 시는 한 여자의 존재성이 완벽한 사물성으로 변화되는 과정을 보여줌으로써 한 존재가 어떻게 존엄성을 잃고 무가치한 것이 될 수 있는가를 드러낸다. "어디에 부려놓아도 깨질 일 없는 여자는 이제 누구도 손댈 수 없는 사람이 되었다"에 표현된 '부려놓다'는 '굴러다니다'와 달리 자발적 운동성이 전혀 없는 사물화의 극치를 암시한다. 그녀는 이제 단단하게 뭉쳐져 누구도 손댈 수 없는 비생명체가 된 것이다. '미끼'라는 이 시의 제목이 이를 함축한다. 깨질 일 없는 사물의 견고함으로 변화된 존재, 그녀에게는 외부도 내부도 없는 것이 아닌가. 내부가 없으니 슬픔도 기쁨도 더 이상 그녀를 파고들 수 없을 것이다. 이것이 황희순이 말하는 극한에 이른 존재의 비극이다. 이와 같은 존재 인식은 또 다른 시 「빈칸」에도 나타난다. "오래된 꽃술은/밤에만 피어난다//버려도 그만인 그것은/각각의 몫을 뺀 나머지다"라고 시인은 말한다. 버려도 그만인, 모든 것을 다 빼 낸 '꽃'은 술이 되어 가면서 텅 빈 존재로 남는다. 이처럼 텅 빈 존재의 결핍을 메울 수 있는 방법은 역설적이게도 마지막 남아있는 슬픔의 잔여를 모조리 버리는 일일지도 모른다.

피맛을 본 쥐가 갯바위 틈새를 들락거린다
내 살[肉] 같던 시들어버린 너를 한 잎씩 떼어
쥐에게 던져준다
흡흡, 피 비린내가 진동한다
눈 부라린 파도가 미친 듯 방파제를 때린다
쥐에게 너를 다 내주고 나서야
멈추었던 초침이 다시 움직인다

「안녕, 무창포」 부분

이 시의 화자는 "내 살[肉] 같던 시들어버린 너"를 쥐에게 떼어준다. 문장의 의미를 짚어보면 시들어버린 '너'는 '내 살(肉)'과 동급이라 할 수 있다. 화자는 비루한 쥐들에게 '나'나 다름없는 '너'의 살을 던져줌으로써 자신으로부터 '너'를 분리시킨다. 애착했던 대상과의 분리를 스스로 강제한다는 점에서 이는 일종의 애도작업이라 할 수 있다. 황희순의 다른 시에 보이는 "아이가 간 지 십 년이 더 지났다//놓아야지, 이젠 정말 보내줘야지"(「놓다」), "버리고 말았다, 버리고 점점/모서리가 닳아, 밤낮없이 닳아//둥근 달이 되었다/무릎이 어딘지 심장이 어딘지 아주 잊었다"(「비창」)와 같은 구절은 모두 이러한 애도작업과 무관하지 않은 것으로 읽힌다. 애도작업 가운데 몸의 모서리가 닳아 둥글어졌다면 앞서 보았던 시 「미끼」에 등장한 '여자'의 "달걀귀신처럼 둥그려진" 꼴 또한 이 맥락에서 읽을 수 있을 것이다. 슬픔을 버리기 위한 가학이 기괴한 귀신의 형상을 낳고 있음이리라. 인용한 「안녕, 무창포」의 "눈 부라린 파도가 미친 듯 방파제를 때린다"라는 표현에는 이러한 애도작업이 휘몰아오는 지극한 슬픔이 내포되어 있다. 시인은 미친 울음을 파도로 대신하고 있는 것이다. 마지막 행에 보이는 초침의 움직임은 애도작업이 끝났음을 의미한다. '너'를 남김없이 쥐에게 내주고 난 후 정지되었던 시간이 움직이기 시작한 것이다. 그렇다면 '너'에 대한 애착과 슬픔이 이 모든 과정을 통해서 깨끗하게 지워진 것일까? 여기서 다시 "내 살[肉] 같던"이라는 말에 주목할 필요가 있다. '너'와의 동일화를 뜻하는 이 표현은 '너'와의 분리가 애초부터 성공할 수 없음을 암시한다. 이미 '나'인 '너'를 '나'로부터 완전히 분리한다는 것은 불가능한 일이다. 아무리 그 살을 남김없이 떼어 쥐에게 던져주어도 끝끝내 남는 '나'는 어찌할 것인가.

「꽃밭에서」 부분

'너'를 '나'로부터 분리하는 것이 불가능하다면 그 마지막 해결은 불가능의 원인인 '나'를 없애는 수밖에 다른 도리가 없을 것이다. 해서 이 시의 화자는 "이제 나만 먹어치우면 된다"고 선언한다. 자기 소멸을 꿈꾸는 이 화자의 목소리는 잔인하고 비장하며 단호하다. 수없이 피고 지는 꽃들을 눈도 꿈쩍 않고 먹어치웠듯이 자신을 먹어치워야겠다는 선언은 자학적이다. 이 자학의 근원에는 애도작업에 실패한 자의 처참한 자기이해가 담겨있다. 다른 시 「사바아사나」의 "다시는 산 사람들 틈에 끼어들지 않아도 될 그날이 오늘이면 좋겠습니다."와 같은 구절에서도 이러한 자기이해로부터 생성된 죽음 충동을 읽을 수 있다. 세월의 모든 슬픔을 끝끝내 지워낼 수 없는 오십 세의 여자는 과연 어떤 방식으로 자신을 먹어치울까?

2. 우겨넣기와 잘라내기

　　시간의 무게만큼 쌓인 슬픔(기억)과의 결별이 실패로 돌아갔을 때, 그 결별을 불가능하게 만드는 것이 다름 아닌 ‘나’ 자신이라는 사실을 인정할 수밖에 없을 때, 황희순은 슬픔과의 완전한 결별을 위해 자신의 해체가 불가피함을 깨닫는다. 여기서 그가 자신의 고통과 슬픔을 어떤 방식으로 지니고 있었나 상기할 필요가 있을 듯하다. 앞서 보았던 “슬픔만 파먹던, 죽을힘 다해 찾은 열쇠로 몸을 열었던, 활짝 연 몸 착착 접어 장롱에 감추던, 장롱에 들어서야 비로소 숨을 고르던 서른 살”(「갇힌 기억들」)이라는 구절을 다시 생각해보자. 이 구절을 보면 화자는 두 겹의 외피 속에 슬픔을 가둔다. 하나는 자신의 몸이며 다른 하나는 장롱이다. 다시 말해 몸의 일부가 된 슬픔을 장롱 속에 접어 넣는다. 슬픔이 밖으로 빠져나가지 못하도록, 혹은 남들이 보지 못하도록 감춤으로써 그는 기억의 고통을 온전히 자기 것으로 소유한다. 슬픔을 남과 나누지 않는 이 소유의 욕망에는 역설적이게도 과거 슬픔에 대한 깊은 애착이 뿌리내리고 있다. 그가 애도작업에 실패하는 원인이 이러한 애착 때문이라 할 수 있다. 해서 그는 오로지 ‘내 것’일 수밖에 없는 슬픔을 퍼먹으며 그것을 육화시킨다. 슬픔의 육화가 그것을 몸속에, 장롱 속에 감추는 행위로 이루어진다는 점에서 이는 세상과의 절연을 함의하는 것이기도 하다.

　　　아들아, 어미의 실종을 말하지 마라
　　　영원히 종적을 감추고 싶지만, 꼬리가 너무 길어

「숨바꼭질」 부분

슬픔을 감춰두었던 '장롱'의 공간이 이 시에서는 '무덤'으로 변용된다. '무덤'이 '실종'된 자의 거처를 상징한다면 실종이 곧 죽음이라는 의미의 등식이 만들어진다. 그렇다면 세상으로부터 종적을 감추고 싶은 화자의 욕망은 철저히 자발적인 것이라고 할 수 없다. '칼날'로 상징되는 가학적 힘을 피해 숨어든 곳이 바로 '무덤'이기 때문이다. '무덤'은 그에게 마지막 피신처이면서 동시에 생명이 말소된 죽음의 공간이라는 이중적 의미를 내포한다. 황희순의 화자는 외로운 무덤 속에 숨어 겨우 숨을 고르고 있었던 것이다. 이때 시인은 슬픔을 육화시킨 화자를 길고 거대한 파충류의 형상으로 그려낸다. 손에 둘둘 말아 쥐어야 할 만큼 긴 꼬리가 바로 육화된 슬픔의 형상이라 할 수 있다. 이 그로테스크한 형상을 통해 시인은 자신의 슬픔이 얼마나 '징그러운' 것인가를 드러낸다. 무겁고 거추장스럽고 소름끼치는 화자의 초상은 참을 수 없는 존재의 비애를 거대한 덩어리로 느끼게 한다. 그런데 징그러운 몸으로 육화된 슬픔은 자꾸 무덤 밖으로 비어지려 한다. 완벽하게 자기를 감추지 못하는 또 한 번의 비애가 여기에 겹쳐 있다. 황희순의 시쓰기는 바로 이와 같은 절연으로서의 소통이라는 역설적 의미를 갖는다. 그는 시 「고백하자면」에서 "바닥이 보일까봐 거울 안 본 지 오래, 어두운 쪽으로

목이 자꾸 길어졌다. 길어지는 목을 수시로 베어 詩 속에 우겨넣고 봉했다."라고 쓰고 있다. 어둠의 목을 베어 시에 우겨넣는 행위, 그것은 슬픈 기억을 몸속에 우겨넣고 봉하는 행위와 등가적이다. 환언하면 그의 슬픔은 몸이며 그 몸의 언어가 시라 할 수 있다. 잠그고 감추고 우겨넣고 봉함으로써 비로소 태어난 역설의 언어가 그의 서른 살과 쉰 살 사이에 가로놓여 있는 것이다. 슬픔을 내면화하는 이 같은 방식의 삶에서 외부로 향한 모든 길은 차단된다.

막다른 골목에 서있던 그 봄, 발길 닿는 곳마다 경로이탈 경고음이 울렸다. 더 이상 디딜 곳 없어 발을 잘라 몸속 깊이 숨겼다. 발을 숨긴 몸에 여러 갈래 길이 생겼다. 길은 점점 자라 몸에 금이 가기 시작했다. 위태로운 바람이 여름을 가을을 겨울을 아슬아슬 지나갔다. 달거리도 오락가락했다. 금간 틈새를 비집고 손 하나가 들어왔다. 그 손은 낯선 길로 나를 데려가 발이 되어주곤 했다. 길 끝을 틀어쥐고 있는 손에 길들여진 몸이 발 없이도 밖을 나다녔다. 발/길을 문득문득 잊었다. 느슨하거나 팽팽해진 길 위, 어릿광대가 되어갔다.
「길의 배경」 전문

'발'은 움직임을 낳는 상징적 기표이다. 더 이상 나아갈 수 없는 막다른 지점에서 화자는 자신의 발을 잘라 몸속에 우겨넣는다. 그는 이제 외부로 향한 길을 다 거두어들임으로써 오로지 내부의 움직임만으로 자신의 생을 지탱하고자 한다. 그러나 움직임이란 근본적으로 외향성을 갖는 것이다. 감추고 우겨넣고 봉해도 움직임이 지속된다면 봉인은 뜯길 수밖에 없다. "길은 점점 자라 몸에 금이 가기 시작했다."라는 구절이 이를 말해준다. 완벽한 차단, 완벽한 숨김에 실패한 것이다. 그러나 이 실패는 표면적으로는 숨김을 소망하는 자의 의지가 무산되었음을 뜻하지만, 이면적으로는 황희순의 화자가 쉽게 자신의 생명성을 포기하지 않음을 나타내는 것이기도 하다. 몸의 생명성이 움직임과 더불어 지속되고 유지되기 때문이다. 이 질긴 몸부림을 시인 스스로는 증오할지 모르지만 이것이 황희순이 가지고 있는 생명력이기도 하다.

한편 봉인된 몸에 균열이 생겼을 때 몸속의 발은 세상의 길과 쉽게 조우하지 못한다. 시간은 '아슬아슬'하게 흘러가고 그 사이 화자는 늙어간다. 마음은 몸 밖으로 나갈 준비가 되어 있지 않은데 몸은 마음과 달리 세상 밖을 향해 틈을 만들고 있는 것이다. 이 이율배반적인 사태는 죽음 충동과 생명 충동 사이에서 벌어진다. 이때 누군가의 손이 화자를 이끈다. 이 시에 등장하는 타인의 '손'이 대변하는 그가 누구이든 그는 화자를 세상 밖으로 내보내려는 사람이라는 점에서 화자를 깊이 사랑하는 자라 할 수 있다. 그러나 화자는 "어릿광대가 되어갔다."라고 고백한다. 이는 자발성을 잃어버린 자신에 대한 진단을 드러내면서 동시에 세상과의 적극적 화해를 거부하는 태도를 나타낸다. 황희순의 화자가 드러내는 적극적 의지는 세상과의 화해가 아니다. "이제 나만 먹어치우면 된다"(「꽃밭에서」)는 선언에서 보았듯이 그는 자신을 해체해야 한다는 분명한 목표를 가지고 있다.

나를 사가세요. 부위별로 팝니다. 흐벅지진 않지만 오십여 년 숙성된 살이 말랑말랑할 거예요. 세상을 휘젓고 다닌 팔과 다리는 좀 싸

게 팔아요. 엉덩이에 난 바람구멍은 살짝 도려내고 드세요. 가슴에 영
영 메울 수 없는 구멍을 만들지도 몰라요. 젖가슴과 허벅지는 할인되
지 않아요. 입술은 혀를 끼워 팝니다. 혀 없는 입술은 좀 싱거울 테니
까요. 갈비뼈 사이엔 아팠던 흔적이 사리처럼 끼어있을 거예요. 약이
라 생각하고 꼭꼭 씹어 드세요. 간장은 다 녹아 못쓰게 됐을 거예요.
진창도 풍덩풍덩 밟았던 발과 아무나 덥석덥석 잡았던 손이 문제군
요. 아랫도리를 통째로 사가면 손은 덤으로 드릴게요. 잠 안 오는 밤
혹시 위안이 될지 모르니까요. 발은 팔지 않을래요. 갈 곳이 있거든
요. 꼭 한번은 만나야 할 사람이 있어요. 껍질은 살살 벗기세요. 입맛
에 맞게 회를 뜨든지 탄력이 없다 싶으면 소금구이하 드세요. 뼈는 잘
고아 조금씩 마셔요. 뼈에 사무쳤던 일 많아 독이 있을지 몰라요. 아,
당신이군요. 어떤 부위를 잘라드릴까요.

「부위별로 팔아요」 전문

　　한 고객이 문자메시지로 가장 자신 있는 부위 팔라 했다. 또 한 고
객이 전화로 손을 끼워 파는 부위 살 테니 얼마면 되느냐 물었다. 또
한 고객이 이메일로 맛보고 사도 되느냐 물었다. 한 고객을 또 만났다.
그는 카드로 결재하자, 당신은 내 거니까 이제 나만을 위해 웃어라 했
다. 한 고객에게는 누가 몽땅 사갔다 했더니 쯧쯧, 뭐에다 써먹으려
구…했다. 써먹든 말든 이쯤에서 세일광고를 접는다. 좌판에 찢어발겨
놓은 나를 거둬들인다. 남은 부속품은 폐기처분하기로 한다. 나는 이
제 품절이다.

「나는 이제 품절이다-'부위별로 팔아요' 후렴」 전문

　　신체 훼손, 혹은 절단, 절개의 이미지는 1980년대 후반부터 지금
까지 지속적으로 드러나는 한국 여성시의 한 특징 가운데 하나이다. 일

군의 여성시에서 여성성의 수난과 소외를 피 흘리는 몸, 찢긴 자궁, 분할된 신체, 강간과 사산 등의 이미지를 통해 형상화하고 있음을 어렵지 않게 발견할 수 있다. 최승자를 비롯한 몇몇 선취적 노력을 제외하면 이제 이러한 반복이 진부함을 낳고 있는 것이 사실이다. 신체 훼손의 이미지가 진정성을 담보하지 못한 채 과도하게 구현되거나 거칠기만 한 시의 문법을 양산했기 때문이다. 그런데 황희순의 시에서 종종 발견되는 신체 절단의 이미지는 일종의 '유행'과는 질적 차이를 갖는다. 그의 시에 보이는 신체 훼손이 잔인한 이미지 이상의 절박성을 지닌 존재론과 맞물려 있기 때문이다.

앞서 얘기했듯이 황희순은 '우겨넣기'를 반복하는 가운데 자신을 해체할 수밖에 없다는 결론에 이른다. 인용한 두 편의 시는 '우겨넣기'를 '절단하기'로 바꾸는 결단의 산물이라 할 수 있다. 「부위별로 팔아요」에 등장하는 화자는 자신의 신체를 낱낱이 해체한다. 그 과정에서 각각의 신체 부위가 그 동안 담당해왔던 역할을 함께 나열한다. 세상을 휘젓고 다닌 팔과 다리, 엉덩이에 든 바람구멍, 가슴에 맺힌 구멍, 갈비뼈 사이에 낀 통증, 다 녹아버린 간장, 뼈에 사무친 독 등이 그것이다. 이는 오십 세를 살아낸 한 여자의 해부도라 할 수 있다. 황희순은 병든 몸의 해부도를 통해 자신의 누적된 세월의 켜를 보여주는 것이다. 그런 의미에서 이 전시된 몸은 세월의 전시이며 상처의 전시라 할 수 있다. 황희순은 절단된 신체를 전시함으로써 오십 세의 시간의 무게를 단번에 해체시키고자 한다. '우겨넣기'의 반복을 한꺼번에 '쏟아내기' 혹은 '잘라내기'로 바꾸고자 하는 이 분출의 욕망을 통해서 우리는 슬픔의 극한에 닿게 된다.

이때 화자는 절단된 자신의 몸을 자신이 소유하고자 하지 않는다. '팔다'라는 행위가 이를 말해준다. 신체의 조각들을 타인에게 양도함으로써 완벽하게 내 것이 아닌 '나'에 이르고자 하는 것이다. 여기서 다시 한 번 존재의 사물화와 마주치게 된다. 물건을 내다 팔듯 "좌판에 찢어발겨 놓은" 화자의 몸은 더 이상 존재라 할 수 없다. 자신을 비존재의 사물성으로 전환시키는 이 같은 자학의 심연에는 자신을 폐기처분해야만 하는 존재의 '끝'이 내포되어 있다. 자기 자신이 존재하지 않는 세상에 대한 환상을 황희순은 이렇게 쓰고 있는 것이다. 아울러 우겨넣었던 모든 슬픔을 제거하면 아무것도 남지 않게 되는 자신의 존재성을 이렇게 폭로하고 있는 것이다.

3. 상실의 구멍 속으로 흘러드는 몽유의 세계

세상과의 모든 유대를 차단한 채 징그러운 슬픔과 상처를 온몸에 둘둘 말고 장롱 속으로, 무덤 속으로 유랑해 온 오십 세의 여자. 그세월의 무게에 스스로 질려 자신의 몸을 낱낱이 찢어발겨 놓고 팔아치운 여자. 품절된 여자. 완벽하게 '아무 것도 아닌 것'을 꿈꾸었던 여자. 황희순이 그려낸 오십 세의 여자는 이 같은 타나토스적 상상의 세계를 건너며 과연 진정으로 가벼워진 것일까? 시인은 "혓바늘을 족집게로 쏙 뽑아낸 후 퓨즈 나간 전등처럼 내 몸이 꺼졌다."(「통점」)라고 쓰고 있다. 아픈 것을 뽑아냈음에도 불구하고 몸은 암전된다. 무통증의 상태에서 그는 "나는 죽었나 살았나. 왜 아프지 않은가."(「통점」)라고 되묻는다.

사라진 통증이 존재감의 상실로 이어지고 있는 것이다. 이는 그가 슬픔을 얼마나 철저하게 육화시켜 왔는가를 반증한다. 슬픔의 해체가 곧 존재의 해체라는 사실을 통해 그는 과거 기억과 슬픔에 대한 강한 애착을 보여준다. 모든 슬픔을 잘라낸 후 '나'는 텅텅 빈 '無'로 환원될 위기에 처한 것이다.

그러나 황희순 시의 맥락은 여기서 종결되지 않는다. 앞서 살펴본 시 「길의 배경」에서 발견되는 "발을 숨긴 몸에 여러 갈래 길이 생겼다."라는 구절이나 「부위별로 팔아요」에서 보이는 "발은 팔지 않을래요. 갈 곳이 있거든요. 꼭 한번은 만나야 할 사람이 있어요."라고 한 부분을 다시 읽어볼 필요가 있다. 황희순 시에서 반복되는 죽음 충동과 외부로 향한 이 같은 조짐은 대단히 모순적이라 할 수 있다. 그는 죽음 충동 이면에 그보다 더 강한 생명 충동을 지니고 있었던 것이 아닐까? 이 생명 충동이 한편으로는 오히려 그를 더 괴롭혔던 것이 아닐까? 죽어버리고 싶은데 살고자 하는 욕망이 자꾸 되살아날 때 삶은 더 힘겨워질 수 있다. 문제는 어떻게 그것이 가능한가에 있다. 황희순 시의 매력과 긴장감은 평범한 오십 세의 여자에게서 좀처럼 찾기 어려운 내적 에너지를 드러낸다는 점에 있다. 상처와 고통에 함몰될 수 없는 한 존재의 생명감을 그는 끝내 놓지 않는다. 그의 시에서 이는 '몽유' 혹은 '피안'의 형태로 형상화되곤 한다.

소피보러 고추밭 고랑 깊숙이 숨어들어 갔어요. 워낙 급한 터라 염치불구 볼일을 보고 옷 추스르는데 어머, 마른 고춧대가 옆구리를 슬

쩍 찌르는 겁니다. 돌아보니 탄저병 걸린 고추가 여기저기 애면글면
몸을 세우고 있었어요. 지그시 눌려있던 야성이 근질거리지 뭐예요.
아랫배에 고였던 피가 하르르 도는 찰나 고추밭 끄트머리 반백의 그
가 한눈파는 나를 불렀어요. 고춧대를 분지르며 발길 돌리는데 비릿
한 봄바람이 등을 툭 치며 다가오데요. 화악, 달떴지요 뭐.

「몽유」 전문

　한 성직자가 2012년 대혼란이 올 거라며 높고 깊은 산골짝에 별장
을 짓는다고 했다. 금성보다 큰 혜성이 다가와 지축을 돌려놓고 어마
어마한 쓰나미가 지구의 반은 쓸어갈 거라 했다. 종말이 온다 해도 우
주를 말하자면 인간은 티끌만도 못할 터. 하지만 애인아, 우리 튀자.
46억 년 묵은 지구는 너무 지겹지 않은가. 종말이 오기 전에 푸른빛
이 도는 젊은 별을 찾아 줄행랑치자. 40억 년 전 이미 우리 사랑은 삼
엽충 DNA 속에 숨어 있었던 것. 그러니 애인아, 그 별에서 하루를 백
년처럼 야금야금 파먹으며 한 만년 살자.

「到彼岸」 전문

　시 「몽유」에 보이는 밭과 배설의 합치는 생산력과 직결되는 원형
적 상상력을 함축한다. '탄저병 걸린 고추'에 암시되어 있듯이 이 시의
배경이 된 고추밭은 부실한 생명 토대를 나타낸다. 그럼에도 화자는 하
복부에 고여 있던 것을 이 밭에 쏟아낸다. 그 순간 "아랫배에 고였던 피"
가 순환하기 시작한다. 피의 순환은 에너지의 구동을 뜻한다. 비로소
몸은 따뜻해지고 비릿해진다. 이때 존재 내부에 생성된 열은 밖으로 뿜
어진다. "화악, 달떴지요 뭐."라는 발언이 이를 말해준다. 이 같은 리비
도의 충동은 앞서 살폈던 황희순의 작품과 전혀 다른 느낌을 드러낸다.

한편 시 「到彼岸」의 화자는 지구 종말의 예언 앞에서 "하지만 애인아, 우리 튀자."라고 경쾌하게 말한다. 황희순의 상상력에 '젊은 별'이 살아 있다는 사실은 기실 놀라운 일이 아닐 수 없다. 장롱과 무덤 속에 숨어 있던 슬픔의 덩어리가 '밭'과 '젊은 별'을 향해 가고 있는 것이 아닌가! 주목할 것은 탄저병 걸린 고추밭과 46억 년 묵은 지구를 단번에 쇄신하려는 에너지의 충동이 보인다는 점이다. 그 에너지의 충동은 마른 고춧대로 쏟아지는 물(소피)의 이미지와 묵은 별을 뛰어넘는 '튀자'라는 시어가 내포한 개방성을 통해 전달된다. 아울러 "40억 년 전 이미 우리 사랑은 삼엽충 DNA 속에 숨어 있었던 것."이라는 구절에서도 시간의 개방성을 읽을 수 있다. 오십 년 동안 누적되었던 고통의 시간을 40억 년 전의 과거 시간에 풀어놓음으로써 그는 자신의 고통과 상처를 먼지에 불과한 것으로 무화(無化)시키고자 한다. 몸을 열고 공간을 열고 시간을 열어 피를 돌게 함으로써 우겨넣었던 모든 길의 사지를 펴놓고 있는 것이다. 시 「고백하자면」에서 시인은 "길어지는 목을 수시로 베어 詩 속에 우겨넣고 봉했다. 하여 사십 줄을 머리 없이 살았다. 다시 피돌기 시작한 이 머리는 새로 돋은 거다."라고 말한다.

그러나 「몽유」와 「到彼岸」 두 편의 시 제목에서 알 수 있듯이 이 생명 충동은 몽유와 피안의 세계에서 일어난다. 현존의 시간에 잇대어 놓기에는 아직 먼 꿈의 세계가 아련한 저편에 놓여 있는 것이다. 사지를 몽땅 다 절단한 달걀귀신 같은 한 여자의 텅 빈 내면으로 흘러드는 저 아름다운 몽유의 세계는 얼마나 처연한가. 황희순 시가 울려주는 지극한 슬픔은 여기에 있다. 상실과 상처를 넘어 몽유하는 자의 애잔함 속으로 우리를 이끌기 때문이다. 그리고 고통과 몽유 사이에서 숨을 몰아쉬는 오십 세 여자의 슬픈 심장에 손을 밀어 넣게 하기 때문이다. 거기여전히 물컹 만져지는 것이 있다.

> 술만 마시면 무엇이든 가방에 집어넣는 버릇 있다 조약돌이나 씨앗
> 이나 먹다 남긴 소주나 땅콩이나 맘에 드는 사람이나
> 하여 내 가방은 사시사철 부엉이집이다 어지러운 가방 정리하다 보
> 면 물컹 썩어있는 건 언제나 사람
> 사람은 본체만체해야지 후회하면서 그 버릇 놓지 못하고 있다
> 지금도 가방에서 슬슬 냄새 풍기는 사람 있으니
>
> 「손버릇」 전문

　우리를 지극히 기쁘게 하는 것들 그리고 우리를 지극히 슬프게하는 것들, 그것은 다름 아닌 '사람'이라 할 수 있다. 수많은 기쁨과 고통을 만들어내는 관계의 끈이 없다면 시간의 주름도 만들어지지 않을것이다. '내 가방' 안에 "물컹 썩어있는 건 언제나 사람"이라고 시인은 말한다. 그리고 "지금도 가방에서 슬슬 냄새 풍기는 사람"이 있다고 그는말한다. 살아 있는 한 어쩔 수 없는 일이다. 가방 속에, 장롱 속에, 무덤속에 다 우겨넣을 수 없는 무수한 관계의 끈들을 징그러운 긴 꼬리처럼둘둘 말아 쥐고 존재의 시간을 건널 수밖에 없는 일이다.

　황희순의 시는 우아함의 반대편에 놓인 한 존재의 형상에 주목한다. 그 존재는 정확히 오십 세의 여자이다. 오십에 이른 한 여자의 내면에는 그 세월의 무게만큼 무거운 기억의 퇴적층이 쌓여있다. 거기, 망

각되지 않는 상실의 심연이 놓여있다. 상실의 우울을 거듭 우겨넣고 잘라내면서 그의 상상력은 때로 사납고 잔인하게, 때로 자학적으로 시의 언어를 휘몰아간다. 그러나 시의 맥락을 따라가다 보면 그의 시에서 자주 발견되는 '피'의 냄새가 서서히 깊은 슬픔으로 잦아드는 것을 느낄 수 있다. 역겨움과 혐오감을 의도화했던 저간의 잔혹시와는 다른 생의 서사가 깔려있기 때문이다. 그가 근본적으로 의도했던 것은 공포나 잔혹의 묘사가 아니다. 그는 상실의 고통을 겪었던 오십 세 여자의 내면 풍경을 통해 '나'는 누구인가, 이 삶 속에 살아야 하는 이유가 있기나 한 것인가, 내면의 슬픔과 기억을 벗어날 수 있는 방법은 무엇인가를 집요하게 묻는다. 그 물음은 뜨겁고 절박하다. 온몸을 다해 자신의 존재성을 묻는 오십 세 여자! 그는 아름다움과 우아함을 버린 채 불행한 존재의 진실에 닿고자 한다. 수많은 슬픔을 퍼 먹은 시간의 얼굴, 오십 세 여자의 텅 빈 얼굴!

2

외로운 호모 루덴스

- 신현정의 시집 『화창한 날』

놀이하는 인간(Homo Ludens)의 본질은 '몰입'과 '무용성'과 '자유'로 압축된다. 놀이는 그 자체가 목적이 되는 매우 독특한 인간적 행위이다. 인간의 활동은 대부분 무엇을 얻기 위해, 무엇에 도달하기 위해 행해진다. 이때 인간의 몸은 목표를 향해 가는 수단이 된다. 반면 놀이하는 인간은 실용적 가치로 환원될 수 없는 것에 몰두함으로써 세상의 손익계산으로부터 벗어난다. 놀이하는 인간에게 몸과 정신을 구속하는 것은 아무 것도 없다. 이러한 자유는 그가 오로지 놀이에 빠진 자이기 때문에 가능하다. 빠지지 않으면 놀이는 성립하지 않는다. 우리가 놀이에 관심을 갖는 것은 놀이가 즐거움을 선사하기 때문만은 아니다. 실용적 행위를 벗어날 때 인간은 비로소 한 존재로서의 가치를 가질 수 있다. 몸과 정신이 결박된 도구적 인간을 자유로운 주체로 전환시키는 것이 놀이다. 놀이에 몰입하는 순간 한 존재는 그 자신이 목적이 되는 지극한 즐거움을 느끼게 되는 것이다. 신현정 시인의 시세계는 놀이하는 인간에 대한 지속적인 옹립이며 철저한 긍정의 표현이다. 이러한 그의 시세계에 대해 나는 세 번째 시집 『자전거 도둑』(애지, 2005) 해설에서 다음과 같이 설명한 바 있다.

　　이 시인에게 고래잡이 선장의 자세를 게의 옆걸음으로 바꿔놓기, 혹은 하나님의 음성을 염소 울음으로 바꿔놓기(「둥실둥실」)와 같은 변신놀이만이 아니라, 딴전 피우기, 샛길로 빠지기, 모르는 척하기, 다 보지 않고 남겨두기(「일진日辰」) 등은 삶의 유쾌함을 만들어내는 중요한 원리들이다. 그의 화자는 해질 무렵 빨래를 걷다 말고 역광 속에 쪼그리고 앉아 담배 맛을 즐기거나(「역광逆光」), 쓸 것도 없는 마당을 쓸고 또 쓸며 빗자루를 통해 전달되는 연한 흙의 살성을 즐긴다(「담에 빗자루 기대며」). 이는 딴전을 피우며 일상을 비껴가는 놀이라 할 수 있다. 그리고 불두화와 두꺼비의 싸움을 "다 안본 것으로 한다"(「싸움」)든지, 자벌레가 기어서 끝내 어디에 닿을지 "알지 않기로 한다"(「나는 그 끝을 모른다」)든지, 연잎 위에 가부좌한 개구리가 연못 속으로 뛰어들 것 같아 그 정지된 풍경을 외면한다든지(「외면」) 하면서 그는 대상의 정면으로부터 슬쩍 비껴 선다. 정면성의 원리에서 비껴남으로써 그는 고단한 삶의 도정을 즐거움으로 바꿔놓고 있는 것이다.

바꿔놓기, 딴전 피우기, 샛길로 빠지기, 모르는 척하기, 다 보지 않고 남겨두기 등은 신현정의 놀이방식이면서 동시에 시적 지향이다. 그는 세계를 정면으로 대응하는 것만이 진실한 태도라 여기지 않는다. 정면성을 벗어날 때 딱딱했던 세계는 다정해지고 막혔던 숨통은 열린다. 염소와 토끼와 고래와 자전거와 난쟁이가 생겨나고 달리는 기차가 생겨

난다. 신현정의 시에서 이들은 한통속으로 모자를 날리며 먼 사막으로
여행을 가는 '바보'들이다. 이 천진난만한 꿈을 그는 끊임없이 생성시킴
으로써 삶의 어둠과 슬픔을 닦아낸다. 그의 다섯 번째 시집이면서 유고
시집인 『화창한 날』은 이러한 시적 몽상을 고스란히 연계하고 있다.

      집을 돌았다.

      분꽃을 따 입술에 물고 분꽃을 불면서 돌았다

      분꽃 꽁무니가 달착지근했다

      장닭을 불면서 돌았다

      볏이 불볕 같은 장닭을 불면서 돌았다

      나도 목을 길게 빼올리고는 꼬끼오도 해보면서 돌았다

      개를 불면서 돌았다

      담장을 훌쩍 넘어가라고 애드벌룬만하게 개를 불면서 돌았다

      고무호스를 불면서 돌았다

      고무호스를 하늘로 치켜올리고 부웅 부웅 불며 돌았다

      벌떼소리를 내면서 돌았다

「화창한 날」 전문

이 시의 화자는 집을 맨발로 뺑뺑 돌며 분꽃과 장닭, 개, 고무호스, 집을 불며 논다. 악기나 풍선을 불듯 마당 여기저기에 놓여있는 사물들을 불며 집을 돌고 또 돈다. 이때 장닭과 기와 집처럼 불 수 없는 것들까지 모두 악기가 되고 풍선이 된다. 장닭을 불면 꼬끼오 소리가 나고 개를 불면 커다란 풍선으로 부푼다. 이 마술적 상상의 세계가 놀이이다. 놀이는 현실을 가로질러 비현실을 현실로 바꿔놓는다. 현실에서 불가능한 것들, 그러나 꿈꾸었던 세계를 신현정은 이 같은 놀이로 형상화한다. 이때 공중의 벌떼소리와 먼 골짜기 물소리가 부웅 부웅 집주변을 떠돈다. 묵직하게 가라앉은 건축물을 이 공기적 힘으로 공중부양시키려는 것이 아닌가! 화자는 "집아 사방을 뺑돌아 열려져라"라고 외친다. 그리고 아예 집을 통째로 분다. 팽창하는 이 집의 모든 문은 곧 열릴 것이다. 바람이 통하고 음악이 흘러들고 가벼움의 날개를 달 것이다. 햇빛이 쏟아지는 화창한 날의 공기처럼.

「화창한 날」에 보이는 빙빙 도는 혹은 돌리는 놀이는 이 시집에서 빈번하게 발견되는 놀이의 방식이다. 시인의 상상세계는 해를 따라 돌고(「오늘은 공일」), 토란잎 우산을 돌리고(「토란잎 우산」), 둥근 알을 굴리고(「포란抱卵」), 추녀 끝 풍경을 빙글빙글 돌리고(「풍경을 화두삼아」), 경계석인 해태를 돌고(「그는 어디로」), 돌리며 논다. 둥글게 원을 그리며 도는 이 놀이는 무엇을 상징하는가? 원을 그리며 도는 놀이는 두 개의 방향성을 동시에 갖는다. 하나는 저 밖으로 확산되는 쪽이며 다른 하나는 안으로 감겨드는 쪽이 그것이다. 여기서 우린 그의 이전 시집들에 실린 시편을 떠올릴 필요가 있다. 시 「염소와 풀밭」에서 "염소가 말뚝에 매어 원을 그리는//안쪽은 그의 것"이라고 시인은 말한다. 원을 그리며 빙빙 도는 염소는 밖으로 나가고 싶어 한다. 한편 다른 시 「나는 염소 간 데를 모르네」에서는 "옳다, 나는 누가 말목에 매어 놓고 간 염소를//줄을 있는대로 풀어주다가//아예 모가지를 벗겨주었다네"라고 말한다. 묶여 빙빙 도는 염소를 참지 못하고 풀어놓은 것이다. 신현정의 돌고 돌리는 놀이는 이와 무관하지 않다. 결박에서 풀려나려는 조짐과 움직임, 그것이 곧 돌고 돌리는 놀이라 할 수 있다. 트랙을 도는 경주마를 보고 "우선 온몸에 휘감긴 채찍과 당근을 풀어주어야 했다//새 편자를 입힐 때와 똑같은 두근거림이었다//노역을 남김없이 벗겨주니 푸름이 우뚝 일어서 있는 것과 같았다"(「빨간 모자의 레이스」)라고 말하는 것 또한 이와 동일한 발상으로 볼 수 있다.

그런데 그의 돌고 돌리는 놀이의 이면에는 언제나 미세하게 드러나는 우울과 외로움이 숨어있다. 이전에도 이야기 한 바, 신현정의 시에는 사람이 거의 등장하지 않는다. 그는 분꽃과 장닭과 개를 데리고 혼자 논다. 시 「탁란托卵」을 보면 "모두들 떠나고 즐겁게 즐겁게//모두들 떠나간 빈 방에 홀로 남아 즐겁게 즐겁게//나, 적막강산에 들었다 즐겁게 즐겁게" 혼자서 논다. 그는 "온종일 해바라기를 모시고//해를 따라 도는 둥그런 궁전에서의 공일"(「오늘은 공일」)을 혼자 보낸다. 그래서인지 그의 돌고 도는 공기적 상상력은 화사한 날개로 이어지지 못한다. 그는 비 개인 날에 박쥐같은 검은 우산을 쓴다. "아예 박쥐를 활짝 펴서 높다랗게 올려 쓰고 다닐 걸 그랬어//아무렴 어디인들 못갈라구 우산을 쓰고서 말이야"(「비 개인 날의 우산」)라고 말한다. 시 「박쥐우산을 쓰고」에서는 "내 마음의 동굴 속에 사는 박쥐야//거꾸로 매달려 있는 박쥐야//고독한 박쥐야"라고 박쥐와 자신을 동일화한다. 신현정의 동화 같은 시세계에 비추어볼 때 이 '박쥐'의 이미지는 매우 이례적인 것이라 할 수 있다. 그는 자신의 슬픔이나 외로움을 극도로 절제하고 그것을 명랑성으로 바꾸어 놓는 데 주력했던 시인이다. 그렇기 때문에 이 '박쥐' 이미지가 더욱 슬프게 느껴진다. 검고 무거운 축축한 날개의 이미지가 그가 절제했던 우울과 외로움과 슬픔을 함측하기 때문이다. 박쥐의 날개를 달고라도 놀이의 세계에 헌신했던 그의 상상 세계는 이 시집에서 문득 멈춰 선다.

낙엽이 나무의 발등을 덮어 버렸다

나무야 어딜 그렇게 다니느냐고

이제부터라도 가만히 서 있으라고

나무의 발등을 낙엽이 덮어 버렸다

그만큼 떠돌았으면 됐지 가만히 있으라고

먹구름 속에서 우는 천둥은 왜 쫓아 다녔으며

그 세찬 비바람은 왜 붙들려고 하였으며

이제 그 자리에 서 있으라고

가을에서 겨울로 넘어가는 해맑은 새소리나 들으며

그냥 서 있으라고

나무는 제 발등에 낙엽을 수북이 내려 놓았다

제 발등을 덮어 버렸다.

「그냥 서 있으라고」 전문

놀이가 끝난 것일까? '낙엽'은 말한다. "이제 그 자리에 서 있으라고//가을에서 겨울로 넘어가는 해맑은 새소리나 들으며//그냥 서 있으라고". 낙엽은 제 발등을 덮어버린다. 놀이를 멈춰야 하는 순간을 시인은 알았던 것일까? 나는 이 유고시집을 읽으며 신현정 시인이 전해주는 명랑성을 그대로 명랑하게 읽기를 원했다. 그런데 잘 되지 않았다. 그가 우리와 다른 세상에 있다는 사실이 머릿속에서 지워지지 않았기 때문이고 그의 화자들이 예전처럼 명랑한 목소리를 냈기 때문에 더더욱 그러했다. 근엄함을 싫어했던 시인, 아니 근엄한 것의 위선을 싫어했던 시인, 그는 강아지풀과 분홍과 자전거와 목 없는 부처와 난쟁이와 토끼와 친구하며 이 세계를 밝게 물들였던 외로운 호머 루덴스이다. 시인은 "나 무지개를 뛰어넘어 어떤 나라에도 가보지 않았다."(「이후」)라고 고백하고 있지만 그는 분명 그의 친구들을 데리고 어딘가에서 열심히 소풍 가고 있을 것이다. 시인이 투병하는 가운데 묶었던 세 번째 시집에 실린 시 한 편을 여기에 적는다.

「소풍」 전문

신현정 시인이 다람쥐가 홀딱 재주를 넘어 만든 공산(空山)에 들
어 금빛 꼬리를 둥글게 말아 올리곤 이쪽을 보고 웃고 있으리라 나는
믿는다.

나는 나다!

'나'라는 존재는 의심할 여지없이 나이다. 나에 대한 존재의 자명성은 그 자명성 때문에 나에게 대상화될 순간을 놓치게 된다. 해서 나는 나로부터 망각된다. 언제나 나를 벗어나지 않는 나이기 때문에 나는 나를 사유할 필요를 느끼지 않는 것이다. 나는 당연히 존재하는 자이기 때문에 나의 인식 속에서 공백으로 남게 된다는 이 같은 존재의 역설은 얼마나 편안한 것인가! 그러나 나는 나를 공백으로 망각할 수 없는 괴로운 순간과 반드시 마주칠 수밖에 없다. 이러한 불행이 인간다운 자질 가운데 하나이다. 그렇다면 나를 망각한 편안함이 와해되는 순간은 언제인가? 그것은 나의 자명한 존재성이 훼손되거나 나 스스로에게 의심될 때이다. 이 모두는 내가 세계로부터 소외되었음을 인식할 때 비롯된다. 내가 없는 세상을 경험하는 순간 존재는 세계로부터 자신에게로 회귀한다. 이때 나는 나를 문제적인 것으로 대상화하게 된다. 의심할 여지

없었던 나는 지금 어디에 있는가? 너와 다른 나는, 다른 존재로 대체할 수 없는 나는 누구인가? 이 낯선 질문을 자기로부터 이끌어내는 순간 존재는 불우하다. 그는 이미 세상에서 희미해진 자이며 그렇기 때문에 외로운 자이다. 그는 이제 스스로를 구원하지 않으면 안 되는 것이다.

박남철 시인의 『제1분』은 바로 이와 같은 존재론적 사태를 극명하게 드러낸 시집이다. 언제나 그랬듯이, 박남철의 다른 시집들과 마찬가지로 이 시집 또한 시의 고전적 미학을 과감하게 해체시키는 반미학적, 반시적 형식을 노정하고 있다. 시인 자신의 약전(略傳), 경전의 인유와 논증, 자신의 시에 대한 메타적 언급과 주석들, 시인을 비롯한 등장인물들의 실제 사진과 그림, 가요, 이모티콘, 글이 게시된 인터넷 주소와 날짜 등의 명시가 뒤얽혀 있는 것이 시집 『제1분』의 외연이다. 이러한 외연들은 요설과 감정의 분출 속에 배치된다. 그리고 이 버무려진 형식은 다시 한 번 '시란 무엇인가?'라는 철학적 질문 앞에 시를 세워놓기에 충분하다. 중요한 것은 이 모든 요소들의 배합이 시에서 이야기되는 내용의 객관적 진실을 강화하기 위한 장치로 동원된다는 점이다. 이 시집에 실린 대부분의 시는 시가 기록된 날짜와 시간, 그리고 시에 등장하는 사건이 일어난 날짜와 시간을 밝히고 있다. 아울러 논증 자료의 인유와 자료에 대한 주석을 함께 싣고 있다. 이처럼 시인은 자신이 말하고 있는 것이 시적 상상이나 허구가 아닌 '박남철의 이야기'임을 증명하기 위해 헌신한다. 시집 『제1분』은 그야말로 생생한 '리얼' 자체로 읽혀지길 의도하고 있는 것이다. 이를 다시 말하면, 말하고 있는 자의 진실을 믿어달라는 강력한 전언이 그의 시적 형식 속에 내포되어 있는 것이다.

　　그렇다면 박남철은 왜 객관성을 강화하는 데 헌신하는 것일까? 시인은 세간에서 악명(?) 높았던 자신을 주저 없이 소개한다. 예를 들면 "사촌 형의/'남철이에게는 연락하지 마라,/와서 난동을 부릴지도 모르니까' 라는/말"(「목련이 피기 시작했었지」), "이혼을 하고서, 아들한테서도 '드러내놓기도 싫은 아버지'로/버림을 받고서, 신용불량자이기도 하다는, 어느덧,/의료급여대상자이기도 하다는 나,//혹은 '뻔뻔스러운 전과자'이기도 하다는 나"(「서울의 사글셋방에서 사시는 우리 어머님」)와 같은 구절은 그에 대한 타인들의 시선이 어떠한 것인지를 잘 말해준다. 시인은 자신이 이 세계에서 어떻게 소외되었는가를 누구보다 잘 알고 있는 것이다.

　　그 어떤 문학상 수상자 명단을 보아도, 나는 없다, 는 것이다.

　　그 어떤 신인상 심사위원 명단을 보더라도, 나는 없다, 는 것이고;
또 그 어떤 신춘문예 심사위원 명단을 보더라도;
나는 당연히 또 없더라, 는 것이다.

　　(중략)

　　그 어떤 시집의 '표4'의 단평을 보더라도, 나는 도저히 없기 마련이라는 것이고;

　　그 어떤 신문의 인터뷰를 보더라도, 나는 도저히 있을 수가 없기 마련이더라는 것이고;

이 시의 화자는 자신이 이 세계에 없다는 사실을 강조한다. 그는 '나'없는 세계를 거듭 확인함으로써 자신이 문학제도 밖에, 친척과 가족 밖에 존재함을 자각한다. 안이 아니라, 안에 함께 있는 것이 아니라 그는 혼자 있는 것이다. 세계로부터 소외된 자가 자기 자신과 세계를 향해 '나'를, 나의 진실을 증명해야만 하는 순간이 온 것이다. 이를 위해 박남철은 서정적 주관이 아니라 사실에 근거한 객관을 선택한다. 소외와 객관근거가 박남철의 구도행(求道行)의 조건이며 방법이라 할 수 있다. 이 시집에 자전적 약전이 등장하는 까닭 또한 자기 증명의 일환이라 할 수 있다. 시인은 자기의 연원을 소상히 밝힘으로써 '나는 누구인가?'라는 물음을 추적하기 시작한다.

박남철의 자술 연보는 결코 행복하다 할 수 없는 가계(家系)와 슬픈 사건으로 이루어져 있다. 부친의 산판업 때문에 여기저기 거주지를 옮겨 가며 그는 할머니와 어머니의 신산했던 삶과 자살 아닌 자살로 행해진 정애 누님의 비극적 죽음을 경험한다. 이 같은 사건들 가운데 가장 흥미롭게 느껴졌던 부분이 위에 인용한 내용이다. 인용한 부분에서 알 수 있듯이 시인의 호적에는 생모가 아닌 아버지의 본처 이름이 기록되어 있다. 그리고 그의 이름이 성진, 성철, 남철, 남진 등으로 계속 개명되었다는 점이다. 박남철은 같은 시에서 "나는 잔병치레 때문에 개명에 개명을 거듭해야 했"다고 밝히고 있다. 사실과 다르게 기록될 수밖에 없었던 모친의 이름과 개명을 거듭해야 했던 자신의 이름은 박남철이 '나'를 찾아가는 여정에서 마주친 첫 번째 존재근거를 암시한다. 여기에는 '나'가 '도로 박남철'로 정초(定礎)되기까지의 진통이 내포되어 있다. 이런 유년의 과정을 겪으며 '나'는 "지금까지도 신용불량자인"(「제1분」) 나에 이르렀으며 "나는 도저히 없기 마련이라는 것"(「다비식-황순원 선생님 7주기 영전에」)에 다다른 것이다. 그러니 '나'는 누구인가? 그 해법을 박남철은 『금강경』에서 찾아낸다. 시인은 2006년 3월 어느 날 『금강경』의 벼락 치는 듯한 소리를 들었다고 기술한다(「제1분」). 중요한 것은 그가 어떤 대목에서 『금강경』에 매료되었는가 하는 것 이전에 그가 『금강경』에 대해 어떤 태도를 취하고 있느냐이다.

『현대문학』 2007년 7월호에 주었던 졸고 「붓다께서는 이렇게 말씀하셨다!」 중의 다음 대목을, 잡지를 받아들고서, 흐뭇한 마음으로, 정

'(중략)' 부분은 『산스크리트Sanskrit[성어(聖語) 금강경]』을 붓
다의 당대적 정본으로 삼은 각묵 스님의 논조를 비판하는 내용이다. 각
묵 스님은 그간 한문본을 저본으로 삼았던 『금강경』 번역에서 벗어나
산스크리트본을 번역하여 『금강경 역해』를 출간한 바 있다. 전문적 지식
을 갖고 있지 않다면 각묵과 박남철 두 사람 가운데 누가 더 합당한지
의 여부는 알기 어렵다. 여기서 중요한 것은 시인이 자신의 논조에 대해
2007년과 2008년 사이 수정과 증보를 거듭하고 있다는 점이다. 이 집요
한 태도는 박남철이 『금강경』에 그 만큼 매달렸다는 것을 의미한다.

아울러 이러한 논증적 과정을 시로 형상화함으로써 그는 자신의
시가 자기반영적 글쓰기를 강하게 내포하고 있다는 것을 드러내고 있

다. 자기반영적 글쓰기는 저자 자신이 '지금 내가 무엇을 하고 있는가?'를 독자에게 알리는 방식이다. 그것은 자의식을 동반한 성찰적 글쓰기 방식이다. 이때 부각되는 것은 시의 내용보다는 그 내용을 시로 만들고 있는 과정 자체와 시인의 태도이다. 다시 말해 내용의 진실성이 아니라 시인 자신의 태도의 진실성이 부각되는 것이다. 시집 『제1분』에는 논증 형식을 비롯하여 이 같은 자기반영성을 동반한 작품들이 무수히 등장한다. 이 같은 시적 전략은 세상에서 소외된 '나'의 진실성을 드러내고자 하는 의도와 강하게 접합되어 있다.

이제 박남철을 매료시켰던 『금강경』의 실체에 접근해보자. 시인은 『금강경』을 접한 심경을 다음과 같이 말한다. "지금까지도 신용불량자인 나는, 눈시울이 흘러내릴 듯한, 삶의 희망을 얻어낼 수가 있었다. 붓다께서도, 이렇게, 평생을 제자들의 앞장을 서서서 유리걸식을 하셨는데, 내가, 이 내가, 겨우, 나의 이따위 호화판 현실, 을 비관만 하고 있을 수는 도저히 없었던 것이다."(「제1분」) 위대한 성현의 유리걸식 앞에서 박남철은 자신의 비루한 처지에 대한 비관을 거두어버린다.

시 「제1분」을 비롯하여 「제2분」, 「제3분」, 「저4분」, 「제5분」은 이처럼 박남철을 사로잡은 『금강경』에 실린 붓다의 말씀이 직접 인용된 작품들이다. 이들 시는 각 편이 2장으로 구성되어 있는데 1장에서는 붓다의 말씀을 직접 인용하고 2장에서는 황벽스님이 말한 "산은 산이고, 물은 물이다!(山是山, 水是水!)"라는 구절이 어떻게 역사적으로 재고(再考)되어 왔는가를 배치시키고 있다. 이때 주목할 것은 『금강경』에 실린 붓다의 말씀과 황벽스님의 명제가 왜 하나의 작품으로 구성되었는가이

다. 박남철이 인용한 붓다의 말씀의 핵심은 아상, 인상, 중생상, 수자상
에서 벗어나야 한다는 것(「제3분」)이며 모든 형상은 허망한 것으로, 그
형상이 형상이 아님을 깨달을 때 여래를 보게 된다(「제5분」)는 것이다.
형상으로부터 자유로워질 때 진리의 본질에 도달하게 된다는 얘기이다.
상의 얽매임에서 벗어난 존재의 상태가 곧 "自在(스스로 있는 것!)"(「침
묵, 또는 무의미와 의미-말씀, 또는 시인의 운명과 사명」)이다. 그것을 다
시 말하면 "산은 산이고, 물은 물이다!(山是山, 水是水!)"이다. 붓다와
황벽스님의 명제가 만나는 지점이 바로 여기다. 박남철은 이를 통해 세
간에서 말해지는 자기의 '형상'으로부터 벗어날 인식의 기반을 얻는다.
형상의 시달림으로부터 벗어나 나의 본질에 이르는 길을 그는 찾아낸
것이다. 그럼으로써 "산은 산이고, 물은 물이다!(山是山, 水是水!)"라는
명제는 "나는 나다"라는 명제로 재탄생된다.

> 그러니까, 나의 이 주장이 바로 무엇인고 하니, "나는 너다, 라고 말
> 해버리면 이미 나는 너다, 가 아니라는 것인 것이다!"

> 즉, 이는 바로 (화자가) 발화하는 그 즉시로, '형식 논리'로 미끄러
> 져, 빠져버리게 되는 것이며, 진정한 '나는 너다!'는 분리되어 '나'와
> '너'가 떨어져나가버릴 수밖에 없게 된다는 것이다!

> 그러니까, 실체적인 '진정한 논리'란 것은 (바로, 화자가) "나는 나
> 다!"라고 말할 수밖에 없다는 것이며, 또한 이렇게 말한다는 것은 결
> 국은 '무의미한 동어반복'이기 때문에 결국에는, 다시, 이렇게 말한다
> 는 것은, '말을 하지 않은 것'으로까지도, '침묵'으로까지도 통할 수가
> 있게 된다는 것이며, '진정한 언어로부터의 해방'까지도 획득해낼 수

「정리Ⅱ」 부분

이 시는 '나는 너다!'라는 명제가 이미 '나'와 '너'를 분리시키면서 발화된다는 점에서 그 자체로 모순임을 밝힌다. 따라서 '나는 나다!'라고 말할 수밖에 없다는 것이 박남철의 논리이다. 'A는 A다'라고 말하는 것은 결국 A에 대해 아무 것도 말하지 않는 것이 된다. 그것은 침묵의 언어이며 불립문자(不立文字)의 세계이다. 시인은 이를 통해 존재를 드러내는 것은 형상 즉 언어가 아님을 강조한다. 나는 언어 이전이며, 언어로 가두는 것이 불가능한, 다만 나인 것이다. 이것이 스스로 자문했던 '나는 누구인가?'에 대한 답이다.

시집 『제1분』에서 중요한 것은 박남철에게 깨달음을 주었던 『금강경』의 진리가 아니다. 이 시집에서 중요한 것은 '나'를 찾기 위해 고투하는 한 존재의 형상이다. 박남철은 세상에서 사라져버린 자기의 본질을 되찾기 위해 『금강경』을 탐구한다. 하나의 사상은 단지 지식이 아니라 사유의 지층을 형성하는 인식론적 투쟁의 장이다. 그것은 삶의 나침반이다. 시집 『제1분』은 이 나침반을 찾아 나선 자의 고달픈 행보를 낱낱이 기록한 자기반영적 산물이다. 시인은 이를 일상선(日常禪)이라 말한다(「정리Ⅱ」). 이 시집에 실린 작품들이 일종의 선시(禪詩)라면 이는 또한 고전적 선시 미학에 도전하는 반선시적 선시일 것이다. 이 시집에는 「眞景春川山水圖」라는 산문 한 편이 함께 실려 있는데 박남철은 이 산문에서 "절망한 자들은 대담해지는 법이다"라는 니체의 말을 인용한

다. 절망으로 왜소해지지 않기 위해 우리는 무엇을 해야 하는가? 박남
철은 이 시집을 통해 그에 대한 본질적인 방법을 제시한다. 그것은 인식
의 돌파구를 찾는 일이다.

검은 안식일

1. '실재'와의 투쟁

절대적 신성을 깨달은 자 혹은 신성에 도달하고자 하는 자의 멘탈리티(Mentality)에는 이 속악한 세계에 대한 강렬한 혐오가 내재해 있다. 그는 이 세계에서 자신의 실존을 확고히 하기 위해 속악한 세계와 결별을 가능케 하는 신성한 보편자로서 '실재'에 대한 관념과 투쟁할 수밖에 없다. 그것이 덩어리로 반죽된 세계로부터 개체의 실존을 구분짓게 하는 거점이 되기 때문이다. 실재란 플라톤에게는 이데아이며, 헤겔에게는 절대정신이며, 기독교에서는 하느님이며, 장 보드리야르에게는 시뮬라크르이다. 실재는 부수적이고 비본질적인 요소들이 다 제거된 일자(一者)로서 그 자체 하나의 완전한 존재이며 이데올로기이며 원본이다. 그런 의미에서 실재의 재현은 실재만으로 가능하다. 대체가 불가능하다. 다른 것들은 실재의 모방이나 반영일 뿐이다. 박찬일 시인의 실존은 이러한 실재와의 투쟁 속에서 극명해진다. 그에게 실재는 '하느님'으로 명명되고 호명된다. 시인은 시 「개미가 돌아다니고 있다」에서 "최상급에 관한 한 하느님이시다. 스스로가 원인이신 하느님 비교급과 원급이 없는 하느님. 돌아가고 싶은 곳조차 없는 하느님 구경만으로 세상에 관여하시는 하느님. 하느님께 처해 계신다."고 진술한다. 하느님은 스스로가 원인임으로 그 자신에게 처해있다. 그러나 박찬일에게 하느님은 종교적 하느님으로 귀결되지 않는다. 그가 원하는 것은 구원의 서사가 아니다. 그것은 오히려 구원될 수 없는 자의 존재해명에 있다. 해서 그는 여전히 불행하다. 나는 그의 이전 시집 『모자나무』에 대해 다음과 같이 언급한 바 있다.

몇 겹의 모순을 통해 시인은 '기꺼이' 불안에 시달려주는 자는 불안에 함몰되지 않는다는 사실을 강조한다. 여기에는 '떨어짐'이 불가피한 존재의 한계상황이라면 그 실존적 기분인 '불안'을 전폭적으로 받아들이겠다는 박찬일의 인생태도가 담겨있다. "차라투스트라는 몰락까지 동경하는 자였다. 기꺼이 몰락하려고 한 자였다. 죽음에의 두려움을 모르는 자, 피안으로부터 아무것도 기대하지 않는자, 지상에서의 충실을 추구하는 자였다"(「아포리즘·기타 20」)는 구절도 이와 동일한 시인의 지향을 말해준다. '기꺼이'로 표현된 이 같은 태도에 대해 시인은 "사실대로 말하면 그러면 덜 무섭기 때문"(「아포리즘·기타 5」)이라고 고백한다. 이 고백을 통해 그가 얼마나 오래 실존적 불안과 싸워 왔는가를 짐작해 볼 수 있다.

기꺼이 불안에 시달려주는 자의 불안과 존재론적 공포, 그리고 숙명적 몰락에 대한 충실한 추구로부터 그는 벗어나지 않는다. 그것을 더 극명하게 드러내고자 실재로서 하느님을 시집『하느님과 함께 고릴라와 함께 삼손과 데릴라와 함께 나타샤와 함께』에서 맥락화한다. 시인에게 하느님은 믿음의 대상이 아니다. 하느님은 구원될 수 없는 자의 비극적 숙명을 신성한 것으로 바꾸기 위한 과정 속에서 드러났다 감추어졌다 하는 '거울'과 같은 존재이다. 여기에는 비극적이라는 이유로 인간 존재의 비극성을 무가치한 것으로 환원시키려하는 그 모든 허위적·속물적 장력과 맞서려는 존재의 고투가 있다. 박찬일의 시에서 하나님의 드러남과 감추어짐은 곧 자기인식 혹은 신성에 대한 불안과 관련한다. 시인은 "하느님이 하루살이와 같은 것은/살아서 겨우 살아있는 척 하는 것/다른 것은 죽어서 살아있는 척 하시는 것?"(「덕유산 香積峰」)이라고 물음표를 찍는다. 이는 신성의 가능과 불가능, 있음과 없음 사이에서 길항하는 시인의 의식과 맞닿아있다. 이 같은 불안의 극단에서 시인은 "거울은 빈털터리다/우주도 빈털터리다"(「장수막걸리를 찬양함」)라고 존재에 대한 냉소적 기분을 드러내기도 한다. 그러나 물음표는 대답과 확인을 욕망하는 자의 것이 아니겠는가! 답을 구하기 위해 시인은 하늘에 오르는 '나비'를 명상한다.

하늘에 날개가 닿았다
꺼칠꺼칠한 곳이 있었고 말랑말랑한 곳이 있었다
말랑말랑한 곳에 걸쳐 앉았다
바깥에서 윤전기 돌아가는 소리가 들렸다
침을 발라, 구멍을 뚫고, 보니까

「나비를 보는 고통」 전문

'到達'이라고 생각한 자에게 마땅히 주어져야 하는 것은 완성의 쾌감과 휴식이다. 그러나 박찬일의 나비는 하늘에 닿았음에도 도달하지 못한다. "침을 발라, 구멍을 뚫고, 보니까" 이곳이 궁극이 아닌 것이다. 이곳이 아닌 저곳에서 '윤전기' 돌아가는 소리가 난다. 윤전기는 진리와 진실을 기록하는 매개일 수 있다. 하늘에 닿았지만 궁극의 진리가 아닌 곳에 나비는 처해 있는 것이다. 헛고생한 것이다. 이때 나비는 속은 것일까 아니면 깨달은 것일까? 박찬일에게 이 둘은 하나이다. 그는 속으면서 깨닫는 역설의 과정 속에서 실재와 싸운다. "길 떠나지 말라고 한 선생님이 생각난다"라는 구절은 이러한 존재의 고통을 압축한다. 그러나 그 과정에 만나는 것은 아직 '일그러진 모습'뿐이다.

이 시의 맥락을 살펴보면 하늘은 마음이고 땅은 마음을 비추는 거울이다. 그 거울에 비춰지는 얼굴은 일그러져 있다. 그러니 일그러진 얼굴을 바꾸려면 마음을 바꿔야 하고 마음을 바꾸는 것은 하늘을 바꾸는 일이며 하늘을 바꾸는 것은 하느님을 바꾸는 일이다. 다시 말해 하느님은 마음속에 있는 것이다. 이것을 추론해 보면 박찬일이 찾아가는 실재는 자신의 내부에 있다. 아니 있기도 하고 없기도 하다. 결국 그는 자기와의 싸움을 하는 것이며 자기로부터 신성에 도달하고자 하는 것이다. 이 시집은 이와 같은 도정의 기록이다.

2. 비극적 기원

박찬일은 왜 실재와 투쟁하는가? 스스로가 원인인 실재를 확인하고자 하는 욕망 이면에는 그의 존재론적 기원이 함의되어 있다. 기원이 완전한 존재는 회의하지 않는다. 불안해하지 않는다. 실재를 찾아 헤맬 필요가 없다. 스스로가 기원이므로 "나는 누구인가?" 묻지 않아도 되는 것이다. "나는 누구인가?"를 묻는 자는 이기 결핍된 자이며 이미 불안한 자이다. 물음에 처해지는 순간 실재에 대한 목마름은 시작된다. 이때 실재의 온전함은 존재의 결핍과 불안을 비추는 냉혹한 거울이 된다. 이 거울은 존재의 기원을 낱낱이 들추어낸다.

존재의 숙명을 시인은 "개미는 다리에 처해 있고/나비는 날개에 처해 있고/인간은 머리에 처해 있다"고 인식한다. 이 문장은 전체가 부분에 처해 있음을 밝히고 있다. 전체가 부분에 처해졌을 때 존재는 온전한 것이 될 수 없다. 다리와 날개와 머리에 예속되는 것이다. 개미는 걸어야 하고 나비는 날아야 하며 인간은 머리를 작동시키지 않으면 생존할 수 없다. 머리에 처해 있기 때문에 가장 넓게 돌아다니는 인간은 가장 고달픈 존재이다. 그의 또 다른 시 「돌」에서 "물 밑바닥에서 떠오

르지 않는 물체/한 시간 돌을 생각하면 한 시간 먼저 돌이 될 수 있다//
물이 다 흐르고 난 뒤에도 조짐이 없는 것"이라는 시구들이 의미심장
하게 읽히는 것은 이 때문이다. 돌은 다리도 날개도 머리도 없이 무게를
지닌 존재이다. 조짐이 없는 돌은 박찬일에게 가장 확고하고도 편안한
착지를 의미한다. 그러나 그가 추구하는 실재가 이 같은 '돌'의 상징이라
고 아직 장담할 단계는 아니다. 시인이 '돌'보다는 머리에 처해진 인간의
숙명에 더 매달리고 있기 때문이다. 이러한 인간 존재의 숙명을 그는 '불
법'이라 판단한다. 태어남도 죽는 것도 불법인 한 존재의 조건이 숙명이
라면 그것은 모든 것의 원인인 '하느님'이 자행한 것일 수밖에 없다. 그
렇다면 인간의 숙명으로 의미화된 '머리'는 구체적으로 무엇을 지시하
는가?

「삼월 末」 부분

하느님은 존재의 결핍을 비추는 잔인한 거울이다. 삼월 말 땅 속
에서 부활하는 것들은 "사라지는 것은 사라지는 것이 아니라는 것"을
현시함으로써 역으로 부활하지 못하는 것들을 화자의 의식에 각인시킨
다. 존재의 숙명으로 의미화된 '머리'는 바로 이 비극의 저장소이다. 각

인된 것들은 잊혀지지 않는다. 즉 머리는 돌아오지 않는 사람들에 대한 기억을 집요하게 간직한다. 사라진 것을 기억하는 일을 하는 머리, 그 머리에 인간은 처해 있다. 따라서 망각이야말로 존재의 숙명에서 벗어는 일일지도 모른다. 즉 "더 잊어버릴 게 없"(「아포칼립토」)는 상태가 자유일지도 모른다. 그러나 머리에 처해진 인간에게 망각은 불가능하다. 해서 시인에게 사라진 존재들, 사라질 존재들은 "사라져도 사라지지 않는"(「기억나지 않는 것이 사라지지 않는다」) 강박적 역설로 다시 한 번 각인된다. 이것이 존재의 숙명이고 불법이다. 그러나 "불법으로 태어났다고 하면 대개 그렇고 그런 경우라고 할 건가"라고 반문한다. 이 발언에는 '그럴 수 없다'는 시인의 태도가 함의되어 있다. 이제 시인은 모든 것의 원인인 하느님을 바꾸려 한다. 이는 기원에 대한 도전을 뜻한다.

죽어서 어머니와 함께 하고 싶지 않다 또 다시 어머니를 기도원에서 죽게 해 평생을 후회하며 지내고 싶지 않다 죽으면 어머니가 없는 곳으로 가야겠다 혼자 태어나는 곳으로 가야겠다
하느님 없는 곳 하느님 아들이 없는 곳 아프리카에 가야겠다

아프리카에 마구간을 지어야겠다

마구간 짓는 일에 동참하는 거다 마구간에 건초 까는 일에 동참하는 거다 밀농사 밭농사 쌀농사에 동참하는 거다 아프리카에서 벌어지는 수많은 자본주의 공산주의 내전들, 총에 맞아 죽어야 한다면 총에 맞아 죽는 거다

과연 자신의 기원을 쇄신할 수 있을까? 기원을 바꾸기 위해 시인
은 죽으면 '아프리카'로 가야겠다고 말한다. 아프리카는 "어머니가 없는
곳"이며 "하느님이 없는 곳 하느님 아들이 없는 곳"이다. 기원도 실재도
없다는 점에서 아프리카는 중의적이다. 하느님이 도래하지 않는다는 점
에서 아프리카는 버려진 어둠의 땅이라는 의미를 갖는 반면 기원이 없
기 때문에 오히려 새로운 기원이 될 수 있는 땅이라는 의미 또한 내포
하는 것이다. 아프리카는 "혼자 태어나는 곳"일 수 있는 가능태이다. 이
버려진 신생의 땅에서 기원도 없이 혼자 태어날 수만 있다면 총에 맞아
죽어도 좋다고 시인은 말한다. 이는 사라짐을 기억하는 불법의 숙명에
맞서는 존재론적 기획이라 할 수 있다.

3. 180도 형(刑) 진자운동

숙명을 거역하고자 하는 자는 반드시 그에 상응하는 대가를 치
러야 한다. 도전과 반항의 도가 심할수록 그 대가는 더욱 커진다. 박찬
일은 자신의 실존적 숙명을 거역하는 자이다. 그는 머리에 처해진 숙명
적 존재이다. 사라진 것들은 머릿속에서 끝끝내 지워지지 않은 채 내적
고통의 씨앗이 된다. 이때 스스로 기원이 되지 않는 한 이 비극적 숙명

으로부터 벗어날 수 없을 것이다. 즉 숙명에 대한 거역은 숙명의 원인을 바꿈으로써 존재전환을 꾀하는 일이 될 것이다. 기아와 살육과 전란으로 뒤덮인 아프리카를 선택하는 이유가 여기에 있다. 비극적 숙명의 원인과 기원이 존재하지 않는 공간 상징이 아프리카이기 때문이다. 그러나 아프리카는 어둠과 고통의 공간이다. 박찬일의 존재전환의 기획에는 숙명을 거역한 자가 치러야 하는 형벌의 몫이 내포되어 있는 것이다.

> 예수님은 십자가刑을 당하셨다
> 360도 사랑하셨다
> 나는 180도刑만으로도 충분하다
> 만약 예수가 있다면 내가 예수가 아니라는 걸
> 어떻게 견딜 수 있다는 말인가
> 그러므로 예수는 존재하지 않는다고 말하지 않으리라
> 360도도 존재하고 180도도 존재한다고 말하리라
> 대지가 나의 최선이었다고 말하리라
>
> 「180도刑」 부분

360도에 대립되는 180도는 그 정점인 90도에서 언제나 하강의 곡선으로 떨어지게 되어 있는 반원의 형상이다. 반면 360도는 하강과 상승이 맞물려 영원히 순환하는 완전의 형상이다. 이 같은 의미의 대립에 비추어 본다면 180도는 시계추처럼 하강의 진자운동을 요구하는 감옥의 형상이라 할 수 있다. 따라서 이 시에서 형(刑)은 반원의 모양을 뜻하면서 동시에 형벌을 의미하는 것이기도 하다. 예수의 십자가는 사방으로 뻗어있는 원점이다. 십자가의 확산 이미지는 유폐의 공간성을 돌파한다. 그것이 부활의 조짐이다. 그러나 시인은 "나는 180도刑만으로도 충분하다"고 고백한다. 자신이 예수가 아니라는 사실을 그는 알고 있는 것이다. 자신이 예수가 아니라는 사실을 통해 예수를 인정하는 것은 곧 자신의 존재를 인정하는 행위이다. 여기에는 '나는 나일뿐이다'라는 자존이 숨어있다. 다른 무엇도 아닌 나로서 존재할 때 나는 스스로 실재에 가까워질 수 있다. 해서 박찬일은 대지의 180도형에 자신을 가둔다. 박찬일에게 이 대지의 반원은 "살아있는 종점에서 경춘공원묘지까지 이르는 길"(「살아있는 종점에서 경춘공원묘지까지」)이며 "남천병원 옆에서 원광대학부속병원 근처"(「양자강」)로 이어진 길이다. 죽음의 냄새가 진동하는 이 반원의 공간에서 자신의 숙명과 맞서는 고통이 시작된 것이다.

연필 한 자루가 굴러가다 판자와 판자 사이로 굴러 떨어진다. 옴짝달싹 못한다. 다시 꺼내 굴리니까 이번에는 비스듬한 面을 만나 굴러 떨어진다. 연필이 사라졌다.

천막이 옆으로 쓰러졌다. 나는 기어 나왔다. 햇볕을 오랜만에 쬐었는데도 햇빛이 칼이 되어 몸을 구석구석 찌른다.

얇은 판자 몇 개가 나란히 놓인 곳에 떨어졌다. 판자들은 금방 꺾어질듯 깊게 휘었다가 꺾어졌다. 그는 추락하였다.

가장 흔했던 것은 나무를 잡는 일이었다.

나무 손잡이는 부러졌고 다시 떨어지는 일이었다.
다시 나무를 붙잡았으나 나무는 다시 부러졌고
다시 떨어지는 일이었다.

「일요일」 전문

　　다시 우물 밑에서 기어 올라와 우물 위 둥근 콘크리트 한 끝에서 손을 떼는 찰나 공중에 머무른 찰나 대지가 거기인 찰나 그의 손이 다시 나를 밀었고 나는 다시 우물 아래로 곤두박질쳤다. 다시 우물 밑에서 기어 올라와 우물 위 둥근 콘크리트 한 끝에서 손을 떼는 찰나 공중에 머무른 찰나 대지가 거기인 찰나 그의 손이 다시 나를 밀었고 나는 다시 우물 아래로 곤두박질쳤다. 다시 우물 밑에서 기어 올라와 우물 위 둥근 콘크리트 한 끝에서 손을 떼는 찰나 공중에 머무른 찰나 대지가 거기인 찰나 그의 손이 다시 나를 우물 아래로 내동댕이쳤다.

「일요일」 부분

　　일요일은 휴일이고 안식일이다. 그러나 박찬일에게는 끊임없이 추락을 되풀이해야 하는 위기와 고통의 요일이다. 제시한 두 편의 시는 서로 다른 작품이다. 첫 번째 「일요일」에 등장하는 '연필'과 '나'와 '그'는 모두 굴러떨어졌다가 나무를 잡고 위로 오르려 한다. 연필은 사라졌고 나는 칼에 찔렸으며 그는 다시 추락한다. 두 번째 「일요일」의 '나'는 우물 밖으로 나오려 하나 '그'의 밀어내는 손에 의해 다시 추락한다. 이 시는 끝날 때까지 이와 같은 내용을 집요하게 반복한다. 이것이 180도형 진자운동이 아닐까? 언제 끝날지 모르는 반원의 진자운동에는 구원의 실마리가 보이지 않는다. 동일한 추락의 공포가 계속될 뿐이다. 추락을 반복하며 사투(死鬪)를 벌이는 존재의 형상을 박찬일이 언제 빠져나갈지 나는 모른다. 그는 영원히 빠져나가지 못할지도 모른다. 이것이 순응을 거부하고 스스로 택한 실존적 투쟁의 대가이다. 박찬일은 이를 기꺼이 수락한다.

4. 어둠의 역설

자학으로 물들어 있는 이 마조히즘(Masochism)적 행위를 어떻게 이해할 수 있을까? 마조히즘적 고통의 극한을 정신적 쾌락으로 환치시키는 순간 순교자는 탄생한다. 순교자가 갈망하는 것은 고문 자체가 아니라 물리적 고문을 감내함으로써 신성을 얻게 되는 정신적 보상이다. 고문의 강도가 강해질수록 순교의 의미도 커지는 것이다. 그런 의미에서 질 들뢰즈(Gilles Deleuze)의 말을 빌자면 마조히스트는 순종 속에 거만함을, 복종 속에 반란을 감추고 있는 존재이다. 자신의 숙명을 거역하고 스스로 자신의 기원이 됨으로써 존재전환을 기획하는 자는 거만하다. 추락의 공포 속으로 스스로를 내몰아가는 박찬일의 의식세계는 이와 밀착되어 있다. 그런 의미에서 아프리카와 우물 등으로 드러나는 어둠의 공간에서의 180도형 진자운동은 역설적 의미를 갖는다. 이 고통의 공간이 자신의 존재성과 존재론적 기획을 더욱 분명하게 하는 새로운 기원의 태내일 가능성을 갖기 때문이다.

나는 당신이 무서워
검은 안경을 쓰게 하니까 늘

「하얀 안경」 부분

앞서 살펴보았던 시 「일요일」에서 깊고 깊은 우물에 감금되었던 한 존재를 다시 상기해보면, 그의 머리 위로 열려 있는 천창과도 같은 빛의 세계를 그려볼 수 있다. 그는 어둠 속에서 푸른 상방의 공간을 올려다본다. 반복해서 나무를 움켜잡는 손아귀의 힘은 바로 이 빛의 공간을 갈망하는 데서 나온다. 암흑의 공간이 빛을 보게 하는 것이다. 그런 의미에서 우물은 빛을 보게 하는 '검은 안경'과도 같은 것이다. 위에 인용한 「하얀 안경」에서 시인은 "검은 안경알을 통해 봐야 보이니까"라고 말한다. 검은 안경은 진리를 발견케 하는 매개인 것이다. 그런데 시인은 "나는 당신이 무서워/검은 안경을 쓰게 하니까 늘"이라고 고백한다. 그에게 검은 안경은 진리의 매개이면서 동시에 비극적 존재의 사태를 정확히 보게 한다는 점에서 내적 고통을 불러일으키는 계기이기도 하다.

아무 것도 안 보이게 하는 하얀 안경을 쓸 수만 있다면, 의식에 각인된 사라진 것들에 대한 기억을 완전히 지울 수만 있다면, 얼마나 좋겠는가! 머리에 처해진 존재가 망각의 하얀 안경을 쓰는 일은 불가능하다. 이 불가능을 뛰어 넘는 방법은 검은 안경을 쓰는 일이다. 박찬일의 검은 안경에서 환기되는 마조히즘적 태도가 불가피한 이유가 여기에 있다. 시인은 그의 또 다른 시 「검은 태양」에서 "검은 것이 검게 반짝인다/

밤의 태양 같은 하느님은 살아계시다"라고 고백한다. 아울러 정진규의 시 「별」을 패러디한 「아프리카 4」에서 "지금 어둠인 사람들만/별들을 낳을 수 있다"고 말한다. 추락을 거듭하면서 포기하지 않고 다시 상방(上方)으로 기어오를 수 있는 자만이 기꺼이 검은 안경을 쓰고 신성한 빛을 자기화할 수 있다. 이것이 숙명에 맞서는 비극적 인간이 누리는 지극히 역설적인 쾌락이다. 그가 머리에 이고 있는 둥근 천창, 그가 얼굴에 걸치고 있는 둥근 안경, 그것은 어둠 속에 뚫린 진리의 창구이다.

창문을 열고 양말을 던진다
검은 비닐봉지의 대지 검은 비닐봉지의 바다
시치미 뚝 떼고 있는
검은 비닐봉지
뒤돌아보지 않고 가는 여섯 번째 날
뒤돌아보지 않고 가는 산타마리아호

창문을 열고 양말을 던진다
투명한 비닐봉지에 양말을 던진다
의자를 던진다

「투명한 비닐 봉지」 부분

박찬일이 뿌리내린 대지는 어둠의 우물이며 검은 안경이며 검은 비닐봉지이다. 그는 그 속에서 뒤돌아보지 않고 흘러가는 '여섯 번째 날'을 견딘다. 그리고 여섯 번째 다음 날인 검은 안식일에 창문을 열고 위를 향해 양말을 던지고 의자를 던진다. 책을 던지고 장롱을 던지고 집을 던지고 끝내는 온몸을 던지리라. 진리의 창구를 꿰뚫는 일을 '지금 여기'에서 실천하고 있는 것이다. 그런데 그가 던진 것들은 부메랑이 되어 되돌아 온다. 시 「일요일의 부메랑」에서 "머리칼을 베고 지나갔다 목을 베고 지나갔다 허리께를 베고 지나갔다 수직의 부메랑; 왼쪽 팔을 베고 지나갔다 오른 팔을 베고 지나갔다"고 말한다. 던진 것들이 칼이 되어 수직으로 쏟아진다. 그래도 그는 기꺼이 던진다. 그것이 구원될 수 없는 자의 존재 해명의 방법이며 비극적 숙명에 순응하지 않는 방법이다. 그가 던진 것들은 칼이 되어 돌아오지만 그것을 역으로 말하면 그 칼은 허공을 공격했던 칼 아니겠는가. 그 칼이 어느 순간 우주에 구멍을 낼 수도 있는 것이다.

#1
바람 한 점 없는 어느 날
민들레 꽃씨 하나가 혼신의 힘을 다해
날아다니고 있었다
구멍을 찾아서
구멍 없는 허공을 避하여

먹혀질 데 없는 곳으로부터
먹혀질 곳을 찾아

#2
대지의 작은 구멍 위로 어느 날
민들레 대궁 하나가 혼신의 힘을 다해

「민들레 꽃씨」 전문

하늘에 닿았던 나비가 도달할 수 없었던 곳에 민들레 꽃씨가 구멍을 내고 있다. 대지를 딛고 솟아오르는 민들레 대궁은 자기 힘으로 우주의 구멍을 돌파한다. 그 구멍은 애초에 있었던 것이 아니다. 민들레가 만들어낸 구멍이다. 우주와 투쟁한 한 존재가 혼신의 힘을 다해 우주의 한 구석을 쟁취한 것이다. 해서 시인은 "민들레 꽃씨가 구멍이었다"고 말한다. 시인은 시 「술을 마시지 않는다」에서 준엄한 목소리로 "하느님의 말씀을 마시지 않는다 하느님을 빌리지 않는다"고 선언하면서 "나는 강한 허리를 갖고 태어났다/인간을 걸어서 건너가려고 한다"고 고백한다. 박찬일이 감상 따위와 자신을 바꾸지 않는 것은 그의 존재전환의 기획을 허약하게 만들지 않기 위함이다.

박찬일의 시는 마음이 아니라 정신이 아픈 시이다. 그는 머리에 처해진 존재이며 그의 머리는 사라진 것을 각인함으로써 사라지지 않게 한다. 비극의 탄생은 여기서 시작된다. 사라진 것과 사라질 것들 사이에 그의 아프리카가 있고 우물이 있고 검은 안경이 있고 검은 비닐봉지가 있다. 거기에서 그는 검은 안식일을 맞이한다. 기꺼이 검은 180도 형(刑)을 껴안는다. 그리고 이 비극적 존재상황 앞에서 그는 자기의 기원을 바꾸려한다. 양말을 던지고 의자를 던지고 온몸을 던진다. 추락이 계속된다. 그는 아직 도달하지 못했다. 그가 하느님을 빌리지 않고 아프리카에서 다시 태어날 수 있을까? 이러한 질문 끝에 정신의 통증이 마음으로 전이된다. 그런데 박찬일이 보여준 비극적 실존이 그에게만 해당되는 것이 아니라는 생각을 해본다. 머리에 처해진 나는 머리가 아프다.

생의 북쪽에서 듣는 궤나 소리

– 김왕노 시집 『사랑, 그 백년에 대하여』

시대만 있고 존재는 없는 부조리한 세계 속에 끝까지 남는 것은 무엇일까? 역설적이게도 이 존재 없음의 시간은 '없음'을 남긴다. '없음'이 부재를 호출하고 울음을 호출하고 그리움을 호출한다. 이는 모두 자기 존재망각을 용인할 수 없는 자의 자의식으로부터 파생한다. 김왕노 시인의 시집 『사랑, 그 백년에 대하여』는 '없음'에서 파생된 사랑시로 가득하다. 그에게 '없음'이 어근이라면 '사랑'은 파생어이다. 이 시집을 읽는 동안 나를 집중시킨 것은 수 없이 되풀이되는 사랑의 갈구가 아니라 사랑의 갈구를 촉발시켰던 화자의 존재상태 혹은 존재조건이었다 할 수 있다.

이 시집은 부재하는 사랑의 서사로 가득하지만 정작 부재의 위험에 처해 있는 자는 사랑의 대상이 아니라 화자 자신으로 볼 수 있다. 그는 "난 도시와 교미하며 해체 중"(「사마귀와의 교미 혹 사랑론」)이라고 고백한다. 머리와 밑천을 내주지 않으면 발붙일 곳을 내주지 않는 냉혹한 도시에서 우리 모두는 수컷 사마귀처럼 교미와 해체를 동시에 경험하는 자일지도 모른다. 거기에는 "비루먹은 미래"(「아 대한민국 하면서」)와 "한 시대의 부산물"(「갑충 날개짓하다」)로서 존재가 있다. 자산을 탕진한 존재성, 무의미해진 존재성 그것은 '없음'으로 향해가는 존재의 전락을 뜻한다. "벌레의 얼굴로 벌레로 벌써 인생의 오할은 살았다."(「숙아 벌레가」), "짐승만도 못하면서 짐승으로 살려는"(「아 대한민국 하면서」), "어어 말이 사라지고, 내가 사라지고 난 한 마리 갑충, 멸시와 경악 속에 버려질 갑충"(「갑충 날갯짓하다」)과 같은 시 구절은 바로 전락한 존재를 상징하는 표현들이다.

그런데 갑충이나 짐승으로 전락한 존재, 아니 더 명확히 말해 스스로 벌레와 짐승으로 자기 비하를 해야 하는 자의 의식에는 자신의 현존성을 받아들일 수 없는 자의식이 도사리고 있음을 생각할 필요가 있다. 부조리한 세계에서 김왕노의 화자는 이러한 자의식을 '버둥거림'과 '뒤틀림'과 '울음'으로 표현한다. 그는 "누구의 관심을 끌지 못하는 버둥거림"(「갑충 날개짓하다」)을 필사적으로 한다. "어떤 천형이 내렸는지 저 뒤틀린 자태"(「등나무」)를 또 한 번 심하게 뒤튼다. 그리고 "수 없이 고지를 넘나들어 발굽이 바위보다 더 단단한 야크"(「내 유목의 나날」)의 울음으로 시궁창이 된 서울의 저 깊은 곳에 닿는다. 이때 전락의 순간에 존재를 뚫고 빠져나오는 이 모든 몸짓은 '생의 북쪽'과 맞서 있다.

　내 생의 북쪽에는 망가진 폐차와 함부로 떨어뜨린 정액이, 실수로
낸 상처의 피가 종일 흘러가고 내 생의 북쪽에는, 초속 몇 십 미터의
돌풍이 불고 돌풍에 떨어진 푸른 과일, 기아로 죽어가는 아이와 그
옆에서 지켜보는 독수리, 내 생의 북쪽에는, 다리가 잘린 비둘기의 오
후가, 와사풍이 온 처녀와 목 잘려 버둥거리다 절명하는 닭과 피임에
실패한 가난한 주부와 약에 취해 역주행하는 마흔 살과 내 생의 북
쪽에는, 아직도 새파란 철조망과 총구와 공개총살이, 내 생의 북쪽에
는, 내가 낙타 한 마리로 건너려는, 내 생의 북쪽에는

　내 생의 북쪽에는, 쓸쓸한 달을 벗해 밤새 건널 내 생의 북쪽에는,
사막 여우를 닮아 긴 귀를 가진 주민과 외로움에 찬 울음과 내 생의
북쪽에는, 전갈이 우글거리는 거리와 황야의 정거장과 사막화되어가
는 가슴과 낮달이 쓰러져 바스락거리는, 내 생의 북쪽에는, 절필한 시
인이 살고 있는 내 생의 북쪽에는, 끝없이 안 좋은 일이 일어나는 북
향의 집과 북향의 솟대와 북향의 머리와 북향의 노래 내 생의 북쪽에
는, 내 생의 중심이 한때는 기울어갔던 내 생의 북쪽에는, 납북된 유
년이 수감되어 늙어가는 채찍이 등에 붉은 핏자국을 남기는, 내 생의
북쪽에는, 한때 내 엄마의 고향 사과 꽃이 바람에 날리던 내 생의 북
쪽에는, 내가 낙타의 갈증으로 건너려는, 내 생의 북쪽에는

　내 생의 북쪽에는, 내 생의 북쪽을 건너다 누가 남긴 하얀 뼈마디며
내 생의 북쪽 뼈마디 마다 새겨진 갑골문자, 주머니에서 털어버리지
못해 한 계절 주검 곁에서 핀 붉은 꽃들, 내 생의 북쪽으로 날아갔다
돌아올 힘이 없어 주저앉아 버린 철새들이며, 내 생의 북쪽에는, 태아
가 버려진 장면이며 내 생의 북쪽에는, 씨 없는 과일이며 눈 없는 토끼

「내 생의 북쪽」 전문

　　김왕노에게 생의 북쪽은 전쟁터이며 불모지이며 유배지이다. 그
곳은 "끝없이 안 좋은 일이 일어나는 북향의 집과 북향의 솟대와 북향
의 머리와 북향의 노래"로 이루어진 공간이다. 그러나 생의 북쪽은 "내
생의 중심이 한때는 기울어갔던", "내 그리운 이름"이 새겨진 자궁과도
같은 곳이기도 하다. 엄마의 고향 사과 꽃이 흩날리던 곳이며 신화가 있
었던 곳이라 할 수 있다. 즉 시인에게 생의 북쪽은 아름다운 과거이며
폐허가 된 현존이다. 그곳에서 모든 생명은 불구가 되고 반항과 분노는
무력화된다. 다만 "수공업으로 만들어지는 단단한 절망과 비애가" 있
을 뿐이다. 낙원은 사라지고 꿈은 질식했으며 비루먹은 미래가 생의 북
쪽의 '지금'으로 가로놓여 있는 것이다. 이 폐허가 된 낙원을 다시 탈환
하는 일이 '갑충'의 존재성을 구원하는, 혹은 "내 그리운 이름"을 되찾
는 일이라 할 수 있다. 갑충의 '버둥거림'과 등나무의 '뒤틀림'과 야크
의 '울음'은 폐허가 낳은 존재의 몸짓이며 폐허를 이겨낼 본능적 에너지
의 시초이다. 이러한 '원정군'의 몸짓을 김왕노는 '리비도'(「리비도에 빠
진 한 남자의 궤적」)라는 어휘로 묶어내기도 한다. 시 「동시대 고찰」에
서 '리비도'라는 개념어는 다음과 같이 희극적으로 구체화된다.

박목월 시인의 나그네가 "구름에 달 가듯이" 술 익는 마을을 찾아가는 것처럼 이 시에 등장하는 사내는 거대한 생식기를 타고 "강물에 연등 흐르듯 흘러" 꽃 피는 마을을 향해 간다. "끄덕끄덕 조는 말 좆을 타고" 가는 과장된 장면은 이 시의 희극적 맛을 강화시키는데, 이 시집의 전체 맥락을 염두에 두면서 읽으면 이 장면은 웃음효과 이상의 의미를 함의한다. 쇠북소리가 울리는 꽃 피는 마을로 가는 사내의 귀환이 매우 태평하게 느껴지기 때문이다. 그는 무방비 상태로 평생을 싣고 "강물에 연등 흐르듯 흘러" 가는 것이다. 이 졸음에 겨운 풍경에는 위안 없는 시대를 가로지르려하는 느리고 질긴 힘이 내포되어 있다. 그는 무장해제의 자세로 평생을 도모하고 있지 않은가! 갑충의 '버둥거림'과 등나무의 '뒤틀림'과 야크의 '울음'이 폐허와 맞서는 본능적 에너지의 시초라면 졸음에 겨운 "장대 같은 말 좆"은 폐허와 닳서는 또 다른 경지의 에너지 형상이 아닐까? 그는 버둥거림과 뒤틀림과 울음을 견디며 승리의 북소리가 들려오는 꽃 피는 '내 생의 북쪽'을 꿈꾸며 귀환하는 자가 아닐까? 여기에는 존재의 본능적 에너지를 되살려 "수공업으로 만들어지는 단단한 절망과 비애"를 넘어서려는 김왕노의 삶의 태도가 담겨있다. 역설적이게도 시인은 삶의 수많은 고통을 그 고통 때문에 촉발할 수밖에 없는 존재의 본능적 에너지로 벗어나려 한다.

시집 『사랑, 그 백년에 대하여』에 실린 무수한 사랑시는 이와 같은 시인의 지향으로부터 탄생한다. 그런데 김왕노의 시편에서 '내 생의 북쪽'이 '자귀나무 꽃 피는 마을'로 회복되기까지는 아직 요원한 듯하다. 그는 여전히 버둥거림과 뒤틀림과 울음의 몸짓을 지속하는 중이다. 그의 사랑이 "없는 사랑"(「없는 사랑에 대한 에스프리」)으로 반복되는 것은 이 때문이다. 사랑의 대상으로서 '그녀'의 형상이 주로 공기적 이미지로 그려지는 것도 이와 무관하지 않다. 예를 들어 "그녀가 오자 그녀에게 중독되어 끝없이 나부꼈다."(「팜파탈과 짧은 유희」)에서 감지되는 바람, "넌 구름 여자, 내 혀끝에다 담배연기로 만들던 구름 여자 구름 공장, 구름 과자, 구름 정원, 구름 짐승"(「구름 여자」)에 보이는 구름, "어디나 있으나 어디나 없으며 날 외롭게 하는 안개란 당신"(「안개 당신」)에 보이는 안개 등이 그것이다. 바람, 구름, 안개로 묘사되는 그녀는 본능적 에너지가 투사될 그리움의 대상이다. 낙원의 그림자이다. 그러나 그녀는 화자의 마음에 아른거리며 외로움을 부추길 뿐 '있음'으로 전환되지 않는다. 이러한 부재 앞에서 시인은 특이하게도 상상력을 멈추지 않는다. 그는 기다리지 않고 만든다.

난 네가 필요하다. 내 가슴을 뛰게 하는 네 눈빛이 필요하다. 쓰러
지는 나를 잡는 네 손이 필요하다. 식어가는 내게 군불 지펴주는 네
사랑이 필요하다. 지금은 무엇을 뚝딱거리면서 만들기 좋은 계절, 내
마음 넓게 펼쳐 그 위에 너를 만든다. 한 그루의 너를, 한 권의 너를,
한 개의 너를, 한 잎의 너를, 한 마리의 너를, 한 잔의 너를, 한 송이의
너를, 한 채의 너를, 지금은 내 마음의 창세기, 나를 부셔서 너를 만든
다. 난 네가 꼭 필요하다.

「내 마음의 창세기」 전문

우리의 사랑시 전통은 대부분 부재하는 님을 테마로 구축되며
사랑시의 화자는 기다림과 그리움의 서정으로 내면의 간절함을 드러내
곤 한다. 사랑시의 화자는 주로 수동적이고 정적인 태도를 견지하면서
자신의 절박함을 내적으로 증폭시키는 방식을 취한다. 이러한 전통에
비추어 본다면 부재에 대응하는 김왕노의 방식이 매우 흥미롭게 느껴진
다. 사랑의 부재에 대한 이 같은 태도는 인용한 시 외에 「숙아」에도 드러
난다. 이는 사랑의 부재를 넘어서려는 적극적 자세이면서 동시에 부재의
고통을 한결 절박하게 드러내는 방법이라 할 수 있다. 그 절박함의 극단
에서 처연하게 '궤나' 소리가 울린다.

정강이뼈로 만든 악기가 있다고 한다.
사랑하는 사람이 죽으면 그 정강이뼈로 만든 악기

그리워질 때면 그립다 그립다고 부는 궤나
그리움보다 더 깊고 길게 부는 궤나

「께나」 전문

시집 『사랑, 그 백년에 대하여』의 마지막을 장식한 「께나」는 이 시집의 시편들 가운데 가장 아름다운 시라 할 수 있다. 이 시에는 정강이뼈의 통증이 있으며 "집으로 돌아가지 못한 짐승"의 외로움과 추위가 있다. 그리고 께나 소리에 스며있는 그리움의 간곡함을 깊게 전달하고자 하는 시인의 절제력이 있다. 께나 소리는 유배지 '내 생의 북쪽'에서 듣는 슬픔의 음악이며 '없는 사랑'을 그리워하는 절박한 울음의 소리이다. 그것은 백년을 계속해야 할 '내 이름' 찾는 소리이다. 시인의 영혼이 버둥거림과 뒤틀림을 계속하는 동안, 모든 것이 북향을 향해 있는 동안, 께나는 울 것이다. 정강이뼈도 아플 것이다.

이 글을 마무리하며 한 가지 보탠다면, 시 「사랑, 그 백년에 대하여」와 그것을 몇 줄로 응축해 놓은 「딱 한 걸음」을 비교하면서 나는 「딱 한 걸음」에 더 감동할 수 있었음을 밝히고 싶다. 이 시집에는 리비도나 멜랑콜리와 같은 개념어가 등장하기도 하는데, 예를 들어 개념어가 등장하는 「리비도에 빠진 한 남자의 궤적」보다 그 개념을 구체적으

로 형상화한 「동시대 고찰」이 더 감동적이었음을 밝히고 싶다. 긴 서술
보다 응축미가, 추상성보다는 구체성이 더 잘 체감된다는 사실을 전하
고 싶다.

한낮의 우울
- 정병근의 시집 『태양의 족보』

낭만적 자아의 몽상과 사랑 그리고 휴식은 밤의 내밀함 속에서 탄생한다. 해서 밤은 시인이 태어나는 시간이며 꿈이 결정화되는 시간이다. 그러나 나는 이러한 생각을 정병근의 시 앞에서 멈춘다. 그는 "무용(無用)의 한낮과 사방"(「나비와 길」)을 헤매며 이곳저곳을 두리번거린다. 백주대낮에, 한낮에, 백일하에, 낮 열두 시 반쯤에, 폐허와 쑥대밭과 잿더미와 산산조각과 폐가와 폐단을 구경하며 서성인다. 한낮의 시야에 몰려오는 비루한 풍경과 그 풍경 속에 늘 익명의 '그'로 대변되는 사람들, 그리고 '그'와 마찬가지로 '그'일 뿐인 분열된 자기 자신을 정병근은 본다. 뚫어지게 강박적으로. 그는 저 백주대낮의 만보객이며 해석자이다. 모든 것은 백일하에 드러나지 않던가! 감출 수 없는 것들, 아름다움으로 덧댈 수 없는 것들, 누추한 것들의 폐허가 그의 시에는 그득하다. 그의 시에서 문제적인 것은 가난의 내력이 아니라 바로 이 폐허들의 '찡

그림'(「두통」)이다. 찡그림이 더 강하게 억눌리면 표정은, 그 표정을 담은 거울은, 그리고 삶은 산산조각이 난다. 정병근은 다른 무엇도 아닌 찡그림의 표정만 필생의 공부로 복습(「너라는 책」)한다. 그는 "한 방향으로만 걸어온 기억"(「물방울, 송곳」)을 가진 자이며, "한 생각이 모든 생각인"(「다시, 나무」) 자이며, "골백번의 동어반복"(「편협에 부쳐」)으로 '그'라고 불리는 자신을 이룩한 편협한 자이다. 이 편협함에 정병근 시의 고뇌가 담겨있다.

티끌 모아 언제 태산을 만들겠는가
한평생 신기한 것만 쫓아다닌 그가
천 리 길을 한걸음에 내달려온 그가
지하도에 앉아 필생(畢生)의 비법을 팔고 있다
쇠고리, 화투장, 카드, 성냥갑들을 좌판에 놓고
그가 마술을 부린다 지나가던 사람들
눈알을 반짝이며 구경한다 아시다시피,
그는 이때가 가장 행복한 순간인데
일생 동안 그가 추구한 것은
공중 부양, 축지법, 투시력, 염력 따위들이었다
황당한 꿈을 쫓았던 죄로 일흔이 다 되도록
그는 여전히 길거리를 벗어나지 못했다
너무 멀리 와버려서 빼도 박도 못하는
아, 눈앞이 캄캄한 그가 마술을 부린다
콧김을 넣고 화투장을 당기자 거짓말처럼
한 끗 따라지였던 패가 장땡으로 둔갑한다
텅 비었던 성냥갑에 성냥 알이 가득 차고
쇠고리가 쇠고리를 감쪽같이 물고 뱉는 사이,

탈탈 털어먹은 한 남자의 일생이 주마등처럼 지나간다

「불치(不治)의 마술」 전문

이 불치의 마술사는 정병근의 시야를 사로잡은 '그' 가운데 한 사람이다. 그는 공중 부양, 축지법, 투시력, 염력 따위들을 꿈꾸며 인생을 "탈탈 털어먹은" 일흔의 노인이다. 황당한 꿈을 일생동안 추구하며 살아온 이 길거리 인생은 "눈앞이 캄캄한" 삶의 표상물이다. 화투장으로 눈속임이나 하며 겨우 연명하는 빈털터리 인생이 "티끌 모아 언제 태산을 만들겠는가". 그에게는 이제 상실만 있고 희망이 없다. 남은 시간이 별로 없기 때문이다. 정병근은 이처럼 가능성 없는 삶에 대해 골몰한다. 시 「고독한 남자」, 「어두운 계단」, 「예언자」, 「두통」, 「옥상」, 「백주(白晝)의 식사」, 「낮 열두 시 반쯤의 행방」, 「아시아 공원의 가을」 등에 등장하는 그와 늙은 여자, 노인에게서 강조되는 것은 처연함이 아니라 더 이상 갈 곳 없는 풍찬노숙(風餐露宿) 같은 삶이다. 시인은 이들의 삶을 다음과 같이 요약한다.

가늠키 어려운 안부와 형언키 어려운 풍문 속에
얼핏얼핏 보이기도 하고 안 보이기도 하는 그는
여차하면 과거가 되어버리기 십상이어서
그가 거기에 있든 여기에 없든 죽었든 살았든
그는, 끝까지 그여야 하겠지만
굳이 그가 아니어도 상관은 없다

「그」 부분

‘나’란 다른 것으로 대체할 수 없는 존재의 유일함을 함의한다. 반면 3인칭으로서 ‘그’는 삶의 주체적 사유를 타자의 시선에 양도한 존재의 상태를 의미한다. ‘나’는 유일하지만 ‘그’는 무수히 많은 타자들과 변별되지 않는 존재이다. 따라서 ‘그’의 존립은 주변이며 변방이다. “얼핏 얼핏 보이기도 하고 안 보이기도 하는” 역설적 존재, 죽었든 살았든 혹은 그가 누구이든 상관없는 존재가 ‘그’인 것이다. 이러한 현존의 불안정성을 시인은 “여차하면 과거가 되어버리기 십상이어서”라고 말한다. 현재의 시간 속으로 진입하지 못하는 비존재, 때문에 미래의 가능성도 박탈당한 존재가 정병근의 시에 등장하는 수많은 ‘그’이다.

주목할 것은 이와 같은 ‘그’와 시집 『태양의 족보』 전체를 이끌어가는 화자인 ‘나’가 크게 다르지 않다는 점이다. ‘나’는 자주 ‘그’의 자리에서 생존한다. 즉 ‘그’는 실종된 ‘나’이다. 시 「두통」에서 “그가 내 골통을 쪼개고/들어와 앉아 있다/생눈이 아린다”라는 구절은 ‘나’와 ‘그’의 동일화에 대한 직접적인 표현이다. 이처럼 박탈당한 존재감을 시 「자화상」에서 “누가 나를 살고 있다”라고 표현하기도 한다. 그런 의미에서 이 시집은 ‘그’와 다를 바 없는 ‘나’, 그러한 자기 존재성을 인식한 자의 자기 고백서이다. 「거울. 1」, 「폭포 아래 빈 의자」 「편협에 부쳐」, 「자화상」, 「한낮의 사우나」, 「희미한 것에 대하여」, 「저쪽」, 「거울. 2」, 「방문 앞의 신발」, 「누대(累代)의 사진」, 「쓸쓸한 밥상」 등 수많은 시편이 이처럼 자기 존재성을 문제적인 것으로 만드는 자의식을 드러내고 있다.

정병근의 시에서 ‘나’는 3인칭인 ‘그’로서 희미하고 희박하게 존재하는 ‘소문’(「편협에 부쳐」)에 불과하다. ‘나’는 때로 행방이 묘연(「한

낯의 사우나」)하고 또 때로 살아있어도 죽은 자와 동급(「방문 앞의 신발」)이기도 하다. 그렇다면 이 희미한 존재는 어떻게 세계를 견디는가? "선명한 것들은 나의 적이었다/선명한 것들은 끊임없이 나를 지웠고/나는 줄기차게 선명한 것들을 지웠다"(「희미한 것에 대하여」)라고 시인은 말한다. 희미한 존재가 선명한 것들을 역습하는 이 같은 대응방식에 정병근의 내적 힘이 숨어있다. 그의 시가 감상성으로 도색되지 않는 이유가 여기에 있다. 선명한 것들을 지우는 방법은 거꾸로 희미한 존재의 존재성을, 즉 희미함 자체를 부각시키는 일일 것이다. "넘어지고 처박혀서 잿더미가 될 때까지,/내가 나를 지켜보아야 한다"(「폭포 아래 빈 의자」)는 소명의식은 이로부터 발현된다. 정병근의 시에 나타난 '거울보기'는 바로 이런 실천의 상징적 행위이다.

> 화장실 거울에 비친다
> 병(病) 하나 얻어 죽기에 손색없는
> 중년의 사내,
>
> 너무 밝아서 천박한가
> 깊이 없는 다변처럼
> 아는 만큼 모르는 거울
> 비추는 만큼 캄캄한 거울
> 돌아서는 순간 잊어버리는
>
> 거울이 운다 등 돌리고 운다
> 캄캄하게 캄캄하게
> 누구에게 얻어맞았는지 도무지 모르겠는

「거울. 1」 전문

너무 밝고 캄캄한 거울, 아는 만큼 모르는 거울, 이 역설의 거울 앞에 서있는 자는 너무 밝은 것 앞에서는 캄캄해지는 존재이며 선명한 것 앞에서는 오히려 희미해지는 존재이다. "거울의 등을 본 자/아무도 없다"는 고백에서 알 수 있듯이 세상은 그의 이면을 알지 못한다. 그는 세상으로부터 등 돌린 자이며 천박한 자이며 관자놀이에 무수히 금이 간 자이다. 너무 밝은 거울은 그러한 모습을 비춘다. 울음과 상처와 소외를 비추는 것이다. 정병근이 보는 것은 바로 이러한 거울상이다. 이때 엄습해오는 것은 위기감이다. "병(病) 하나 얻어 죽기에 손색없는/중년의 사내"라는 표현이 이를 암시한다. 예를 들어 이 시집에서 간혹 발견되는 '전쟁'이라는 시어와 더불어 "숨이 떨어지기 전에"(「하루살이 떼」), "한 발만 헛디뎌봐라"(「불멸의 오막살이」), "순장의 거대한 무덤 위로 모래바람 분다 멸망이 코앞이다"(「태양의 족보」)와 같은 구절 또한 존재의 위기감과 무관하지 않은 표현들이다.

이 같은 자의식에 시달리는 자에게 일상의 붕괴는 당연한지도 모른다. 정병근의 시에는 우리가 소위 말하는 안전지대로서의 행복한 일상이 존재하지 않는다. 그는 "엎드려 숙제하고 있는 아들놈의 뒤통수가 무섭다"(「태양의 족보」)고 말한다. 시 「쓸쓸한 밥상」에서는 "아내가 늦은

밥상을 차려 온다/저 여자 어디서 보았다”고 말한다. 아들을 두려워하
고 아내를 낯설어하는, 그리고 “할 일보다 안 할 일이 더 많아서/나갈 때
보다 더 자주 들어”(「자화상」) 오는 그의 “표정 속에/산산조각이 있다”
(「거울. 2」). 이쯤 되면 집 안과 집 밖의 경계는 허물어진다. 위안처는 없
다. 다만 “무용(無用)의 한낮과 사방”(「나비와 길」)이 있을 뿐이다. 정병
근의 시에서 간혹 밖에서의 식사 장면이 초점화되는 것은 이 때문이다.

> 서너 평 가게보다 인사 소리 더 커서
> 들어서는 사람 부담스럽다
> 차려온 가정식 백반 밥 불룩하다
> 비린 고등어자반에는 젓가락 주지 않고
> 미역국 밥을 말아 훌렁훌렁 먹는다
> 될 수 있으면 퉁명스럽게,
> 나는 왜 이따위로 밥을 먹는가
> 그때 어머니는 내게 왜 미안해했던가
>
> 「또또와 분식」 부분

　　소박한 백반이지만 좋은 반찬 다 놔두고 퉁명스럽게 밥을 먹는
‘나’의 태도는 뭔가 불만스러운 내면을 반영한다. “나는 왜 이따위로 밥
을 먹는가”에 내포된 구겨진 심정은 자기 자신에 대한 불만과 세상에 대
한 불편을 동시에 드러낸다. 정병근에게 세계는 “불화의 정원”(「지구의
습관」)이며 “꼿꼿한 불편”(「불면」)이다. ‘나’의 식사는 그 안에서 이루어
진다. 거기에서 ‘나’와 닮은 ‘그’의 불편한 식사도 이루어진다. 어느 노점
상의 식사 장면을 시인은 “노란 귤들을 길가에 쌓아놓고/급하게 자장

면을 먹는 그의 죄목은/아직 그가 살아 있다는 것/살아 있다는 사실을 아무도 모른다는 것"(「백주(白晝)의 식사」)이라고 소개한다. 다른 시 「낮 열두 시 반쯤의 행방」에 보이는 반목 작업화를 신은 남자의 식사도 이와 비슷한 풍경을 드러낸다. 식사는 생명을 지키기 위한 가장 근본적인 행위이며 때에 따라 그것은 삶의 풍요와 행복감을 느끼게 해주는 매개이기도 하다. 그러나 정병근에게 식사는 불편한 삶을 정면으로 마주하게 하는 매개이다. 그는 "하루 세 번, 약을 복용하듯이"(「식후(食後)」) 식사를 대한다. 삶의 노역의 대가로 받은 폐허, 그것을 시인은 '나'와 '그'의 밥상으로 알레고리하고 있는 것이다.

정병근은 한낮의 우울 속에서 '그'가 되어 있는 자신을 발견한 자이며 자신이 이 세계에서 얼마나 희미한 존재인가를 또렷이 인식한 자이다. 『태양의 족보』는 아직 "귀환 명령을 받지 못한"(「비둘기」) 자의 자기 상실의 기록이다. 그는 희미해지는 자기를 지키기 위해 어떤 싸움을 해왔던 것일까? 시인은 "나는 죄의 신봉자"(「안부」)라며 이 세계로부터의 분리와 소외를 선언한다. 섣부른 화해를 시도하지 않는 이 외골수의 태도가 분명 고립과 고통과 불이익을 자초할 것이다. 그럼에도 이 세계가 무지막지한 불편부당으로 이루어졌다면 섣부른 화해는 얼마나 기만적인가! 정병근은 세계의 '꼿꼿한 불편'을 3류의 초상으로 풍자한다. "그는 진지하다/그는 심각하다/백발이 듬성듬성한 머리카락을/뒤로 질끈 동여맨 그는/그 진지함과 심각함으로/사람들의 눈을 포획한다"(「3류」). 이에 대해 그는 악수가 아니라 찡그림으로, 산산조각으로 응수한다. 이것이 그의 시의 매력이며 진실이다.

천 개의 검은 귀

– 이대흠의 시집 『귀가 서럽다』

1. 변방에서 변방으로

　　이대흠 시인이 뿌리내린 리얼리즘적 시의식은 언제나 변방적 삶의 진실과 관련한다. 변방은 그가 부조리한 세상을 객관화할 수 있는 시선의 토대이며 중심에 대한 편입 욕망을 스스로 제어할 수 있는 내면의 거처이다. 그는 변방인의 소외감과 외로움을 견디며 세상에 대한 반감과 부정의식을 드러낸 첫 시집 『눈물 속에는 고래가 산다』를 묶었으며, 거시적 관점에서 역사를 통찰한 두 번째 시집 『상처가 나를 살린다』를 출간하였다. 시인은 『상처가 나를 살린다』에서 역사적 인물이나 전통 설화에 나오는 인물들을 꼴라쥬하는 기법과 우리의 역사성을 함축하는 '지나 공주'라는 상징적 인물을 창안하는 실험성을 통해 자신의 시의식을 두텁게 해왔다. 아울러 세 번째 시집 『물 속의 불』에서는 애잔한 개인서정과 극악했던 광주사태의 상흔을 병립시킴으로써 역사와 분리될 수 없는 그의 의식지향을 다시 한 번 드러낸다.

한편 이 같은 그의 시세계의 궤적에 동반되었던 목소리는 점차 서정성이 강화되는 쪽으로 흘러간다. 특히 이번 시집에서는 서정적 목소리를 전면화함으로써 거시적 역사보다는 개인의 미시적 경험들을 부각시키는 데 주력한 점이 그 특징이다. 그러나 그의 개인사적 경험과 관련된 다양한 제재들은 여전히 현실인식이 동반된 리얼리즘적 시각에 의해 용해된다. 다시 말해 그의 변방적 사유의 토대가 여전히 지속되고 있는 것이다.

그의 시선은 이제 예전의 노동 현장이나 역사 현장에서 이동하여 자신의 태내(胎內)였던 영원한 변방 '고향'에 닿는다. 고향에는 어머니를 비롯한 혈육과 양산 이숙, 물마장골아짐, 욕쟁이 영춘이, 과부 하고댁, 황 영감, 수문댁이 있다. 이대흠에게 고향은 "명절 전날이면 신작로 쪽으로 몸이 쏠린 노인들이/그 나무 아래에서 웅성거리"(「젖몸살」)며 자식을 기다리던 유대의 공간이다. 이와 같은 고향에는 송피를 먹으며 생활을 견뎌야 했던 선조들의 아픈 역사가 있다. 시인은 시 「불온한 내력」에서 "나는 너의 인생에 의무가 없다 아들아/고집불통의 조상들은 끝까지 절을 받는다"고 말함으로써 선조들의 억눌리고 궁핍했던 역사를 더 이상 유전(遺傳)하지 말아야 한다는 생각을 비장하게 드러낸다. 그러나 이러한 의식이 유대감의 단절 욕망으로 오해되어서는 안 된다.

<blockquote>
대나무는 여태
대가족 제도이다
</blockquote>

「대나무」 전문

　　이대흠이 자신의 고향 전남 장흥 만손리에서 내면화했던 것은 바로 공동체의 유대감이다. 대가족을 이끌고 살아내는 눈물겨운 유대의 끈끈함이 늘 그를 울리고 위로했던 동력이다. 새로 솟아나온 '죽순'을 위해 오래된 댓잎들 누렇게 몸을 헐어내듯 향토 공동체는 그렇게 유전하며 유지되어 온 것이다. 중요한 것은 이 같은 고향이 객지 생활의 외로움 속에서 재구성된다는 점이다. 이대흠의 이번 시집은 객지와 고향, 현재와 과거, 외로움과 따뜻함이 서로 갈마들면서 구성된 변방인의 서정 산물이라 할 수 있다.

2. 검은 몸의 연대기

　　고향을 자주 상상 속에 불러들이는 자는 이미 고향을 멀리 떠나온 자이다. 그는 과거를 향해 손짓하며 그 고향의 따뜻한 살갗을 자신의 외로운 피부에 잇대어 놓는다. 이 같은 상상 활동은 오래된 것, 친

숙한 것, 낡은 것으로 낯선 세계의 이질감을 이겨내려는 심리와 맞물린
다. 오래 묵은 것에 대한 친화는 결국 과거 시간에 대한 친화이다. 이때
의 시간의식은 단절을 넘어선 지속성과 연관된다. 이대흠은 오래된 것
의 누적적 시간의 지속성을 '검은 색'으로 상징화한다.

> 마루 끝을 햇살이 콕콕콕 쪼아댑니다 백 년이 넘어서인지 햇살의
> 부리가 닿는 곳은 둥글어져 있습니다 아이에게 밥을 먹이고 나서 흘
> 린 것들을 걸레로 닦아 냅니다 벌어진 나무 사이로 들어간 밥알 몇
> 개가 빠져 나오지 않습니다 꼬챙이로 틈을 후비다 보니 묵은 때들이
> 길게 빠져 나옵니다 검게 뻗은 시간의 뿌리입니다
>
> 오래된 것들은 지나온 세월만큼 얼굴이 검습니다 하찮은 것도 쉬이
> 흘리지 못하고 받아들인 탓입니다 고목나무 뿌리가 저렇게 검은 것도
> 돌이 되어 가라앉는 누군가의 속울음에 귀를 세웠기 때문입니다
>
> 「시간의 뿌리」 전문

오래된 것들은 시간의 '때'를 묻히며 검게 변화한다. 그것의 외관
은 더럽고 낡고 닳아진 형상을 한다. 이 검은 몸에서 이대흠이 본 것은
추상화된 시간이 아니라 "하찮은 것도 쉬이 흘리지 못하고 받아들인"
관대하고 고통스러운 세월의 속내이다. "누군가의 속울음에 귀를 세웠"
던 자의 근심과 슬픔이 쌓이고 쌓여 검은 몸이 되는 것이다. 시인은 이
러한 검은 몸에 대한 애착을 시집 곳곳에서 반복한다. 예를 들어 시「고
매(古梅)에 취하다」에서 "착해서 가난해진 그 사람의 몸에서 나던 살
냄새/바람이 여물 먹은 소처럼 순해진다/몸이 검다는 것은 울음이 많

이 쌓였다는 것"이라고 말한다. 또 시 「꽃섬」에서는 "먼 데 섬은 다 먹색
이다//들어가면 꽃섬이다"라고 말한다. 울음이 창궐했던 검은 몸, 그 먹
색의 섬으로 '들어가면' 꽃섬이라는 표현에는 검은 몸에 대한 진한 향
수가 내포되어 있다. 시인은 먹색의 섬이 곧 꽃섬이라는 역설을 통해 검
은 몸의 아름다운 진실을 강조하는 것이다. 그는 먹색의 꽃섬으로 들어
가고 싶은 것이다. 그것은 구체적으로 그의 고향 장흥의 질척한 갯벌이
며, 그 바닥을 살아냈던 어머니의 몸이다.

<blockquote>

외가가 있는 강진 미산마을 사람들은
바다와 뻘을 바닥이라고 한다
바닥에서 태어난 그곳 여자들은
널을 타고 바닥에 나가
조개를 캐고 굴을 따고 낙지를 잡는다
살아 바닥에서 널 타고 보내다
죽어 널 타고 바닥에 눕는다

바닥에서 태어난 어머니 시집올 때
질기고 끈끈한 그 바닥을 끄집고 왔다
구강포 너른 뻘밭
길게도 잡아당긴 탐진강 상류에서
당겨도 당겨도 무거워지기만 한 노동의 진창
어머니의 손을 거쳐 간 바닥은 몇 평쯤일까
발이 가고 손이 가고 마침내는
몸이 갈 바닥

오랜만에 찾아간 외가 마을 바닥

</blockquote>

「바다」 전문

　　이 시에서 '바닥'은 바다와 뻘을 지칭하는 시어이면서 동시에 노동의 진창, 생활의 밑바닥, 세상의 가장 낮은 곳, 죽음의 자리 등 다양한 의미를 함의한다. 이 시어가 이와 같이 다양한 의미를 함의하게 되는 까닭은 거기에 '어머니'의 삶의 내력이 겹쳐있기 때문이다. 어머니는 바닥에서 태어나 바닥을 끌고 농촌으로 시집온 여인이다. "당겨도 당겨도 무거워지기만 한 노동의 진창"이 암시하는 힘겨움과 가난을 이겨내며 살아온 어머니는 구강포 너른 뻘밭의 검은 몸과 다를 바 없다. 세상의 가장 낮은 곳에서 온갖 것 다 받아들이며 생명을 키워낸 뻘처럼 어머니는 삶의 온갖 슬픔과 근심을 몸으로 받아냈던 검은 바닥이다. 그 짜고 검은 몸은 오래된 것이며 낡은 것이다. 세월의 때가 쌓여 검게 얼룩진 이 남루의 몸은 그러나 '봄'을 일으켜 세우는 생명의 모체이다. "꽃무릇도 상사화도 기린초도 수선화도/어머니의 검은 손이 닿자 갑자기 명랑해진 아이처럼/무어라 무어라 말을 해대며 생기를 띄는 것이었다"(「어머니의 손바닥엔 천 개의 귀가 있다」)라고 시인은 말한다. 이대흠의 태내는

천 개의 검은 귀　233

바로 이 검은 바닥의 몸이라 할 수 있다. 시인은 객지 생활 속에서 검은 바닥의 몸을 그리워하고 있는 것이다. 이 시집에 '어머니' 시편이 압도적으로 많은 것은 이와 관련한다.

3. 소닥새가 우는 걸 봉께 밤이 짚었구나

시 「귀가 서럽다」에서 시인은 "울혈 든 데 많은 하늘에서/가는 실 같은 바람이 불어오느니/국화꽃 그림자가 창에 어리고/향기는 번져 노을이 스네/꽃 같은 잎 같은 뿌리 같은/ 인연들을 생각하거니//귀가 서럽네"라고 고백한다. 「귀가 서럽다」만이 아니라 「시간의 뿌리」, 「어머니의 손바닥엔 천 개의 귀가 있다」 등에서도 '검은 귀'의 이미지가 발견되는데 이 귀들은 모두 울음을 듣거나 울음을 우는 서러운 귀로 의미화된다. 어머니의 검은 귀가 세상 울음을 다 받아낸 귀라면 시인은 지금 "검은 손바닥 그 한 많은 귀"(「어머니의 손바닥엔 천 개의 귀가 있다」)에서 울려오는 소리로 서러운 것이 아닐까? "꽃 같은 잎 같은 뿌리 같은/ 인연들"을 엮어낸 고향의 말(言語) 소리에 귀 기울이고 있는 것이 아닐까?

큰 악으야 여그도 이라고 더운디 노무 나라에서 얼매나 땀 흘림시롱 고상허냐? 니 덕분에 아그들 학비 꺽정은 읎다마는 이 에미가 니 럴 볼 면이 읎따 늑 아부지도 잘 있고 아그들도 잘 있싱께 암 꺽정 하들 말고 몸조리나 잘 하그라 저번 참 편지에 내 물팍 아푸냐고 물었는디 내 몸땡이는 암상토 안항께 꺽정얼 허들 말어라

그럴 때면 나는
편지에는 계절 인사가 있어야 한다고 우겨댔는데

그러면 어머니는,

속닥새가 우는 걸 봉께 밤이 짚었구나
샐팍에 있는 수국이 허뿍 펴 부렀다
이러다가,

그 까튼 거 물라고 쓴다냐
기냥 몸이나 안 아픈지 으짠지 고것이 더 중하제
느그는 성이 짠하도 안 하냐?
뙤약벹에서 내 자석이 피땀 흘려 번 돈을
호박씨 까묵대끼 톡톡 끼리고 있짱께 중치가 꽥힐락 함마이잉
이참 월급도 다 써불고
느그 성 나오면 통장이나 한나 줘사 쓰 것인디
에미 에비 있능 것이 도와주지도 못 함서
하면서 이내 눈물 글썽이셨는데,

「오래된 편지」 부분

미국의 인문사회학자 다이앤 애커먼(Diane Ackerman)은 『감각
의 박물학』에서 "언어의 매력은, 인간이 만든 것인데도 불구하고 인공적
이지 않은 감정과 느낌을 포착한다는 점에 있다."라고 말한다. 언어는 분
명 한 공동체의 약속에 의해 만들어진 인공의 산물이다. 그럼에도 언어
가 인공적이라는 생각을 잊게 되는 것은 비물질성 때문이다. 언어의 비
물질성은 인간의 습속에 가장 잘 스며들 수 있는 자질이다. 인간은 태어
남과 동시에 이 비물질적 세계와 조우한다. 특히 방언은 특정 지역의 지
리적 여건, 생활방식, 감정, 기질 등을 가장 자연스럽게 포괄하는 향토

의 산물이다. 방언은 비물질적이지만 그 특유의 질감(지방색)을 상대화
한다는 점에서 물질성보다 더 강렬한 것으로 인식된다. 그것은 지역 사
람과 분리될 수 없는 체질과도 같은 성격을 갖는다.

이대흠의 귀에 울려오는 것은 바로 비물질로서의 고향 사투리이
다. 시인은 전남 사투리를 시의 언어로 끌어들임으로써 고향에 대한 향
수를 극대화한다. 이 시에는 어머니의 생생한 목소리가 고스란히 기록
되어 있다. 어머니의 목소리는 저곳에 존재하는 고향의 음성이며 과거
고향에서의 생활이 온전하게 구현된 기억의 필름이다. "이 에미가 니럴
볼 면이 읎따 늑 아부지도 잘 있고 아그들도 잘 있시닝께 암 껵쩡 하들
말고 몸조리나 잘 하그라"라고 울리는 어머니의 토속적 말씨는 그 자체
로 고스란히 어머니의 현신이라 할 수 있다. 시인은 객지로 뻗치는 고향
사투리를 귀울음으로 들으며 태내로부터 분리된 자의 외로운 심사를
달래고 있는 것이다. 이 시집에는 이처럼 전라도 사투리의 질감을 살려
낸 여러 편의 시가 함께 실려 있다.「황 영감의 말뚝론」,「수문 양반 왕자
지」,「명자꽃 보며」,「하고댁」 등이 그 예이다.

비는 왜 피리봉 쪽에서 오는지
마흔에 혼자된 하고댁은 먹구름이 피리봉에 엎드릴 때면
나락 베던 낫 놓고 욕을 하곤 했는데
피리봉 아래 절터골에 저승살림 차린 영감
그렇게 일찌거니 딴 살림 차렸냐고
죽어서도 보기 싫다며 욕을 해 댔는데
염벵 염천얼 허네

염벵 첨벵을 허네 하면서 욕을 해 댔는데
영감은 영감대로 부화가 났는지
침 튀겨가며 맞고함 치듯 우레소리에 마을이 쩌렁거리고
벼락 같이 쏟아진 비에 하고댁 몸빼가 젖고
어떨 땐 속곳까지 후줄그니 물범벅이 되었는데
그럴 때면 꼭 하고댁은
염벵 씹벵
고두마리 씹벵
잠자리 눈꾸녁
염벵 씹벵 고두마리 씹벵 잠자리 눈꾸녁
욕 노래를 부르곤 했는데
비 끝에 단풍은 피리봉부터
확확 달아오르고는 했는데

「하고댁」 전문

이 시에 등장하는 하고댁은 마흔에 남편을 잃은 과부이다. 그녀가 내지르는 욕설은 저승에 딴 살림 차린 영감에 대한 그리움과 원망이 뒤섞인 반어이다. 하늘에서 비를 퍼붓듯 하고댁은 욕을 퍼부으며 저승에 화답한다. 욕설은 그야말로 '밑바닥'의 언어이다. 과부살이 한(恨) 많은 하고댁의 삶을 시인은 고향의 밑바닥 언어, 사무치는 변방의 언어로 건져 올린다. 억센 욕설과 달리 "벼락 같이 쏟아진 비에 하고댁 몸빼가 젖고/어떨 땐 속곳까지 후줄그니 물범벅이 되었는데"라는 묘사에서는 에로틱한 분위기마저 느끼게 되는데 이와 같은 하고댁의 형상은 그녀의 욕설을 더 처연한 것으로 만드는 효과를 가져 온다. 그러나 이 시는 처지거나 지나치게 어둡지 않다. "염벵 씹벵/고두마리 씹벵/잠자리 눈꾸

녁"으로 이어지는 그녀의 욕설이 매우 리드미컬하기 때문이다. 생기 가
득한 이 밑바닥의 언어에는 '바닥'을 강하게 견뎌내는 나름대로의 저력
이 내포되어 있는 것이다. 이대흠이 애착하는 것은 바로 이러한 바닥의
언어이다. 그것이 그의 고향이다.

4. 천 년의 그리움

　　이대흠이 기억으로부터 불러낸 어머니와 고향 사람들, 그리고 고
향의 사투리는 모두 객지로 흘러간 자의 외로움과 그리움의 환유라 할
수 있다. 그는 어머니의 목소리를 호출하고 형의 오래된 편지를 다시 읽
는다. 그리고 자신의 고향 사투리만이 아니라 우리 모두의 고향사투리
로 명명된 숙주노물과 싱건지, 남새 노무새를 넣고 비빔밥을 만든다(「비
빔밥」). 이 모두는 '지금 여기'에서 현재화되면서 동시에 '지금 여기'에
없는 것들이다. 해서 위안이면서 동시에 결핍인 것이다. 이 시집의 칠할
이 고향과 관련한 시편들이라면 나머지 삼할 정도는 사랑을 갈구하는
자의 목소리를 담고 있는 연시(戀詩)라 할 수 있다. 이러한 시집의 내용
구성은 위안과 결핍을 길항하는 시인의 내적 정황과 무관하지 않을 것
으로 판단된다. 그는 사랑시를 통해 자신의 외로움과 그리움의 서정을
응집시킨다.

한 빗방울이 떨어지고
다른 빗방울이 떨어지는 그 사이를
천 년이라고 하자
한 빗방울과 다른 빗방울 사이의 거리를

천 리라고 하자
천 년 동안 비 내리고
지척인 천 리는 구름에 가려졌다
그렇게 천 년에 달팽이 껍질 하나 뒤집어쓰고
내 그대에게 여러 번 다녀왔으나

천 리 먼 길에
마음 발바닥 짓물러졌으나
다리가 다 닳아 자라발이 되었으나
그대는 나를 알아보지 못했다

한 빗방울과 다른 빗방울의 사이
그 아득한 거리에
빙하기에 묻혔으나 다시 발아한다는 연씨 같은
아무 것도 아닌 것 같은
슬픔의 씨 하나 있는 것이다

수많은 천 년을 지나고
수많은 천 리를 사이에 두고
나 그대를 향해 우두커니 서 있는 이 생을
천형이라고 하자

천직이라고 하자

「슬픔의 씨」 전문

　　받아들여지지 않는 사랑에 포박된 사람은 '그대'와의 사이에 벌
어진 심연을 온몸으로 감수해야 하는 자이다. "한 빗방울이 떨어지고/

다른 빗방울이 떨어지는 그 사이", 그 순간조차 그에게는 심연이다. 이때 심연의 시간과 거리는 천 년과 천 리로 체감된다. 화자는 이 아득한 천 년과 천 리 사이에 '슬픔의 씨' 하나를 심는다. 이 슬픔의 씨앗은 빙하기를 거쳐 발아할 사랑의 씨앗이다. 그것이 발아할 때는 언제인가? 이 무지막지한 기다림을 시인은 "천형이라고 하자//천직이라고 하자"고 다짐한다. 이 시는 고통과 헌신으로 부재하는 사랑에 복무하는 자의 심회를 잘 드러낸 작품이라 할 수 있다.

그의 다른 시 「남천(南天)」, 「광양 여자 1」, 「광양 여자 2」, 「그러니 어찌할거나 마음이여」, 「꽃 지네요」, 「한라 수목원에서」, 「곰소에서」 등 또한 「슬픔의 씨」와 마찬가지로 사랑의 상실과 부재를 노래한 작품들이다. 낯선 객지야말로 사랑을 꿈꿀 수 있는 최적의 조건일지도 모른다. 고향을 떠난 자에게 객지는 그야말로 결핍의 자리이기 때문이다. 사랑에 대한 그리움과 열망은 그런 결핍의 자리를 메우는 정신의 운동태(運動態)이다. 그것은 "견디지 못할 것 같았던 몸의 그리움을 마음의 그늘로 염하는 시간"(「외꽃 피었다」)이다.

5. 다시 물의 몸이 되어

인간과 인간의 마음을 이어주는 근본적 매개는 무엇인가? 현실의 부당한 억압과 파행적 역사를 직시해왔던 이대흠은 이번 시집을 통해 소박하지만 가장 중요한 삶의 진실을 강조한다. 그 진실은 '검은 몸'의 상징을 통해 형상화된다. 시인에게 검은 몸은 오래된 몸이며 낡은 몸이다. 묵은 때로 얼룩진 검은 몸은 누군가의 속울음을 받아낸 서러운 몸이다. 그 몸은 세상의 가장 낮은 바닥에 거처하는 고향의 몸이며 어머니의 몸이다. 인간의 슬픔을 받아내는 이 몸을 통해 인간 사이의 유대감은 지속된다. 이대흠은 먼 객지에서 이 몸의 소리에 귀 기울인다. 그에게 고향의 질감과 정감이 그대로 살아있는 남도 사투리는 오래되고 친밀한 몸의 언어이다. 그것은 삶의 밑바닥과 함께 하 온 변방의 언어이다. 그리움으로 사무치는 이 몸의 언어를 들으며 이제 그 자신도 검은 몸이 되고자 한다.

죄송하여라
흐려서 깨끗한 물이여

저 누런 물
논고랑 밭고랑 일일이 손 뻗어
어린뿌리 병든 뿌리 어루만지고

고름 든 새의 다리엔
입 대었으리

「물의 길」부분

휘어지며 늘어나는 물의 주름을 보며
삶이 고달파 울 일 있다면 그 울음은
끄덕이며 끄덕이며 생기는
저 물낯의 주름 같은 것이어야 한다는 생각을 하네

「주름」부분

아래로 갈수록 돌의 표면은 부드럽다

저 낮은 곳에서 온갖 것 다 받아들이는 검은 몸은 세상에서 가장 부드럽고 너그러운 살갗이다. "어린 뿌리 병든 뿌리 어만져주"며 스스로 더러워지고 주름지는 검은 몸은 낮은 곳으로 흘러가는 물의 몸이다. 그것은 "끄덕이며 끄덕이며" 울음들을 감싸 안고 세상을 살만한 자리로 만든다. 시인은 "쉼 없이 어루만졌을 물의 손바닥에도/굳은살이 박혔을 것이다"라고 말한다. 굳은살이 박힌 물의 손바닥을 처연하게 바라보는 그의 혈관에도 저 누런 물이 흐를 것이다. 어머니가 가르쳐 주었던 끄덕임을 객지의 외로움 속으로 내면화하면서 그 또한 "저 물낯의 주름 같은 것"을 새길 것이다.

아름답고 참혹한 엘랑 비탈

1. 생의 한가운데

인간은 무엇으로 자기의 존재성을 스스로 실감하고 입증할 수 있을까? 아니 더 정확히 말해 자신의 존재감을 망각의 심연 속에 묻어버리는 일이 왜 두려운 것일까? 그것은 망각이 곧 '없음'으로 이행해갈 위험을 내포하기 때문이다. 스스로를 완전히 망각할 수 없는 이 같은 인간 본위의 존재인식에는 불우함과 위대함이 이율배반적으로 겹쳐 있다. '없음'의 수렁을 가로질러 살아있음을 스스로에게 일깨워야 하는 순간 끝내 피해갈 수 없는 죽음의 얼굴이 또렷이 각인된다. 이때부터 시간과의 투쟁은 불가피해진다. 즉 유한자의 생이 먼지에 불과하다는 절망적 의미로부터 스스로를 구해내야만 하는 것이다. 그런 의미에서 시간과의 투쟁은 참혹하고 불우하다. 하지만 이 불우의 순간은 시간을 주체화하려는 의지와 맞물려 있다는 점에서 생명이 약동하는 순간이라 할 수 있다. 베르그송(Henri Bergson)이 생명의 창조적 약동으로 개념화한 엘랑 비탈(élan vital)을 통해서 우리는 존재 망각의 심연에서 벗어나 존재 확인에 이르는 것이다. 이윤훈의 시세계는 바로 엘랑 비탈을 꿈꾸는 자의 고뇌와 미감으로 이루어진다.

이 시에는 외부의 시선과 내부의 시선이 서로 충돌을 빚는 가운데 형상화된 존재의 초상이 담겨있다. '나'를 사랑하는 '그대'는 나의 새하얀 털과 둥근 눈 그리고 아양을 좋아한다. 아울러 그대는 나를 아늑하고 은밀한 곳에 가두기를 원한다. 그대의 시선이 만들어내는 작고 온화한 나의 초상은 일종의 외적 인격(Persona)이라 할 수 있다. 외적 인격은 외부의 시선에 부합되도록 조정된 인격이라는 점에서 온전한 자아라 할 수 없다. 반면 '나'는 나의 발톱과 수염의 직감과 고독한 천성에 애착한다. 그리고 위태로운 난간이나 지붕처럼 개방된 공간에 끌린다. 즉 화자는 길들여지지 않는 동물적 본성을 되찾고자 한다. 화자는 외적 인격의 결박을 끊음으로써 "미친 종처럼" 울리는 자신의 심장 소리를 소생시키고자 하는 것이다. 이러한 생의 충동은 시 「에피타프」에서 "숨이 막혀 미칠 것 같아 순백의 이름으로 난 갇혀있어, 예리한 칼을 내 목에 대, 독한 진을 내쏟고 싶어"로 고백되기도 한다.

이윤훈 시에서 발톱과 직감과 고독으로 무장한 이 생명적 존재는 엘랑 비탈을 상징화한다. 이는 종종 식욕 혹은 관능 욕구를 통해 시에 등장하는데 "향기로운 입김을 불어 나를 문질러다오/내 식탐은 더욱 빛나고/네 살결 또한 한결 눈부실 것이다"(「明鏡」), "관이 나를 꿀떡 삼킬 때가지/모름지기 나는/암소 한 마리와 돼지 열 마리는 족히 먹어 치울 것이다"(「식욕에 관한 변주 셋」), "영원을 꿈꾸지 마/나와 한 몸이 되어 한 차례/짙붉은 꽃을 피우는 거야/탱고 같은"(「생의 한가운데 3- 황홀한 무덤」) 등의 구절이 그것이다. 이윤훈의 시에서 식욕과 관능 욕구는 탐욕의 징표가 아니라 살아있는 존재의 생생한 에너지 분출을 뜻한다. 그것은 풍부한 감각의 개방이며 만끽이다.

허공에 매단 푹신하고 탄력 있는 침대
사는 것과 죽는 것을 두 거점으로 짜놓은
치밀한 고요
누워 그녀는 숨죽여 기다린다
구름무늬 푸른 비단을 두르고

「생의 한가운데 2-엘랑 비탈」 전문

식욕과 관능으로 이루어진 마력의 침대. 그곳에서 거미는 "구름무늬 푸른 비단"을 두르고 "팔팔한 알몸"을 기다린다. "사는 것과 죽는 것을 두 거점으로 짜놓은" 이 유혹적인 생의 한가운데는 마술적이고 악마적이라는 점에서 아이러니한 생의 국면을 내포한다. '시인의 말'에서 보이는 "비단결 흉몽"을 비롯해서 이윤훈 시에 종종 등장하는 "아름답고 참혹한"(「그림자 연극」), "달콤한 폐허"(「내가 태어난 팔월」), "고통의 쾌락"(「이승의 수틀」)과 같은 언어적 아이러니 또한 이와 무관하지 않다. 시인은 유혹과 도취로 이루어진 생의 한가운데를 엘랑 비탈의 정점이라 생각한 것일까? "풍성한 빛실로 뽑아낸" 관능적이고도 아름다운 죽음의 침대로 뛰어오르고 싶은 충동의 이면에는 탐미주의적 욕구가 내재해 있다. "마르는 황국 냄새가 진동"하는 공간에서 벌어지는 날카로운 공격과 그것에 사로잡힌 한 존재의 도취적 행각은 선·악을 넘어선 탐미적 세계라 할 수 있다. 이 위험한 절정의 세계는 죽음을 불사한 모험을 감행할 때 얻어지는 생의 한가운데이다. 시인은 그의 또 다른 시에서 이 같은 생의 충일을 "태양 아래 눈부신 생은 한 생을 생의 전부로 사는 것/궁극은 관속에 있지 않다"(「이승의 수틀」)고 진술한다.

2. 유리 속 붉은 심장

선·악의 지평을 압도할 수 있는 탐미적 열랑 티탈에 이를 수 있는 방법은 무엇인가? 이윤훈이 보여주는 식욕과 관능 욕구로 이루어진 마력적 세계는 억압된 본성을 열정적으로 방출하려는 존재론적 비전이다. 그러나 근대인의 이 같은 신비주의적 비전은 기존 세계와의 마찰을 예고하는 것이기도 하다. 삶의 모든 양식을 이성적 패러다임으로 제도화하고 질서화한 근대의 구축 논리가 탐미적 엘랑 비탈을 용인하지 않기 때문이다. 그런 의미에서 발톱의 본능과 수염의 직감으로 소통할 수 있는 원초적 지각의 세계는 '지금-여기'에서 실현 불가능한 존재 방식일지도 모른다. 그러나 시적 몽상의 운동성은 오히려 이 같은 결핍감에서 더욱 왕성하게 촉발될 수 있다. 시인의 낭만적 자질은 늘 부재성과 불가능과 비가시성에 스스로를 헌신하도록 이끌지 않았던가! 이윤훈의 '유리'와 '불'의 상징적 이미지의 생성도 이와 무관하지 않다.

그가
움츠린 몸을 말거머리처럼 길게 늘이고
빨판 같은 손을 펴자
허공이 거대한 유리로 변한다

미끄러지다 다시 기어오르고
악착같이 허공에 붙어 꿈적거린다

완전히 손을 떼는 순간
소리 없이 와락 부서져 내리는
유리허공
송곳니를 드러내고 으르릉거린다

바닥에 털썩 주저앉은 그는
귀를 막고 입을 크게 벌린 채 헐떡인다
숨이 끊긴 인큐베이터 속 아기마냥
퍼렇게 질린 알몸뚱이
어둠이 봉지에 싸 들고나간다

「마임1 −절규」 전문

이 시는 유리벽 안에 갇힌 알몸의 절규를 비극적으로 묘사한 작품이다. 유리벽을 거듭 기어오르는 '그'의 행위를 볼 때 그가 도달하고자 하는 곳이 유리벽 너머의 세계임을 짐작할 수 있다. 그러나 막상 '유리허공'이 부서져 내렸을 때 '그'가 보여주는 것은 해방된 자의 기쁨이 아니라 "퍼렇게 질린 알몸뚱이"라는 점에 주목할 필요가 있다. 이 시는 유리벽에서 벗어난 알몸뚱이를 '어둠'이 삼켜버리는 것으로 마무리된다. 한 존재를 감싸고 있는 유리 인큐베이터가 존재의 자궁이라면 그 밖의 세계는 암흑의 세계이다. 그렇다면 '그'는 왜 유리벽을 기어올랐을까? 여기에는 시인의 관념적 이상이 비밀스럽게 내재해 있다.

이윤훈에게 유리는 "저 너머의 세계"(「유리종이」)를 보여주는 유혹의 창이다. 그의 또 다른 시 「유리 속, 갓난아기로 울다」에서 "저 너머로 나를 끄는/맑은 유리, 저 너머가 너무 명료히 두려워 떨면서도/입김을 불며 더 맑게 닦고 싶다"고 시인은 고백한다. 유리는 '저 너머'를 향수케 하는 투명한 차단막이라는 점에서 역설적 공간이라 할 수 있다. 앞서 살펴본 시 「마임1-절규」에서 유리허공이 부서졌을 때 그 공간이 암흑의 세계로 변했다는 사실을 상기해보면 과연 '저 너머의 세계'는 무엇을 뜻하는가 의문을 갖게 된다. 분명한 것은 '저 너머의 세계'가 유리벽 안에서 꿈꾸었던 매혹의 공간이라는 사실이다. 그렇다면 유리벽 밖의 어둠은 무엇인가? 「마임1-절규」의 '어둠' 이미지는 유리벽을 벗어나 곧바로 '저 너머'에 도달할 수 없음을 암시한다. 유리벽 안에서 꿈꾸었던 세계에 도달하기 위해서는 그것을 가로막는 '어둠'을 밀어낼 동력이 필요한 것이다.

악마 같은 투명함

영원한 갈증으로 반짝이는

와인의 애무에도 제 고요를 흩뜨리지 않는

　　유리 상징과 관련된 이 두 편의 시에서 공통적으로 발견되는 것은 '불'의 이미지다. 저 너머의 세계를 꿈꾸는 자에게는 "악마 같은 투명함"에 열과 빛을 가하는 내부의 불이 필요하다. 이글거리는 심장을 가진 자만이, 태양을 끌어안을 수 있는 용기와 열정을 가진 자만이 이 차가운 막을 뚫고 어둠을 벗어나 저 너머의 세계에 이를 수 있는 것이다. 불의 동력이 타오르는 순간 "찢긴 유리종이 한가운데 피 흘리며 헐떡이는/아름다운 야생의 표범"이 탄생한다. 발톱의 본능과 수염의 직감을 되찾는 순간이라 할 수 있다. 그런데 이 같은 존재 전환의 순간은 "피 흘리며 헐떡이는" 대가를 필요로 한다. 존재의 훼손을 두려워하지 않는 열정 속에 낭만적 쾌감이 있는지도 모른다. 이런 맥락에서 본다면 또 다른 시 「유리 속, 갓난아기로 울다」에서 보이는 "달아오른 심장을 빠뜨리고/죽은 자의 영혼처럼 흰 연기로 솟고 싶다"는 고백은 생의 한가운데를 열정적으로 거머쥐고 싶은 자의 내면의식으로 읽을 수 있다.

극과 극은 닮은 것일까? 이윤훈은 열정의 분출 이외에 엘랑 비탈에 이르는 또 하나의 방법을 제시한다. 그것은 다름 아닌 금욕주의적 태도이다. 금욕주의적 태도가 정신의 힘으로 자연적·육체적 욕구를 제어하는 것이라면 이는 표면적으로 열정의 분출과는 반대되는 태도라 할 수 있다. 그러나 금욕주의의 궁극의 목표가 단지 육체의 억압에 있는 것이 아니라 육체의 고통을 넘어서 정신적 쾌감에 도달하는 것이라는 점을 염두에 둘 필요가 있다. 지극한 쾌감에 도달하는 방식이라는 점에서 이윤훈의 열정 분출과 금욕주의적 태도는 서로 닮아있다.

물은 유혹, 부드러이 나를 잡아끄는 유혹, 밀치며 나는 팽팽히
그 유혹을 누리는 소금쟁이, 가만히 떠있거ㄴ 재빨리 움직이며 물
위에 춤을 그리는 나는, 가벼움으로 나의 중심을 잡는 나는,

맑은 물은 깊이를 숨기고, 달처럼 떠오르는 돌, 닿으려 하면 내 목
을 감싸는 말랑한 손, 황홀한 죽음의 시작, 순간 잔털 속의 공기들이
나를 떠 올리어 나를 깨우고 떠 있는 낙엽, 죽은 나방과 개미들, 물 위
는 풍요로운 소금쟁이의 천국,

물은 늘 내게 깊이를 강요하지만 내가 자유로운 것은 마음을 물 위
에 두기 때문, 까닭에 나는 물 위에서 물의 깊이를 누리는
소금쟁이, 물 위에 춤을 그리는 나는, 자유로움으로 나의 중심을 잡
는 나는,

「소금쟁이의 노래」 전문

사나흘을 굶자

「몸이 스스로 제 몸을 찾아가고」 전문

시 「소금쟁이의 노래」가 보여주는 유혹을 밀치며 그 유혹을 누리는 존재, 무게를 버리고 자유로움으로 중심을 잡는 유연한 존재, 물 위에서 물의 깊이를 누리는 존재, 중용의 도가 이런 것일까? 유혹과 강요를 뿌리치고 자유자재로 춤추며 물의 깊이를 만끽하는 소금쟁이의 태도는 절제를 넘어서 금욕에 가까운 경지라 할 수 있다. 거기에는 "닿으려 하면 내 목을 감싸는 말랑한 손, 황홀한 죽음의 시작"과 같은 짜릿한 관능적 쾌감이 내재해 있다. 그러나 소금쟁이는 순간의 쾌감에 결박

되지 않음으로써 오히려 자유롭게 그 쾌감을 지속시킨다. 그는 춤추며 삶의 깊이를 누리는 자인 것이다.

이 같은 금욕주의적 쾌감이 시 「몸이 스스로 제 몸을 찾아가고」에서는 단식의 모티브로 드러난다. 흙물이 가라앉은 연못에서 제 빛을 발하는 백련의 모습은 단식 뒤에 얻어지는 존재의 고결한 형상이라 할 수 있다. 이제 비단잉어처럼 뛰었던 심장은 고요하게 수면 아래로 잠긴다. 여기에는 몸의 고통을 넘어선 자의 평화가 깃들어 있다. 이는 앞서 살펴본 식욕의 모티브와 표면적으로 모순되지만 이면적으로는 생의 정점과 조우한다는 점에서 일치한다. 시 「식욕에 관한 변주 셋」에서 "모름지기 나는/암소 한 마리와 돼지 열 마리는 족히 먹어치울 것이다"라는 구절이 드러내는 풍요와 만끽의 경지와 시 「몸이 스스로 제 몸을 찾아가고」가 보여주는 지극한 평화의 경지는 모두 엘랑 비탈을 갈구하는 자가 꿈꾸는 생의 한가운데인 것이다.

3. 달리는 모래시계

생의 한 순간이라도 온갖 허위의 껍질을 벗어버리고 본래적 자아로 돌아가 존재의 지극한 쾌감을 열정적으로 살아보고 싶은 이윤훈의 시적 지향은 궁극적으로 시간과 자아의 극렬한 싸움이라 할 수 있다. 우리의 생이 생명적 약동으로 채워져야 한다는 생각 이면에는 정점을 향해 비약하는 한 존재의 에너지가 무한할 수 없다는 비극적 인식이 놓여있다. 자신의 존재 이해를 시인은 "살아가는 일과 사라지는 일이 서로 맞이어진/양 바퀴 사이 나는 신기루처럼 흔들린다"(「실버사원 가는

길」)고 표현한다. 살아가는 일 가운데 자신이 사라지는 존재라는 사실
을 인정할 수밖에 없는 것이 인간존재의 진실인 것이다. 이 시집에서 가
장 큰 비중을 차지하는 부분은 바로 이 같은 인간존재의 진실에 관한
고뇌이다.

> 입 안 가득 식욕이 고이면 슬퍼, 죽은 짐승의 냄새가 가시지 않아
>
> 푸줏간을 어슬렁거리다 홍등을 거쳐 조등을 지나, 가시나무 속, 심
> 장이 터질 것 같아
>
> 벼랑 끝에서 나락을 꿈꾸기도 하는 나는 더운 피에 홀린 한 마리
> 털 달린 짐승
>
> 「그믐밤의 순례」 부분

> 간밤에 내가 저 세상에 간 건지
> 저 세상 사람이 이 세상에 온 건지
> 너무 생생한 이들
> 복사꽃 웃음을 흐드러지게 피워 날리고
> 도끼로 부룩소의 정수리를 내리치고
> 모두 고요히 모래시계 속으로 빠져나가고
>
> 「그림자 연극」 부분

인용한 두 편의 시에는 공통적으로 그믐밤, 그림자 등 어두운 음
영이 깔려있다. 이는 투명한 유리벽과는 대조를 이루는 어둠의 막이라
할 수 있다. 시 「그믐밤의 순례」에서 더운 피에 홀린 시적 자아는 입 안

가득 고인 식욕을 생명 약동의 징후가 아닌 존재의 슬픔으로 느낀다. 식욕으로 표현되곤 했던 원초적 쾌감의 의미가 이 시에서는 비극적 인식으로 바뀌고 있는 것이다. 이 인식의 전환점에 '조등'이 걸려있다. "홍등을 거쳐 조등을 지나, 가시나무 속, 심장이 터질 것 같아"라고 시인은 고백한다. 쾌락과 죽음에 대한 인식을 거쳐 시적 자아는 '가시나무 속'에서 고통 받는다.

　　시 「그림자 연극」에서는 죽은 자와 산 자의 경계가 결코 확연하지 않음을 강조한다. 아름다움과 강인한 생명 에너지가 "모두 고요히 모래시계 속으로 빠져나"간다는 인식을 시인은 어둠의 장막을 통해 보고 있는 것이다. 존재의 비극적 인식과 맞물려 있는 '어둠의 장막' 상징은 이윤훈의 다른 시에서도 자주 변용되어 나타난다. 예를 들어 "풍만한 하오의 그늘"(「태양의 칸타타」), "시듦의 애틋함 속에 한결 산뜻한 저 하오의 뒤안길"(「뒷문을 열고」), "채송화들이 극처색을 내뿜는 한낮/더욱 짙은 내 그림자"(「내가 태어난 팔월」), "이 세상 뒤편 한 구석/나도 그의 식욕으로 붉디붉게 피어 흐드러진다"(「식욕에 관한 변주 셋」) 등의 시 구절에서 보이는 그늘, 뒤안길, 그림자, 뒤편과 같은 시어들이 그것이다. 이 모두는 실존인의 의식에 드리워진 어두운 자기인식의 상징이라 할 수 있다. 어둠으로 물든 존재 인식의 순간을 시인은 '휘어진 시간'으로 표현한다.

　　　내 힘은 구부러진 곳에 있다
　　　이곳은

화살처럼 튕겨나가는 이들의 순례지
유성처럼 불꽃을 튀기는 이들의 성지

보라, 지금 저기
원목을 메고 씩 씩 달려오는 이를

내 허리를 돌아
아슬아슬
죽음을 만끽할 것이다

「휘어진 시간」 전문

그 어떤 근심이나 걱정보다 우리의 의식을 본질적으로 무겁게 하는 것이 죽음에 대한 인식일 것이다. 그 무거움은 피해갈 수 없는 것이라는 점에서 더욱 그러하다. 그러나 죽음을 인식하는 순간 삶의 시간은 깊이를 향해 나아가게 된다. 그런 의미에서 직선으로 달려가던 시간을 죽음의 인식과 더불어 선회하게 되는 '휘어진 시간'은 "화살처럼 튕겨나가는 이들의 순례지/유성처럼 불꽃을 튀기는 이들의 성지"라 할 수 있다. 이때 비로소 화살과 불꽃이었던 '나'의 존재성에 대한 총체적 인식이 가능해지는 것이다. 이윤훈의 엘랑 비탈은 바로 이 같은 존재인식의 무게를 감내하면서 겨누어지는 생명의 비전이며 생기이다. 그런 의미에서 죽음을 의식한 자의 엘랑 비탈은 "불멸의 불꽃이자/헛된 불꽃"(「이승의 수틀」)이라는 역설을 내포한다.

4. 존재의 슬픔

　　이윤훈의 시에서 유리벽이 매혹적인 '저 너머의 세계'에 대한 갈망을 상징한다면 어둠의 장막은 존재의 비극적 진실에 대한 인식을 상징한다. 그의 시적 자아는 불을 내부에 품고 발톱과 수염의 본능으로 유리벽을 넘어 생의 한가운데를 열정적으로 살아내고자 한다. 풍요와 만끽으로 자신의 붉은 심장을 불타게 하는 엘랑 비탈의 순간을 꿈꾸며 그는 시간과 투쟁한다. 거기 어두운 존재의 그림자가 함께 드리워 있다. 그는 말한다. "난 날마다 죽음을 요리하지"(「죽음을 요리하는 법」)라고. 쾌락과 비극이, 삶과 죽음이 통정하는 역설의 세계 속에서 그는 신기루처럼 흔들리는 자신의 존재성을 인식하는 것이다. 그리고 그는 자신의 내부에서 울려나오는 존재의 울음에 귀 기울인다.

광릉 숲 크낙새 나무 쪼는 소리에 그는
새삼 제 속 텅 빈곳을 들여다보았다
빛이 드는 창가에서 오래도록 그는
침묵이었다
그 누구의 것도 되지 못한 그 속에서
크낙새가 콕 콕
그의 일 초 일 초를 쪼아내고 있었다
부리 부딪는 소리가 손목에서 톡 톡 뛰었다
톱밥처럼 날아가 쌓인 시간
그 더미에서 생목 냄새가 뭉실뭉실 피어올라
그를 감쌌다 그가 숨을 깊이
들이쉬자 그의 목숨을 잡아주던 줄들이

「콘트라베이스」 전문

일 초 일 초를 쪼아내어 만들어진 시간의 더미. 그 시간의 생목 더미는 낡음과 늙음의 기표가 아니라 목숨을 다시 한 번 팽팽하게 긴장시키는 존재의 현(絃)이다. 이 현의 울림이 존재의 내부에 "숨어있던 울음"을 불러낸다. 그는 울음을 연주함으로써 비로소 '제 둥지'에 이르고 있다. 우리는 시간의 생목(生木) 더미를 '불꽃'과 '그림자'로 물들이며 생의 무늬를 짜는 존재이다. 불꽃도 어두운 그림자도 어찌 헛된 것이겠는가. 그럼에도, 밀려오는 존재의 슬픔이여!

천상의 양식을 갈구하는 영혼의 숟가락

1. 밥과 빛의 동일성

　　"누군가의 손짓일 것입니다//독 속의 쌀을 싹싹 긁어 굶주린 허공에게//밥을 지어 먹이자는."(「불면」). 박라연 시인의 여섯 번째 시집 『빛의 사서함』은 이렇게 시작된다. 이 시의 제목은 왜 '불면'일까? 나는 오래도록 이 시에 머물며 화자의 불면과 밥과 허공의 관계에 대해 생각하지 않을 수 없었다. 지상의 양식을 싹싹 긁어 허공에게 밥을 지어 먹이고자 화자는 잠 못 이룬다. 불면이라는 제목에서 짐작할 수 있듯이 밥 지어 먹이는 일은 이 시집을 관통하는 고뇌와 고투의 상징적 표현이라 할 수 있다. 이 시집에서 밥 짓는 일과 관련된 시구들이 반복적으로 발견되는 것은 이 때문이다. "천상의 시간에서나/맛볼 냄새/식물들이 밤새워 지은 밥상을/받을 수 있는"(「만개한 용기」), "밥이 자칫 꿈이 되지 못하고 독이 될까 두려워/곡기를 끊은 그믐달의 잠 속으로"(「그믐달 속에 핀 목단님께」), "그릇 없이도//가닿고 싶은 높이가 주시는 밥//받아 안을 수 있을까"(「품」) 등이 그것이다. 밥은 생명보존과 양육을 가능케 하는 자양이다. 그런데 박라연의 밥이 육체를 양육하는 유물론적 밥 이상의 의미를 갖는다는 점에 주목할 필요가 있다. 인용한 시 구절을 통해 유추해보면 박라연의 밥은 천상적인 꿈과 관련하며 높이의 세계와 관련한 양식이라는 사실을 알 수 있다. 시 「너무 늦은 생각」은 이러한 유추를 보다 분명하게 확인시켜주는 예이다.

꽃의 색과 향기와 새들의
목도
가장 배고픈 순간에 트인다는 것
밥벌이라는 것

허공에 번지기 시작한
색과
향기와 새소리를 들이켜다 보면
견딜 수 없이 배고파지는 것
영혼의
숟가락질이라는 것

「너무 늦은 생각」 전문

'밥벌이'는 먹이를 구하는 행위로 직결된다는 점에서 '배고픔'과 인과적 관계를 갖는다. 시인은 꽃의 개화와 새의 울음을 "가장 배고픈 순간에" 일어나는 생명의 밥벌이로 의미화한다. "가장 배고픈 순간"

은 그의 또 다른 시에서 "세속의 계산을 뛰어넘는 순간"(「선물들의 희망
사항」)으로 표현되기도 한다. 이로부터 짐작할 수 있듯이, 이 시에서 꽃
과 새들의 밥벌이는 인간의 일상적 밥벌이와 다른 의미를 지닌다. 그것
은 허공으로의 '번짐'이라는 수직적 운동태로 드러난다. 허공으로 번져
가는 것들을 들이켜다 보면 견딜 수 없이 배고파진다고 화자는 말한다.
이 시의 화자를 배고프게 하는 것은 바로 수직적 세계에 번져있는 색과
향기와 새소리이다. 들이켜는 것이 오히려 배고픔이 되는 역설적 상황은
허공으로 번져가는 것들과 화자 사이에 간극이 있음을 뜻한다. 이는 허
공으로 번져갈 수 없는 자의 허기짐이라 할 수 있다. 시인은 이 허기짐
을 "영혼의//숟가락질"이라고 표현한다. 박라연에게 밥벌이와 밥을 짓는
일은 허기진 영혼의 숟가락질과 같은 것이다. 그러니 그의 숟가락질은
쌀과 돈이라는 세속적 밥벌이로 채워질 수 없다 영혼의 숟가락질은 육
체를 양육하는 것과는 다른 에너지를 요구하는 존재의 결핍이다.

피를 빛으로 바꾼 듯

선 자리마다 검게 빛났다

아는 얼굴도 있다

산 채로 벼락을 몇 번쯤 맞으면

피를 빛으로 바꾸는지

「고사목 마을」 전문

나무는 일평생을 수직으로 서서 몇 번의 벼락마저 견뎌낸다. 그리고 이 수직의 존재는 죽어서도 서서 검게 빛난다. 시인에게 산 채로 몇 번의 벼락을 감내하는 나무의 형상과 죽어서 "온갖 풍화를 받아들여 돌처럼/단단해진" 고사목의 형상은 "피를 빛으로" 바꾸는 존재 전환의 과정으로 요약된다. 피가 육체를 채우고 있는 생명수라면 빛은 대기를 채우고 있는 기운이다. 벼락과 풍화는 피를 빛으로 증류시킨다. 피가 빛으로 증류되는 순간 그 에너지는 "산 자의 밥상에는 없는 기운"으로 바뀐다. 박라연의 영혼의 숟가락은 여기에 닿아있다. 그는 육체를 살

찌우는 피가 아니라 벼락과 풍화를 견딘 끝에 얻게 되는 투명한 천상의 밥을 갈구하는 것이다. 이 천상의 밥을 시인은 시 「빛의 사서함」에서 "팔뚝만 한 쇳덩이가 바늘이/될 때까지 불덩이에 얹혀살다가/불의 그림자로 바느질한 빛의 사서함"이라고 말한다. 팔둑만 한 쇳덩이가 가느다란 빛살로 이루어진 천상의 밥이 되기 위해선 불의 지옥을 견뎌내야 한다는 사실을 시인은 이 시를 통해 다시 한 번 강조한다.

2. 허공으로 가는 가파른 길

밥과 더불어 허공은 이 시집에서 자주 반복되는 중심 시어이다. 박라연의 밥벌이와 밥 짓기가 수직 지향적 의식에서 비롯된다는 점을 상기할 때 그의 공간의식이 상방으로 이행해가는 것은 자연스러운 귀결이라 할 수 있다. 그렇다면 허공은 그에게 어떤 의미를 지니는가? 시인은 시 「입춘」에서 "온몸이 정신인 허공"이라는 표현을 쓰고 있다. 허공은 가시화될 수 없는 무한히 큰 정신의 등가물이라 할 수 있다. 그것은 "그저 앉게 해주더라고/대답하는//아! 아픈 마음에게만 보이는/순간 육체"(「순간 의자」)이다. 아픈 마음이 기댈 곳이 저 높이에 펼쳐져 있는 허공이라면 마음이 아픈 자는 자기 치유를 위해 허공을 향해 가야만 한다.

"끼니도 집도 허공에게서"(「만개한 용기」) 하사받고 싶은 시인은 끊임없이 허공을 향해 나아간다. 그러나 허공으로 가는 길은 가파르고 험난하다. "제 분수 모르고 저를 높이고 싶은/者, 오르는 길에 죽고 마는구나!/동행들은 끄떡없는데 죽을 듯이/어지럽다"(「그 사람」)고 시인은 고백한다. 아울러 목숨 걸고 허공을 향해 갈 수밖에 없는 자에 대한 연민과 슬픔을 "줄이 끝나면 허공이라도 감아 오르는/저 간절함을 욕(辱)이라고 읽어도 되나"(「나팔꽃 피는 책」)라고 말하기도 한다. 이 같은 허공으로 가는 길은 벼락과 풍화를 견디며 피를 빛으로 만드는 과정과 일맥상통한다. 시 「잘 자란 공포들이」에 보이는 "환하게 나를 진화시키려고 내 피 팔할을 바쳐 분양받은 어둠, 빛과 소통하고 싶을 때"라는 구절은 육탈(肉脫)의 고통(어둠)을 감내하며 빛(허공)의 세계로 가고자 하는 시인의 지향을 잘 드러낸다. 즉 허공과의 조우는 피로 상징되는 "사람의 무게를 비워낸"(「3분 16초」) 순간에 획득된다. 그렇다면 사람의 무게를 비워낸 존재의 형상은 구체적으로 어떤 것일까? 박라연의 시에서 그것은 그릇, 두레박, 수레바퀴, 해바라기, 달 등 둥근 사물로 드러난다.

넘치면 허공에라도 담아보자 싶어
종지에 추수한 복을 붓기 시작했다

붓고 또 붓다 보니
넘쳐흐르다가
깊고 넓은 가상 육체를 만든 양

「상황 그릇」 부분

내 검은 두레박에도
반은 달 또 반은 붉은 수련으로
출렁이게 하는 일.

「달에 내리는 두레박처럼」 부분

늙은 마을 하나를
갓 시집온 마을로 거뜬히 실어 갈

커다란 수레바퀴를.

「크나큰 수레」 부분

원하는 높이의 바구니를
공이
살짝 벗어날 때마다
둥근, 샛노란 꽃이 피어난 듯
환한

「해바라기 63」 부분

미소가 달이 되고
달이 사람이 되기도 하는
정거장을 찾은 양
그쪽으로
조금씩 기울었다

단명한 웃음의
화력이 최대치에 이르렀을 때
제 미소만으로
痛유리창을 뚫고 솟아오를
미소의 달인처럼

「자결(自決) 미소」 부분

　　　종지만한 그릇을 깊고 넓은 그릇으로 만들어 넘치도록 복을 붓
는 일, 검은 두레박에 달과 수련을 키우는 일, 늙은 마을을 젊은 곳으
로 실어 나르는 일, 공이 빗나갈 때마다 환한 해바라기를 피우는 일, 단

명한 웃음을 미소의 달인인 달로 만들어 통(痛)유리창을 뚫고 솟아오르게 하는 일 등은 모두 없음을 있음으로, 늙은 것을 젊은 것으로, 생의 고통을 환한 것으로 바꾸는 존재전환의 과정을 함의한다. 그러기 위해서 종지는 큰 그릇으로, 두레박은 연못으로, 수레바퀴는 더 커다란 수레바퀴로, 빗나간 공은 키 큰 해바라기로, 단명한 인간적 웃음은 만유를 비추는 달의 웃음으로 커져야만 할 것이다. 이 정신수행 과정이 피를 빛으로 바꾸는 과정이며 삶의 통증을 뛰어넘는 과정이라 할 수 있다. 이를 위해서는 세속의 욕망으로 부대끼는 "사람의 무게를 비워"(「3분 16초」)내고 "산 자의 밥상에는 없는 기운"(「고사목 마을」)에 마음을 담가야 할 것이다. 시인은 스스로에게 소명한 이 같은 존재의 고통을 "몸이 썪어본 나는 금방 알아봤다"(「新구사일생」)고 말한다.

3. 삼켜지지 않는 지상의 양식

육체의 질료인 피를 여과해서 빛으로 만드는 일이 정신의 밥을 짓는 일이라고 한다면 시인이 원하는 천상의 양식 이면에는 삼켜지지 않는 지상의 양식이 있다는 사실을 생각해 볼 수 있다. 통(痛)유리창 안쪽에서 "숨겨버린/어떤 너와 나무와/새와 꽃들의/단명한 웃음을 거두며/삼키며/오랜 세월 두리번거렸다"(「자결(自決) 미소」)고 시인은 고백한다. 여기에는 차마 삼켜지지 않는 삶의 사태를 "거두며/삼키며" 내면화해왔던 자의 기억과 고통이 함의되어 있다. 박라연에게 '단명한 웃음'을 거두며 견뎌야하는 존재의 어두운 시간의 질은 거의 숙명적인 것으로 각인되어 있다. 그는 시 「그믐달 속에 핀 목단님께」에서 "근심에도 혈

통이 있어 땅은 하늘의 근심을/아이는 아비의 근심을 먹고 자랐을 것입
니다"라고 말한다. 자전적 시로 읽히는 「구와 십구 사이」는 이 같은 숙명
성의 일부를 보여주는 예이다.

창고에 방을 내어 살던 시절 주인집 앞마당엔 노란 개나리를 시작
으로
온갖 꽃들이 열두 구멍을 열고 나와서는 괄호야! 놀자!
괄호야! 놀자!

불러대면 나는야 학교를 못 다니는 일, 괘념ㅊ 않아
꽃의 구멍으로 흘러가 꽃으로 흘러나왔던,

여름 내내 연못으로 흘러가 물구멍까지 열고 나와서는
목이 길어 먼

동네의 근심까지 살라먹는 연꽃으로 눈부시고 싶었을,
땅을 뚫고 물을 뚫고 나오는

형상이 환희뿐인 줄 알던, 나의 구와 십구 사이에서
밟은 적 있는 땅과

물의 깊이만큼 고통도 숨어 자라 그늘이 된 것처럼
더는 갈 곳이 없어진 아버지는

또 이사를 하고 그 집에서 가장 작은 방 옆구리에
간신히 구멍을 내어 솥을 얹었던,

「구와 십구 사이」 전문

이 시를 물들이고 있는 것은 짙은 가난의 그늘이다. 학교를 못 다니는 나, "더는 갈 곳이 없어진 아버지", 남의 집 "가장 작은 방 옆구리에/간신히 구멍을 내어 솥을 얹었던" 구와 십구 사이의 시절을 이 시는 기록하고 있다. 중요한 것은 궁핍한 삶이 아니라 거기에 대응하는 화자의 태도이다. 화자는 이 시절의 자아를 '괄호'로 명명한다. 좌우가 막혀 있는 상자 안에 갇혀 있다고 생각한 것일까? 괄호는 학교에는 못 가고 혼자 온갖 "꽃의 구멍으로 흘러가 꽃으로 흘러나왔던." 외로운 아이의 소외된 초상을 시각화한다. 이때 "땅을 뚫고 물을 뚫고 나오는" 눈부신 연꽃에서 괄호를 벗겨낸 존재의 찬란함을 본 것일까? "물구멍까지 열고 나와서는/목이 길어 먼" 꿈을 더듬는 아이의 아련한 슬픔과 열망이 이 시에 그늘로 깔려있다.

가난을 괘념치 않고 근심을 넘어서고자 했던 구와 십구 사이의 시절은 박라연에게 정신주의자의 양식을 구하러 가는 첫 도정이었을지 모른다. 자신의 트라우마를 세속의 밥벌이로 대체할 수 없었던 내면을 시인은 "땅을 뚫고 물을 뚫고 나오는" 연꽃으로 상징화한다. 그것은 지상의 통(痛)유리창을 뚫고, 벽 같은 괄호를 뚫고 수직으로 피어나는 존재의 지극한 웃음이라 할 수 있다. 여기서 앞서 보았던 시 「달에 내리는 두레박처럼」에서 달과 붉은 수련이 출렁이는 두레박의 이미지를 상기할 필요가 있을 듯하다. 지상의 양식을 괘념치 않았던 자가 꿈꾸었던 천상의 양식이 그의 검은 두레박 속에서 출렁이고 있지 않은가!

시집 『빛의 사서함』은 지상의 고통과 슬픔을 정신의 밥 짓기로 넘어서고자 하는 인간적 고뇌의 산물이라 할 수 있다. "앞산은 뒷산을 뒷산은 옆 산을//옆 산은 또 다른 산을//메아리 밥으로 먹여 살리다 보면//그릇 없어도//가닿고 싶은 높이가 주시는 밥"(「품」)을 위해 그는 허기진 영혼의 숟가락질을 반복한다. 이 같이 피를 빛으로 바꾸는 수직의 도정에서 시인은 스스로에게, 그리고 우리에게 이렇게 말한다.

"칼로 물도 베어버리는 세상의/저 제방, 뛰어넘을 수 있겠느냐"(「우연히 들른」).

비루한 바닥의 궁륭
– 박후기의 시집 『내 귀는 거짓말을 사랑한다』

혈육은 한 존재의 기원이며 세계를 인식하는 최초의 통로이다. 그것은 갱신할 수 없는, 감출 수 없는 명백한 유산이다. 나의 의지나 선택과 상관없이 혈육은 선험적으로 주어지는 존재의 사태라는 점에서 언제나 문제적이다. 세상의 모든 '나'는 거기로부터 출발한다. 박후기 시인의 시에서 끊임없이 반복되는 것이 바로 혈육의 서사이다. 첫 시집 『종이는 나무의 유전자를 갖고 있다』에서 박후기는 집요하리만큼 가족의 비극적 서사를 기술한다. 가난한 아버지와 기지촌의 젖은 풍경들, 사춘기의 우울과 불우했던 청년 시절을 묘사하고 있는 것이 그의 첫 시집이라 할 수 있다. 이 같은 그의 삶의 내력은 첫 시집보다 서정성이 강화된 이번 시집에서도 계속 이어진다.

혈육과 가족에 대해 집착을 보이는 박후기의 시적 지향은 1990년대 이후 젊은 시인들이 보였던 태도와 상당한 거리를 갖는다. 1990년대 이후 유행처럼 번졌던 시적 테마 가운데 하나가 아비 부정의 신드롬이었다. 혈육으로서의 아비든 문화적 상징으로서의 아비든, 시 속에 등장하는 아비들은 뿌리째 뽑아내야만 하는 그 무엇으로 의미화되곤 하였다. 아비는 처형장으로 끌려나와 모욕당했으며 거침없이 부정되었다. 문학의 장에서 기원은 사라지고 온통 고아들이 득세하였다. 고아들은 슬픔도 고뇌도 없이 아비의 살을 발라 요리한 말의 성찬을 고독하게 즐겼다. 박후기의 시는 이처럼 기원에 대한 부정과 제거가 만연된 문학적·문화적 세태를 가로지르며 생성된다.

아비 부정의 거센 세태에 비추어본다면 박후기의 혈육 담론은 매우 소박하고도 고전적인 발상일지도 모른다. 아울러 가난에 찌든 가족사에 매달려 그 앞에서 거듭 눈물을 닦는 행위는 시대의 감수성을 역행하는 반문화적 발상일지도 모른다. 그러나 비천한 삶의 토대를 부정도 긍정도 하지 않으면서 끝끝내 부여잡고 가는 그의 처연한 경험의 시학은 인간적이다. 기꺼이 버릴 수 없는 것에 대한 인정과 이해가 그의 경험의 시학에 녹아 있기 때문이다. 이 시대에 그 흔한 '탈주'도 하지 않은 채 시인은 낡고 오래된 보따리를 들고 "발걸음 잠시 길 밖으로 나가는가 싶더니//어쩔 수 없다는 듯//이내 길 안으로 들어와 성큼성큼 걸어간다//벗어날 길 없다"(「새벽길」)고 말한다. 여기에는 현란한 감각이 아니라 솔직한 감정이 녹아있다. 해서 공소하지 않다. 주목할 것은 이 시집에서 그의 혈육 담론이 일상적 사건이나 가난을 표면화함과 동시에 상당 부분 존재론적 층위에 무게를 싣고 있다는 점이다. 그는 이제 '무너져버린 존재' 앞에 속수무책으로 서 있곤 한다.

「소금 한 포대」 전문

한 포대의 짠 맛, 그것은 "염천 아래 등 터지며" 살아왔던 노모의 일생의 맛일 것이다. 누런 간수를 흘리는 소금 자루처럼 요양원에 들여놓은 어머니는 가랑이 사이로 누런 오줌을 줄줄 흘리며 죽음에 가까이 가고 있다. 병든 노모의 무너진 몸의 형상은 비루하기 그지없다. 그러나 이 비루함은 곧바로 연민과 슬픔과 미안함으로 우릴 숙연하게 만든다. "입 삐뚤어진 소금 한 포대"의 울음과 웃음 앞에서 무엇을 불만하고 불평할 수 있겠는가!

이때 눈길을 끄는 것은 시인이 초점화하고 있는 노모의 하복부이다. 누런 오줌이 흐르는 이완된 하복부는 한 존재의 육체가 해체되어 감을 말해준다. 미하일 바흐찐(Mikhail M. Bakhtin)에 따르면 우묵하게 들어가거나 돌출된 하복부는 외부와의 접촉을 가능케 하는 쾌락의 연결고리이며 나아가 낡음을 쇄신하고 새로운 존재를 생성시키는 갱신의 징표이다. 배설과 출산으로 쇄신된 몸은 삶의 시간을 유쾌함으로 연장시키는 생명 특유의 존재방식인 것이다. 그러나 이 같은 쇄신의 기능 또한 서서히 멈춰 죽음에 이르는 것이 생명의 거부할 수 없는 숙명이며 이 숙명을 인식하는 것이 인간의 실존적 존재방식이다. 박후기는 유쾌한 생명의 리듬이 훼손된 이완된 하복부를 통해 인간존재의 본질적 비애를 극대화한다.

사과나무에겐
꽃 핀 자리가 똥구멍이다
꽃 필 무렵
사과나무는 온몸이 항문이다
꽃잎을 버림으로써 몸을 여는
항문의 개화기를 지나면
똥 덩어리 같은 사과 한알
비로소 가지 끝에 매달린다

(중략)

꽃 진 자리에 유난히
주름이 많은 것은
전생(조生)이 한꺼번에 쏟아질까봐
항문에 힘주기 때문이다

사과밭 노인 병상,
어머니 관장하신다

「꽃 진 자리」 부분

1
무너진 집안의 막내인 나는
가난한 어머니가
소파수술비만 구했어도
이 세상에 없는 아이

(중략)

3
내 키는 너무 작아서
바람의 손길도 닿지 않았지만
보름달 같은 엄마 엉덩이가
이마에 닿기도 했다
엄마는 아무 때나
울타리 밑에 쪼그리고 앉아
오줌을 누었다
죽은 동생들이
노란 오줌과 함께
쏟아져나왔다

「채송화」 부분

사과나무의 꽃핀 자리를 똥구멍으로, 거기에 매달린 사과를 똥
덩어리로 치환하는 시인의 발상은 존재의 가치를 일거에 격하(格下)시
킨다. 문학에서 격하는 주로 고결하고 권위적인 것을 익살스럽게 만드는
희극의 원리와 연관된다. 그러나 시 「꽃 진 자리」에서 발견되는 격하는
웃음이 아니라 우울을 몰고 온다. 괄약근이 탱탱한 젊은 사과나무 대

신 "전생(全生)이 한꺼번에 쏟아질까봐" 온힘으로 버티는 늙고 병든 어머니의 이미지가 전경화되고 있기 때문이다. '나'는 저 쇄약해진 꽃 진 자리에서 '똥 덩어리'처럼 밀고 이 세상에 나온 한 존재라는 사실을 시인은 스스로에게 각인하는 것이다.

박후기는 이제 이 같은 자기의 기원을 고백하는 데 더 이상 주저하지 않는다. 시 「채송화」에서 화자는 소파수술비조차 구할 수 없는 가난 때문에 어쩔 수 없이 이 세상으로 밀려나온 존재로 그려진다. '나'는 가난의 덕택으로 태생한 역설 자체인 것이다. 그리고 어머니는 방뇨를 통해 끊임없이 사산(死産)하는 비극적 여인으로 묘사된다. 이 어머니의 이미지엔 거둘 수 없는 생명들을 노란 죽음으로 방출하는 삶의 신산(辛酸)함이 내포되어 있다. 그런 의미에서 박후기가 초점화한 하복부의 신체성은 관능이나 쾌락이 아니라 가난과 늙음과 병듦을 거쳐 온 지친 몸의 증거물이라 할 수 있다.

이와 같이 혈육을 통해 확인되는 존재의 실존적 국면은 박후기의 시에서 종종 식물계의 이미지와 결합된다. 앞서 보았던 「꽃 진 자리」와 「채송화」만이 아니라 「수선화 무덤」, 「민들레 문상」 등에서도 시인은 죽음으로 이행해 가는 존재들을 식물 이미지로 치환시키곤 한다. 이는 사나운 이빨과 발톱이 아니라 뿌리와 꽃과 열매로 벗어날 길 없는 삶을 견뎌낼 수밖에 없었던 슬픈 존재의 초상을 무의식적으로 드러낸 것이 아닐까? 그의 또 다른 시 「비늘」에서 화자는 멍든 발톱과 피멍든 비늘과 구두를 몸에서 뽑아낸다. 이는 동물적 육체가 받은 상처와 고단함의 흔적들이라 할 수 있다. 이러한 흔적들이 식물계로 전치될 때 비로소 그의 내면이 인간에 대한 연민과 조우하게 되는 것이 아닐까?

　　박후기에게 누런 오줌을 흘리는 이완된 하복부의 상징은 그가 기원했던 자리이며 인간의 힘으로 되돌릴 수 없는 낡은 시간의 흔적이다. 그러나 이 비루함은 인간의 실존성과 지극한 비애를 동시에 통찰하게 하는 생의 본질적 자리이다. 이 같은 실존으로서의 하복부가 박후기의 시에서 종종 '바닥'으로 공간화되기도 한다.

　　바닥은 존재가 발붙이는 하방의 마지막 지점이다. 인간은 단단한 바닥을 딛고 자신의 삶을 설계하고 그 위에 성채를 짓는다. 바닥은 삶의 기반이며 밑천인 것이다. 그런데 박후기의 시에서 바닥은 헐어진 어머니의 하복부처럼 사산의 위험을 지닌 공간으로 의미화된다. 깊은 땅속으로 들어가든 매킨리 봉처럼 높은 산정으로 오르든 시인에게 바닥은 깊은 궁륭을 숨긴 위태로운 공간이다. 시 「난간에 대하여」에서 시인은 "세상 모든 길은 난간이다."라고 말한다. 추락을 예비하고 있는 바닥을 딛고 "아버지는 앞만 보고 살았지만, 언제나 뒤가 무너졌"으며 "나는 떨어지지 않기 위해 사는 것인지, 올라가기 위해 사는 것인지 알 수 없"는 곳에서 불안하게 견딘다. 이것이 이 시인의 실존상황이라 할 수 있다.

　　　비루하고 위태로운 존재의 기원과 기반을 인식하는 순간의 쓸쓸함과 슬픔을 스스로 달래는 방법은 무엇인가? 이 비극적 사태를 박후기는 부정하지 않는다. 남루한 자신의 존재성을 껴안고 그는 자주 '은진'으로 향한다. 거기에는 "끓는 이마 언 손으로 짚어주며/같이 앓자 말하던"(「은진」) 청춘의 짧았던 밤이 있다. 박후기의 첫 시집에 실린 「완행-은진 가는 길」에서도 보였던 '은진'은 사랑을 향해 가는 먼 길의 상징이다. '은진'은 그의 사랑시편의 출발 공간이라 할 수 있다. 이 시집에서 「은진」을 포함한 수많은 사랑시편이 발견된다는 점이 이전 시집과 가장 큰 차이라 할 수 있다. 그런데 그의 절절한 사랑의 노래는 낭만적 기류에 온전히 몸을 싣지 못한다.

생의 어느 지점에서 다시
만나게 되더라도 당신은
날 알아볼 수 없으리라
늙고 지쳐 구루해진 내 사랑
이 빠진 턱 우물거리며
폐지 같은 기억들
차곡차곡 저녁 살강에
모으고 있을 것이다

「사랑의 물리학-상대성원리」 부분

사랑은 인간존재가 경험하는 것 가운데 가장 불가해한 사건이다. 사랑에 빠진 자는 타자를 향해 스스로를 완전히 개방하고자 하는 열망 속에서 들뜬다. 이 무장 해제된 존재는 오로지 타자와 일체화되기 위해 전존재를 투사한다. 도취와 충만으로 내적 결핍은 치유되고 위안받는다. 이것이 사랑의 힘이며 환상이다. 박후기의 시에서도 이 같은 사랑에 대한 열망과 그리움이 적지 않게 발견된다. 시인의 화자는 "불같은 사랑을/두려워하면서도"(「숯가마 앞에서」) 사랑을 향해 "이 밤이 마지막인 것처럼/밤새도록 달려간다"(「이부자리 별」). 그러나 그는 "당신에게 건네던 물과/함께 쏟아진 내 마음을"(「제석봉에서 이별하다」) 담아 "당신의 집에/다다르지는 못한다"(「유전자 트래킹」). 그는 망설이고 놓치고 떠나보낸다.

사랑을 열망하는 이 외로운 자아에게는 불의 동력이 결핍되어 있다. 낭만적 사랑을 꿈꾸기에는 그가 너무 지친 것일까? 그는 "늙고 지쳐 구루해진 내 사랑"을 예견하고 "한시절 서로 끌어안고 살던 꽃잎들/

시든 사랑 앞에서/툭, 툭, 나락으로 떨어진다"고 고백한다. 사랑은 폐지 같은 기억으로 남고 떨림은 더 이상 마음을 움직이지 못한다. 박후기의 시에는 찬란한 사랑의 환상보다 이 같은 처연함이 더 압도적으로 드러난다. 그는 비루한 바닥의 궁륭을 딛고 황홀한 도취의 세계로 순간이동을 하지 못하는 것이다. 열망하는 존재에게로 한순간 비약해서 갈 수 없는 이 뒤처짐과 쓸쓸함이 그의 시의 리얼리티이며 진실성이라 생각된다. 꿈꾸었던 찬란한 순간은 뒤로 밀리고, 밀려난 열망은 그 뜨거움을 슬픔으로 바꾸며 시간을 밀고 갈 것이다. 그러나 이러한 슬픔의 궁륭 속에서 자신을 일으켜 세워야 하는 것 또한 존재의 몫이다.

늦은 밤 포장마차
국수를 말아먹다 문득
국수에 대해 생각한다
한 국자 뜨거운 국물로도
언 몸을 녹일 수 있는 것은
국수와 내가
서로 다르지 않다
얼어붙은 탁자 위에서
주르륵,
국수 그릇이 미끄러진다
멀건 멸치국물처럼
싱거운 내가
나무젓가락의 가랑이를 벌리며
승자 없는 싸움의
옆자리에 앉아 있다

「국수」 전문

　　"얼어붙은 탁자 위에서/주르륵,/국수 그릇이 미끄러"지는 이 춥고 가난한 식탁은 박후기의 존재조건으로서의 '하복부' 즉 불안한 삶의 바닥과 등가적이다. 그 바닥은 쉽게 부침개처럼 뒤집어져 산산조각이 난다. 바닥이 엎어지자 화자는 "엎어진 김에/쉬어가고 싶은 마음 간절하지만"이라고 말한다. 한 국자 뜨거운 국물로 언 몸을 녹여 보자는 눈물겨운 바람조차 용납되지 않을 때 삶은 더욱 쓰고 아린 상처로 물든다. 엎어진 김에 아예 더 끝으로 내몰리고 싶은 자학적 충동이 이 구절 속에 내포되어 있다. 그러나 비루한 삶의 기원과 기반을 부정하지 않았듯이 박후기는 바닥의 무너짐 속으로 자신의 삶을 내몰지 않는다. 바닥이 무너지는 순간 그는 "막차가 세밑을 떠나기 전/나는 세월의 부록 같은/달력을 챙겨 일어나야 한다"고 각오한다. 시인은 그의 또 다른 시 「사십세」에서 "실의에 빠진 두 발은 번갈아가며 각오를 다졌다."고 고백한다. 그는 자신이 서둘러 달력을 챙기지 않으면 안 되는 나이에 이르렀음을 알고 있는 것이다.

　　박후기의 시세계는 관념도 상상도 아닌 바로 삶 속에서 확인했던 경험들의 소산이다. 그는 자신의 근원적 내련에 충실한 언어를 통해 삶의 비애와 진실을 드러내고자 한다. 그가 주목한 삶의 형상은 비루한 기원과 기반이다. 헐어진 하복부에서 밀려나와 허공에 떠 있는 불안한 바닥을 딛고 있는 것이 그의 실존성이다. 무너질 것 같은 실존성 앞에서 그는 사랑을 열망하고 절망한다. 이와 같은 그의 실존성은 '불안' 속에서 생을 감지하는 인간보편의 실존성과 그리 멀지 않다. 막차와 막잔으로 점철된 처연한 인생을 이끌고 가는 그의 삶의 노정은 승리도 패배도 아니다. 그것이 인생이다.

너무나 익숙한, 익숙해지지 않는 슬픔
– 백인덕의 시집 『단단(斷斷)함에 대하여』

삶이란 그런 것이다.
때를 묻히지 않고 지나갈 수 없는 정오의 흰 담벼락,
–「실(絲)에 대한 명상」 중에서

백인덕 시인의 다섯 번째 시집 『단단(斷斷)함에 대하여』를 읽는 내내 나로 하여금 생각을 거듭하게 했던 것은 이 시집의 제목이 내포한 역설적 의미이다. 제목에서 한자를 염두에 두지 않는다면 '단단함'은 '굳다' 혹은 '굳세다'로 의미화되며, 한자 단(斷)의 뜻을 의식하면 '끊는다'는 의미로 읽을 수 있다. 시인이 한자를 병기했음에도 이 이중의 의미를 다 포함한 제목으로 해석 가능한 것으로 보인다. 시집의 전체 맥락을 보면 이 둘의 의미가 그리 다르게 않게 여겨지기 때문이다. 시집 『단단(斷斷)함에 대하여』는 역설적이게도 결코 단단해질 수 없는 마음과 끊어낼 수 없는 기억에 대한 고백으로 이루어져 있다. 제목의 역설을 좀 더 구체적으로 설명하면, 다름 아닌 시인이 중년의 나이에 이르는 동안 자신의 내면으로부터 단 한 번도 지워낼 수 없었던 유년의 기억과 상실, 그리고 순간마다 곧바로 어두운 과거로 새겨지는 자신의 현존, 이 모두에 대한 나르시시스트의 지극한 슬픔이라 할 수 있다. 그에게 슬픔은 일상에 가로놓여 있는 익숙한 현존성이면서 동시에 아무리 애를 써도 익숙해지지 않는, 도저히 어찌해볼 수 없는 존재의 사태이다. 이러한 존재의 사태를 시인은 "찬물 샤워를 하다 말고/'중심'을 찾아본다./손끝으로 짚으니 안 아픈 데가 없다./내 몸은 온 구석구석 다 '중심'이었나?"(「각설(覺雪)-입춘(立春)에」)라고 진단한다. 모든 통점이 중심에 모아지지 않고 온몸으로 퍼져있는 이 육체적 상황은 치유 지점을 찾을 수 없는 부서진 내면을 암시한다. 이 부서진 육체성은 끊어낼 수 없는 기억에 의한 손상을 함의한다. 끊어내야 할 것을 끊지 못할 때 그것은 그 자체로 상처와 고통이 되어 현재에 반복적으로 개입한다. 이때 존재는 단단함을 잃고 부서진다. 백인덕 시의 처연한 아름다움은 이로부터 발원한다. 이 같은 시인의 자기이해 방식 앞에서 의지나 극복 따위의 말들은 무색해진다. 그의 시는 인간의 내면에는 의지로써 극복될 수 없는 그 무엇이 있음을 말하는 것이다. 인간의 의지로 다 넘어설 수 없는 체험의 자리에 비애와 절망과 자기 연민이 들어서게 된다.

저기서 나는 외팔이였다
그 이유로
원추리, 칸나, 아네모네의 목을 꺾었다

저기서 나는 외눈박이였다
그 하나로
틈, 죄단 구멍, 생매장지를 파헤쳤다

「자화상·1」 전문

외팔이며, 외눈박이이며, 언챙이며, 짝다리인 불구의 몸은 남들과는 다른 중심으로 세상과의 균형을 이루어내야 살아갈 수 있다. 이러한 결손을 딛고 세상과 균형을 이루는 일은 쉽지 않다. 온몸으로 중심을 분산시켜도, 안 아픈 데가 없이 다 기울어도 세상의 중심과 맞춰지지 않는다. 시인은 "그 한 지지대로/기꺼이 무너지는 균형을 따라 기울었다"고 고백한다. 무너지는 균형과 그 균형을 따라 기울어지는 것, 이러한 자세는 비대칭적 육체가 만들어내는 자연스러움이다. 그럼에도 그것은 축을 상실한 불구의 징표이다. 백인덕의 자화상은 이 슬픈 동작으로 형상화된다. 그런데 이러한 동작들은 '저기서' 행해졌던 과거의 형상들이다. 시인은 '저기'에서 '여기'로 방향을 바꾸어 자신의 현존성을 부각시킨다. 방향 바꾸기는 새로운 시간 생성을 위한 욕망의 기표이다. "여기 처음으로 들어섰을 때, 나는/팔 둘, 눈 둘, 일자 입과 두 다리"로 불구의 몸을 온전한 몸으로 바꾼다. 그러나 "그렇게 온전한 나를/정상적인 사람들이 버리고 갔다." 새로운 시간 생성에 실패한 것이다. 아무리 온전해져도 정상적인 사람들이 '나'를 인정하지 않을 때 '여기'는 더 깊은 소외의 자리가 되어버린다. 편견과 선입견이 '나'를 여전히 불구로 만들기 때문이다. 한편 소외의 슬픔을 표현한 "심심해서 다 죽이고 싶은 한 마음만 자랐다."라는 구절에는 일종의 적의감이 담겨있는데, 적의감이 강해지면 그것 또한 내적 의지가 될 가능성이 있다. 그러나 백인덕 시에서 간혹 발견되는 타자 혹은 세상에 대한 적의감은 내적 의지로 견고해지지 않는다. 그는 일관되게 부서지면서 끊을 수 없는 슬픔에 몰두한다. 슬픔의 하중이 세상에 대한 적의감을 압도하는 것이다.

백인덕 시에서 버림받음 혹은 소외에 대한 기억과 인식은 그 연원이 깊다.

햇빛이 없으면 나도 없다.
광목 기저귀 입에 빨며
덩그마니 큰방,
무서운 아버지 총 차고 나가고
가여운 엄마 호미 들고 나가고

「자화상·4」 전문

　'나'의 의미는 무엇에 의해 만들어지는가? 나를 '있음(Being)'이 되게 하는 가능조건으로서 타자의 시선을 배제할 수 있는가? 가족은 나의 존재성을 알려주는 최초의 사회적 거울이라 할 수 있다. 「자화상·4」에는 가족들 사이에서 어둠의 작은 덩어리로 존재하는 한 어린 아이가 등장한다. "햇빛이 없으면 나도 없다."라는 첫 문장에서 알 수 있듯이 이 아이는 존재하지만 보이지 않는, '들키지' 않는 어둠으로 이루어진 투명인간이다. 혹은 "형은 헌 책가방 챙기며/-어, 어,/왜 여기 비가 샜지?/그 비마저 없었으면 나도 없었으리."라는 부분에서 암시된 것처럼 가족들이 살아가는 큰방에 일상의 작은 사건이라도 생겨야 겨우 그 존재성이 드러나는 미비한 존재라 할 수 있다. 다른 시 「기도(企圖)」의 구절 가운데 "언제나/태어나지 않았던 아이와/영원히 폭발한 적 없는 우주와/맺히지 않았던 꽃봉오리."에서 보이는 미완의 존재 이미지나 시 「가만히, 꽃의 한 가운데를 들여다보면」의 "끼인, 박힌 것이 아니라 낀 것이 목숨이다. 내 시의 모든 자리를 옮기며/함부로 박았던 모든 못들에게 미안하다."와 같은 구절 또한 이 세계에 제대로 편입하지 못한 미비한 존재 의식을 반영한다. 애초부터 누구에게도 잘 발견되지 않는 소외된 존재성이 바로 백인덕이 반복하는 슬픔의 근원이라 할 수 있다.

　　　이러한 유년을 떠올리며 시인은 "--기억은 죄악."이라고 말한다. 시 「신파(新派)·백일몽(白日夢)」에서 "나는 이름이 지워지면 좋겠네./얼굴이 아니라, 나에 관한 기억이 몽땅 어두워지면/나는 더, 더욱 좋겠네./--정말 죽어도 좋겠네."라고 고백한다. 시 「신파(新派)-만가조(輓歌調)」에서는 "오, 아주 나를 버려다오./꺼진 태양이 황금으로 들끓어 용솟음치는/가장 춥고 어두운 자리에."라고 말한다. 모든 기억을 지우고 세상에서 가장 춥고 어두운 자리에 은신처를 마련하고 싶은 이 은일(隱逸)의 욕망 이면에는 자신의 과거와 '온전한 나를(「자화상·1」) 버린 '여기', 둘 중 어느 한 가지에 대해서도 화해할 수 없는 심리가 자리해 있다. 자기 부정성과 더불어 과거와 현존 모두로부터 스스로를 추방시키고 싶은 이 같은 심리는 다름 아닌 자신의 존재성이 온통 외로움으로 뒤덮여 있음을 드러내는 것이다. 이 외로움의 극단은 그의 시에서 "결국, 스승은 없다./제가 저를 배우고, 익히고, 경멸하고, 치졸하게/용서하며, 끝없이 용서하며 지나갈 뿐."(「긍정적일 수 없는 밤」)이라는 단호한 자기철학으로 발언되기도 한다. 절망적인 것은, 기억을 백지화하는 것이 불가능한 것처럼 목숨이 남아있는 한 현존재에게 완벽한 은일은 실현될 수 없다는 점이다. 이러한 내적 고통을 시인은 시 「겨울초상」에서 "갑상선이 붓고,/아침, 저녁으로 눈만 매운 내 징벌의/직선구간./저 끝에 반짝이는 출구, 아니/캄캄한 절벽이라도 예비 되어 있다면,/기침은 이제 골반을 들썩인다."고 진술한다. 출구도 절벽도 아닌 곳에 '끼인' 징벌의 시간 속에서 그는 병을 앓고 있는 것이다.

이 시집에서 자주 발견되는 '엄마'에 대한 짙은 그리움은 이러한 시인의 존재론적 슬픔과 깊은 연관을 갖는다. 굳이 프로이트를 참조하지 않더라도 '엄마'로 상징되는 모성적 품은 모든 결핍의 정점에 위치해 있는 상실감의 근원이며 영원히 불멸하는 동일자의 표상이다. 기억을 몰수하고 싶은 강한 욕구에도 불구하고 시인의 '엄마'는 아름답게 부활하곤 한다. "엄마가 준 편지는 늘 푸르러서/열 수도, 찢을 수도 없어"(「자화상·5」), "겨울에 지는 영산홍, 춘향이 보다/맵시 났던 내 엄마는 남원 향교동에서 자랐다는데"(「단단(斷斷)함에 대하여」)와 같은 구절이 그것이다. 외팔이며, 외눈박이이며, 언챙이며, 짝다리인 시적 자아에게 엄마는 그를 가장 온전한 존재로, 가장 사랑스러운 아이로 받아들이는 유일한 존재일지도 모른다. 그러나 엄마는 이미 과거의 시간에만 존재할 뿐이다. 그 슬픔을 "어디쯤에서 길을 잃은/것일까? '모란이 필 때까지' 얼마나 더 가슴을 쳐야 하나?"(「단단(斷斷)함에 대하여」)라고 토해낸다. 슬픔으로 얼룩진 이 시집에서 거의 유일하게 '여기'를 긍정하는 시 한 편을 발견할 수 있는데 이 또한 '모성적 품'과 무관하지 않은 것으로 여겨진다.

「내가 모르는 나라-L에게」 부분

함께 식사가 이루어지는 넉넉한 공간 그리고 껴안고, 어루만지고, 뒹구는 촉각의 공간은 여성적 세계와 밀착된 것들이다. 이 '나라'에 선 "아무도 슬픔 따위로 발목을 접질리지 않는다.", "여기서는 알몸이거나 빈 몸일 뿐" 거짓으로 위장된 옷을 입지 않아도 된다. 앎으로 무장하지 않아도 되는, 알몸으로도 빈 몸으로도 부끄럽지 않은 '내가 모르는 나라', 그것은 백인덕이 아주 오래전에 잃어버린 어머니의 나라일지도 모른다. 그 나라를 시인은 '여기'로 호출한다. "꺼진 태양이 황금으로 들끓어 용솟음치는/가장 춥고 어두운 자리"(「신파(新派)-만가조(輓歌調)」)에서 슬픔 따위로 발목을 접질리지 않는 '여기'를 꿈꾸는 것이다.

통속적 연애시의 재생산
- 류근의 시집 『상처적 체질』

시적 화자(Persona)는 시인의 감정 상태와 타자에 대한 태도, 세계에 대한 인식을 총체적으로 대변하는 정신의 산물이다. 시인은 시의 주제에 따라 나이와 성별, 직업, 수준이 각기 다른 화자를 내세움으로써 자신의 다양한 의도를 보다 효과적으로 성취할 수 있다. 이와 달리 동일한 화자를 일관되게 내세움으로써 한 권 혹은 그 이상의 시집에 통일성을 부여함과 동시에 자신이 몰입하는 정서나 사유를 집중적으로 드러낼 수도 있다. 류근의 첫 시집 『상처적 체질』에 실린 시편들은 단일한 화자에 의해 시인의 감정과 정서, 지향을 지속적으로 드러낸 경우이다(박상륭 소설의 주인공 칠조의 목소리를 패러디한 경우조차). 류근의 화자는 사랑과 연애와 추억과 상처를 반복적으로 고백하는 자이다. "단숨에 결별을 이룩해주는"(「獨酌」) 진실한 작별을 갈망하지만 아이러니컬하게도 그는 "불타지 않는 기억들을 집으로 지은 사람"(「중독」)이라는 점에서 과거에 미련이 많은 자이다. 그러므로 그에게 "눈 감고 독하게 버림받는"(「獨酌」) 절체절명의 사랑은 여전히 지구 밖 먼 곳에 있으며 세속에서의 끊임없는 연애놀음은 반복·지연된다. 또 그러므로 "아무도 눈치채지 못하는 이별이 너무 흔해서"(「그리운 우체국」) 그는 "멈춰지지 않는 상처로"(「빈숲」) 명멸을 거듭하며 운다.

이 같은 그의 눈물의 무게는 얼마만큼의 깊이를 지닌 것일까? 사랑이라는 테마가 유구한 것처럼 우리에게 오로지 사랑과 연애와 추억에 헌신하는 시적 화자의 등장은 이미 낯선 것이 아니다. 그러나 류근의 사랑시는 '님'을 향한 영원불변의 마음과는 거리가 멀다. 말하자면 류근의 화자에게 사랑과 연애는 일생일대의 유일한 사건이 아니라 일상 속에서 끊임없이 호출되는 사건이다. 그는 "모든 사랑이 불륜이 되는 삶만큼/구원 없는 세상이 또 있을까 싶어"(「위독한 사랑의 찬가」) 무섭다고 고백하는 유부남이며 "애인에게 버림받고 돌아온 밤에/아내를 부둥켜안고 엉엉"(「가족의 힘」) 우는 다소 뻔뻔스러운 인물이다. 그는 술집으로 동백장 모텔로 만다라 다방으로 사랑을 찾아 헤맨다. 즉 그는 사랑의 유일한 대상에 목숨을 건 자가 아니라 사랑의 현존에 목숨을 건 자이다. 그런 사랑의 기억과 아픔을 종종 이렇게 고백한다.

<blockquote>
옛사랑 여기서 얼마나 먼지
술에 취하면 나는 문득 우체국 불빛이 그리워지고
선량한 등불에 기대어 엽서 한 장 쓰고 싶으다
내게로 왔던 모든 이별들 위에
깨끗한 우표 한 장 붙여주고 싶으다
</blockquote>

지금은 내 오랜 신열의 손금 위에도
꽃이 피고 바람이 부는 시절
낮은 지붕들 위로 별이 지나고
길에서 늙는 나무들은 우편배달부처럼
다시 못 만날 구름들을 향해 잎사귀를 흔든다
흔들릴 때 스스로를 흔드는 것들은
비로소 얼마나 따사로운 틈새를 만드는가
아무도 눈치채지 못하는 이별이 너무 흔해서
살아갈수록 내 가슴엔 강물이 깊어지고
돌아가야 할 시간은 철길 건너 세상의 변방에서
안개의 입자들처럼 몸을 허문다 옛사랑
추억 쪽에서 불어오는 노래의 흐린 풍경들 사이로
취한 내 눈시울조차 무게를 허문다 아아,
이제 그리운 것들은 모두 해가 지는 곳 어디쯤에서
그리운 제 별자리를 매달아두었으리라
차마 입술을 떠나지 못한 이름 하나 눈물겨워서
술에 취하면 나는 다시 우체국 불빛이 그리워지고
거기 서럽지 않은 등불에 기대어
엽서 한 장 사소하게 쓰고 싶다
내게로 왔던 모든 이별들 위에
깨끗한 안부 한 잎 부쳐주고 싶다

「그리운 우체국」 전문

　　부드럽고 안정된 목소리, 그리고 다소 도취한 듯한 눈물겨움으로
이 시의 화자는 옛사랑과 우체국 불빛과 엽서와 내 가슴의 강물과 별
자리와 해가 지는 곳(노을)을 서정적 분위기로 만든다. 이 시집의 많은

시편들, 예를 들어 「무늬」, 「어떤 흐린 가을비」, 「첫사랑」, 「지도에 없는 마을」, 「칠판」, 「두물머리 보리밭 끝」, 「편지를 쓴다」, 「상처적 체질」과 같은 시편들은 이 같은 서정적 분위기와 크게 다를 바 없는 작품들이다. 류근의 첫 시집을 읽게 만드는 것은 바로 이러한 유형의 작품들이다. 독자에 따라 이런 종류의 슬픈 사랑 고백이 매우 다정하고 아름다운 것으로 느껴질 수도 있을 것이다. 그러나 노을과 편지와 별빛으로 버무려진 사랑 고백은 너무 상투적이지 않은가? 아니 지나치게 아름답게만 그려진 게 아닐까? 서정시는 아름다운 고백 장르이지만 그 아름다움이 치장에 가까워질 때 인생의 진실을 가릴 수 있다. 류근의 시가 간혹 유행가 가사에 가까운 신파로 흘러가는 것은 이 때문이다. "그대 떠난 길 지워지라고/눈이 내린다"(「폭설」), "사랑한다는 것은 마지막 한 방울의 절망조차 비워내는 일"(「무늬」), "그대를 처음 보았을 때/내 삶은 방금 첫 꽃송이를 터뜨린/목련나무 같은 것이었다"(「첫사랑」), "어느 먼 비 내리는 별에서 편지를 쓴다"(「편지를 쓴다」), "세상에 와서 처음 불리어진/첫사랑 주홍빛 이름"(「안쪽」), "혼자 사는 마음이야 술빛 같은 것"(「공무도하가」) 등등. 이 진부한 구절들은 그의 시에 쉽게 다가가게 하는 역할을 하기도 하지만 사랑의 신성함과 내적 고통의 토로 모두로부터 그 진정성을 삭감시키기도 한다.

그렇다면 류근은 왜 이 같은 서정을 반복하는가? 사랑과 연애는 그가 강조하는 '상처적 체질'을 드러내는 매개이다. 이를 보다 깊이 들여다보면 사랑과 연애가 아닌 다른 경험들이 그의 시에 이면화되어 있음을 발견할 수 있다. 그것은 다름 아닌 386세대들이 보편적으로 경험했던 개인적·역사적 체험들이다. 그것은 대부분 두 가지 사건으로 압축된다. 극빈으로 불우했던 가족사에 대한 회고와 폭력으로 얼룩진 현실(역사)에 대한 기억이 그것이다. 거칠게 말해, 이 두 개의 체험은 류근 만이 아니라 386을 전후로 한 세대들에게 공유되었던 기억이며 현존에 영향을 주는 정서의 뿌리로 기능한다. 「내 이름의 꽃말」, 「추억에는 온종일 비가 내리네」, 「남겨진 것」에 보이는 가난과 무능한 아버지, 「86학번, 일몰학과」, 「86학번, 황사학과」에 보이는 '폭력'이라는 시어는 그의 유년과 청춘시절의 상처와 무관하지 않다. 시인은 시 「86학번, 일몰학과」에서 "나를 폭력 쪽에서 데려온 적 없는 시간이/돌이킬 수 없는 빠르기로 손금 위에 쌓였네"라고 말한다. 폭력적 현실에 대한 인식 속에서 류근이 택한 생존법은 무엇인가?

군대에서 배운 전술보행
절대로 똑바로 가지 말고 좌우로
불규칙하게 비틀비틀 뛰어야 살아남는다는 교범을
민방위 대원이 된 지금까지 실천하고 있는 이 시퍼런 상무 정신
절대로 똑바로 가지 말자
똑바로 가면, 죽는다

「전술보행」 부분

곧장 가면 죽는다는 사실의 체득은 "불규칙하게 비틀비틀" 가야 한다는 깨달음으로 이어진다. 류근의 시에서 자주 발견되는 사랑과 연애도 이 같은 생존법과 깊이 관련되어 있는 것이 아닐까? 폭력적 현실

속에서 그 폭력성을 내면에서 따돌릴 수 있는 방법 가운데 하나가 영
원히 완성되지 않는 사랑에 헌신하는 일인지도 모른다. 류근의 화자는
"술집에서 계단에서 여관에서 길에서"(「쉽고 깊은」) 애인을 갈구하지만
사실 그의 진짜 애인들은 지도에 없는 마을(「지도에 없는 마을」)이나
어느 먼 별(「편지를 쓴다」)에 결핍으로 존재해 있다. "결국 취한 나를 데
리고 어느 바닥에든 데려가/잠재우고 있는 것은 나였다"(「極地」)는 고백
에서 짐작할 수 있듯이 류근은 대상 없는 사랑을 혼자 갈망할 뿐 완성
하지 못한다. 그러나 사랑이 완성되지 않는 한 그는 울 수밖에 없고 "울
어서 생애의 모든 강물 비우는 것"(「벌레처럼 울다」)을 멈출 수 없다. 그
의 애인들은 현실이 줄 수 없었던 아련한 비현실적 동상의 대상인 것이
다. 시인이 현실 자체의 실질적 국면보다 사랑과 연애 쪽으로 기울어지
는 것은 현실의 아픈 체험을 낭만적 몽상으로 대체하려는 상상의 움직
임 때문이다. 그것은 현실에서 "불규칙하게 비틀비틀" 가는 일종의 도피
로서 활동이다. 류근이 사랑을 통해서 얻고자 한 것은 "그의 무릎에 고
단했던 그리움과 상처들을 내려놓고/임종처럼 가벼워진 안식과 몸을
바꾸는 것"(「독백」)이다. 격렬한 도취와 환희가 아니라 '안식'이라니! 여
기에는 피로한 자의 처연한 갈구가 담겨있다. 해서 그가 원하는 것은 사
랑 자체가 아니라 상처의 시달림에서 벗어난 휴식일지도 모른다는 생
각을 하게 된다.

　　이제 이러한 맥락과 연동된 선상에서 류근 시에 간혹 등장하는
선(禪)적 포즈에 대해 이야기할 필요가 있을 듯하다. 「바다로 가는 진흙
소」, 「만다라다방」, 「반가사유」, 「聖 삶」, 「구멍經」, 「낮은 여름이고 밤부

터 가을」, 「벌레처럼 울다」와 같은 시편들이 그 예이다. 류근은 이들 시편을 통해서 상처를 비우고자 하는 욕망과 속(俗)의 경계를 허물어 성(聖)의 세계로 비약하고자 하는 욕망을 복합적으로 드러낸다. 세속의 삶 자체가 상처라면 상처를 비우는 것과 그 상처의 근원지인 속세의 경계를 넘어서는 것은 동일한 하나의 욕망이다. 이러한 욕망은 사랑의 갈구와 더불어 "불규칙하게 비틀비틀" 가는 또 하나의 생존법이라 할 수 있다. 지도에 없는 먼 곳의 사랑을 갈구하는 것이나 성의 세계로 비약하려 하는 것은 모두 이 세상살이의 기준에서 보면 다 규칙에서 벗어난 비틀거리기라 할 수 있다.

선시는 기본적으로 현정(顯正)의 묘를 꿰뚫기 위해 비논리적 역설을 동반한다. 류근의 시에서 끝까지 울음에 붙들림으로써 생채기를 환한 가벼움으로 만든다든지, 빈 몸뚱이 하나로 세상을 견딘 창녀를 법륜을 돌리는 보살로 만든다든지 하는 발상은 이 같은 선적 역설과 상통한다. 그런데 문제는 류근의 의식세계가 이 같은 선적 상상을 거치면서 세속적 삶에서 벗어나 오도(悟道)의 세계에 이르렀는가에 있지 않다. 문제는 그것을 시적으로 형상화하는 방식이 매우 식상하게 느껴진다는 데 있다.

다시 연애하게 되면 그땐
저문 술집 여자하고나 눈 맞아야지
사랑 같은 거 믿지 않는 여자와
그러나 꽃이 피면 꽃 피었다고
낮술 마시는 여자와

「반가사유」 부분

류근은 사랑의 최종단계에서 창녀를 선택한다. 가장 비속하고 비천한 자야말로 가장 신성한 자리에 오를 수 있는 자격을 지녔다는 역설은 이미 오래된 문학적 상징이다. 비천함과 고통이 강화될수록 그 비천한 몸은 신비함으로 되살아난다. 창녀를 천사로 재창조했던 보들레르 이전부터 이 같은 신화는 계속 있어왔다. 또 이성복이 몸도 마음도 안 아픈 나라를 꿈꾸었던 공간이 다름 아닌 유곽(「다시, 정든 유곽에서」)이었던 것도 이와 관련한다. 이러한 발상이 류근의 시에서 그대로 도식화되고 있는 것이다.

류근의 화자는 완성되지 않는 사랑을 지연시키며 자기의 상처와 울음을 확인하는 자이다. 끝끝내 우는 것만이 진실한 태도라고 그는 생각한다. 그는 이 세속의 모든 환멸을 싸안고 울며 저 먼 곳을 꿈꾼다. 그것은 애인이기도 하고 보살이기도 하고 창녀이기도 하다. 혹은 추억 속에만 남아있는 과거의 사랑이기도 하다. 그러나 이 많은 울음의 양에도 불구하고 그의 시가 진정한 슬픔에 닿지 못했다는 느낌을 저버릴 수 없다. '철저한 정신'의 결여 때문이다. 그가 노을과 우체부와 별빛으로 치장한 권태로운 미의식의 보호로부터 과감하게 벗어나려 할 때 그가 지향하는 낭만성의 깊이가 확보될 수 있을 듯하다.

이 글에서 언급하지 않았지만 류근의 시 가운데 냉정한 통찰을 보이는 시 한 편을 여기에 소개하고 마무리하고자 한다. 감상성이 강한 시편보다 이런 종류의 풍자시가 오히려 그의 시의 가능성이라 믿기 때문이다.

술이 있을 때 견디지 못하고
잽싸게 마시는 놈들은 평민이다
잽싸게 취해서
기어코 속내를 들켜버리는 놈들은 천민이다
술자리가 끝날 때까지
술 한 잔을 다 비워내지 않는 놈들은
지극한 상전이거나 노예다
맘 놓고 마시고도 취하지 않는 놈들은
권력자다

한 놈은 반드시 사회를 보고
한두 놈은 반드시 연설을 하고
한두 놈은 반드시 무게를 잡고
한두 놈은 반드시 무게를 잰다

한두 놈은 어디에도 끼어들지 못한다
슬슬 곁눈질로 겉돌다가 마침내
하필이면 천민과 시비를 붙는 일로
권력자의 눈 밖에 나는 비극을 초래한다
어디에나 부적응자는 있는 법이다
한두 놈은 군림하려 한다
술이 그에게 맹견 같은 용기를 부여했으니
말할 때마다 컹컹, 짖는 소리가 난다

끝까지 앉아 있는 놈들은 평민이다
누워 있거나 멀찍이 서성거리는 놈들은 천민이다
먼저 사라진 놈들은 지극한 상전이거나 노예다
처음부터 있지도 않았고 가지도 않은 놈은
권력자다
그가 다 지켜보고 있다

「계급의 발견」 전문

3

현대시조의 독자층 확대를 위한 몇 가지 제언

현대시조의 독자층에 대해 솔직한 발언을 허락한다면, 현대시조는 현재 자유시보다 독자층이 더욱 한정적인 것이 사실이다. 자유시의 경우 시의 독자는 ①시인 자신, ②시 연구자를 포함한 비평가, ③대학에서 문학 수업을 듣는 학생들, ④시 습작을 하는 예비 시인으로서 문학 청년들, 그리고 ⑤아주 희박하지만 불특정 소수의 일반 독자로 이루어져있다. 현대시조의 경우 이와 같은 자유시의 상황과 비교할 때 독자층이 훨씬 엷다고 할 수 있다. 자유시와 달리 현대시조에 대한 연구자들은 매우 이례적인 몇몇 사람을 빼면 전무한 상황이라 할 수 있으며 대학에서 문학을 공부하는 학생들의 시조에 대한 인식 또한 전무하기 때문이다. 학생들은 현재 시조 창작이 활발히 이루어지고 있다는 사실에 대해 매우 낯설어 하기 일쑤다. 그렇다면 현재 시조 독자층은 극단적으로 말해 창작자 자신과 극소수의 일반 독자라 할 수 있을 것이다. 이처럼 시조가 안고 있는 독자층 문제는 현재만이 아니라 미래의 시조 창작에 대한 동기부여, 전통계승의 가치화, 문학사적 위상 등과 직결되는 문제일 수 있다. 따라서 그야말로 '소박한 독자'의 입장을 감안한 독자반응을 염두에 두면서 현대시조가 안고 있는 몇몇 세부적인 문제를 제기하고자 한다.

1. 전통과 시대적 감수성의 조응 문제

현대시조가 시가(詩歌) 전통을 계승하면서 동시에 과거의 산물이라는 인식을 뛰어넘기 위해서는 당대의 감수성을 보다 적극적으로 용해시킬 필요가 있을 것이다. 도시적 생활 방식과 첨단의 기계 시스템 속에서 빠르게 변화하는 현대인의 감성과 의식구조를 따라잡지 못할 때 시조는 낡은 것의 재현이라는 진부한 인상에서 벗어나기 어렵기 때문이다. 그렇다면 전통의 멋스러움을 결손하지 않은 채 현대인의 감성에 공감을 일으킬 수 있는 방법은 무엇인가? 다소 무책임한 얘기일지 모르지만, 이는 전적으로 창작자 자신의 고민에 의해 해결되어야 할 과제이다. 여기서는 다만 이와 같은 시대적 감수성과 괴리된 몇 가지 현상에 대해 설명해볼 수 있을 듯하다.

현대시조가 전통계승이라는 과제를 안고 있기 때문에 때로 치열한 현실인식을 담보하지 못하는 경우가 발생하는 것이 아닐까? 예를 들어 조심스러운 얘기지만, 특히 관조적 시선을 취하는 작품에서 제대로 된 관조가 아니라 시적 대상에 대한 피상적 인식으로 리얼리티를 상실하고 있음을 보게 되는데, 이는 대상을 돌파하는 정교한 정신의 결여와 관련되며 더 나아가서는 예스러운 멋에 대한 오해, 그리고 예스러운 멋을 현재성에 접목시키는 고뇌가 결핍되었기 때문에 나타나는 현상이라 생각한다. 현대시조가 전통의 계승을 가장 중요한 과제로 인식하고 있다 해서 현재성을 망각해서는 안 될 것이다. 전통계승의 신념에 그것을 보존하고 새롭게 재현해야 하는 필연적 이유가 절실하게 개입하지 않으면 그 결과는 현실과 괴리된 공소한 것이 될 수밖에 없다. 따라서 '현실인식'이라는 말은 다양하게 해석될 수 있겠지만, 전통과의 가장 유연한 연계는 강렬한 현실인식을 동반할 때 가능해질 수 있다. 시조 창작의 '필연성'에 대한 창작자 자신의 자의식이 보다 강화될 필요가 있는 것이다.

시대적 감수성과 관련해서, 시조에 수용된 소재나 시어의 문제는 언제나 시 전체의 유기적 구조 속에서만 그 역할과 미적 효과를 판단할 수 있는 것임에도 불구하고 시조에 수용된 소재나 시어 갱신의 문제를 말하지 않을 수 없다. 근대 이후 세계는 탈신비화의 과정을 전면화해왔으며 암암리에 오래된 것은 낡은 것이라는 무분별한 등식을 기반으로 새로움을 추구해 왔다고 할 수 있다. 이와 더불어 모든 공간은 직선적 형태로 재편성되었으며 이와 같은 공간의 재편성은 분, 초 단위로 분절된 시간성과 맞물리면서 우리의 생활 세계를 지배하기에 이르렀다. 새로움에 대한 선호와 속도전으로 이루어진 이 세계에서 이미 사라진 사물들, 과거의 유물들, 영원성을 드러내는 시간의 지표를 되살려내는 방법은 무엇인가? 시조에 자주 발견되는, 혹은 시인들이 애호하는 몇몇 소재와 시어, 구체적으로 학, 태고, 업, 관음, 실비단, 탱자울 등등과 같은 시어나 소재는 독자의 현실감각에 잘 부합되지 않을 가능성이 높은 것으로 판단된다. 현재의 독자는 이러한 시어나 소재에 대한 경험이나 정서적 체험이 거의 없기 때문이다. 시인이 '학'이 지닌 우아함과 신비함을 전달하려 해도 그것을 감지하는 독자가 '학'이라는 대상을 실감할 수 없다면 시인의 의도는 무산될 수밖에 없다.

　　물론 시적 아름다움을 창출하는 데 반드시 현실에서 경험했던 것만이 소용되는 것은 아니다. 그 대상이 무엇이든 문제는 '실감'이라 할 수 있다. 제시한 예들은 각각의 시편마다 그 효과가 다르겠지만, 대부분의 경우 그 '실감'이 잘 전달되지 않는 듯하다. 이러한 소재나 시어가 혹시 시조시인들 사이에서 내부적으로만 애호되는 것은 아닌가 하는 생각도 해보게 된다. 만일 그렇다면 이는 시조가 안고 있는 폐쇄성의 문제로 귀결될 것이다. 문제는 이와 같은 경우가 혹시 무반성적으로, 관성적으로 재생산되는 것은 아닌가? 독자의 감각에 호소력을 갖기 위해서는 분명 이와 같은 시어에 리얼리티를 부여할 수 있는 문맥적 전략이 구사되어야 할 것이다. 다시 강조하자면, 이러한 현상이 반복되는 것은 시대적 감수성이 고려되지 않았기 때문은 아닌가? 창작에 앞서 독자가 호흡하는 현실성에 대한 메타적 인식이 적극적으로 고려되지 않을 때 시조는 독자와의 소통이 둔화되는 현실을 피하기 어려울 것이다.

2. 시조의 고유성 강화를 위한 전략

　　독자층 확보를 위해 시조가 보다 적극화해야 할 미감에 대해 생각해볼 필요가 있을 듯하다. 여러 가지 미감이 있겠지만 이 글에서는 현대시의 전체적 상황에 비추어 두 가지만을 얘기해보면, 하나는 시조가 지닌 '격조'이며, 다른 하나는 '절제미'라 할 수 있다. 현대예술의 전반적 세태 속에서 발견되는 현상이 바로 품격과 절제미의 상실이다. 이는 모든 예술의 세속화가 불가피하게 진행되고 있기 때문에 야기되는 문제라 할 수 있는데, 좀더 부연하자면 대중성이나 상품성과 연동된 현상이라 할 수 있다. 자유시에서 증폭되는 품격을 상실한 시어와 화자의 문제, 우아미에 대한 거부와 추함에 대한 선호, 시를 길게 쓰지 않으면 현대성을 결여한 것으로 오해하는 기이한 풍조 등이 팽배한 현실에서 예술의 품격과 절제의 아름다움은 분명 다시 가다듬어져야 할 미감이라 생각한다. 1990년대 이후 지속되어 왔던 현상 가운데 하나가 '추의 미학'으로 요약되는 제반의 문제들이다. 비속어와 기이한 이미지, 무국적성, 불편한 리듬, 역겨움을 자극하는 비현실적 풍경 등의 남발을 전위와 새로움의 등가로 착각하는 현상을 쉽게 발견할 수 있다. 이에 대해 독자들은 어떤 생각을 가지고 있을까? 사실 추의 미학도 이젠 진부한 것으로 낡아가는 추세이다. 요즘 마주치게 되는 '절제된 투명한 서정'에 대한 요구가 추의 미학과 수다의 미학에 대한 권태로움 혹은 혐오의 감정과 무관하지 않은 것으로 느껴진다. 시조는 현실의 이와 같은 현상을 가로질러 품격과 절제미를 가장 잘 살려낼 수 있는 태생적 체질을 보유한 장르로 볼 수 있다. 시조가 이 시대에 어떤 예술미를 구현할 것인가의 문제는 이와 같은 상대적 파악과 무관하지 않다고 여겨진다. 현대 예술 일반에 대한 상대적 숙고와 정밀한 진단이 시조계의 성숙을 위해서 필요한 것이다. 그러나 이는 고루함과 상투성을 경계하는 부단한 노력에 의해서만이 성취될 수 있는 문제라는 사실을 강조하고 싶다.

3. 문예지 지면과 연구자의 관심 확보의 문제

현대시조의 독자층 확대를 위해 우리가 생각해볼 또 하나의 문제가 문예지 지면과 연구자 관심 확보라 할 수 있다. 『경남 시조』나 『열린 시조』와 같은 시조 전문지가 있지만 아직까지 시조의 지면 확보는 쉽지 않은 것으로 파악된다. 지면의 확보는 시조를 세상에 알리는 가장 일차적인 방법이다. 간혹 드물게 시조를 특정 문예지에서 특집으로 부각시키는 경우가 있기도 하지만 이러한 특집 구성은 이례적인 경우일 것이다. 시조가 특집으로 기획된다는 사실 자체는 고무적인 일이지만 이는 시조가 그만큼 특수한 장르로 인식됨을 나타내는 것이며 아울러 시조의 소외를 간접적으로 시사하는 일이기도하다. 가장 이상적이고 자연스러운 지면 확보의 형태는 현대시의 한 종류로서 자유시와 동일한 지면에 나란히 설 수 있는 위치를 점유하는 것이다. 물론 시조는 자유시와 달리 시조라는 표식을 해주는 것이 독자를 위해서 필요하리라 생각한다. 지금처럼 언제나 이례적인 경우로 취급될 때 시조는 여전히 낯선, 혹은 특수한, 나쁘게는 낡은 장르로 인식될 위험에서 벗어나기 어려울 것이다. 이러한 견해는 시조와 무관한 기존의 문예지를 설득해야 하는 과제로 현실화된다. 문예지 기획이 잡지사 주간의 단독으로 진행되는 경우도 있지만 많은 문예지 기획은 비평가와 시인의 연합에 의해 이루어진다. 따라서 시조 지면 확보를 위해서는 문예지 기획을 담당하는 사람들의 인식 갱신이 필수적이다. 이러한 인식 갱신을 위해 시조계에서 할 수 있는 노력은 어떤 것일까? 모든 문예지가 시조를 특수한 것이 아닌 또 하나의 보편적 시 장르로 인정하게 할 수 있는 방법은 무엇인가?

쉽지 않은 해결 과제이지만 분명 충분히 고민하고 실천해야 할 현실적 과제라 생각한다.

문예지 지면 확보의 문제는 간접적으로는 시조 연구자 확보의 문제와 긴밀하게 연결된 사안이다. 내가 아는 바로는 자유시가 아니라 현대시조를 전공한 박사급 연구자는 거의 없는 실정이다. 나 자신도 자유시를 전공했으며 나 이외에 현대시조와 인연이 있는 평자들 모두 현대시조가 아닌 다른 분야를 전공한 사람들이라 할 수 있다. 극단적으로 말해 진짜 현대시조 전문가는 시조시인 자신일지도 모른다. 연구자가 지금과 같이 희박하다는 것은 시조에 대한 인식이 희박하다는 것과 연관되며 이는 다시 시조 독자층이 희박하다는 사실로 귀결된다. 더 중요한 것은 이 같은 문제가 크게는 시조의 위상 정립과 현대문학사에서의 위치 확보의 문제로 직결된다는 것이다. 연구자 없이는 문학사 위치 확보가 불가능해지며 아울러 문학사에서 배제될 가능성이 커지게 된다. 현재 문학사에서 1920년대 후반에 민족주의 문학운동의 일환으로 '시조부흥운동'을 기술하고 있지만 주요 시인이나 작품에 대한 세부적 소개나 평가는 배제된 상태라 할 수 있다. 이는 일차적으로는 연구자들이 자연스럽게 시조를 접할 기회를 갖지 못했기 때문에 발생하는 문제이기도 하다. 애써 작품에 관심을 갖고 찾아 읽지 않으면 접하기 어렵기 때문이다. 시간이 걸릴지 모르지만, 다양한 문예지에서 자연스럽게 시조를 접할 수 있다면 이러한 무관심한 상황은 완화될 것이라 생각한다.

연구자의 관심 확보를 위한 또 하나의 방법은 국학 분야의 연구비지원사업과 관련한 프로젝트를 활성화하는 것이라 생각한다. 인문학이나 국학 분야에 대한 국가의 연구비지원사업이 활발하게 이루어지고 있는 상황에서 거의 유일하게 연구 테마에서 소외된 것이 현대시조라 할 수 있다. 이는 현대시조라는 테마가 선정되지 않아서가 아니라 현대시조에 관한 연구 프로젝트를 신청하는 연구자가 아예 없기 때문에 발생한 결과이다. 많은 연구자들이 연구비지원에 선정되기 위해 고심하면서 매우 새롭고 다양한 주제를 신청과제로 제출해왔음에도 불구하고, 적어도 내가 아니는 한에서 '현대시조'를 프로젝트로 제출한 연구자는 없었던 것으로 파악된다. 예를 들어 해외 동포문학과 관련한 '디아스포라 연구'와 같은 테마는 전적으로 연구비지원사업에 의해 많은 연구 성과를 얻어낸 경우이다. '디아스포라 연구'를 사례로 제시한 이유는 문학연구의 범주가 그 만큼 확대되고 세분화되고 있음을 강조하기 위해서이다. 요즘은 한문학에 대한 지원이 대폭 강화되고 있는 추세이며 이는 앞으로도 계속될 전망이다. 이와 같은 상황에서 현대시조에 대한 연구자 관심 확보의 문제는 매우 절실한 사안이 아닐 수 없다. 국학 분야의 연구비지원사업 프로젝트는 현대시조 연구를 체계적으로 본격화할 수 있는 현실적 방안이다. 박사급 연구자들의 공동프로젝트가 실행된다는 것은 현대시조에 관한 보다 전문적 담론의 장이 마련됨을 의미한다. 이를 통해 현대시조의 현재의 위상과 문학사적 가치부여의 문제는 달라질 가능성이 크다.

이우걸 시조에 내포된
모더니티(Modernity)의 일면

1. 모더니티에 대한 모색의 징후

　　이우걸 시인은 1973년 『현대시학』으로 등단한 이후 모두 여섯 권의 시집을 출간하였다.[1] 사십 년에 가까운 시력(詩歷)에 비추어 본다면 다작이라 할 수 없는 양이나 그 질적인 면으로 보면 결코 과작이라 할 수 없는 성과물이라 할 수 있다. 그의 시조세계가 고시조는 물론 근대 이후 창작된 선대의 작품들과 중요한 차이를 노정하고 있기 때문이다. 그 차이는 근대성에 대한 이지적 통찰에서 비롯된다. 이우걸의 시조세계가 드러내는 근대성의 문제를 논의하기에 앞서 전통시가 장르가 어떻게 근대적 세계에서 그 생명을 지속할 수 있는가에 대해 생각해볼 필요가 있을 듯하다. 우리가 흔히 말하곤 하는 '계승'의 문제는 말처럼 쉽게

---

1) 이우걸 시인이 출간한 시조집은 『지금은 누군가 와서』(학문사, 1977), 『빈 배에 앉아』(흐름사, 1981), 『저녁 이미지』(동학사, 1988), 『사전을 뒤적이며』(동학사, 1996), 『맹인』(고요아침, 2003), 『나를 운반해온 시간의 발자국이여』(천년의시작, 2009) 등이며 이 글의 논의는 시집에 묶인 작품과 더불어 최근 발표된 몇몇 시편을 포함한다.

실천되는 것이 아니다. 전통 계승의 과정은 온전한 '보전'과 다른 문제이다. 계승과정은 보존과 달리 변이를 동반하기 때문이다. 전통 계승이 옛 것의 동어반복을 뜻하는 것이 아니라면 그 과정에는 반드시 충돌과 화해라는 진통이 개입될 수밖에 없다. 동일성에 기반 하면서 차이성을 만들지 않으면 안 되는 것이 계승의 실천성이라 할 수 있다. 만일 옛것을 그대로 반복한다면 엄밀한 의미에서 새로운 작품의 탄생은 존재할 수 없는 것이다. 이러한 논의를 보다 구체적으로 진전시키기 위해 유종호의 현대시조에 대한 문학사적 평가를 인용해보는 것이 유의미하리라 생각한다.

현대시조가 보여 주는 중요한 특성은 무엇일까? 모든 현대시조에 내재하는 일관된 성격이 있다면 무엇일까? 그것은 시조의 사회적 역사적 기원이나 발달과 불가피하게 연루된 반(反)모더니즘이다.

우리 20세기 시에서 모더니즘을 어떻게 정의하건, 모더니즘 시와 가장 대척적인 위치에 서 있는 것이 시조이다. 시조의 세계는 정지용, 김기림, 이상, 김광균의 시와 정반대되는 세계이다. 여성주의 시인이나 녹색 지향 시인이 자신의 대의(大義)를 시조로 표현한다고 가정해보자. 그것은 희극적인 자기 희화화(戲畵化)로 귀결되고 말 것이다. 현대시조도 자연 서경(敍景), 계절의 순환, 영탄적 회고, 특정 순간의 심경 토로, 계기(契機) 시편, 경의의 헌정, 우정의 교환 같은 전통적 모티프의 처리로 명백히 이어 왔다.[2]

유종호는 현대시조의 중요한 특징을 '반(反)도더니즘'으로 규정

---

2) 유종호, 『한국근대시사』, 민음사, 2011, pp. 27~28.

한다. 모더니즘 자체가 전통과 대척점을 이루는 서구근대의 산물이라는 점을 염두에 둔다면 전통 장르로서 시조 또한 모더니즘과 대척점을 이루는 반모더니즘적 성향을 지닐 수밖에 없다. 그런 의미에서 유종호의 설명은 핵심을 관통하는 견해라 할 수 있다. 그가 이 글에서 여성주의 시인이나 녹색 지향 시인을 거론하는 까닭은 페미니즘적 사고나 환경론적 문제의식이 모두 근대 이후 첨예한 사회적 이슈가 된 사안이기 때문이다. 아울러 현대시조가 전통적 모티프를 통해서 전통을 이어왔다는 진단 또한 타당한 견해라 할 수 있다. 현대시조의 주요 경향이 이러한 설명에서 벗어나지 않기 때문이다.

그런데 현대시조의 주요 경향이 이렇다 하더라도 이 같은 설명만으로 다 충족될 수 없는 경우를 다시 생각해볼 필요가 있다. 현대시조 시인은 근대를 살아가는 주체의 의식을 통해서 전통을 재인식할 수밖에 없다. 그들은 고전적 세계를 근대라는 시간성으로 현존시킴으로써 창작의 내용물을 구성한다. 그런 의미에서 현대시조는 전(前)근대가 아니라 근대의 성과물이라 할 수 있다. 근대라는 시간 속에 살아가는 사람들이 모더니티를 완전히 벗어나는 일은 불가능하다. 따라서 시조 전통의 계승 문제로부터 모더니티를 완전히 분리하는 것 또한 불가능하다. 현대시조가 생명력을 유지하기 위해서는 오히려 근대의 생활감각과 다양한 문제, 그로부터 생성되는 사유와 고뇌를 전통과 결합시켜야만 한다. 이우걸의 경우가 그러하다.

이우걸의 시 전체를 일별해 보면 시조의 근본 형식을 무리하게 변형하거나 독특하게 창안한 개성적 형식을 전통 형식에 과도하게 덧붙인 경우를 거의 찾아보기 어렵다. 그는 단시조의 절제된 변이 정도를 늘 담담하게 유지하면서 시세계를 전개시킨다. 물론 예외가 없는 것은 아니다. 보다 구체적으로 말해보면, 초장, 중장, 종장 가운데 한 장(특히 중장)의 길이를 한 단락 정도의 산문 형식으로 길게 한다든지, 단시조의 변이라 할 수 있는 양장시조 형식으로 내용을 축약한다든지, 혹은 1970년대 이후 시도되었던 혼합형 형태 즉 한 편의 연작시조에 평시조와 사설시조, 양장시조 등 여러 가지 형식을 혼합한다든지 하는 방식을 제어한다. 그는 주로 단시조를 연작 형태로 배열하거나 구별배행의 형태를 통해 여백과 리듬을 만듦으로써 구조적으로 단아한 형식미를 지향하는 것으로 보인다. 이는 언어의 양을 가급적 경제적으로 조절하고자 하는 시작(詩作) 태도를 반영하며 아울러 시조의 장르적 특성상 형식의 무리한 변형이나 해체가 곧 전통 파괴로 이어질 위험이 있다는 시인의 인식을 함의한다.

그런데 이 같은 태도가 시조시인 모두에게 고수되는 것은 아니다. 전통 장르를 선택한 현대시조 시인들에게도 '새로움'은 자유시를 창작하는 시인들과 마찬가지로 중요한 과제라 할 수 있다. 현대시조에서 전통 시가의 형식이 무리하게 실험되거나 해체되는 경우가 간혹 발견되는 것은 이 때문이라 할 수 있다. 이우걸은 형식적인 편에서 지나친 변격이나 파격의 시도를 절제하면서 근대성에 대한 날카로운 인식을 전통 장르와 자연스럽게 결합시키는 데 헌신한다. 그의 시세계가 지닌 가장

---

3) 구모룡은 실험적인 시조시인들이 "과도하고 작위적인 형식 파괴를 합리화하는 경우"가 없지 않음을 지적하고 이에 비해 이우걸이 형식적인 측면에서 "열림과 닫힘의 긴장된 게임을 자연스럽게 지속"하고 있음을 밝히고 있다. 구모룡, 「생활 세계 속의 긴장된 자유」, 『이우걸의 시조미학』, 작가, 2006, pp. 222~223 참조.

큰 미덕은 현대시조가 전근대가 아니라 근대적 자아에 의해 창작된다
는 사실을 간과하지 않았다는 점이라 할 수 있다.

　　전체 내용적인 면에서 두드러지는 특징은 대부분의 현대시조가
자연시의 전통에서 파생된 정서나 소재를 가장 중요한 시조창작의 유
산으로 삼고 있는 데 비해 이우걸의 경우는 이러한 보편적 경향에서 비
껴나 있다는 점을 들 수 있다. 자연물은 우리 시가 전통의 내용을 매개
하는 매우 중요한 요소임에도 불구하고 첫 시집 이후의 시편에서 자연
물의 등장이 대폭 줄어드는 것은 그가 직면한 근대 인식과 무관하지 않
다. 아울러 로칼리즘(Localism)적 정서가 매우 옅은 것 또한 이와 연관
된다.[4] 부드럽고 온순한 농경적 질서의 세계에 균열이 왔음을 그는 인정
하고 있는 것이다. 첫 시집에 실린 「그대 가진 맨 주먹」은 이러한 균열을
함축하고 있는 좋은 예이다.

<blockquote>
외롭게 이어진 길이 하나
허덕이며 허덕이며 언덕을 오르고 있다.
鐵路따라 흩어진 처녀애들도
논바닥에 침을 뱉으며 떠나간 머슴놈도
허덕이며 허덕이며 저 길을 넘어서 갔다.
가슴 닫고 지켜보던 묵묵한 전답들,

지금은 그 위를 불볕이 퍼붓고 있다.
가죽채찍으로 정수리를 때리고 있다.
</blockquote>

---

4)　박철희, 「현대시조의 가능성」, 『이우걸의 시조미학』, 작가, 2006, pp. 157~158.
　　이승훈, 「시조와 현대적 상상력」, 『이우걸의 시조미학』, 작가, 2006, pp. 165~167.
　　조남현, 「장인 정신과 생(生) 철학의 상승」, 『이우걸의 시조미학』, 작가, 2006, p. 174 참조.

　　이 시의 제목에서 표현된 '맨 주먹'은 버려진 전답, 즉 농토 나아
가서는 농경으로 이루어진 전통적 향토세계를 의미한다. 처녀애들은 철
로를 따라 흩어지고 머슴놈도 침을 뱉으며 언덕을 넘어갔다. 그들은 언
덕을 넘어 어디로 간 것일까? 이 시는 급속히 진행된 산업화와 도시화
를 직접 언급하고 있지 않지만 '언덕을 넘어간 사람들'을 통해 산업화에
의해 해체된 농촌의 풍경을 유추하도록 유도하고 있다. 너도나도 허덕
이며 등진 고향의 쓸쓸함이 여기에 담겨있다. 근대 이후 고향(향토성)은
전통적 세계와 달리 상실 혹은 훼손이라는 문제와 분리될 수 없게 되었
다.[6] 첫 시집 『지금은 누군가 와서』는 이와 같은 현실인식의 출발 지점으
로 판단된다.

　　이우걸의 첫 시집에서 지배적으로 발견되는 것은 사실 강렬한 모
더니티라기보다 은하, 꽃씨, 달, 이슬, 바다 등 자연물과 결합된 외로운
내면, 고단한 삶의 서정, 혹은 이상적 세계에 대한 관념적 고뇌라 할 수
있다. 예를 들면, "받은 命 그 무게만큼 내 속살에 쌓이던 것도/바람에

---

5)　이우걸의 첫 시집에는 시조와 자유시가 함께 수록되어 있다. 인용한 시 「그대 가진 맨 주먹」은 형식에서 짐작
　　할 수 있듯이 자유시에 해당하는 작품이다. 이우걸은 자유시와 시조 창작을 병행하면서 둘 사이에 관습적으
　　로 작용해 온 시의 내용적 측면의 경계를 완화하고자 노력한다. 「그대 가진 맨 주먹」에서 보이는 근대성의 문
　　제는 이후 현대시조의 형식을 통해 자연스럽게 변이된다. 이 글에서 인용한 나머지 작품들은 모두 시조에 해
　　당한다.
6)　근대 이전의 고향과 근대 이후의 고향은 커다란 차이성을 갖는다. 이에 대해서는 "전통적 자연시에는 '귀거
　　래'의 노래가 있긴 하지만 그것은 근본적으로 고향상실을 함의하지 않는다. 전통적 자연시에서 고향상실을
　　노래한 시편들은 지극히 적을 뿐만 아니라, 고향과 자연은 당위로서 '거기에 있는', 혹은 언제나 인간이 돌아
　　가 쉴 수 있는 안식처나 은둔처의 기능을 가지고 있었다."라고 이미 설명한 바 있다. 근대 진행 가운데 벌어졌
　　던 식민지, 전쟁, 산업화는 이향과 실향을 낳는 계기가 되었으며 이에 따라 고향은 상실, 훼손 등의 상처를 겪
　　게 된다. 엄경희, 『전통시학의 근대적 변용과 미적 경향』, 인터북스, 2011, pp. 138~140 참조.

꽃씨 날리듯이 아늑한 밤섶에 서면/모운 뜻 素服을 입히는 저 祝手의 피리소리"(「눈 오는 밤」), "내 色相의 꿈을 열고 이 어둠을 마주 하면/밤이 없던 피도 식어서 萬空은 적요한데/불현듯 바다 하나가 섬을 안고 떠 있다."(「바다 하나가」)와 같은 구절이 그러하다. 이와 같이 다소 감상적 기풍에서 벗어나 그의 시가 앞서 이야기했던 '근대성에 대한 이지적 통찰'을 본격적으로 드러내는 것은 두 번째 시집 『빈 배에 앉아』에서부터이다. 그럼에도 그의 첫 시집에 실린 「겨울 神經痛」, 「꽃」, 「물」, 「잔나비」, 「지금은 누군가 와서」, 「새벽 敎會 종소리」 등에서 보이는 몇몇 징후들에 주목할 필요가 있다. 이들 작품에는 근대적 자아의 자의식, 일상성, 전통세계와는 다른 타인과의 관계성, 처세술, 신성으로부터의 소외 등 근대적 패러다임으로부터 발생한 삶의 내용에 초점이 맞추어져 있다. 이 논의에서 주목하고자 하는 것은 바로 이 부분이라 할 수 있다. 본 논의는 기존 논의를 바탕으로 이우걸 시조가 지닌 모더니티의 문제를 보다 종합적으로 분석하고 그 의의를 밝히는 데 목적이 있다. 아울러 논의의 주안점을 보다 명료하게 하기 위해서 전통시조와의 차이성을 고려하면서 논리를 진행하고자 한다.

---

7) 이우걸 시조가 지닌 현대성의 가치에 대해서는 몇몇 논자들에 의해 거론된 바 있다. 이상옥(「이우걸 시조의 현대성」)은 이우걸이 '현실주의적 상상력'을 전통에 수렴시켰다고 평가하고 있으며, 박철희(「현대시조의 가능성」)는 관습성에 벗어난 특색에 주목하면서 특히 환유가 아닌 은유를 통해 그의 시가 구축되고 있음을 밝히고 있다. 이승훈(「시조와 현대적 상상력」)은 이우걸이 현대적 대상(문명) 즉 도시성과 자본주의를 대상화함으로써 인습적 상상력에서 벗어났다고 평가한다. 유성호(「전통적 형식과 현대적 감각의 활발한 교섭」)는 이우걸이 현대사회의 병리적 측면을 비판적으로 사유하고 있음을 강조하고 있다. 이상의 논의들은 『이우걸의 시조미학』(작가, 2006)에 수록되어 있다.

2. 사유의 대상으로서 '나'

'개인주의'는 근대의 패러다임을 말해주는 가장 핵심적인 단어 가운데 하나이다. 근대 이후 개인주의가 집단주의를 우선하게 되는 이유는 '가(家)'를 중심으로 부분과 전체의 조화로운 관계를 강조해온 우리의 전통이념이 개인의 자유를 옹호하는 쪽으로 대체되었기 때문이다. 이제 개인은 공동체를 구성하는 한 부분이기에 앞서 구체적 현실에 맞선 개인적인 주체로 자리 잡게 된 것이다. 이 같은 개체성에 대한 자각은 근대 이전과 변별되는 중요한 존재론적 변화라 할 수 있다. 김흥규에 따르면 개인의 의미를 전체성에 의해 규정하는 전통적 세계에서 인생의 덧없음 혹은 존재의 유한성과 같이 지극히 개인적인 문제들은 주로 자연의 순환성이나 항구성으로 대체되거나 심미적 가치에 대한 몰입, 일락(逸樂)의 고양을 통해 해소된다.[8]

이와 달리 근대 이후의 인간 존재는 '나'란 무엇인가라는 질문을 날카롭게 묻고 회의하는 과정을 통해 자신의 주체성을 확고히 하고자 노력한다. 절대적 신분사회와 달리 표면적으로는 부조리한 사회의 위계나 억압에 순응하지 않아도 되는 사회체제로의 돌입이 이 같은 현상을 낳은 것이기도 하지만 이면적으로는 개인과 사회의 관계가 분쟁과 대립구도로부터 벗어나지 못했기 때문이기도 하다. 이때 개인은 끊임없이 자신의 존재감이나 도덕성, 행동의 당위성을 문제 삼으면서 사회적 관계를 점검하게 된다.[9] 그런 의미에서 근대적 자아의 내면은 전통적 세계의

---

8) 김흥규, 「16·17세기 강호시조의 변모와 전가시조의 형성」, 『고대어문논집』, 35집, 1996, 12, pp. 229~231 참조.

9) 김대행은 전통시조에 드러난 '개인성'을 "흘러가는 시간 속에서 그리고 연속된 공간 속에서 나는 그저 나란 존재로 고립이 되어 있을 뿐이다. 어떤 의미에서는 철저한 개인성의 깨달음인 것이다. 개인주의란 실상 남의 인식에서 오는 자기 보호의 목적론적 측면을 갖는 데 비해서 시조에 나타난 개인성은 그 같은 목적적 지향까

개인보다 불행할지도 모른다.

이우걸은 이 같은 자신의 개체성 문제를 거듭 성찰하거나 회의하는 모습을 보임으로써 자연의 순환성과 심미성으로부터 파생되는 삶의 원리나 이념으로 다 해소할 수 없는 근대인의 자의식을 드러낸다. 예를 들어 그는 첫 시집에 실린 「겨울 神經痛」에서 "드디어 붉은 채찍이 한 男子를 열고 들어 와/건조한 鐵制神經의 복부를 흔드는 동안/철 없는 뼈마디들도 귀뚜라미 소리로 운다."고 고백한다. '귀뚜라미'는 우리 시에서 가을날의 쓸쓸한 서정을 드러내는 전통적 제재 가운데 하나이다. 그런데 이 시에서 귀뚜라미 소리는 한 남자의 건조한 철제신경을 흔드는 붉은 채찍으로 재탄생한다. 이 소리의 채찍은 가을날의 서정을 넘어서 한 존재의 내면에 가해지는 매질이라 할 수 있다. 귀뚜라미 소리의 매질은 이후 시편에서 가혹한 매질을 견뎌내는 '팽이'(「팽이」), 혹은 정수리를 망치로 얻어맞는 '못'(「못」), 피 속을 흐르는 '어둠의 채찍'(「피」)으로 변용되기도 한다. 이우걸의 매 맞는 자아는 스스로를 올바르게 세우고자 하는 도덕적 자아의 태도를 함축한다. 이 같이 '매질'로 표상되는 자아 성찰적 태도는 자신을 대상화하는 과정을 거침으로써 가능해진다.

> 지금 내 얼굴 위를 면도날이 기어다닌다.
> 비밀스런 침을 가진 한 마리 벌레처럼

지는 이르지 못하고 있다. 단지 존재론적으로 자신이 결국 개별성의 외로운 존재임을 깨닫는 단계에 머무는 특징이 있다."라고 설명한다. 이는 전통 사회에서 개인은 대사회적 관계를 크게 의식하지 않아도 되었음을 뜻한다. 근대 이후 사회학의 발명은 사회구조의 변화와 이에 대응하는 사회적 존재로서 개인의 탄생을 전제한다. 김대행, 『시조 유형론』, 이화여자대학교 출판부, 1986, pp. 227~228.

「면도날」(『빈 배에 앉아』) 전문

이 시의 화자는 거울을 통해 면도를 하는 자신을 들여다보고 있다. 이때 등장하는 '면도날'은 '비밀스런 침'을 가진 벌레로 비유된다. 그로테스크한 이미지로의 전이를 통해 시인은 면도날과 접촉하는 위축된 자아의 심리를 드러낸다. 거기에는 '닫혀진 얼굴'이 존재해 있다. 시의 맥락을 보면 닫혀진 얼굴은 '지워진 얼굴', '잠이 든 나의 말들' 그리고 '슬픈 假定'과 동일한 의미를 갖는다. 은폐하고 지워지고 잠듦으로써 거짓 존재가 되어버린 것이 이 화자의 존재 상태인 것이다. 이와 같은 존재의 상태를 깨닫게 하는 매개가 면도날이라 할 수 있다. 면도날은 존재의 감추어진 얼굴과 언어들을 위협함으로써 그에게 진실을 요구한다. 그러면서 "피로한 나의 이마를 짚어 주며 웃기도 한다.". 즉 '면도날'은 '나'에게 진실의 얼굴을 요구하는 일종의 '매질'이면서 동시에 '나'를 위로하는 '손길'이라는 양가성을 갖는다. 이 시는 자신을 돌아보는 일과 자신에게 힘을 주는 일 모두가 자아성찰의 과정임을 보여준다. 이우걸 시에서 '거울'은 반복적으로 등장하는 성찰의 매개물이라 할 수 있다. 그는 거울에 "내 습관의 言語들"(「발견」)과 "내 남루"(「거울·2」)와 "안 보이는 흉터"(「구름의 말·1」)를 비춤으로써 자신의 내면에 쌓인 욕망의 허구를 사유한다. '거울'이 등장하지 않지만 「방·3」, 「책의 죽음」, 「가야산」, 「이름」 등의 시편 또한 이러한 자아성찰과 깊이 연관된 작품들이라 할 수 있다. 한편 시 「넥타이」는 이 같은 성찰적 국면을 보다 구체적 현실을 통해 실감나가 묘사한 대표적 예이다.

> 넥타이를 매고 나면 나는 뱀 같다
> 교활한 혓바닥과 빈틈없는 격식으로
> 상대를 넘어뜨리는 이 도시의 터널에서.
>
> 나의 너털웃음을 그는 알고 있을까
> 내 웃음이 꾸며 주는 청록빛 넥타이 속엔
> 지난밤 내가 숨겨 둔 奸計가 있다는 걸.
>
> 넥타이는 어둠 속에서 비로소 눈을 뜬다
> 예리한 핀 아래 눌려 있던 욕망들이
> 일제히 사슬을 벗고 제 얼굴을 드러낸다.
>
> 「넥타이」(『사전을 뒤적이며』) 전문

'거울'이 오로지 자신을 들여다보는 매개물이라면 '넥타이'는 '그'와의 관계성 속에서 자신을 가늠하는 매개물이라 할 수 있다. 넥타이는 서구적 생활양식을 상징함과 동시에 도시의 사무직 근로자의 초상을 제유하는 상징물이다. 넥타이는 도시 패션의 일종이기 이전에 현대인의 예의적 관계를 말해주는 사물이라 할 수 있다. 상대에 대해 격식과 예의를 갖추었음을 뜻하는 기호로서 기능하는 것이다. 이와 같은 넥타이의 문화 상징을 통해 이우걸은 "상대를 넘어뜨리는 이 도시의 터널" 속에서 자신이 어떠한 얼굴을 하고 있는가 스스로에게 묻는다. "빈틈없는 격식"으로 이루어진 도시적 삶의 본질은 사실 이익관계로 얼룩진 비인간적 세계이다. 늘 관계의 격식 이면에는 간계와 교활함이 꿈틀댄다. 이는 도시가 생산하는 욕망 때문이다. 끊임없이 욕망을 소비해야 하는 것이 도시인의 삶이다. 시인은 도시적 일상을 살아가는 자신의 가식과 허위를 넥타이의 상징을 통해 성찰하는 것이다.[10]

　　이우걸의 시에서 자주 목격되는 자신의 가식과 허위에 대한 고발은 현대시조에서 드물게 발견되는 특징이라 할 수 있다. 대부분의 시조에서 이는 서정적 자아의 반성이나 회한의 목소리로 대체되곤 한다. 그에 비해 이우걸의 자기성찰을 바탕으로 한 개체성에 대한 인식은 매우 적나라한 '고발' 형식을 취함으로써 자아의 역결성이나 방향성에 시달리는 한 존재의 내면을 강하게 각인시킨다. 세상의 부조리함을 비판하기에 앞서 자신을 비판 대상으로 삼는 이 같은 자기 대상화의 작업은 세속의 욕망으로부터 자신을 온전히 지켜내려 하는 내적 수양과 현실에 대한 이해가 동시에 이루어질 때 가능하다. 시인은 근대적 자아의 개체성에 대한 무수한 질문을 자기 수양의 과정으로 심화시키고 이를 실

10) '넥타이'의 상징성에 관한 의미 분석은 엄경희, 위의 책, p. 83을 재인용함

감나는 '지금 여기'라는 당대의 현실을 통해 드러냄으로써 시적 리얼리티를 확보한다. 인용한 「넥타이」와 더불어 「子正에 이 닦기」, 「위력없는 서류 위에 도장을 찍으면서도」, 「신발」, 「나사·1」, 「치과에서」 등의 작품에서도 근대적 자아의 자의식과 내적 수양의 태도가 결합된 시적 상상력을 발견할 수 있다.

이와 같은 '나'의 문제는 다섯 번째 시집 『맹인』에서부터 서서히 유한한 개체의 실존을 물음 하는 방향과 겹쳐지기 시작한다. 이전의 시집에서 보였던 '나'에 대한 물음이 상대성(관계성)에 의해 의미화되었다면 이때의 '나'에 관한 질문은 타자와의 관계성을 탈각시킨다는 점에서 차이를 갖는다. 대(對)사회적 관계를 떠나 한 개인이 감당해야 하는 '늙음'과 '죽음'의 문제에 관심을 쏟고 있는 것이라 할 수 있다. "낙엽이 쌓여서//뜰은 숙연하다//노인 혼자 벤치에 앉아//안경알을 닦는 사이//기차는 낮달을 싣고//어디론가 가고 있다."(「삼랑진 역」)에서 보이는 고독한 노인의 모습과 시간 혹은 세월을 함의하는 '가버린 기차'의 이미지는 인간 개체의 실존적 한계상황을 환기한다. 「무덤」, 「열쇠」, 「이명」, 「틀니」 등의 시편 또한 이와 비슷한 주제의식을 보이는 경우이다.

3. '일상성'의 발견과 현실인식

문학 작품에 일상성을 반영하는 것이 우리에게는 당연하고도 자연스러운 일처럼 여겨진다. 그러나 근대 이전의 시가에서 일상성의 반영은 지금과는 다른 의미를 지닌다. 근대 이전의 세계에서의 생활 기반은 농경이었다는 점과 그 농경생활의 면모를 시조에 담아낸 대부분의 창작자가 양반사대부이거나 출사하지 못한 선비들, 향리로 돌아간 관료였다는 점을 고려할 필요가 있다. 물론 17세기 이후 중인가객을 포함한 여항인, 무명씨의 작품 비중이 커지는 것이 사실이다. 아울러 18~19세기에 이르면 김매기는 물론 개간하기, 베짜기, 옷 만들기, 물건팔기 등 생활의 현장성을 생동감 있게 재현한 경우가 많아지는 것 또한 사실이다.[11] 그럼에도 전통시조의 주요 창작자 층이 농사에 직접 참여하지 않았던 사대부였다는 점은 매우 중요한 사항이다. 이로부터 농경생활 자체와 그것을 노래한 시인 사이에는 간극이 있었음을 유추해볼 수 있다. 생활시조에서 전원한정이나 훈민계열의 작품이 큰 비중을 차지하는 것은 이 때문이다. 단적이 예로 "비오는되 들희 가랴 사립 닷고 쇼 머겨라",[12] "아희야 薄酒 山菜ㄹ만졍 업다 말고 내여라"[13]와 같은 구절에서 보이는 명령형의 말투가 성립할 수 있었던 것도 창작자의 신분과 관련한다. 이때 농사를 짓는 사람과 그것을 노래하는 사람은 분리된다. 아울러 "고전시가에서 소박한 생활 속에서의 안빈낙도를 노래할 경우 그것이 생활시의 면모를 갖추고 있다할지라도 안빈낙도의 노래는 탈속의 의미를 갖는다는 점에서, 마음수양의 의미를 갖는다는 점에서 일상이 아니라 오히려 탈일상적 생활태도를 함의한다".[14] 그런 점에서 현대시조에서 다루어진 일상성은 고시조에서 다루어진 일상성과 큰 차이를 지닌다.

"일반적인 의미에서 근대문학은 일상적인 인간이 살아가는 현실

---

11) 전통 생활시조의 창작자 층의 역사적 변화와 그들이 담아낸 시적 내용에 관해서는 전재강, 『시조문학의 이념과 풍류』, 보고사, 2007, pp. 73~102 참조.
12) 윤선도, 「山中新曲 : 夏雨謠」,『孤山遺稿 · 8』, 박을수 편저,『한국시조대사전 · 上』, 아세아문화사, 1991, p. 538.
13) 한 호,『靑丘永言(珍本)』, 박을수 편저,『한국시조대사전 · 下』, 아세아문화사, 199 , p. 1047.
14) 엄경희, 위의 책, p. 81.

공간으로 채워진다.”[15] 개인은 역사와 생활의 주체로서 자신을 자각하며 생활의 중심에 서게 된 것이다. 오늘날 이 같은 시대의 변화에도 불구하고 현대시조는 자연(전원)한정과 같은 전통적 주제에 영향을 받은 흔적이 적지 않다. 이와 달리 이우걸의 작품에서 발견되는 근대적 공간과 사물, 예를 들어 유리벽, 사무실, 이발소, 타자와 독대하는 실내 공간, 하수구, 공단, 아파트, 판자촌, 종점, 도서관, 은행, 사각의 링 그리고 변기, 가계부, 신문, 넥타이, 시계, 주민등록증, 서류, 명함, 도장 등의 시적 수렴은 전통의 하중으로부터 현대성을 확보하기 위한 노력으로 볼 수 있다. 예를 들어 그가 주목하는 공간은 전원이 아니라 “일층은 경양식집/이층은 커피숍/삼층은 주점/사층은 노래방//마지막 관문을 열면/야누스 모텔”(「반도 빌딩 안내도」)처럼 우리에겐 너무나 친숙한 도시 공간이다. 이처럼 그는 근대의 일상성을 전통 시가의 형식과 결합함으로써 시적 주제의 관습화에서 벗어나고자 한다. 그가 다루는 일상성은 크게 두 가지 주제로 대별될 수 있다. 하나는 근대인의 욕망이며 또 하나는 눈물겨운 생활과의 화해라 할 수 있다.

> 변기를 아시나요, 짐승의 아가리 같은
> 엉덩이를 받쳐 드는 저 백색의 질 속에서
> 오늘의 욕망이 피고
> 그 욕망이 지는 것을.
>
> 타협하기 위하여, 진정하기 위하여,

---

15) 권영민, 『한국현대문학사 1』, 민음사, 2002, p. 29.

배설하기 위하여, 변절하기 위하여
변기는 놓여져 있다
필생의 테마처럼.

삶을 채근 당하는 거리의 발자국들도
햇빛을 피해 다니는 익명의 얼굴들도
한 모금 안식을 얻어 재기의 칼을 가는 곳.
「변기」(『사전을 뒤적이며』) 전문

시월 하늘에 흰 구름 떠 가고
혈관마다 은은히 종소리 번져날 때도
생활의 바다 깊숙이
검은 물이 흐른다.

가장 아름다운 사랑을 가꾸기 위해
한잔의 커피를 놓고 우리가 마주할 때도
생활의 바다 깊숙이
검은 물이 흐른다.

하수구는 어쩌면 우리들 꿈의 운하,
영원으로 가득할 내일을 가꾸기 위해 미지의 바다를 향해
목선을 띄우는 곳…….
「하수구」(『저녁 이미지』) 전문

'변기'는 배설과 관련한 사물로 일상 가운데 가장 침해를 덜 받는 공간에 놓여있다. 변기의 공간 배치는 배설을 감추고자 하는 인간의 의식과 관련한다. 불결함, 수치심과 같은 감정이 배설행위에 동반되

기 때문이다. 즉 불결한 것, 부끄러운 것을 감추고자 하는 의식이 변기의 공간 위상학을 만들어낸 것이다. 이 시에서 변기는 '짐승의 아가리' '백색의 질'로 비유된다. 여기에는 '먹다', '성교하다'와 같은 육체성이 함의되어 있다. 시인은 이러한 복합적 의미의 중층을 '욕망'이라는 시어로 요약한다. "좁은 공간 속에서 차단된 채 용변을 보는 행위에서 현대인의 은밀한 욕망, 익명성을 여지없이 폭로"[16]하고 있는 것이다. 이 시의 두 번째 수에는 욕망의 실제 내용이 구체적으로 열거되어 있다. 배설과 등가의 의미를 지닌 타협과 진정, 변절 등이 그것이다. 이때 육체의 배설과 정신의 배설이 동시에 행해지는 화장실의 공간성을 떠올려볼 수 있다. 육체의 오물을 배설하면서 동시에 자신을 진정시키고 타협할 것인가 변절할 것인가를 판단 혹은 결정하는 행위가 변기라는 객관적 상관물에 육화되어 있는 것이다. 이때 판단과 결정이라는 정신적 활동은 '먹다', '성교하다'와 동급에 해당하는 육체적 활동으로 층위 변동된다. 이우걸은 정신의 내적 욕망 활동을 이처럼 비천하고 수치스러운 육체적 활동과 등가의 것으로 의미화하는 것이다.

"한 모금 안식을 얻어 재기의 칼을 가는 곳."에서 비밀스럽게 피고 지는 '욕망'은 현대인의 일상을 지배하는 의식의 핵심 내용물이다. 자본의 생산이 곧 욕망의 생산이기 때문이다. 소비사회는 끊임없이 욕망을 생산하지 않으면 지속되기 어렵다. 차이를 빌미로 생산되는 수많은 상품들은 우리를 유혹하고 욕망하게 부추긴다. 시 「변기」에서 언급된 타협과 변절이라는 생존 싸움 이면에는 이 같은 욕망의 쳇바퀴가 돌

---

16) 이상옥, 앞의 글, p. 148.

고 있는 것이다. 시인은 다른 시 「드라이브」에서 "바퀴엔 질주의 욕망이 감겨 있지만/나는 늘 브레이크처럼/세상을 두려워한다/거쳐 온 터널의 기억이/그 어둠의 배경이다."라고 말한다. 화자는 욕망이 빚어낸 어둠의 기억을 알고 있는 자이며 그렇기 때문에 질주의 욕망을 경계하는 것이다. 욕망의 질주는 파멸을 낳는 악마적 동력이라 할 수 있다. 또 다른 시 「外換銀行 入口」에서는 "오피스는 말이 없었다. 깃발만 흔들었다.//흔들리는 깃발 사이로 차고 흰 손이 보일 뿐,//누구의 깊은 意中도//적발되어지지 않았다."라고 말한다. '은행'은 우리의 일상에 개입되어 있는 자본의 환유라 할 수 있다. 그것과 관련한 '깊은 意中'은 다름 아닌 내면에 감추어진 물질적 욕망일 것이다. 시인은 '차고 흰 손'이라는 싸늘한 이미지를 통해 우리의 욕망이 거래하는 비인간적 사태를 간명하게 그려낸다.

주목할 것은, '변기'와 인접관계에 놓인 '하수구'에 대한 상상력이 시 「변기」에서 보이는 일상성에 대한 인식과 다르다는 점이다. 위에 인용한 시 「하수구」에서 시인은 생활의 바닥 깊숙이 매설되어 있는 '하수구'를 '꿈의 운하'라고 말한다. 그것은 "미지의 바다를 향해/목선을 띄우는 곳……."이다. '변기'가 배설의 상징성을 갖는다면 '하수구'는 '검은 물'을 걸러내는 정화의 공간으로 의미화된다. 이 정화의 통로를 통해 삶에서 빚어지는 오물과 그릇된 욕망은 걸러지고 사랑과 꿈과 내일이 가꾸어진다. 이 같은 상상력에는 생활의 때를 정화함으로써 건강성을 회복하고자 하는 지향이 담겨있다. 다른 시 「겨울 청소부」에 등장하는 교활한 식자(識者)들 곁에서 묵묵히 청소를 하는 청소부 아줌마 또한 시인의 정화의식이 투영된 인물이라 할 수 있다. 이 외에 "오늘은 허리 다친 무지개도 일어나서/당신의 손수건같은 紫木蓮을 흔들고 섰네."(「꽃」), "아내는 저녁마다 배를 만들고 있고/파도는 언제나 우리 가족의 오락"(「겨울 삽화」)과 같은 구절을 포함해 「倚子」, 「저녁 이미지」, 「희망」, 「가계부」, 「아, 봄」 등의 시편에서도 이 같은 지향을 발견할 수 있다.

　　살펴본 바, 이우걸은 우리의 내면에 잠재되어 있는 불결한 욕망을 폭로하면서 동시에 건강성의 회복을 통해 일상과 화해하고자 한다. 이 둘은 한 존재로부터 생성되는 내적 갈등, 혹은 모순을 말해준다. 불결한 욕망이 비인간적 세계를 증폭시킨다면 '정화의식'은 그와 반대로 인간적 세계를 되찾고자 하는 지향이기 때문이다. 이 둘 사이에서 갈등하면서 삶의 방향성을 찾는 것이 현대 일상인의 내면풍경이라 할 수 있다. 그런데 개인의 일상은 자신의 욕망을 다스리고 그것을 정화해 나아가는 자기 쇄신만으로 다 정돈되지 않는다. 개인의 일상이 사회 구조와 연동되어 있기 때문이다. 우리를 피로에 물들게 하는 것은 바로 개인의 힘으로 판단할 수 없는 거대구조의 메커니즘일지도 모른다. 시인은 이를 "결재를 받으려 할 때, 지하도를 빠져 나갈 때,/山役처럼 지겨운 하루를 마감할 때/갑자기 온몸에 퍼지는/이 우수가/안개일까?"(「안개」)라고 자문한다. '안개'처럼 모호하게 엄습해오는 우수 혹은 피로감은 '나'의 노력과 쇄신을 넘어선 곳에서 침투해온 것들이다. 이우걸의 현실에 대한 인식과 감각은 이 같은 내적 체험을 동반한 구체성에 기반하고 있다.

신문은 근대적 삶의 양식을 단적으로 말해주는 대표적 매체라 할 수 있다. 그것은 세계 속에서 일어나는 다양한 소식의 유통망으로 기능함으로써 일상인에게 현실인식의 기초를 제공한다. 아울러 '나'와 사회 전체의 구체적 윤곽을 '현재성' 속에서 조망할 수 있게 도와준다. 즉 신문은 '오늘을 운반'하여 세계의 '표정'을 내 앞에 현존시킨다. 시 「석간」은 몇 개의 상징을 통해 우울한 일상의 풍경을 압축적으로 보여 준다. 현실을 이끌어 가는 '어둠의 손', 사회적 타살로서의 자살, 참담한 소식을 전하는 활자들을 통해 시인은 우리의 현실이 낙관할 수 없음을 드러내는 것이다. 이 같은 현실성을 시인은 또 다른 시 「아홉 시 뉴스를 보며」에서 "코일처럼 꼬여진 저 시정의 사연들이/지친 저녁 하늘을 뒤척이고 있는 한때"라고 말한다. 시 「落花」에서는 "흰 벽에 쏟아지는 뉴스와 부딪치고, 부딪쳐서 피흘리고 피흘리며 사라지고"라고 말한다. 「우리나라」, 「서서 우는 비」, 「어쩌면 이것들은」, 「실업」, 「신문」, 「아직도 우리 주위엔 직선이 대세다」 등 또한 현실에 대한 우려와 그에 대한 비판의식을 드러낸 시편들이라 할 수 있다.

4. 비인간적 관계성에 대한 통찰

전통 시가에서 발견되는 개인적 인간관계의 전형은 사랑하는 이에 대한 그리움, 멀리서 찾아온 벗에 대한 반가움, 연군에 대한 사모의 감정, 부모에 대한 효성스러운 마음, 형제에 대한 우애의 정 등으로 그려진다. 구체적으로 예를 들어 정철의 시조 "형아 아으야 네 슬흘 만져 보아/뉘손딕 타나관딕 양즈조차 ᄀᆞᆺ튼슨다/ᄒᆞᆫ졋먹고 길러 나이셔 닷ᄆᆞᄋᆞᆷ을 먹디 마라"[17]는 형제 사이의 화목을 강조한 경우이다. 인용한 예처럼 전통시조에서 관계는 "서정시의 정서적 지향인 상호 몰입보다는 사변적이며 오성적인 거리감을 배면에 깔고"[18] 그것의 당위성을 교훈적으로 드러낸다. 이 같은 인간관계의 표현에는 당시 지배 이데올로기였던 유교적 인간관과 그에 따른 서열의식이 자리해 있다. 관계의 질서 세움을 통해서 서로 간에 생길 수 있는 내적 갈등을 최소화하고 있는 것이다. 물론 세속적 부귀영화를 물리치고 강호에서의 정신수양을 노래한 작품을 보면 삶에 대한 인간적 갈등이 잠재되어 있는 것을 알 수 있다. 예를 들어 "三公이 貴타흔들 이 江山과 밧골소냐/片舟에 둘을 싯고 낙대를 훗더질 제/이 몸이 이 淸興 가지고 萬戶侯ᆞᆫ들 브르랴"[19]와 같은 작품의 이면에는 삼공보다는 강산이 더 낫다는 가치판단이 놓여있다. 그러나 이러한 가치판단에는 '나'와 '너'라는 개인 대 개인의 직접적 갈등이 소거되어 있다. 뿐만 아니라 인간적 갈등보다는 처사의 강호한정 쪽으로 초점을

---

17) 정철, 「訓民歌 3 ; 兄友弟恭」, 『警民篇庚戌乙丑本 · 2』, 박을수 편저, 『한국시조대사전 · 下』, 아세아문화사, 1991, p. 1267.
18) 김대행, 위의 책, p. 226.
19) 김광욱, 「栗理遺曲」, 『靑丘永言(珍本) · 153』, 박을수 편저, 『한국시조대사전 · 上』, 아세아문화사, 1991, p. 584.

강화함으로써 갈등의 국면을 약화시키는 것이 강호가도의 한 특성이기도 하다.

한편 근대는 농경문화를 중심으로 한 혈연적 혹은 공동체적 질서관과 유교적 서열관이 지극히 개인주의적 차원으로 대체되는 과정을 밟으며 진행되었다. '나'와 '너'의 관계는 정감이나 사랑, 도덕적 의무나 책임감, 당위성에서 벗어나 서서히 이익의 유무를 중요시 하는 쪽으로 변화해 왔다. 근대적 세계가 드러내는 인간관의 변화는 서구 자본주의로부터 파생한 생활양식의 변모가 깊게 연계되어 있다. 즉 관계의 변화는 생활양식을 지배하는 원리가 달라졌음을 의미하는 것이다. 이 같은 인간관계의 변화에도 불구하고 현대시조 시인들은 앞서 열거했던 인간관계의 전형성의 가치를 옹호하거나 이를 삶의 지침으로 삼고자 하는 내용을 반복함으로써 전통 속에 흐르는 인간관을 계승하고자 노력한 것으로 판단된다. 이우걸의 근대적 자아는 이와 같은 전통적 인간관에 대한 회의를 드러냄으로써 우리들이 현실에서 경험하는 타자와의 관계성을 시로서 형상화한다.

<blockquote>

遮斷된 가슴 사이에 두 개의 잔이 놓이고
떨리지 않는 손이 親切처럼 가득해 올 때
만남을 포기한 나는 저 假面의 잔을 쳐든다.

설익은 눈빛까지도 웃음으로 부딪쳐 와서
얼마쯤 뜻을 만드는 이 무서운 응접실에서
무수히 雇用당해온 한 世代의 시간이여.

</blockquote>

위에 인용한 시는 시조세계의 전반적인 경향에서 일탈한 이례적 작품이라 할 수 있다. '나'와 '너'의 관계가 돈독한 정감이나 당위를 기반으로 이루어지지 않기 때문이다. 이 시의 화자는 차단된 가슴과 친절하게 잔을 잡는 손의 모순적 상황을 '가면'이라는 시어로 함축한다. 가면은 "설익은 눈빛까지도 웃음으로" 바꿔놓는 거짓관계의 표정이라 할 수 있다. 다른 시 「신문」에 보이는 "사람들의 말 속에는 언제나 갈퀴가 있다.//타고난 포유류의 야성을 감춰보지만//급박한 상황 앞에선 얼굴을 들고 만다."와 같은 구절 또한 가면 속에 감추어진 우리들의 거짓 얼굴을 폭로한 대목이다. 위에 인용한 「지금은 누군가 와서」에 보이는 거짓 만남이 이루어지는 "이 무서운 응접실"의 냉랭한 장면은 '고용'이라는 근대 임금노동자의 생활을 상징화한다. 고용과 피고용으로 이루어진 관계는 인간의 내적 진실을 무용한 것으로 밀어내고 오로지 각자의 이익만을 좇도록 구조화된 것이라 할 수 있다. 즉 '고용'은 비인간적 관계를 촉발하는 원인이 무엇인가를 가장 잘 말해주는 시어라 할 수 있다. 이때 관계는 쓸쓸해지고 때로 살벌해진다. 이것이 이우걸이 창작을 시작한 산업사회 이후 급속도로 재편성된 인간관계의 면모라 할 수 있다.

---

20) 이 작품은 첫 시집에 실렸다가 세 번째 시집 『저녁 이미지』에 「방문」이라는 제목으로 개작되어 다시 실렸다. 이 글에서는 시인의 비인간적 인간관계에 대한 인식이 시작(詩作) 초기부터 있었음을 알리기 위해 첫 시집에 실린 작품을 인용하였다.

중요한 것은 이우걸이 고전시가에서 반복되었던 신뢰로서의 인간관을 회의하고 있다는 점이며 더 나아가서는 우리들의 인간관계가 왜 변질되고 있는가를 현실에 입각해서 직시하고 있다는 점이다. 이우걸의 다른 시에서 발견되는 굳게 닫힌 문과 말 없는 의자, 금이 간 벽으로 이루어진 사무실의 풍경(「사무실」)이 암시하는 비인간적 사무원의 생활상이나 자신의 인생을 겨우 세상의 뒷좌석에 자리를 차지한 '부록'으로 밖에 생각할 수 없는 존재 인식(「부록」) 등은 모두 부조리한 타자(사회)와의 관계구조가 파생시킨 '소외'를 암시한다. 비인간적 거짓 관계 구조가 지속될 때 신뢰는 사라지고 우리 각자의 내면은 상처받거나 변질된다. 시인이 여러 번 개작의 흔적을 보인 시 「손(手)」은 이를 가장 잘 드러내 주는 예라 할 수 있다.

      1
그는 시방 손이 없다,
슬픈 얼굴이다.
이따금 그의 소매가
빈 하늘에 닿을 때마다
그 곳엔 지울 수 없는
얼룩이 남곤 한다.

그에게도 손이 있었다,
겸손하고 아름다운.
때때로 그의 손이
내 어깨를 두드리면

숭늉빛 고운 인연이
은은히 배어 오던.

2
지금 탁자 곁에
나는 그와 앉아 있다.
그는 종이꽃처럼
냉랭히 웃고 있지만
내게도 그를 위해서
준비해 둔 손이 없다.

「손(手)」(『빈 배에 앉아』) 전문

　'손'은 인간의 행위를 구체적으로 실천하는 신체의 일부라 할 수 있다. 타인과 '악수'를 통해 서로 이해하고 화해함으로써 인간은 아름다운 관계를 만들어 간다. 이 시에 등장하는 '그'는 타인과의 사이에서 가교 역할을 해온 '손'을 잃어버린 사람이다. "내 어깨를 두드리면/숭늉빛 고운 인연이/은은히 배어 오던." 손은 이미 과거의 것이다. 현재 그의 손은 지울 수 없는 얼룩을 남기는 불결한 것이 되고 만 것이다. 시인은 이 같이 변질된 그의 인간성을 과거와 현재의 대비를 통해 함축적으로 드러낸다. 아울러 이 시의 말미에 "내게도 그를 위해서/준비해 둔 손이 없다."고 고백함으로써 자신 또한 그와 다를 바 없음을 밝히고 있다. 여기서 중요한 것은 시인이 '너'가 아니라 '그'라는 삼인칭 대명사를 내세우고 있다는 점이다. 이때 삼인칭은 익명의 보편성을 내포한다는 점에서 한 명의 개인이 아니라 다수를 지칭한다고 볼 수 있다. 그런 의미

에서 손을 잃은 '그'는 우리 모두를 지시하는 것으로 확대 해석할 수 있
다. 아울러 앞서 설명했듯이 '우리'라는 복수성에 '나' 또한 예외가 아니
다. 따라서 '나'를 포함한 우리 모두는 변질된 혹은 타락한 슬픈 존재로
의미화된다. 이것이 우리들의 현존이라 할 수 있다. 타인과 악수할 수 있
는 '손'을 잃어버렸다는 인식은 시 「잔(盞)」에서도 반복된다.

> 어쩌면 잃어버린 손에 대한 향수 때문에
> 잔은 만나려 한다, 만나서 불타려 한다.
> 그리곤 더욱 안으로
> 싸늘히 식으려 한다.
>
> 「잔(盞)」(『빈 배에 앉아』) 부분

　　이 시의 화자는 시 「손(手)」에 등장하는 '그'와 '나'처럼 '손'을 잃
어버린 사람이다. 그런데 이 시의 화자는 잃어버린 손을 되찾고 싶어 한
다. "잔을 만나려 한다, 만나서 불타려 한다."라는 구절이 이를 말해준
다. 이 시에 등장하는 '잔'은 만남, 관계를 의미한다는 점에서 '손'의 환
유로 볼 수 있다. 끈끈한 관계회복의 상징물이 '잔'인 것이다. 그러나 이
시에서 관계회복의 열망은 실패로 돌아가고 만다. 종장의 "그리곤 더욱
안으로/싸늘히 식으려 한다."에서 느껴지는 냉기의 이미지는 결국 온전
한 관계회복이 쉽지 않음을 뜻한다. 서로가 가면을 벗지 않는 한 진정
한 만남은 불가능한 것이고 그 가면의 원인이 되는 관계설정방식이 바
뀌지 않는 한 우리의 비인간적 현실관계는 반복될 수밖에 없을 것이다.

5. 맺음말

　　이우걸의 시조세계는 근대성에 대한 이지적 통찰을 통해 고시조
는 물론 근대 이후 창작된 선대의 작품들과 중요한 차이를 드러낸다. 현
대시조의 경우, 전통적 시가 형식을 근대라는 시간성에 현존시킴으로
써 창작의 내용물을 구성할 수밖에 없다는 점을 생각해 볼 때 현대시
조 세계와 모더니티의 접촉은 불가피한 일일지도 모른다. 현대시조 가
운데 이우걸의 시편은 근대성에 대한 날카로운 인식을 전통 장르와 자
연스럽게 결합시킨 가장 대표적인 경우라 할 수 있다. 이 논문은 이우걸
의 시조가 지닌 모더니티의 문제를 전통시조와의 차이성을 의식하면서
보다 종합적으로 분석하고 그 의의를 밝히고자 하였다. 구체적 논의를
위해 그의 시에서 모더니티와 관련한 세 가지 주제, 즉 ①사유 대상으로
서 '나', ②일상성의 발견과 현실 인식, ③비인간적 관계성에 대한 통찰
등의 문제를 분석하였다.

　　이우걸의 시편에서 두드러지게 발견되는 첫 번째 주제적 특징은
자신의 개체성의 문제를 거듭 성찰하거나 회의하는 모습을 보임으로써
자연의 순환성과 심미성으로부터 파생되는 삶의 원리나 이념으로 다
해소할 수 없는 근대인의 자의식을 반복적으로 드러낸다는 점이다. 그
의 자기성찰을 바탕으로 한 개체성에 대한 인식은 매우 적나라한 '고
발' 형식을 취함으로써 자아의 염결성이나 방향성에 시달리는 한 존재
의 내면을 강하게 각인시킨다. 세상의 부조리함을 비판하기에 앞서 자
신을 비판 대상으로 삼는 이 같은 자기대상화의 작업은 세속의 욕망으
로부터 자신을 온전히 지켜내려 하는 내적 수양과 현실에 대한 이해가

동시에 이루어질 때 가능하다.

　　두 번째 특징으로 시에 근대의 일상성을 대폭 수용함으로써 시적 리얼리티를 확보하고 있다는 점을 들 수 있다. 문학 작품에 일상성을 반영하는 것이 우리에게는 당연하고도 자연스러운 일처럼 여겨진다. 그러나 근대 이전의 시가에서 일상성의 반영은 지금과는 다른 의미를 지닌다. 근대 이전의 세계에서의 생활 기반은 농경이었다는 점과 그 농경 생활의 면모를 시조에 담아낸 대부분의 창작자가 양반사대부이거나 출사하지 못한 선비들, 향리로 돌아간 관료였다는 점을 고려할 필요가 있다. 현대시조와 달리 고시조에서는 시적 대상인 일상과 창작자가 서로 분리되어 있는 것이다. 근대 이후 개인은 역사와 생활의 주체로서 자신을 자각하며 생활의 중심에 서게 된다. 그럼에도 현대시조는 자연(전원)한정과 같은 전통적 주제에 영향을 받은 흔적이 적지 않다. 이와 달리 이우걸의 작품에는 근대적 공간과 사물이 대거 수렴되는 현상을 발견할 수 있는데 이는 전통의 하중으로부터 현대성을 확보하기 위한 노력으로 볼 수 있다. 그가 다루는 일상성은 크게 두 가지 주제로 대변될 수 있다. 하나는 근대인의 욕망이며 또 하나는 눈물겨운 생활과의 화해라 할 수 있다. 이우걸의 현실에 대한 인식과 감각은 이 같은 내적 체험을 동반한 구체성에 의해 확보된다.

　　세 번째 특징으로 우리의 생활세계에서 비롯되는 비인간적 관계성에 주목하고 있다는 점을 들 수 있다. 전통 시가에서 발견되는 개인적 인간관계는 사랑하는 이에 대한 그리움, 멀리서 찾아온 벗에 대한 반가움, 연군에 대한 사모의 감정, 부모에 대한 효성스러운 마음, 형제에 대한 우애의 정 등이며 이는 주로 당위론에 입각해서 그려진다. 근대는 농경 문화를 중심으로 한 혈연적 혹은 공동체적 질서관과 유교적 서열관이 지극히 개인주의적 차원으로 대체되는 과정을 밟으며 진행되었다. '나' 와 '너'의 관계는 정감이나 사랑, 도덕적 의무나 책임감, 당위성에서 벗어나 서서히 이익의 유무를 중요시 하는 쪽으로 변화해 왔다. 중요한 것은 이우걸이 고전시가에서 반복되었던 신뢰로서의 인간관을 회의하고 있다는 점이며 더 나아가서는 우리들의 인간관계가 왜 변질되고 있는가를 현실에 입각해서 직시하고 있다는 점이다. 그의 시에서 보이는 '나' 와 '너'의 관계는 신뢰를 잃은 거짓관계로 의미화된다.

지금까지 살펴본 이우걸의 시조세계는 전통시조나 대부분의 현대시조와 다른 방향성을 노정한 경우라 할 수 있다. 전통 장르의 영향권 안에 놓인 현대시조는 전통을 어떻게 현대적으로 계승할 것인가를 고민하면서 그 생명력을 지속해 온 것이 사실이다. 대부분의 현대시조에서 발견되는 반모더니즘적 성향은 이와 연관된다. 반면 이우걸은 전통 시조의 형식미를 자연스럽게 변형하면서 근대 이후 생활세계로부터 파생된 다양하고도 구체적인 문제들을 이에 접목시킨다. 이와 같은 그의 시조세계의 특징은 전통 계승과 현대성의 확보라는 두 개의 과제를 동시에 해결하기 위한 문학적 노력이라는 점에 그 의의가 있다.

웃음의 생태학

- 이종문의 시조세계

1. 우연한 사건들

　　이종문 시인의 시조를 살펴보면 제일 먼저 눈에 띄는 것이 그의 시가 지닌 희극적 묘미라 할 수 있다. 이 희극적 즐거움의 막을 뚫고 좀 더 살펴보면 웃고 넘어갈 수만은 없는 생활의 우여곡절이 포착된다. 다시 좀더 살펴보면 거기에는 다양한 생명체들의 우연한 사건들이 장면화되어 있다. 구체적으로 말해 복사꽃과 달팽이, 흐박 넝쿨, 실솔이, 번개, 황소, 노루, 잠자리, 자벌레, 말똥구리, 지렁이, 지네, 꽁치, 게 등속이 초점화되어 있다. 이러한 자연물은 양적인 측면에서 결코 소홀히 할 수 없을 만큼 빈번하게 등장한다. 그런데 이종문의 자연물은 전통적 자연시에 등장하는 자연물과는 색다른 느낌으로 전달된다. 전통적 자연시, 특히 산수시(山水詩)에는 다양한 자연물들이 상호조응하면서 하나의 풍경으로 어우러지고 거기에 화자의 서정이 겹쳐지는 것이 일반적이다. 전통적 세계관에서 개개의 자연물은 개별적으로 존립하는 것이 아니라 전체와의 균형과 조화를 이루며 존재한다. 이와 달리 이종문의 자연물은 산수시적 공간에 배치되어 있지 않다. 이는 그가 산수의 풍광을 바라보며 그것에 감응하는 원경(遠景)의 거리감에서 벗어나 있음을 뜻한다. 그는 그 소재가 달팽이든, 소든, 자벌레든 하나의 자연물에 시선을 집중한다. 그리고 대상의 움직임을 장면화한다.

> 봄날도 환한 봄날 자벌레 한 마리가 浩然亭 대청마루를 자질하며 건너간다
>
> 우주의 넓이가 문득, 궁금했던 모양이다
>
> 「봄날도 환한 봄날」 전문

> 소가 엉덩이의 쉬파리를 쫓으려고 꼬리를 휘두르며 마구 풀쩍 내닫다가
>
> 아 냅다 뒷발질하며 희뜩 돌아보는,
>
> 대낮
>
> 「대낮」 전문

인용한 두 편의 시 외에 「봄날·3」, 「立冬」, 「바람」, 「황소」, 「나무 밑에 자다가 깨어」, 「침이 꼴깍, 넘어감」, 「실종」, 「가을」, 「소」, 「게」와 같은 시편들 또한 자연물의 장면화로 이루어진 작품들이다. 한 대상을 포

착하여 그것을 장면화하는 기법은 포착한 대상을 클로즈업하여 거기에 시선을 집중시키는 방법이라 할 수 있다. 이는 보여주기에 충실하겠다는 시인의 의도를 내포한다. 장면화의 기법은 대상으로부터 촉발되는 의미화의 과정을 가급적 생략하는 특성을 지닌다는 점에서 대상에 대한 해석의 여지를 일정 부분 독자에게 넘겨주고자 하는 의도를 아울러 지닌다. 물론 장면화 기법으로 형상화된 이종문의 시편들에서 시인의 해석이나 주관적 서정을 발견할 수 없는 것은 아니다. 분명한 것은 해석과 서정을 통한 의미의 구현이 상당 부분 절제되어 있다는 점이다.

시 「봄날도 환한 봄날」은 대청마루를 기어가는 자벌레에 초점이 맞추어져 있다. "우주의 넓이가 문득, 궁금했던 모양이다"라는 시인의 해석이 개입되어 있지만 이러한 해석은 독자의 의식이 확장되는 것을 도울 뿐이다. 자벌레라는 명칭에 이미 크기를 잰다는 의미가 부여되어 있기 때문이다. 「대낮」에서는 대상에 대한 의미부여를 완전히 생략한 채 오로지 쉬파리를 쫓는 소의 행동에만 초점이 맞추어져 있다. 이때 시인의 해석이 개입되지 않은 이 순수 장면은 통째로 독자에게 양도된다. 환한 대낮에 "희뜩 돌아보는" 소의 눈과 독자의 눈이 정면으로 마주치는 것이다. 그 순간 시간이 정지한 듯한 시적 긴장감이 긴 파장을 일으킨다. 소를 또렷이 오래도록 보게 되는 것이다. 그렇다면 이처럼 참신한 마주침을 경험케 하는 이 시의 주제는 무엇인가? 이 시에서 우리가 흔히 말하는 시적 주제를 찾으려고 애쓰는 일 자체가 난센스일지도 모른다. 여기에는 자연물과의 '마주침'이 있을 뿐이다. 시인은 쉬파리를 쫓다 "희뜩 돌아보는" 소를 오랫동안 봐주기를 바라는 것이다. 이것이 시인의 의도이다. 왜냐하면 우리가 자벌레나 소 따위를 눈여겨보지 않기 때문이다. 시인은 왜 이러한 자연물에 오랫동안 시선을 집중하는 것일까?

「실종」 전문

이 시는 암노루를 사냥해서 포식을 즐긴 이후의 사건에 초점이 모아져 있다. 화자는 도마 옆에 놓인 네 개의 피 묻은 노루발을 발견한다. 이 처참한 광경 앞에서 화자는 "그 발을 여기다 둔 채, 그녀는 그럼 어디?"라고 능청을 떨며 시를 마무리한다. 이 질문에 대한 답은 확고부동하다. 바로 질문하는 화자의 뱃속에 있지 않은가? 이 빤한 질문에는 화자의 복잡한 정황이 겹쳐있다. 피도 마시고 배가 터지도록 고기를 즐겼지만 피 묻은 노루발을 발견하는 순간 당혹감과 머쓱함, 그리고 왠지 모를 미안함이 화자의 기분을 물들이는 것이다. 이와 같은 '미안함'의 정서는 이종문의 시조세계를 관통하는 중심 서정이라 할 수 있다. 그의 시에서 미안함은 외로움과 쓸쓸함, 고적함, 슬픔, 그리움과 같은 종류의 서정보다 훨씬 반복적으로 드러난다. 자벌레와 소와 귀뚜라미와 달팽이에 시선을 모으는 이유가 여기에 있다. 다른 시 「정말 꿈틀, 하지 뭐니」에서 커다란 지렁이를 무심코 밟은 화자는 "정말 꿈틀,//하지//뭐니"라고 살아있는 것을 밟았을 때 느껴지는 으스스한 감각을 표현한다. 시 「入寂·1」에서 지네 새끼를 때려잡은 화자는 "이것 참,//머쓱하네."라고 말한다. 시 「가을」에서는 책갈피에서 으깨진 귀뚜라미를 보며 "가을//哭/!"이라고 쓰고 있다. 그리고 시 「도대체 이게 뭐꼬」에서는 잉어를 잡았다 다시 방생해주는 낚시꾼의 행태를 보고는 "도대체, 이게 뭐꼬?"라고 그 못마땅함을 드러낸다. 이외에도 이종문의 시에는 곤충과 동물의 죽음과 관련된 장면들이 반복해서 등장한다. 이를 통해 살생에 대해 그가 얼마나 민감하게 반응하는가 짐작해볼 수 있다.

「四月」 전문

생명들이 돋아나는 사월, 그것도 세상 만물을 가엾게 여겨 자비를 설파했던 석가모니 탄신일에, 생명을 구해야하는 한약방집 아들이 전기톱을 들고 숲으로 가는 이 역설적 상황을 통해 시인은 모질고 잔인한 인간성을 제시한다. 그런데 시인은 거기서 멈춘다. 이러한 상황에 대해 크게 질타하거나 반성을 촉구하지 않는다. 이는 시적 긴장감을 창출하기 위한 의미의 절제가 아닌 또 다른 의미를 내포하는 것으로 여겨진다. 여기서 이미 앞서 제시했던 「실종」이라는 작품을 다시 눈여겨볼 필요가 있을 듯하다. 이 시에서 화자는 "얼결에 방아쇠를 힘껏 당겼는데, 정말 뜻밖에도"라고 말한다. '얼결에', '뜻밖에도'와 같은 시어들은 이 시에서 일어난 사건이 필연이 아닌 우연임을 강조한다. 조심스럽지만, 이종문의 '생명' 인식에는 필연보다는 우연의 작용력이 더 비중 있게 개입된 것으로 보인다.

　　　어느 날 책갈피를 덮는 순간에 압사당한 귀뚜라미의 죽음은 우연인가 필연인가? 얼떨결에 쏜 총에 맞아 죽은 노루의 죽음은 우연인가 필연인가? 이 시인이 필연으로 다 설명할 수 없는 생명 사슬 앞에서 단순한 혹은 과도한 윤리적 포즈를 유보한다는 생각이 든다. 우연이 필연보다 훨씬 거대한 우주의 체계라면 섣불리 교훈적 사설을 늘어놓는 것이 무색한 일일지도 모른다. 아울러 우연을 받아들이는 일은 필연과 싸우는 것보다 더 힘겨운 일일지도 모른다. 중요한 것은 이종문의 시적 화자들이 자신이 때려잡은 생명 앞에서 미안함과 머쓱함을 거듭 드러낸다는 점이다. 미안한 마음, 이것이 이종문이 지닌 생명에 대한 근본적 태도라 할 수 있다. 이 같은 '미안함'의 태도는 때로 사물성으로 번지기도 한다. 시 「칼국수를 먹으며」에서 "총 총 총 부엌에서 땀 흘리는 저 칼이여!//바빠도 국수 한 그릇 먹고 나서 하게 그려", 시 「발로 꺼서 미안하다」에서 "7박 8일 동안 휴가를 보낸 뒤에 돌아오니 선풍기가 강풍으로 돌고 있다//발로다, 툭, 하고 끄니, 그제서야 멈춘다//아아, 그 긴

낮을, 그 칠흑 같은 밤을, 그 정말 무시무시한 고독 속에 돌아갔을,//가여운, 너 선풍기여, 발로 꺼서 미안하다”와 같은 구절이 그것이다. 성급한 진단일지 모르지만, ‘우연한 사건’과 ‘미안함’의 융합은 시인의 실존의식이 움직여가는 구체적 양태일 가능성이 짙다는 점에서 눈여겨 보아야 할 대목으로 판단된다.

2. 기대의 불일치에 의한 웃음의 극적 구성

가엾은 것들, 혹은 미안한 것들과 마주보는 시간은 우리를 무겁게 하고 어둡게 만든다. 뿐만 아니라 생활의 고단함과 그 사이에서 벌어지는 지극한 비애 또한 우리의 정서를 그늘지게 한다. 이종문은 생활의 고단함을 종종 ‘밥’의 상징으로 대변하는데, 예를 들어 시 「저녁밥 찾는 소리」에서 “미치것네! 저 실솔이 골수에서 우는 소리. 갈팡질팡 흩어져서 이리저리 헤집으며,//소올 솔 김이 오르는 저녁밥 찾는 소리.”와 같은 구절이 그것이다. 일반적으로 시에 귀뚜라미의 울음소리가 등장하면 가을의 외롭고 고적한 서정을 연상하기 마련이다. 그런데 이 시는 귀뚜라미 우는 소리를 ‘저녁밥 찾는 소리’로 치환한다. ‘골수에서 우는 소리’라는 점에서 이는 근원적 결핍감을 자극하는 소리로 의미화할 수 있다. 생활의 고통에 대한 연민을 시인은 이렇게 표현하는 것이다. 그런데 이종문 시의 묘미는 삶 속에서 빚어지는 이 같은 비애의 감정을 눈물이 아닌 웃음으로 쇄신하려 한다는 데 있다. 이러한 그의 시의 특성에 대해 필자는 다음과 같이 언급한 바 있다.

이종문은 쾌활하지만 삶의 어둠을 예리하게 통찰하는 내적 힘을 지닌 시인이다. 예를 들어 시 「밤차는 아름답다」에서 "가물가물 먼 꿈결처럼 몽롱하던 네모들이/달리는 버스를 향해 밀물처럼 밀려올 때,/보인다! 그 네모 속의 고개 숙인 흰 이마들……"에서 보이는 밤차의 한 장면에는 인간 삶의 힘겨움과 무거움이 고스란히 들어있다. 그러나 그는 이 같은 삶의 무게에 짓눌리지 않고 특유의 유머러스한 방식으로 대응한다. 그 대응 방식은 읽는 이에게 재미와 통쾌함을 함께 느끼게 한다.[1]*

해학과 골계미를 지닌 시조가 없는 것은 아니지만 통념상 재미있는 시조, 유쾌한 시조를 선뜻 떠올리는 것은 드문 일이다. 차분하고도 절제된 어조에서 우러나는 단아하고 고상한 격조가 시조의 보편 미학이라는 인식이 지배적이기 때문이다. 이종문의 시조는 '웃음'을 통해 이와 같은 통념을 뒤흔들어 놓는다. 웃음의 감염력은 순식간에 실행된다. 이 순간적 파장으로 인해 웃음의 자장 안에 있는 사람들은 단숨에 이질감을 벗어난다. 점잖고 긴장된 자세를 이완시키고 '함께' 웃게 되는 것이다. 희극성의 강력한 힘은 여기에 있다. 이종문의 시와 독자의 소통이 이와 다르지 않다. 기왕에 앞서 '밥' 얘기를 꺼냈으니 그의 밥에 관한 시편들을 몇 편 더 보는 것이 좋을 듯하다.

밥아,

지금 내 입에

---

1) 엄경희, 『전통시학의 근대적 변용과 미적 경향』, 인터북스, 2011, pp.120~121.

들어가고 있는 밥아 !
들어가서 마누라를 더 힘차게 때려주고,

쿰쿰한 냄새가 나는 똥이 되어버릴

밥아 !

「밥」 전문

나이 쉰다섯에 과수가 된 하동댁이 남편을 산에 묻고 땅을 치며 돌아오니 여든 둘 시어머니가 문에 섰다 하시는 말

「밥도」 전문

초파일, 작은 절집, 공양간 그 어귀에 긴 행렬 늘어섰네, 밥 한 그릇 먹을 행렬,

그러나 밥은 동났네, 이것 참 큰일 났네

목말라 기절한 꽃 조리개로 물을 주면 생기가 삽시간에 온몸으로 번지듯이

밥 먹고 못 먹고 따라 그 얼굴이 천양이라

먹으면 부처님도 못 먹으면 중생이니, 부처가 별게 아니라 밥이 바로 부처인데,

그 밥이 한 그릇 없어 부처되지 못하네

「밥」전문

첫 번째 인용한 시 「밥」에서 화자는 '밥아'라고 밥을 세 번에 걸쳐 호명한다. 이때 격조사 '아'는 벌어진 화자의 입을 연상케 한다. "지금 내 입에/들어가고 있는 밥"이라는 현재진행의 상황을 보여주기 때문이다. 화자는 입을 벌려 밥을 부르며 밥을 떠 넣고 있는 것이다. 화자는 이 우스꽝스러운 장면을 연출하면서 밥이 가져올 결과에 대해 생각한다. 즉 지금 입으로 들어가는 밥이 에너지와 똥이 될 것이라는 생각을 한다. 이때 "마누라를 더 힘차게 때려"준다는 표현은 강한 애정을 나타내는 역설적 농담이라 할 수 있다. 한편 밥이 "쿰쿰한 냄새가 나는 똥이 되어버릴" 것이라는 생각은 사실 당연한 얘기다. 그럼에도 독자는 밥이 똥이 될 것이라는 화자의 생각을 당연하게 받아드릴 여유를 갖지 못한다. 화자가 지금 밥을 먹고 있기 때문이다. 양분이 흡수된 찌꺼기가 몸 밖으로 배설된다는 생리적 순환을 알고 있음에도 밥과 똥을 하나로 묶어서 얘기하는 것은 일종의 금기에 해당한다. 우리는 신체의 하부에서 일어나는 활동을 드러내놓고 얘기하지 않는다. 그것을 불결하고 비천하다고 여기기 때문이다. 따라서 밥과 똥이 하나이길 완강히 거부하는 것처럼 입과 항문, 식탁과 변기 또한 완강하게 분리된 채 인식된다. 이와 같은 일상의 금기를 깨고 있는 것이다. 즉 밥에 대한 일반적 기대와 화자의 위반이 불일치를 빚게 되는 것이다. 이러한 기대의 불일치가 웃음을 낳는 원인이 된다. 아울러 밥을 먹으며 똥 얘기를 하는 사람은 그런 얘기를 하는 순간 격하(格下)된다. 웃음은 엄숙하고 근엄한 화자로부터 촉발하기 어렵다. 아리스토텔레스가 말했듯이 웃음은 무언가 부족한 곳에서, 보통 이하의 우스꽝스러운 존재에 의해 빚어진다. 화자든 대상이든 둘 중 하나는 완벽함에서 벗어나 격하되어야 촉발될 수 있는 것이다.

두 번째 인용한 시 「밥도」에도 기대의 불일치와 격하라는 희극의 원리가 그대로 작용한다. 이 시에서는 남편을 땅에 묻고 돌아온 며느리에게 시어머니가 '밥도'라고 말하는 순간 반전이 일어난다. 남편을 잃은 며느리의 슬픔과 자식을 잃은 시어머니의 엉뚱한 태도가 병립됨으로써 기대의 불일치가 일어나게 된다. 이러한 시적 상황을 논리적으로 따져보면 시어머니가 병들어 온전하지 못하다는 사실을 짐작하게 되는데, 그럼에도 독자는 웃을 수밖에 없다. 이러한 웃음이 촉발될 수 있는 것은 시어머니가 격하되었기 때문이다. 한편 이 모든 웃음의 상황에 정점을 찍는 것은 경상도 사투리 '밥도'의 짧고 간명한 음절이라 할 수 있다.

세 번째 인용한 시 「밥」에서 핵심이 되는 웃음의 원리는 격하라 할 수 있다. 이는 밥을 부처로 치환하는 과정에서 발생한다. 그리고 달마대사가 동쪽으로 온 까닭을 식당과 화장실 때문이라는 발언에서도 격하가 발생한다. 밥이 우리의 평범한 일상을 대변하는 상징물이라면 부처와 달마대사는 세속을 살아가는 중생으로서는 감히 따라잡을 수 없는 경지에 도달한 비범한 인물들이라 할 수 있다. 시인은 이와 같은 인물을 밥과 일치시킴으로써 그들이 지닌 위용을 격하시킨다. 이때 웃음이 촉발된다. 위대한 깨달음의 세계가 지닌 심오한 경지가 별개 아니라는 통쾌함을 주기 때문이다. "부처-ㄴ들 어쩌겠는가, 동쪽으로 와야지 뭐."라는 거침없는 발언은 부처도 우리와 다를 바 없다는 사실을 더욱 명확히 해준다. 이러한 격하는 신성모독과 거리가 멀다. 시인은 격하를 통해 추상화된 종교적 진리를 친근하고도 구체적인 삶 속으로 밀착시키려는 것이다. 아울러 진리는 삶을 벗어난 먼 곳에 있는 것이 아니라는 사실을 일깨워주는 것이다.

'밥'은 인간 삶의 수많은 애환을 함축하는 상징물로 볼 수 있다. 이종문이 밥이라는 상징물을 거듭 호출하는 이유도 이와 무관하지 않을 듯하다. 삶의 고단함과 괴로움이 '밥'에서 비롯되는 것이라면 그 '밥'을 눈물의 밥이 아니라 웃음의 밥으로 바꾸는 일은 곧 생활을 닦아내는 일과 다르지 않을 것이다. 이것이 삶을 사랑하는 이종문의 방법이라 여겨진다.

밥을 제재로 한 세 편의 시에서 알 수 있듯이, 이종문의 시에서 가장 중요한 특징이라 할 수 있는 '웃음'은 기대의 불일치 혹은 격하를 야기하는 극적 반전을 통해서 생성된다. 인용한 시 외에 「반란」, 「봄날」, 「손」, 「겨드랑이 털이 알지」, 「출장」, 「아내의 독립 선언」, 「落梅」, 「스님」 등이 모두 그러하다. 이처럼 극적 요소에 의한 이종문 시의 재미는 시조가 고루한 장르라는 편견을 불식시키고 전통 장르와 독자 사이를 좁혀주는 효과를 불러일으킨다.

3. 놀이하는 인간의 무상성(無償性)

　　웃음은 근본적으로 삶의 다양한 사태를 가벼움으로 전환하고자
하는 욕망의 발현이다. 가벼움은 간혹 사려 깊음을 결여하고 경솔함을
낳을 수 있다는 점에서 실수의 원인이 되기도 한다. 그러나 분명한 것은
무거움을 무거움으로, 고통을 고통으로 대응하는 태도만이 진실한 것
은 아니다. 아울러 진지한 태도만이 다양한 문제를 해결할 수 있는 유일
한 방법은 아니다. 웃음은 삶의 무게를 해체하는 생의 에너지이다. 아울
러 웃음의 생성은 아리스토텔레스에 따르면 남에게 고통이나 해를 끼
치지 않는 무해한 활동이라 할 수 있다. 웃음의 생성을 위해서는 심각
함이나 진지함 대신 정신의 여유와 탄력이 필수적이다. 그리고 여기에는
놀이하는 자의 유연성, 더 나아가서는 자유정신이 필요하다. 이는 모든
인간이 갈망하는 생의 행복감과 연결된다. 경직된 것을 이완시키고 한
없이 자유로운 상태에서 쏟아지는 웃음의 풍경이야말로 우리가 지극히
소망하는 생의 한 순간이라 할 수 있다. 그러나 삶의 막강한 힘은 우리
의 생각을 아주 손쉽게 경화(硬化)시키곤 한다.

　　그해 가을 그 묵 집에서 그 귀여운 여학생이 묵 그릇에 툭 떨어진
　　느티나무 잎새 둘을 얌얌얌 씹어보는 양 시늉 짓다 말을 했네

　　저 만약 출세를 해 제 손으로 돈을 벌면 선생님 팔짱을 끼고 경포
　　대를 한 바퀴 돈 뒤 겸상해 마주 보면서 묵을 먹을 거예요

　　내 겨우 입을 벌려 아내에게 허락받고 팔짱 낄 만반 준비 다 갖춘

이 시는 과거에 묵을 함께 먹었던 귀여운 제자와의 추억을 모티
브로 한 작품이다. 시에 등장하는 귀여운 여학생은 그의 선생에게 자신
의 꿈을 이야기한다. "저 만약 출세를 해 제 손으로 돈을 벌면 선생님
팔짱을 끼고 경포대를 한 바퀴 돈 뒤 겸상해 마주 보면서 묵을 먹을 거
예요"라고 그녀는 말한다. "느티나무 잎새 둘을 얌얌얌 씹어보는 양 시
늉"을 해보이던 그녀의 미래의 소망은 너무도 소박하지만 여기에는 "출
세를 해 제 손으로 돈을 벌면"이라는 전제가 붙어 있다. 우리들이 진정
으로 소망하는 것은 알고 보면 이 귀여운 여학생처럼 아주 작고 소박
한 것에 불과하다. 그럼에도 우리는 사회적으로 인정받는 성과를 만들
기 위해 이러한 잔잔한 재미와 즐거움을 유보하거나 희생시킨다. 일상
속에서 한 번이 아니라 지속적으로 그러하다. 화자는 "그런데 여보게나,
경포대를 도는 일에 왜 하필 그 어려운 출세를 꼭 해야 하나. 출세를 못
해도 돌자, 묵값은 내가 낼게"라며 이와 같이 경직된 삶의 방식을 유머
러스하게 지적한다. 이 화자의 말대로 경포대를 돌고 묵 한 그릇을 함

께 먹는 일이 굳이 출세를 해야 가능한 것은 아니다. 문제는 이러한 사실을 망각하게 하는 '짓누름'에 있다. 어떤 목표의식에 짓눌릴 때 삶의 소중함과 다정함을 망각하게 되고 이는 또한 궁극적으로 우리가 무엇을 위해 살아가는가를 잊게 만든다. 시인은 이 시를 통해 이처럼 경직된 우리의 의식을 문제 삼고 있는 것이다. 이종문의 시적 상상력이 이와 같은 유연성을 체질화할 수 있는 근원에는 놀이의 즐거움, 그 무상성(無償性)의 즐거움이 동반되어 있다.

일없는 그 일 말고는 다시는 더 일없는 날

탱자나무 울타리의 달팽이를 손에 놓고

오른 뿔 눌러나 보랴, 왼 뿔을 또 눌러보랴

왼 뿔 누르는 순간 솟아나는 오른 뿔의,

손에 닿지도 않는 그 촉감을 만져보랴

일없는 그 일 말고는 다시는 더 일없는 날

「일없는 날」 전문

실용적 관점에서 보면, 달팽이의 뿔을 눌러보는 화자는 그야말로 실없는 짓거리를 하는 자이다. 아무런 보상도 돌아오지 않는 놀이에 몰두하며 시간을 낭비하고 에너지를 낭비하는 것이다. 더욱이 "오른 뿔 눌러나 보랴, 왼 뿔을 또 눌러보랴"에서 느껴지는 리드미컬한 어조는 이 화자가 이러한 낭비에 얼마나 신이 났는가를 말해준다. 이종문의 또 다른 시 「죄라도 좀 지어볼까」에 등장하는 화자는 "엄청//심심한 날//무지개 뜬 저녁답엔//수리못 도라지밭에 팽팽하게 부풀어 오른,//새하얀 꽃봉오리를//몰래 가서//만져//볼까"라고 말한다. 시 「큰 일-無事亦成事·鏡虛의 詩句」의 화자는 "지척엔 감을 곳 없는 비온 뒤 호박 넝쿨 제 몸을 칭칭 감는 데 드는 시간 재어 본다. 넝쿨 손 그 앞에다 내 손가락 세워놓고 감을까, 안 감을까, 먼 산을 보는 동안 넝쿨 손 내 손을 감아 간지러워 못 살겠네."라고 말한다. 이들 시에 등장하는 화자 또한 시간에 구애됨 없이 실없는 짓거리에 헌신하는 자들이다. 이종문의 화자는 부풀어 오른 꽃봉오리나 만져볼 생각이나 하고 호박 넝쿨 감는 시간이나 재며 심심함을 풀어낸다. 심심함을 용납하지 않는 세상에서 이와 같은 놀이에 심취해있는 자들은 비생산적이고 게으른 자들로 오인될 수 있다.

　　그런데 놀이는 본질적으로 심심함에서 태어난 비생산적 활동이라 할 수 있다. 아무런 보상이 주어지지 않는다는 점 때문에 놀이는 아무런 억압의 요소를 갖지 않는다. 다시 말해 놀이는 반드시 성취해야 할 목적을 갖지 않는다. 오로지 즐거움 자체가 놀이의 목적이라 할 수 있으며 즐거움이 사라지면 놀이는 멈춘다. 따라서 무상성을 낭비로 생각하는 자는 놀이에 능동적으로 참여하기 어렵다. 놀이하는 정신이 자유정신과 통하는 이유가 여기에 있다. 놀이하는 자는 오로지 그 즐거움에 몰입하는 자유를 만끽한다.

「봄날」 전문

　　이종문은 「봄날」이라는 동일 제목으로 여러 편의 작품을 시집에
싣고 있는데 인용한 시는 그 가운데 하나이다. 이 시의 화자는 화사한
봄날 발을 헛디디어 넘어지는 처녀들이 비명을 지르며 자신의 품에 안
기는 기쁨을 몽상한다. 그러나 이러한 춘몽은 이루어지지 않는다. 화자
는 "그러나, 단 한 처녀도 비명치지 않는… 봄날"이라고 고백한다. 독자
는 화자의 몽상이 현실에서 좌절되었음에도 이를 슬퍼하거나 안타까워
하지 않는다. 화자의 장난스러운 몽상이 현실적 보상을 겨냥하고 있지
않음을 독자가 알기 때문이다. 마지막 구절을 읽을 때 오히려 화자의 좌
절을 보고 웃게 된다. 반전이 재미를 불러일으키기 때문이다. 상상 속에
서든 실제에서든 놀이 혹은 장난은 현실적 보상을 겨냥하지 않는다. 그
런 의미에서 놀이의 무상성은 무욕(無慾)과 상통한다. 무상성의 추구가
곧 무욕의 추구인 것이다. 세속의 모든 욕심을 버린 인간의 표정을 시인
은 다음과 같이 묘사한다.

아아
이 고요 속에
한 비구니
졸고 있고,

그 비구니
눈썹 위엔

잠자리가
졸고 있고,

극락의
녹슨 자물쇠

툭, 떨어져

내리고,

「고요」 전문

졸고 있는 상태는 긴장과 욕심에서 벗어날 때 가능하다. 그것은
휴식하는 표정이며 스스로에게 평화를 허용하는 표정이다. 싸움과 갈
등은 가라앉고 이완된다. 그렇기 때문에 고요 속에서 졸고 있는 비구니
의 모습은 아름답다. 그 눈썹 위에 잠자리가 졸고 있다. 비구니의 눈썹
이 잠자리의 졸음을 허용하는 것이다. 시인은 이를 극락이라고 말한다.
"극락의 녹슨 자물쇠"는 오래도록 열리지 않은 낙원의 문을 상징한다.

그 녹슨 자물쇠를 여는 힘은 강인한 팔뚝이 아니라 저 무욕을 향해 고요히 숨 쉬고 있는 졸음이다. 부드러움이 완강하게 닫혀 있던 평화의 한때를 여는 것이다. 놀이하는 사람이 많아지는 세상, 무상성을 즐기는 사람이 많아지는 세상, 무욕으로 마음을 비우고 다른 존재의 휴식을 허용해 주는 사람이 많아지는 세상, 그런 세상은 지금보다 분명 극락과 가까운 세상일 것이다.

4. 이완의 철학

현대도시를 살아가는 우리들은 긴장과 피로 사이에서 허덕이며 불행과 불안을 벗어나지 못한 채 질주한다. 진정으로 행복과 즐거움을 원하면서도 그것에 도달하는 방법을 망각한다. 삶은 유실되고 희생된다. 과연 우리는 무엇을 위해 살아가고 있는 것일까? 이종문의 시편들은 이와 같은 물음으로부터 출발한다. 그 일차적 질문은 "나와 함께 공존해 있는 생명들의 존재방식은 무엇인가?"로 압축된다. 시인은 생활 속에서 만나는 다른 생명체들이 우연의 법칙 속에 속해 있다고 믿는 듯하다. 우연은 필연보다 거대하고 두려운 삶의 계기라 할 수 있다. 논리적으로 다 설명할 수 없는 생명들의 수많은 우여곡절 앞에서 그가 갖는 감정은 '미안함'이다. 논리로 설명할 수 없다는 것은 합리적 해결도 없음을 뜻한다. 그럼에도 그는 미안하다. 이것이 이종문이 내면화한 실존의 구체적 내용물이며 다른 생명들에게 갖는 윤리의 기초라 생각한다. 그런데 그는 '미안함'이라는 감정을 계몽의 도구로 사용하지 않는다. 쉽게 말해 '미안함'으로 독자를 가르치려하지 않는다. 이것이 그의 시의 매력 가운데 하나이다. 만일 이러한 감정적 요소가 과도하게 표출되어 반성을 촉구하는 쪽으로 흘러갔다면 그의 시세계는 유연성을 잃었을지도 모른다. 시적 주제를 강요하지 않는 이러한 미덕은 이종문이 지향하는 이완의 철학에 닿아있다.

이종문의 이완의 철학은 근엄하고 딱딱한 세계에 틈을 만들어 그것들을 무장해제하고 보다 편안한 것으로, 보다 친근하고 재미있는 것으로 전환시킴으로써 삶의 곳곳에서 야기하는 '울음'을 쇄신하려는 의식지향이라 할 수 있다. 이는 가장 소박하고도 인간적인 삶을 성취하는 구체적 방법이면서 동시에 우연한 실존의 두려움을 해체하는 묘약으로 기능한다. 그의 시에서 보이는 '웃음'의 극적 상황들은 모두 이러한 의식지향에서 연원한다. 웃음이야말로 긴장을 이완시키는 가장 강력한 생기라 할 수 있다. 그런데 예술 세계에서의 '웃음'은 자연스럽게 생성되는 웃음과는 다르다. 그것은 시인의 의도를 반영한 인공의 산물이다. 즉 시에서 연출된 웃음은 독자를 웃겨보자는 의도에 의해 기획된 것이다. 이는 진지한 고뇌와 성찰을 요구하는 기존 시풍과는 다른 효과를 성취하고자 하는 시적 전략이다. 이종문은 무게감을 털어낸 웃음의 즐거움으로 삶의 활기와 경쾌함을 회복하고자 한다. 일상을 삶의 무게에 짓눌리지 않게 가벼움으로 쇄신할 때 생명은 밝아지고 젊어진다.

이 같은 이종문의 이완의 철학을 작동시키는 근본 동력은 그의 호모 루덴스적 자질이라 할 수 있다. 놀이하는 인간은 모든 실용적 가치를 가로질러 쾌락의 원칙에 충실한 천진한 존재의 상태에 이른다. 스스로를 무상성의 놀이 속에 살도록 허락하는 일, 이것이 우리가 도달하고자 하는 자유의 초상일 것이다. 긴장과 억압을 적게 만드는 노력은 웃음과 놀이를 증폭시키는 것과 무관하지 않다. 이종문의 이완의 철학은 우리의 존재조건을 저 변방으로 밀려난 '웃음'의 기운으로 조금씩 변경시킴으로써 생동하는 기운 회복을 기도한다는 점에서 생태학적이다. 이 글의 제목을 '웃음의 생태학'이라 했던 이유가 여기에 있다. 웃음의 생태학에 숨결과 혈액을 지속적으로 공급하기 위해서는 곁에 있는 소중한 존재들에 대해 미안함으로 상생하는 마음자리를 되도록 넉넉히 할 필요가 있을 듯하다.

이 글을 마무리하며 사족 하나를 달고자 한다. 이종문의 시를 보면 절이나 스님과 관련한 에피소드를 자주 발견할 수 있다. 뿐만 아니라 그의 지향이 불교사상과 긴밀한 관계가 있다는 생각을 저버릴 수 없다. 그럼에도 나는 이 글에서 그의 시를 불교적 영향 관계로 바라보는 관점을 유보하였다. 불교에 관한 나의 앎이 일천하기 때문이기도 하지만 더 큰 이유는 종교사상의 하중이 실릴 때 그의 시를 읽는 진솔한 재미가 줄어들 것을 우려했기 때문이다. 그의 시만이 줄 수 있는 즐거움과 매력을 밝히는 데 초점을 맞추고자 했던 것이 이 글의 전체적 방향이라 할 수 있다.

우리 시 전통의 견인차

1. 사인사색(四人思索)

　　시집 『네 사람의 노래』는 시조시인 윤금초·박시교·이우걸·유재영의 작품으로 이루어진 앤솔로지이다. 윤금초 시인이 출생과 등단 면에서 다소 앞서 있지만, 시집의 주인공인 네 시인은 해방 전후에 출생하여 1960년대 후반과 1970년대 초반에 등단했다는 점에서 동일 세대로 볼 수 있을 것이다. 이들은 해방 전후의 혼란과 산업화, 독재정권기의 억압을 겪으며 사십여 년 가까이 함께 시조 창작에 매진했던 우리 시 전통의 견인차라 할 수 있다. 네 시인은 『네 사람의 노래』를 출간하기 이전인 1983년에 이미 『네 사람의 얼굴』이라는 앤솔로지를 낸 바 있는데 이를 미루어 짐작해보면, 네 시인은 세대 공감을 바탕으로 시에 대한 서로의 열정과 뜻을 존중하며 오랜 문우(文友)로서의 정을 지켜온 것으로 보인다. 『네 사람의 노래』는 작품의 성과 이전에 이 같은 끈끈한 관계를 은연중에 내포한다는 면에서 아름다운 결과물이라 할 수 있다.

　　이 시대에 시조에 대한 관심을 끊임없이 견인한다는 것은 매우 의미심장한 일이 아닐 수 없다. 근대의 충격과 더불어 수많은 전통이 사라지거나 파괴되었다는 사실은 누구나 아는 바이다. 전통이 파괴되었다는 것은 곧 우리들의 삶을 이끌어왔던 생활양식과 정신, 감정, 정서, 감각에 변화가 초래되었음을 뜻한다. 근대의 출발과 함께 한 자유시의 출현과 성장은 근대 이후의 변화에 부응한 시적 모색이며 탐구라 할 수 있다. 이 같은 변화에도 불구하고 전통 시학에 대한 애정을 저버리지 않고 그것의 가치를 재발견하고자 하는 노력이 지속되는 것은 시조가 다만 전통의 산물이기 때문만은 아니다. 이는 시조가 지닌 미감과 정신이 보존할만한 가치를 지니고 있기 때문에 가능한 것이다.

　　시조는 자유시에 비해 형식적 제약이 많은 장르이다. 자유시가 누리는 그야말로 자유로운 형식을 거부하고 상대적으로 제약이 따르는 시조 장르를 선택한다는 것은 형식적 제약을 제약이 아닌 일종의 매력적인 틀로 간주함을 뜻한다. 이 미적 제약성은 크게 두 가지로 생각해 볼 수 있을 듯하다. 첫째, 시조의 형식은 언어의 절제를 완강히 조건화한다는 특징을 지닌다. 삼장 형식으로 이루어진 평시조만이 아니라 연시조나 사설시조 또한 시조 형식의 기본 틀에서 파생되었다는 점에서 언어의 절제를 무시할 수 없다. 이 같은 시조의 기본자질은 창작자의 과잉된 언어방출에 제동을 걸어주는 방어벽이 된다. 과도한 감정의 분출과 그에 따른 언어의 과용을 다듬도록 형식이 요구하는 것이다. 시조의 묘미는 이와 같은 정신수양의 과정으로부터 생겨난다. 능숙한 창작자에게 이러한 시작(詩作) 과정은 지극한 즐거움이 될 것이다. 둘째, 시조는 전통적으로 가창방식을 고려했던 장르이다. 따라서 말과 음악의 조화로운 혼융이 대단히 중요한 미적 요건이 된다. 이는 가창방식을 상실한 현대시조의 경우도 마찬가지이다. 언어의 율감을 살려내면서 그것을 정서화할 때 시의 미감은 한국인의 무의식에 깊은 감동으로 닿게 된다.

『네 사람의 노래』는 이와 같은 시조의 전통미학을 오랫동안 탐구해왔던 네 시인의 시력(詩歷)을 압축적으로 보여주는 시조집이라 할 수 있다. 흥미로운 것은 이들의 작품이 각각의 개성미를 이룩하고 있다는 점이다. 이 글의 서두 제목을 '사인사색(四人思索)'이라 한 것은 이 때문이다. 또한 사색(四色)이 아니라 사색(思索)이라 한 것은 생각이 곧 표면적 특징을 생성하는 근원이기 때문이다. 네 사람의 서로 다른 의식지향과 그에 따른 미감을 볼 때 현대시조의 다양한 국면이 어떻게 노정되고 있나를 생각하게 된다. 이 글은 이들의 오랜 시력(詩歷)의 과정 전체를 일목요연하게 논할 수 없는 한계를 가진다. 따라서 이 시집의 가장 두드러지는 특징적 단면만을 고려한 글이 될 것이다.

2. 남도 사투리의 생땅 냄새 : 윤금초의 시편

모국어로 말한다는 것은 인식이 싹트기 이전부터 스며들었던 생래적 언어로 말함을 의미한다. 모국어는 다만 소통을 위한 도구 이상의 가치와 의미를 지닌다. 세상과 타자에 대한 최초의 경험이 시작되는 지점에서 '나'의 몸과 정신에 뿌리내리며 하나가 된 것이 모국어라 할 수 있다. 모국어 가운데 사투리는 가장 모국어다운 모국어라 할 수 있다. 특정 지역의 지형과 습속과 정서와 감각을 응축하는 것이 사투리라 할 수 있다. 사투리는 무형의 자산이지만 그것은 유형의 자산보다 더 강하게 한 공통체를 아우르는 질감을 지닌다. 친밀감과 신속함으로 공동의 정서를 성취해낼 수 있는 것이 사투리의 힘인 것이다.

윤금초 시인의 시에 드러나는 가장 두드러지는 특징은 '언어의 활기'라 할 수 있다. 그 언어의 활달함은 특히 그의 고향인 전라남도 해남의 사투리가 구사될 때 더욱 빛을 발한다. 시 「춘투(春鬪)」에 "우리 살의 생땅 냄새/흠흠 맡는 민들레야."라는 구절이 있는데 이 장의 제목에서 보이는 '생땅 냄새'는 이 구절에서 취한 것이다. 시인이 구사하는 남도 사투리에는 남녘의 생땅 냄새가 고스란히 배어있다는 생각에서이다.

2
낙엽은 가을바람 탓허지 않는 벱이여.

눈 뜬 채 자는 물고기는 잠어가 아니라 카드만. 구브러진 소낭구가 선산 지킨다 안 카든가. 젠장, 고름은 살이 되지 않는 벱이여. 참방게와 똥방게도 구별 못허는 세상 앙이가. 메뚜기 계蟿, 땅강아지 곡螜, 그리마 구蚼, 사마귀 당蟷, 쓰르라미 료蟟, 말매미 면蝒, 며루 명螟, 하루살이 몽蠓, 새우 미蝦, 풀쐐기 사蛰, 귀뚜라미 실蟋, 가재 오螯, 왕개미 의螘, 쥐며느리 이蚚, 벼룩 촉蠋, 풍뎅이 황蟥 같은 다족류多足類 곤충처럼 머릿속에 말 다리 득실거리구, 말갈기 곤두세운 발굽 소리 하염없이 꼼지락거리구. 아닌 척, 거룩한 척, 갈난 척, 조신한 척, 척 척 척 말 돌림 벌레 씹는 소리 소리마다 의뭉 떨구 둘러방 치구 되알지게 대꾸허다 심보가 죄 우그러져, 우그러져

말발이 뻐세지구 말구, 퉤 퉤 퉤 비참지경 앙이가?

「말」 부분

이 시는 전라도 사투리의 칼칼함을 그대로 살려 말의 맛을 극대화한 예이다. 특히 중장의 긴 사설은 사투리로 구사된 입말체의 생생함과 명사의 나열에서 오는 빠른 리듬감의 조화에 의해 산문투의 평면성을 벗어난다. 아울러 곤충의 이름과 관련된 한자들, 즉 한글 자모의 순으로 배열된 계(蠶), 곡(蟄), 구(蚯) 등등은 모두 벌레 충(虫)을 포함한 다족류의 형상을 이미화한다. 즉 보는 재미와 읽는 재미가 동시에 구사되는 것이다. 뿐만 아니라 "말 다리 득실거리구, 말갈기 곤두세운 발굽소리"에서는 말(言)과 말(馬)이라는 동음이의어를 이용한 익살(Pun)을 볼 수 있다. 그 뒤를 잇는 "아닌 척, 거룩한 척, 잘난 척, 조신한 척, 척 척 척 말 돌림 벌레 씹는 소리 소리마다 의뭉 떨구 둘러방 치구"에 보이는 거센소리 '척'음의 반복과 '떨구', '치구'에서 보이는 동일음 '구'의 반복 또한 시적 리듬과 말맛을 살리는 데 기여한다.

빠르게 휘몰아치는 이 같은 말의 물결은 재담 이상의 풍자적 의미를 지닌다. "참방게와 똥방게도 구별 못허는 세상 앙이가."에 함축되어 있듯이 이 시는 믿을 수 없는 말들만 무성한 거짓 세상을 비판한 작품이라 할 수 있다. 여기에는 윤금초의 현실인식이 내포되어 있다. 그에게 세상은 "날 선 세상"(「개오동 그림자」)이며 "팔한지옥(八寒地獄)"(「그해 겨울 칸타빌레」)이며, "화통지옥 이생"(「명적(鳴鏑)」)이라 할 수 있다. 위에 인용한 시 「말」과 동일한 형식을 취하는 또 다른 시 「뜬금없는 소리 2」에서 "그런 귀신 모이면 장난판이 난장판되고 난장판이 야바위판 되지."라는 구절을 발견할 수 있는데 이 또한 거짓 세상에 대한 인식을 드러내는 것이라 할 수 있다. 이와 같은 세계의 상을 시 「말」에서 다족류가 가득한 형상으로 그려내고 있는 것이다.

　　그런데 중요한 것은 진실이 없는 거짓 세상을 시인이 신나게, 신랄하게, 리드미컬하게 몰아세우면서 비판한다는 점이다. 이 흥겨운 비판의 언어에는 고통스럽고 부조리한 세상살이에 맞서 이겨내려 하는 힘이 내포되어 있다. 유쾌한 정신의 탄력에서 비롯될 수 있는 조롱이야말로 근엄하고 위악적인 세계를 돌파해낼 수 있는 활력에서 비롯되는 것이다. 이 같은 풍자적 태도는 엄숙하게 폼 잡는 지식인의 풍모로는 할 수 없는 것들을 해낸다. 예를 들면 「뜬금없는 소리 8」과 같은 작품이 그러하다.

구만 허구,
그 뭣이여. 이쁜이계,
그거나 좀 일러봐.

　　이르나 마나, 이쁜이를 이쁘게 수술허자면 목돈이 드니께 아낙들은 계를 허구, 계를 타면 수술을 헌다 이거라. 수술이나 마나, 집이는 병원에서 애를 낳았으니께 상관 읎을 겨. 병원서 낳으면 그 자리에서 츠녀處女 때처럼 좁으장허게 꼬매주거던. 그런디 우리는 워디 그려? 두 애구 시 애구, 애마두 집에서 낳았으니 이쁜이가 헐렁이 다 되었지…. 헐렁해진 이쁜이를 오리주둥이 같은 걸루다 쩍 벌여놓구 양말짝 뒤집듯 홀랑 뒤집어설랑 좁으장허게 꼬매는 겨. 아따 제미, 시물니물 묵은 홍어 밑구녕두 식초 한 방울 떨어뜨리면 오동보동해지듯이. 워째서 암말 읎어? 툭 허면 나가 자구 온다구 바깥양반 구박헐 일이 아니라니께 그러네. 그 뭣이다, 이쁜이계가 산도産道를 초산 전 생김새대로 돌이켜 주는 봉합 수술계여.

「뜬금없는 소리 8」 전문

우리 시의 전통 속에서 이어져 왔던 재담과 익살, 해학과 골계는 근대 이후 결핍의 요소로 자리하게 된다. 슬픔과 마찬가지로 '웃음' 또한 인간의 감정을 드러내는 중요한 속성임에도 불구하고 웃음을 자아내는 시편들을 현대시에서 발견하기란 쉽지 않은 일이다. 이는 시의 흐름이 전반적으로 '우아미'에 치우쳐 있기 때문이다. 희극성은 그것이 화자에 의해서든 아니면 화자가 지시하는 대상에 의해서든 근본적으로 부족함이나 모자람, 혹은 결함으로부터 생성된다. 따라서 모든 웃음의 상황에는 '격하(格下)'된 존재가 있게 마련이다. 위에 인용한 시는 육담(肉談) 혹은 음담(淫談)의 적나라함을 노출한 작품이다. 시적 상황을 보면, 비천해 보이는 화자와 그 말을 경청하는 청자 모두 고귀함이나 완벽함과는 거리가 먼 존재들이다. 예를 들어 "시물니물 묵은 홍어 밑구녕두 식초 한 방울 떨어뜨리면 오동보동해지듯이."와 같은 구절에서 그들의 육담은 절정에 이르게 된다. 이와 같이 거침없는 표현을 그것도 여성들끼리 나누는 시적 상황에 의해 웃음은 배가 된다. 그런데 거리낌 없이 속내를 토로하는 이 여성들의 대화를 자세히 보면 거기에는 삶의 애환이 깊이 배어 있다. "툭 허면 나가 자구 온다구 바깥양반 구박헐 일이 아니라니께 그러네."와 같은 구절이 그러하다. 이들은 농담을 하는 것이

아니라 삶의 애환을 솔직하게 말하고 있는 것이다 이 질박한 풍경을 윤
금초는 남도의 찰진 언어로 담아내는 것이다.

3. 쓸쓸한 생의 아름다움 : 박시교의 시편

현대의 삶을 간결하게 요약하자면 그것은 욕망의 소비와 생산으
로 말해볼 수 있을 것이다. 우리는 끊임없이 상대적 빈곤에 시달리며 소
비의 주체가 되기 위해 시간과 노동을 팔며 욕망의 컨베이어벨트를 질
주한다. 이때 삶의 방향은 걷잡을 수 없이 외향성을 띠며 흘러간다. 그
러나 인간의 일평생을 찬찬히 생각해보면 이와 같은 삶의 행위들은 모
두 부질없고 덧없는 것일지도 모른다. 완성될 수 없는 욕망을 좇아 일생
을 낭비하는 일이 될 수 있기 때문이다. 박시교 시인의 시편들은 이러한
외향적 에너지를 내면적 정서에 집중시킨다. 내면을 향해 있는 그의 시
는 대부분 쓸쓸하고 슬프다. 이 처연한 서정은 인간의 생에 대한 눈물겨
운 인식에서 비롯된다. 시 「봄, 별리(別離)」에서 시인은 "무얼까, 삶의 길
목마다 내가 잃은 것은//자꾸만 뒤가 허전하여 버릇처럼 돌아보며"라고
쓰고 있다. 그리고 시 「옹이」에서는 "사람의 평생에 옹이는 몇 개나 지
며//고비마다 쏟아놓던 사설은 또 몇 편이던가//이쯤서 접어도 좋을 내
생의 한 필 두루마리"라고 쓰고 있다. 그에게 삶이란 고비마다 수없이
많은 사설을 남김에도 불구하고 여전히 허전한 것으로 인식된다. 그 허
전하고 쓸쓸한 풍경의 구체적 장면을 보면 아래와 같다.

공초(空超) 묘 옆에서 아내와 쑥을 캔다

햇살이 미풍에 흔들리는 사월 한낮

산벚꽃 하르르 하르르 지는 소리 들으며

저렇듯 옆에서는 한 세월이 무너지는데

둘만의 향기로운 저녁 식탁을 위해

우리는 아무 말 없이 봄을 캐 담는다

「쑥을 캐며」 전문

봄나물을 캐는 내외의 풍경은 얼마나 다정하고 따사로운가. 햇살과 미풍과 산벚꽃이 어우러져 있는 이 화사한 풍경은 그러나 뭔가 쓸쓸한 느낌을 함께 거느리고 있다. 우선 이 시의 배경이 공초 오상순 묘 옆이라는 점을 눈여겨 볼 필요가 있을 듯하다. 화자는 선배 시인의 묘 옆에서 사월의 햇살을 받으며 쑥을 캐고 있다. 죽음의 상징과 새로 돋아난 생명의 상징이 한 자리에 놓여 있는 것이다. 이때 미풍에 지는 '산벚꽃'의 흩날림이 무너지는 한 세월로 전이됨을 볼 수 있는데 여기에는 목숨과 시간의 덧없음이 내포되어 있다. 환한 벚꽃과 봄 햇살의 찬란함이 찰나에 불과하다는 무거운 인식이 스며있는 것이다. 그럼에도 "둘만의 향기로운 저녁 식탁을 위해" 봄나물을 캐는 내외의 풍경은 여전히 그 아름다움을 잃지 않는다. 죽음과 생명의 음영이 오히려 이 풍경을 더욱 아련하고 깊은 것으로 만들어 주기 때문이다.

그런데 박시교는 이와 같은 존재의 슬픔을 비탄으로 기울게 하지 않는다. 허전함과 덧없음은 분명 존재의 내적 고통을 낳는 원인이 될 수 있다. 문제는 고통에 대응하는 방식이다. 그는 덧없음 앞에서 불안해하거나 초조해하지 않는다. 아울러 도망치거나 맞서려하지도 않는다. 시인은 쓸쓸한 생에 대한 인식을 그대로 '수긍'한다. 또 다른 시 「빈손을 위하여」에 보이는 "지나온 우수의 길 위로 불 지피는 저녁놀//아름답다, 삶의 처연한 상처까지도 아름답다"라는 구절은 '처연한 상처'까지도 수긍하며 감싸려 하는 삶의 태도를 드러낸다. "봄에 하는 이별은 보다 현란할 일이다//하르르하르르 무너져 내리는 꽃잎처럼//그 무게 견딜 수 없는 고통 참 아름다워라"(「이별 노래」)와 같은 구절 또한 그러한 예이다. 이러한 태도가 내적 슬픔에도 불구하고 행간의 담박함을 잃지 않게 하는 요인이 된다.

고통을 수긍하는 것은 그것에 맞서는 것만큼이나 쉽지 않은 일이다. 수긍은 순응과 다르다. 고통을 수긍하기 위해서는 그것을 인정함과 동시에 거기에 가치를 부여할 수 있어야 가능하기 때문이다. 인생을 혐오하고 냉소하는 자에게 수긍은 불가능한 일이다. 수긍이 가치부여와 관련한다면 박시교는 삶의 쓸쓸함과 덧없음에 어떤 가치를 부여함으로써 그것을 수긍으로 이끄는가? 그의 수긍의 태드를 가능케 한 것은 다름 아닌 유미주의적 의식지향이라 할 수 있다.

　　자신의 수의에 주머니를 달고 그 주머니에 빈손을 찔러 넣은 채 느릿느릿 저승길을 가는 사람을 연상해 보라. 이러한 모습에는 죽음의 공포도 고통도 존재하지 않는다. 쓸쓸하고 외롭지만 그러나 조금은 여유롭고 담담하게 저승에 드는 모습을 스스로 상상하는 것, 이것이 고통을 수긍하고 그것에 미감을 부여하는 박시교의 시적 지향이라 할 수 있다. 이처럼 유미주의적 지향이 강화될 때 성취욕이나 소유욕과 같은 세속적 욕망은 그 의미가 엷어지고 삶의 지극한 즐거움은 다른 차원에서 충족된다.

두 귀를 오로지 빗소리 듣는 즐거움에 집중시키는 행위는 일종의 무욕(無慾)한 놀이라 할 수 있다. 현실적으로 아무런 보상이 없는 것에 몰두하며 시간을 보내는 이 같은 행위에는 으로지 정신적 충족감을 기꺼이 즐기는 내면적 자아의 여유가 담겨있다. 시인은 이를 "내 가장 즐거운 날"이라고 말한다. 아울러 빗소리를 즐기는 놀이가 곧 "귀를 씻는 일"과 동일한 행위임을 말한다. 이 시의 맥락을 보면 귀를 씻는 일은 '안빈(安貧)'과 상통하는 의미를 지닌다. 따라서 귀를 씻는 일은 세속과 거리를 취하고 가난하지만 편안한 마음으로 생을 즐기는 행위라 할 수 있다. 여기에는 자신의 마음을 깨끗이 하고자 하는 수양의 자세가 깃들어 있다. 마음의 상태가 맑아야 즐거움만이 아니라 삶의 상처와 쓸쓸함 또한 아름다움으로 걸러낼 수 있을 것이다. 따라서 그의 귀를 씻는 놀이는 자신의 내면을 들여다보는 눈을 씻는 일이기도 하다. 박시교의 시가 근본적으로 외향적 욕망을 벗어나 존재의 내면적 정서에 더 가치를 부여하고 있음을 다시 한 번 확인할 수 있는 대목이다.

4. 시상(詩想)을 투명하게 만드는 이지(理智)의 힘 : 이우걸의 시편

이우걸 시인의 시의 전반적 특성은 언어의 투명성과 뜻의 명료함에 있다. 이를 가능케 하는 것은 인간 존재와 세태를 바라보는 그의 시선이 매우 이지적으로 다듬어져 있기 때문일 것이다. 우리 시단에서 센티멘털리즘(Sentimentalism)이 대대적으로 비판되었던 것은 1930년대 I.A. 리처즈의 영향을 받은 김기림의 주지주의(主知主義) 문학론으로부터이다. 그럼에도 감상성을 지나치게 드러내는 것이 곧 시적 분위기를 창출하는 것이라는 오해가 지금까지도 지속되고 있음을 종종 볼 수 있다. 우리 시에서 주정적(主情的) 태도의 편향성은 사실 오랜 문화적 전통과 맞물리는 것이기도 하다. 정감과 혈육으로 이루어진 농경문화의 전통과 인식론이나 존재론의 취약성, 그리고 분석적 사고와 논리의 결핍 등은 모두 과도한 주정주의적 풍토를 낳는 직·간접적 원인이 되어 왔다. 이와 같은 풍토 속에서 '눈물의 시학'이 주조를 이루는 것은 당연한 일일지도 모른다. 그러나 분명한 것은 적당한 수사와 감정에 호소하는 글귀만으로 훌륭한 시가 되는 것은 아니다. 사물을 정확하게 통찰할 수 있는 예리한 지적 토대 없이 깊이를 얻기 어렵기 때문이다. 이우걸은 이지적 통찰을 통해 사물과 세상을 날카롭게 진단한다는 점에서 여타의 다른 시조시인들과 변별된다. 그의 시조가 지닌 현대성은 바로 여기로부터 발원한다. 이는 그의 시에 정감이 배제되었다는 의미가 아니다. 예를 들어 「달맞이꽃」과 같은 작품은 정감이 풍부하게 드러난 경우라 할 수 있다.

이 시는 소박한 듯 보이지만 절묘하게 압축미를 살려낸 작품이다. 시인은 달맞이꽃이 밤에 피는 꽃이라는 점을 감안하여 '장님' 이미지를 등장시킨다. 이 암흑의 이미지는 '어느 딸애의 살결'과 대비를 이루면서 밤에 피는 꽃의 처연한 아름다움을 생생하게 부각시키는 데 기여하게 된다. 여기에는 사물을 정확히 직관해내는 내적 힘이 작용한다. 이는 주관적 감상성으로부터 거리를 취할 수 있는 이지적 시선이 겸비되었을 때 가능하다.

이 시의 매력은 도시의 메커니즘을 정확히 꿰뚫는 사유의 명료함에서 비롯된다. 근대의 도시 건설은 모든 곡선을 직선화하는 작업으로 이루어진다. 직선화는 속도와 기능의 효용성을 최대화한다는 데 그 목적이 있다. "바로 지시하고 바로 반응하고", "건물들은 눈치껏 가로 세로를 맞추고" 모든 것이 곧 바로 진행될 수 있는 시·공의 재편성이 근대의 기획인 것이다. 이때 공간과 시간은 최단거리로 압축된다. 이것이 우리가 생존하는 세계 구조이다. 압축된 시·공을 우리는 "쉽고 편하고 강하다고 생각하지만" '일렬로' 움직이는 우리의 모습은 점점 기계를 닮아가고 있는 것이 분명하다. 시인은 맹목적 직선화로 일관하는 근대의 흐름에 대해 "직선은 굳으면 칼날이 된다는데"라고 우려를 드러낸다. 여기에는 직선이 내장한 폭력성이 함축되어 있다. 인간사를 가로세로로 정확히 맞추는 일은 그 자체로 폭력이라 할 수 있다. 직선화에 적응하지 못하는 자는 낙오자이지만 한편으로는 근대 폭력의 희생자이기도 하다. 아래의 시는 비인간적인 일상의 풍경을 매우 냉정한 시선으로 그려낸 작품의 예이다.

시계가 눈을 비비며
열두시를 친다
반쯤 남은 커피잔은 화분 곁에서 졸고 있고
과장은 혀를 차면서 서류를 읽다 만다.

문은 굳게 닫혀 있고
의자들은 말이 없다
창밖엔 클랙슨 소리 목 쉰 확성기 소리
자세히 들여다보니
벽에도 금이 가 있다.

「사무실」 전문

이 시는 사무직 근로자의 메마른 삶을 객관적으로 묘사한 작품이다. 나른한 점심시간, 커피 잔은 졸고 문은 닫힌 채로 조용하다. 의자들 또한 말이 없다. 과장이 혀를 차는 정도 외에 별다른 사건이 없는, 어찌 보면 사무실에 근무하는 임금노동자의 권태로운 일상처럼 보이는 풍경이라 할 수 있다. 그러나 이 사무실의 공간에는 온기와 생기가 없다. 닫힌 문과 말 없는 의자, 그리고 밖에서 들려오는 소음만이 사무실을 가득 채우고 있는 것이다. 정감도 대화도 없는 공간, 오로지 서류더미 속에 일평생이 포박된 한 존재의 현실은 허구가 아니라 우리가 흔히 경험하거나 마주치는 생활의 단면이다. 이 시의 마지막 부분에서 시인은 "자세히 들여다보니/벽에도 금이 가 있다."라는 표현을 통해 사무원의 감추어진 내면을 알레고리화한다. 무거운 사무실의 공기 속에서 금이 간 벽과 생존 때문에 드러낼 수 없는 사무원의 내면이 동일화되고 있는 것이다. 그는 메마른 이 공간에서 비인간적 삶을 견디며 일상을 살아내는 평범한 도시인이라 할 수 있다. 이우걸은 감상적 포즈를 과감하게 제어한 채 이와 같은 도시적 삶의 양태를 매우 담담하고도 냉정하게 묘사함으로써 망각했던 일상성을 뒤돌아보게 한다. 이때 시인이 보여준 차가운 객관 묘사는 '호소'보다 더 강력한 공감을 일으키는 효과를 얻게 된다. 시인의 객관화의 시선이 독자로 하여금 일상을 판단하게 하는 거리를 확보하도록 이끌기 때문이다.

이우걸은 이와 같은 근대의 삶과 그 배후에 잠재되어 있는 폭력성과 부조리함을 이지력으로 간파해낸다. 그의 시는 근대의 생활양식에 대한 심도 있는 판단과 그것이 지닌 비인간적 국면에 대한 이해를 매우 밀도 있게 그려낸다는 점에서 현시대의 감수성과 전통시학의 융합을 성공적으로 이루어낸 경우라 할 수 있다. 위에 인용한 시 「사무실」에서 보았듯이, 현대시조라는 장르 안에서 이처럼 도시인의 구체적 생활상에 대한 면밀한 탐구가 이루어진 경우는 흔치 않다.

5. 사물성에 대한 미시적 탐구 : 유재영의 시편

유재영 시인의 시에서 발견되는 가장 큰 특징은 사물의 섬세한 이미지를 언어미로 구축한다는 데 있다. 이 시집의 해설을 쓴 정과리는 "유재영의 시조는 존재의 현상보다 삶의 뜻 쪽에 더욱 가까이 있다. 따라서 네 사람의 시조 중에서 가장 인생론적이다."라고 평하고 있는데 나는 이와는 다른 관점으로 유재영의 시편을 판단한다. 그의 시에서 가장 중요한 것은 의미가 아니라 사물성 자체의 투명성이라 할 수 있다. 말하자면 그의 시가 사물시나 영물시(詠物詩)에 가깝다는 게 나의 판단이다. 물론 「어머니 쌀독」이나 「아버지 시학」과 같은 작품에서 다분히 인생론적인 내용을 발견할 수 있는 것 또한 사실이다. 그러나 대부분의 시편들은 오동꽃, 귀얄무늬분청사기, 홍시, 모과, 별, 물총새, 가을과 관련된 열매 혹은 가랑잎과 같은 사물에 집중되어 있으며 그의 서정은 이러한 사물들과 맞물리면서 파생된다. 그런 의미에서 유재영의 시는 관념시의 반대편에 놓여있는 것으로 여겨진다.

어린 구름 배밀이 훔쳐보다 문득 들킨

절지동물 등 높인 이끼 삭은 작은 돌담

벽오동 푸른 그림자 말뚝처럼 누워 있다
「바람이 연잎 접듯」 부분

작자 미상 옛 그림 다 자란 연잎 위를
기름종개 물고 나는 물총새를 보았다
인사동 좁은 골목이 먹물처럼 푸른 날
「물총새에 관한 기억」 부분

시 「바람이 연잎 접듯」을 보면, 시인의 시선이 접사(接寫)렌즈처럼 사물을 들여다봄을 알 수 있다. 이 시에서 중심이 되는 사물은 맥락상 작은 돌담과 벽오동 그림자이다. 이 두 사물이 나란히 있는 풍경 묘사를 위해 시인은 약간 놀란 듯 등을 세운 절지동물의 미세한 움직임을 포착한다. 이때 작은 돌담 위를 기어가는 절지동물의 움직임 때문에 이 정적인 공간은 생동감을 얻게 된다. 돌담이나 벽오동 그림자 못지않게 "어린 구름 배밀이 훔쳐보다 문득 들킨" 절지동물의 이미지가 중요한 역할을 하는 것이다. '벽오동 푸른 그림자'를 비유하는 '말똥' 또한 마찬가지이다. 말똥이 풍겨주는 냄새와 형상이 풍경에 정겨움을 더해 주기 때문이다. 이처럼 유재영의 시편들은 주요 이미지와 그것에 부수된 이미지들이 어우러지면서 혹은 겹치면서 구축된다. 예를 들면 그의 시에 자주 등장하는 '찻잔'에는 언제나 침묵, 고요, 구름, 가랑잎 소리와 같은 것이 담겨있다. 이 또한 이질적 이미지를 겹쳐놓는 방식이다.

시 「물총새에 관한 기억」에서도 옛 그림 속의 풍경을 낱낱이 묘사하는 방식을 취하고 있다. 옛 그림, 연잎, 날아가는 물총새, 물총새 입에 물린 기름종개의 모습을 하나하나 펼쳐 보이며 자신이 들여다본 옛 그림의 이미지를 떠올리도록 유도하는 것이다. 이와 같은 접사기법은 사물이 함의하는 뜻보다는 사물 자체가 지닌 감각을 즐기도록 하는 데 효과적이다. 말하자면 도덕적, 인생론적, 혹은 여타의 관념론적 의미의 하중을 덜어내고 사물이 지닌 아름다운 가치를 비중 있게 부각시키는 형상화 방식인 것이다.

한편 이 시집에 수록된 유재영의 시편은 총 25편이며 이 가운데 가을(열매)과 관련된 시편이 무려 12편에 달한다. 절반 정도의 분량에 해당하는 시편이 가을이라는 시간성을 바탕으로 한 작품이라는 점은 무의식적이든 아니든, 시인이 유난히 가을과 열매, 가랑잎과 같은 것에

끌렸음을 증명한다. 따라서 그의 가을 시편 가운데 한 편을 읽어볼 필
요가 있을 듯하다.

1
적막이란 적막들 모두 갉아먹은

깡마른 벌레 소리 오도독 씹히는 밤

내일은 적멸궁(寂滅宮) 앞에 열매 하나 더 붉겠다

2
생각도 깊어지면 감물이 드는갑다

빈 찻잔에 가라앉은 가랑잎 맑은 소리

닫힌 창 방긋이 열고 별빛까지 섞어보자

3
숨겨온 흰 종아리 명아주 대궁 같은

손 닿으면 울 것 같아 비워둔 그 자리에

누구냐, 달빛 가르며 길을 내는 저 사람은

「가랑잎 판화」 전문

제목 「가랑잎 판화」에 암시되어 있는 것처럼 이 시는 가을의 정

취를 그려놓은 그림과도 같은 작품이다. 앞서 설명했듯이 이 시에서 가
장 중요한 역할을 하는 것은 다양한 사물들, 즉 벌레, 붉은 열매, 가랑
잎, 별빛, 달빛, 하얀 길 등의 이미지이다. 시 1에서 시인은 가을벌레 우
는 소리를 적막을 갉아먹는 소리로 표현함으로써 가을밤의 고요를 드
러낸다. 이때 벌레는 '깡마른' 이미지로 그려진다. 이 또한 실제와 상관
없이, 작은 벌레를 세밀하게 들여다보는 접사기법의 상상력을 드러낸다.
깡마른 벌레의 이미지는 뒤에 이어지는 가랑잎과 더불어 수분이 증발
해가는 소멸성을 함의한다. 시 2에서는 깊은 생각에 잠긴 한 존재를 연
상해 볼 수 있다. 그러나 찻잔을 들고 있는 주체는 문면에 등장하지 않
는다. 그의 생각은 감물의 빛깔로 대체된다. 아울러 차를 마시는 장면
은 "빈 찻잔에 가라앉은 가랑잎 맑은 소리"로 대체된다. 거기에 맑은 별
빛의 이미지가 겹쳐진다. 시인은 이 장면에서 행위의 주체를 제거함으로
써 사물들이 뿜어내는 감각 쪽에 초점을 집중시킨다. 시 3에서는 길의
공간을 "숨겨온 흰 종아리 명아주 대궁"이라는 이중의 비유로 묘사하고
있다. 이들 비유는 하얗게 드러나는 길의 은밀함과 신비함을 이미지화
한다. 그것은 "손 닿으면 울 것 같아 비워둔" 내면의 공간이라 할 수 있
다. 거기에 "달빛 가르며 길을 내는 저 사람"이 등장한다. '저 사람'에서
지시대명사 '저'가 만들어내는 거리감은 이 하얀 길을 원경으로 자리
잡게 한다. 시인은 하얀 길을 원경으로 배치함으로써 울 것 같은 외로움
의 서정을 절제하는 것이다.

　　우리 시에서 수없이 많이 씌어졌던 가을 시편에 등장하는 '가을'
은 다른 시적 제재에 비해 가장 감상성이 두드러지는 보편적 제재 가

운데 하나이다. 가을이라는 계절의 특성이 우수와 쓸쓸함을 몰고 오기 때문이다. 「떠나는 가을 길」, 「11월」, 「모과」 등 유재영의 가을 시편 또한 이와 같은 보편 서정을 크게 벗어나지 않는다. 그러나 그는 가을의 서정을 다양한 사물성으로 대체하고 그로부터 번져오는 감각들의 조화를 통해 그려내곤 한다. 이것이 그의 시가 지닌 절제미의 근원이라 할 수 있다.

쓸쓸하고 정갈한 존재의 시간

– 이우걸의 시집 『나를 운반해온 시간의 발자국이여』

1. 술이부작(述而不作)의 전통을 넘어서

　　지금까지 현대시조 시인들에게 기법과 내용 면에서 가장 문제시되었던 과제는 전통의 현대적 계승과 변용이라 할 수 있다. 시조 오백 년의 전통적 맥락과 근대의 새로운 삶의 맥락을 어떻게 잘 조화시킬 수 있는가를 고민하면서 현대시조는 그 맥을 이어 온 것이다. 여기에는 두 가지 차이를 만들어내야 하는 각고의 노력이 함의되어 있다. 고전시가와 자유시 둘 다에 대해 현대시조는 차이를 생성하지 않으면 안 된다. 전통을 고스란히 재생산했을 경우 현대시조의 현대적 의미는 상실될 것이며, 반대로 자유시와 차이를 만들지 못하면 그 또한 전통의 계승이라 할 수 없기 때문이다. 이것이 현대시조의 본질적 위치이며 성격이라 할 수 있다.

　　그간의 현대시조의 내용적 양상을 거칠게 말해보자면 양적인 면에서 자연시가 압도적이었다고 할 수 있다. 이는 우리의 전통적 삶의 기반이 농경문화에 있었다는 점을 미루어 생각해 본다면 매우 자연스러운 현상이다. 자연과의 정서적 친밀감을 드러내는 시조의 보편미학은 낯섦보다는 친숙함을 통해 우리의 근원적 서정을 불러일으키는 데 헌신해 왔다. 자연 서정과 더불어 현대시조에서 자주 발견되는 또 다른 내용으로는 고향, 어머니, 그리움, 사랑, 마음, 한(恨), 상고미(尙古美)에 대한 예찬 등을 들 수 있다. 작품의 수준에 따라 그 의의가 달라질 수 있지만, 이와 같은 현대시조의 일반적 성향은 전통계승의 측면을 강화했다는 점에서 큰 의의를 지니면서 동시에 현대시조 풍모를 자칫 고착시킬 수 있다는 위험 또한 내포한다.

이우걸 시인의 시조세계는 현대시조가 안고 있는 이 같은 전통의 현대적 계승과 변용의 문제를 깊게 인식하는 데서 출발한다. 아울러 현대시조의 전형화, 고착화에 대해 늘 경계하며 시적 리얼리티를 보다 자신의 '현재성'과 밀착시키고자 노력하는 가운데 생성된다. 시집 『나를 운반해온 시간의 발자국이여』 또한 이 같은 창작의식의 산물이라 할 수 있다.

2. 실존의 조건으로서 생활세계

이우걸 시의 가장 큰 성과는 근대적 생활세계의 경험들을 전통 장르와 접목시킴으로써 인간 개체의 내적 진실을 탐구한다는 데 있다. 여타의 현대시조에서 간혹 고풍스럽고 우아한 전통시가의 틀에 자동적으로 반응하는 관성적 창작 태도를 발견하게 되는데 이는 그야말로 현대시조의 리얼리티를 떨어뜨리는 일이 아닐 수 없다. 그런 의미에서 근대성에 대한 인식은 매우 중요한 사안으로 여겨진다. 이우걸의 근대성에 대한 인식은 일상성에 대한 자각으로 구체화된다. 이에 대해 나는 이미 「산업화 시대의 현대시조」(『서정과 현실』, 2007년 하반기)라는 글에서 "이우걸의 시편들이 일상성에 대한 자의식을 가장 깊이 있게 선취적으로 드러낸 것으로 파악된다. 현대인의 개체 의식을 시조라는 전통장르에 자연스럽게 결합시키고 있다는 점에서 이우걸의 시편들은 전통장르의 중압감에서 벗어나 현대시조의 현대적 가능성을 충분히 살려낸 시적 성과라 할 수 있다."라고 평가한 바 있다. 이와 더불어 근대의 일상성에 대해 다음과 같이 언급한 바 있다.

> 근대적 세계에서 개인은 이미 주어진 전체(구조)에 피동적으로 수긍하기를 거부하는 존재인 것이다. 이에 따라 세계와 자아의 긴장관계는 불가피해졌으며 잦은 불화와 갈등 속에서 개인은 자신의 일상을 지탱할 수밖에 없게 되었다. 예를 들어 고전시가에서 소박한 생활 속에서의 안빈낙도를 노래할 경우 그것이 생활시의 면모를 갖추고 있다할지라도 안빈낙도의 노래는 일상이 아니라 오히려 탈일상적 생활태도를 함의한다. 그런 의미에서 고전시가에 담긴 소박한 생활의 국면과 현대시에 담긴 일상의 풍경은 차이를 지닌다.(같은 글, 217쪽)

부연하자면, 안빈낙도(安貧樂道)가 반영된 강호가도의 생활시는 급박한 현실에서 벗어나 자연에서의 소박한 생활을 의도적으로 실천한 정신수양의 산물이었다. 여기에는 세속과 거리를 두고자 하는 은둔(隱

遁)의 욕망이 내포해 있다. 이 같은 안빈낙도의 태도는 현대시조에도 곧잘 등장하는 태도이기도 하다. 이와 달리 시집 『나를 운반해온 시간의 발자국이여』에서 이우걸 시가 드러낸 생활세계는 그야말로 근대의 일상성이다. 시인은 자연의 품에서의 안빈낙도를 갈구하지 않는다. 시 「촌락을 지나며」에서 "봄볕 겨운 마을에 복사꽃은 피고 있었네//복사꽃은 피어서 마을을 덥히건만//그 꽃잎 곁에서 환할 처녀애들 보이지 않네."라고 시인은 말한다. 그는 안빈낙도를 구가할 유순한 자연의 공간마저 온전하지 않은 것이 우리의 현실이라는 사실을 깨닫고 있는 것이 아닐까? 그의 시선은 자연이 아니라 근로자들의 생활공간 쪽으로 기운다.

시계가 눈을 비비며

열두 시를 친다

반쯤 남은 커피잔은 화분 곁에서 졸고 있고

과장은 혀를 차면서 서류를 읽다 만다.

문은 굳게 닫혀 있고

의자들은 말이 없다

창밖엔 클락션 소리 목 쉰 확성기 소리

「사무실」 전문

이 시는 표면적으로 따분한 정오의 사무실 풍경을 묘사한 것처럼 보인다. 그러나 이 시의 초점은 권태로움에 있지 않다. 사무실 안에 감도는 무거운 정적을 시인은 굳게 닫힌 문, 말 없는 의자를 통해, 그리고 밖에서 들리는 도시의 소음을 통해 강조한다. 분망하게 소란스러운 도시의 한 귀퉁이에 자리 잡은 이 정적(靜寂)의 공간은 인간의 마음을 옥죄는 위압적 분위기를 갖고 있다. 이 같은 사무실에서 누군가는 마음을 졸이며 생계를 이어가기 위해 애쓸 것이다. 이때 소리 없이 마음에 상처와 굴욕과 근심이 생겨나지 않겠는가. 시인은 마지막 행 "벽에도 금이 가 있다"라는 표현으로 이를 암시한다. 이때 "벽에도 금이 가 있다"라는 표현에서 주목할 것은 더함을 뜻하는 보조사 '도'이다. 이 보조사에는 낡은 사무실의 벽만이 아니라 벽처럼 내색 없이 자기 일을 수행해야 하는 사무원의 금 간 마음이 더해져 있다. 시인이 자세히 들여다보고 있는 것은 바로 사무원의 마음인 것이다. 이우걸이 주목하고 있는 생활세계는 시 「사무실」이 보여주는 억압 속에서 전개된다.

지금은 나를 죽이려
뚜껑을 닫고 있다.

「물」 전문

세상은 고비 때마다 열쇠를 만든다
평범한 사람들은 그 열쇠를 볼 수가 없고
영악한 몇 사람만이
피 흘리며 뺏어 가진다.

시간이 지나고 보면 열쇠란 재앙 같은 것
못 가져서 평온했던 가난한 손길들이
가져서 상처를 지닌 영혼을 보살핀다.

「열쇠」 전문

　　두 편의 시는 생활세계 자체를 직접적으로 묘사하지 않지만 생활세계를 지배하는 은폐된 폭력과 욕망을 암시한다는 점에서 시사하는 바가 크다. '물'은 그릇 속에 담겨야만 되는 존재조건을 가진 사물이라는 점에서 사회적 틀을 버릴 수 없는 인간 삶의 존재조건과 닮아 있다. 그런데 물은 견고한 질서(그릇)를 필요로 하면서 동시에 그것이 밀폐되었을 때 생명력을 잃게 되는 아이러니를 지닌다. 시인은 이를 "지금은 나를 죽이려/뚜껑을 닫고 있다"라고 표현한다. 나를 지켜주던 것이 나를 죽이는 것이 되는 세계, 선과 악이 한 쌍으로 붙어있는 이 시적 세계는 우리의 현실과 결코 멀지 않다. 그런 의미에서 이 시는 인간을 도구화하고 폐기처분하는 사회구조의 알레고리로 읽을 수 있다.

시 「열쇠」는 탐욕스러운 인간의 욕망을 '열쇠'라는 상징물을 통해 의미화한다. '영악한 몇 사람'과 '가난한 손길들'의 대비를 볼 때 열쇠는 현실을 지배하고 장악하는 그 무엇임을 알 수 있다. 이 같은 열쇠를 '고비 때마다' 만들고, 빼앗고 상처받는 영악한 아귀다툼이 우리 삶의 실상일지도 모른다. 시인은 "시간이 지나고 보면 열쇠란 재앙 같은 것"이라고 우리 욕망의 헛됨을 경고한다. 뿐만 아니라 "못 가져서 평온했던 가난한 손길들이/가져서 상처를 지닌 영혼을 보살핀다."라고 말함으로써 선(善)을 앞세운 평온이 결국 인간의 삶을 보살핀다는 윤리의식을 드러낸다. 이우걸 시세계에서 이 같은 생활세계의 국면들은 실존의 구체적 조건으로 의미화된다.

3. 헛된 욕망을 걸러내는 존재의 쓸쓸함

이우걸의 현실인식은 거대한 관념적 이데올로기로부터 자각되는 것이 아니라 생활세계의 사소한 일상적 경험에 의해 자각된다. 그런 의미에서 그의 현실인식은 매우 구체적으로 전달되곤 한다. 이 같은 현실인식은 이전 시집 『지상의 밤』(시선, 2004년)에서 여성적 화해의 지평과 맞물리면서 생활의 복합적 국면으로 의미화되기도 했다. 이전 시집에서 강조된 것이 현실의 모순을 화해의 원리로 풀어가려는 인고적 태도였다면 이번 시집 『나를 운반해온 시간의 발자국이여』에서 부각된 문제는 부조리한 현실과 맞물려 있는 존재의 문제라 할 수 있다. 그는 이제 계략과 지배와 욕망이 엉켜있는 현실의 둘레 속에서 실존에 대한 근원적 물음을 본격적으로 제기하고 있는 것이다. 그에게 반복되는 일상의 다

양한 경험은 존재 밖에 놓인 사건의 장이 아니라 한 존재가 이끌고 가
는 시간의 의미에 직접적으로 관여하는 존재조건이라 할 수 있다.

「부록」 부분

「치과에서」 부분

각주도 서언도 결론도 아닌 부록 인생은 부차적이고 주변적인
한 생을 의미한다. 시인은 뒷좌석으로 밀려난 자의 쓸쓸함과 소외감을
"세상이 그런 불평을 받아 주진 않지만"이라고 말한다. 그의 다른 시에
서 보이는 "유통기한 지난 것들은 사체처럼 부식한다"(「꽃」), "시간은 지
난 영웅을 빠르게 지워버린다"(「링」)와 같은 구절에도 쓸쓸한 존재의 시

간이 함의되어 있다. 일상 속에서 중심에 편입되기 위해, 화려한 꽃을 피우기 위해, 적을 무너뜨리고 영웅이 되기 위해, 세간의 좋은 평판을 얻기 위해 우리는 시간과 얼마나 많은 싸움을 하는가. 그러나 시간은 영광의 화환이 아니라 '병든 노을'을 선사한다. "탐욕이 씹어 삼켰던 육질들의 보복"으로 되돌아오는 존재의 '쓸쓸한 부식' 앞에서 시인은 존재의 시간이란 무엇인가 묻고 있는 것이다.

모든 존재의 시간 속에는 결코 망각할 수 없는 추억과 상처와 흉터가 있다. 시인은 시 「상처」에서 내면화된 상처를 "수박 묘종 빛내어 허한 희망 심어 놓았던/물바다 된 강가 밭 가물가물한 이랑 끝에서/빗줄기 맞으며 서있던/아버지/모습 같다."고 고백한다. 이때 주목할 것은 풍경의 참담함이 아니라 그 풍경 속에 서 있는 '아버지'라는 존재에 대한 기억이다. 아버지에서 아들로 이어지는 시간과 상처의 유대를 바라보며 시인은 자신의 존재성을 객관화하고 있음이리라. 이 같은 쓸쓸한 존재 성찰은 이우걸의 시에서 비탄과 회한으로 기울지 않는다. 시 「흉터」에서 "망각이 결코 미덕만은 아니다/칠흑이 비춰주는 별빛의 형형함으로/새로운 행로를 위해/나는 너를 읽고 있다."고 말함으로써 시인은 스스로의 정신을 다지는 견고한 자세를 드러낸다.

시집 『나를 운반해온 시간의 발자국이여』에는 부조리한 일상적 사태와 존재의 실존적 국면이 긴장감 있게 교직되어 있다. 현실에 대한 예리한 판단과 존재에 대한 수긍이 유기적으로 맥락화되고 있는 것이다. 그런데 이우걸의 이 같은 시적 맥락을 이끌고 가는 근본 동력은 부정이 아니라 삶에 대한 긍정에서 비롯됨을 말할 필요가 있을 듯하다. 이

시집에 실린 많은 시편들에는 삶에 대한 밝은 의지가 담겨있다. 긍정의
의지로써 그는 일상과 존재의 어둠을 닦아낸다. 거기에 존재의 쓸쓸함
이 정갈하고도 고요하게 자리해 있다. 시인은 "철없는 가을이 서둘러 저
질러놓은/저 질펀한 선홍을 한 잎 한 잎 닦아내며"(「비·2」) 더 깊은 존재
의 시간에 이를 것이다.